유희의 국경

유희의 국경

신경진 장편소설

문이당

얘들아, 얘들아, 예쁜 소녀들아
사내들을 함부로 믿지 마라
늘 진실하지 못한 놈들이니!

사내란 너희 마음을 속일 수 있을 때,
오직 그 순간까지만 사랑해 주리!

—헝가리 민중 발라드, 「공작을 돌보는 처녀」 중에서

작가의 말

시리아 난민 세 살 꼬마가 바다에서 익사했다. 에이란 쿠르디에게 유럽으로 가는 길은 멀고 추웠다. 아기가 죽은 후, 슬픔에 젖은 사람들의 실낱같은 기대를 저버리며 헝가리 정부는 남쪽 국경을 닫았다. 국경은 사랑만으로는 제거할 수 없는 난공불락의 장벽이 되어 버린 지 오래다. 국적이 없는 인간이 사라져버렸듯, 국경선이 가로막지 않은 땅도 지도에 존재하지 않는다.

사랑에도 경계가 있을까? 국경선처럼 물리적인 실체를 가진 한계선이 그어져 있을까? 아마 그럴 것이다. 그렇지 않다면 지금 이 세계에서 벌어지고 있는 수많은 사랑의 실패와 좌절은 설명되지 않는다. 게다가 인간은 형식적인 구속 상태를 더 사랑하는 그로테스크한 사회적 동물이다. 그래서일까? 사랑에 빠진 이들은 자유롭지 못하다.

날고 싶은 사람들이 있었다. 어린 시절의 꿈처럼 세상을 훨훨 날아다니는 꿈을 죽을 때까지 포기하지 않은 사람들이 있었다. 책을 읽고 술을 마시고 노래를 부르고 논쟁을 피하지 않던 사람들이었다. 지금 그들은 어디론가 사라져 버리고 없다. 그들이 증발한 후 세상은 시시해졌다. 비즈니스 클래스의 널찍한 자리에 기대어 샴페인을 마시며 마시멜로처럼 생긴 구름 조각을 내려다보는 것으로 살아남은 이들은 고대 신화의 꿈을 교묘하게 대체한다. 날개를 달고서 하늘을 나는 것이 아니라 돈으로 일그러진 꿈을 사는 것이다. 염치를 모르는 순한 양처럼 우리는 잃어버린 꿈을 몰래 되새김질한다.

픽션의 세계에서 우리는 자유롭다. 국경을 무시하고 낯선 나라를 방문하면 된다. 여권이 없어도 상관없다. 생각해 보면 힘든 일이 아니다. 사랑이 어렵지 않듯 국경을 넘는 일도 생각보다 고단한 일은 아니다. 날개를 펼치고 하늘을 나는 이카로스처럼, 그저 숲을 지나 국경선을 넘으면 된다. 백랍의 날개가 태양에 불타 버린다고 해도 상관하지 않는다. 죽음이 운명이듯 추락을 피할 수는 없지 않은가.

나는 그렇게 소설을 썼다. 실패를 예감하면서도 실험실 전등을 켜는 순진하고 어리석은 청년 과학자처럼 나는 조금 들떠 있었다. 소설을 끝낸 지금, 국경을 넘어 사라진 여주인공의 얼굴이 정확히 기억나지 않는다. 대신 나는 그녀가 본 세계를 묘사하는 것으로 만족해야만 했다.

기회가 주어진다면 나는 국경선을 넘을 것이다. 내가 그려 낸 세계와 그녀가 경험한 세계가 일치하는지 확인하고 싶다. 그래서 오늘 밤도 잠을 이루지 못하고 공항으로 가기 위해 무겁고 튼튼한 여행 가방을 준비한다. 낯선 나라로 떠나는 그녀를 공항 터미널에서 우연히 발견하면 가슴속에 품었던 질문을 기습적으로 던질 것이다.

"당신은 나를 기억해 주실 건가요?"

나는 그녀의 답을 알고 있다. 그녀는 미소를 지으며 나를 올려다본다. 그녀의 입술과 선홍빛 뺨에는 내가 10대일 때 느꼈던 불안을 녹이는 따스함이, 스무 살이 되어 찾아온 절망감을 위로하는 다정함이 배어 있다. 나는 한 발짝 물러서서 두근거리는 가슴을 진정시키며 그녀가 팔을 뻗어 나의 등을 안아 주길, 두려움으로 흔들리는 어깨를 다독여 주길 기다린다. 나는 비상을 꿈꾼다. 모든 준비가 끝났다. 거대한 날개를 펼친 채 활주로 끝에서 이륙 허가를 기다리는 에어버스 A380의 제트 엔진이 폭발한다. 심장이 터져 버릴 것만 같다.

나는 이 떨림을 '사랑'이라 부른다.

2015년 11월

신 경 진

차례

작가의 말 7
국경의 여름 13
국경의 겨울 133
국경의 봄 286

국경의 여름

1

'이혼하자.'

유희는 우두커니 서서 식탁에 놓인 스마트폰의 문자 메시지를 한참 동안 내려다봤다. 등 뒤에서 하얀 국수가 뜨거운 물속에서 부글부글 끓고 있었다. **'이혼하자.'** 틀림없는 이 네 글자였다. 유희는 끓는 냄비를 개수대로 옮기고 수도꼭지를 올려 찬물이 쏟아지도록 했다. 냄비의 물이 넘치면서 면 가락이 개수대 바닥으로 흘러내렸다. 문자 메시지 수신과 동시에 식욕이 사라졌다. 물 묻은 손을 대충 털어 내고 식탁의 전화기를 들었다. 신호음이 다섯 번 울린 후 마르고 탁한 목소리가 나왔다.

"어쩐 일이니, 유희야?"

유희는 갑자기 목이 메었다.

"저녁 드셨어요?"

"아니. 요즘은 저녁을 먹지 않는다."

아버지의 목소리는 여느 때와 마찬가지로 차가웠다.

"이혼하자는 메시지가 왔어요."

"정 서방에게서 온 거니?"

"아뇨. 어머니에게서 온 거예요."

의미가 불분명한 소음이 전화기 너머로 들려왔다.

"그 집은 이혼 통보도 시어미가 대신하는 거야."

질문인지 혼잣말인지 갈피를 잡을 수 없어서 유희는 대답하지 않았다.

"이혼하라는 글자를 잘못 읽은 거 아니니? 이혼하자는 말은 정 서방이 해야 하는 말이야."

유희는 아버지에게 전화한 것을 후회했다.

"저녁은 먹었어?"

목소리가 한결 부드러워졌지만 유희는 대답하지 않았다.

"먹지 않았으면 시내에서 보자. 크림 스파게티를 잘하는 식당을 알고 있다."

유희는 처음으로 감정을 드러내며 짜증 섞인 목소리로 말했다.

"아빠는 저녁 드시지 않잖아요."

"스파게티는 널 위한 거고 난 와인을 마실 생각이야."

아버지의 목소리는 어느새 유쾌하게 변해 있었다.

"이혼을 원한 건 네가 먼저였어. 그렇다면 응당 축하할 일이지."

"술 끊으셨잖아요?"

"담배도 끊고 술도 끊었다. 매일 한 시간씩 산책도 하고 소식이 좋다고 해서 저녁은 먹지 않는다. 그런데도 죽을 날이 머지않았음은 변함이 없다. 오늘 하루 술을 마신다고 달라지는 건 아무것도 없어. 게다가 오늘은 내 딸이 다시 자유를 얻은 날이잖아."

유희는 웃음소리를 듣기 전에 전화기를 끊었다. 전화기를 소파에 내던지고 욕실로 들어서서 땀이 밴 셔츠와 반바지를 벗었다. 속옷까지 완전히 젖어 있었다. 벌써 7월이었다. 아버지가 말한 식당이 바닷가 근처였으면 좋겠다고 생각하며 유희는 샤워기의 물을 틀었다. 찬물이 목덜미와 등으로 쏟아져 내리자 이내 온몸에 소름이 돋아났다. 샤워를 끝내고 유희는 전면 거울 앞에 섰다. 거울을 본 것이 언제 적 일인지 기억조차 나지 않았다. 아침잠이 많은 탓에 출근을 앞둔 짧은 시간을 비몽사몽으로 보냈다. 마른 수건과 헤어드라이어로 대충 머리를 말리고 서둘러 물기 묻은 팔다리를 셔츠와 팬츠에 밀어 넣은 다음 집을 나섰다. 그렇게 6개월이 흘렀다. 별거를 시작한 지 6개월이 넘었다.

옷장에서 네이비블루 민소매 원피스를 꺼냈다. 날씨가 더워지고 식욕이 떨어지면서 체중이 줄었다. 한 달 전에는 조금 껴서 불편했는데 지금은 여유 있게 들어갔다. 가볍게 로션을 바르고 눈썹을 정리했다. 옅은 핑크 립글로스 뚜껑을 닫자 모든 준비가 끝났다. 유희는 화장대에 놓인 빛바랜 감청색 클러치 백을 왼팔에 꼈다. 신발장에는 원피스를 살 때 함께 구입한 여름 샌들이 있었다. 원피스와 샌들 모두 백화점 카드 3개월 무이자로 산 할인 제품이었다. 회사에 가려면 옷과 신발이 필요했다. 겨울 니트 스웨터를 입고 출근할 수는 없었다. 돈을 벌기 위해 돈을 써야만 하는 시스템이다. 지하 주차장에는 언제 고장을 일으킬지 모르는 낡은 차가 그녀를 기다리고 있었다. 고속 도로를 달리는 장거리 여행은 포기해야 하는 차다. '단순하고 믿을 만한 차가 필요해. 언제쯤 그런 차를 가질 수 있을까?' 어쩌면 그런 날은 영영 오지 않을 수도 있다. 유희는 적색 신호등을 주시하며 브레이크를 밟았다. 차는 예상한 지점에 서지 못하고 스르륵 미끄러졌다. 한 떼의 젊은 연인들이 주황색 노을이 번진 여름 하늘 아래에서 날갯짓하는 작은 새처럼 무리를 지어 교차로를 건너갔다. 아이들은 깃털처럼 가벼워 보였다.

"인간의 비극은 미래의 필연적인 불행을 인정하지 않는 데서 비롯된다."

아버지는 돋보기안경을 쓴 채 호텔 로비의 소파에 앉아 책을 읽고 있었다. 유희가 다가서자 안경을 벗고 그녀를 올려다보며 말했다. 노인의 눈빛에는 혈육을 향한 애틋함과 아름답고 젊은 여성을 대했을 때의 본능적인 경이가 혼재되어 나타났다. 유희는 대답 대신 입술을 살짝 깨물며 아버지의 무릎에 놓인 책을 보았다. 표지가 보이지는 않지만 한눈에 알 수 있었다. 아버지를 평범한 회사원에서 작가로 만들어 준 책이었다. 소설 공모에 뽑혔다는 전화 통보를 받은 다음 날, 아버지는 곧장 회사에 사표를 냈다. 출판사가 내건 당선 고료는 1년 치 연봉에 해당하는 금액이었다. 각종 신문과 방송에서 인터뷰를 했고 프레스센터에서 화려한 출판 기념회가 열렸다. 30대 중반이었던 신인 작가는 들뜬 표정으로 섣부르게 장밋빛 미래를 장담했다. 그러나 소설이 출간되고 일주일 후 인터뷰 요청은 사라졌다. 차라리 사람들이 파티만 즐기고 책은 읽지 않았으면 좋았을 거라고 유희는 생각했다. 유력 신문의 문학 담당 기자는 "지독하게 재미없는 소설 한 권이 현대인의 우울과 스트레스를 부추긴다"고 노골적으로 비난했다. 비평이 아니라 비난이었다.

"이 책은 초판 3만 부를 찍었어. 광고 덕으로 일주일 만에 만 부가 나갔고 이후로는 판매가 중단되었다. 그럼 나머지 2만 부의 책은 어디로 사라진 것이냐?"

유희가 인상을 찌푸렸다. 2만 권이나 되는 책의 소재는 그녀의 관심사가 아니었다.

"내가 이 책을 다시 찍겠다는 미친 출판업자가 나타나길 기다리고 있는 것처럼 보이니?"

얼굴에 자조적인 미소가 흘렀다. 그가 성큼성큼 발걸음을 옮기며 벽면 한구석에 놓인 철제 휴지통에 책을 버렸다. 마치 쓰레기를 버리는 듯한 자연스러운 동작이었다. 유희가 다가서며 눈을 크게 떴다.

"창고에 아직 수백 권이 남아 있는데 거추장스럽게 들고 다닐 필요가 있겠니?"

"굳이 버릴 필요는 없잖아요."

딸의 첫마디에 노작가는 환하게 웃으며 답했다.

"이걸 꼭 해 보고 싶었다."

두 사람은 건물 꼭대기에 있는 레스토랑으로 가기 위해 엘리베이터를 탔다. 버튼을 누르고 문이 닫히려는 순간 정장 차림의 젊은 세 남자가 다급하게 손을 내밀며 들어왔다. 한 남자가 숨을 크게 내쉬며 객실이 있는 17층 버튼을 눌렀다. 남자들의 몸에서 미끈한 향수 냄새가 풍겨 왔다. 단정하고 세련된 옷차림으로 미루어 호텔에서 흔히 볼 수 있는 출장 온 대기업 사원들인 것 같았다. 세 남자는 저희끼리 바라보며 다소 멍청해 보이는 순진한 미소를 지었다. 업무와 관련된 미팅을 끝내고 긴장이 풀린 듯한 모습이었다. 엘리베이터는 부드럽고 천천히 공중으로 떠올랐다. 잠시 후 유희는 내부의 기운이 묘하게 바뀐 것을 감지했다. 그것은 타인에 대한 불필요한 호기심과 인과성이 결여된 적대적 감정이었다. 한 남자는 몰래 유희의 가슴과 몸을 훔쳐봤고, 그녀와 대각선에 선 키 큰 남자는 노골적으로 그녀의 얼굴을 바라보았다. 나머지 한 남자는 램프의 숫자가 변하는 것을 올려다보고 침을 꿀꺽 삼키면서 불안하게 몸을 흔들었다. 바르고 훌륭한 교육을 받은 젊은 남자들에게서 풍겨 나오는 갑작스러운 적의에 유희는 당황스러웠다. 겉보기에는 모든 것이 정상적이지만 이면에는 설명할 수 없는 적대적인 에너지가 충돌하고 있었다. 난폭하고 격정적인 에너지는 물리적인 힘으로 그녀의 육체를 자극했다. 순간 유희는 자신의 의도와 반대되는 행동을 취했다. 그녀는 옆으로 한 발자국을 옮겨 아버지의 팔짱을 꼈다. 차가운 에어컨 바람 탓인지 아버지의 팔에는 체온이 느껴지지 않았다. 마 소재의 여름 재킷은 얼음처럼 차가웠다. 그러나 폐쇄된 엘리베이터 속 에너지는 점점 뜨거워지며 증폭되었다. 남자들의 날카로운 시선이 가시처럼 맨살을 찔렀다. 곧 폭발할 것 같던 에너지는 임계점에 이르지 못하고 갑자기 사라졌다. 경쾌한 차임벨과 함께 엘리베이터가 멈췄다. 남자들은 등을 보이며 엘리베이터에서 썰물처럼 빠져나갔다. 문이 닫히자 남자들이 웅성거리는 듯한 소리가 환청으로 들렸다. 유희는 한숨을 짧게 내쉬며 팔짱 낀 손을 조용히 내렸다.

"널 콜걸로 보지는 않았을 거다."

유희는 '제발'이라는 말을 마음속으로 중얼거리며 미간을 최대한 찌푸렸다.

"나이 든 남자에게 젊고 아름다운 여자를 빼앗긴 것에 대한 분노라고 보면 될 거야. 녀석들은 감히 내게 대들지는 못하고 널 비난하는 거야. 돈 많고 사회적 지위가 있어 보이는 노인을 상대하기보다는 유혹에 넘어간 여성을 미워하는 게 훨씬 쉬운 일이니까."

노작가의 표정은 기발한 농담이라도 한 듯 유쾌해 보였다. "아빠!" 하고 유희가 제지했지만 그는 멈추지 않았다.

"남자들의 상상력은 이처럼 유치하다. 값비싼 호텔에 젊은 여자를 끼고 나타난 늙다리와 함께 엘리베이터를 탄 게 불쾌했던 거지. 녀석들은 언제나 자기들이 보고 싶어 하는 장면만 볼 뿐이야. 눈앞의 현실이 이해할 수 있는 거짓이라는 것을 부정하는 거지."

"아빠도 그들 중 한 사람이에요."

유희는 참지 못하고 그렇게 말했다. 아버지는 천천히 고개를 돌려 유희를 내려다봤다.

"맞아. 그래서 내가 불행한 것 아니겠니?"

차임벨이 울리고 엘리베이터 문이 열렸다. 34층 스카이라운지였다.

이름: 신현우

직업: 소설가

출생지: 서울

학력: 독일 괴팅겐 대학교 철학 박사 수료

수상: 제3회 현대소설 문학대전

인터넷 포털 사이트를 검색하면 짤막하게 아버지의 프로필이 나온다. 유희는 요 몇 년 사이 아버지의 이름을 검색하지 않았다. 그녀뿐만 아니라 누구도 그의 이름을 검색하지 않았다.

"설마 이 호텔이 아빠의 단골 식당은 아니겠죠?"

유희는 크림소스가 묻은 입술을 냅킨으로 닦으며 말했다. 와인글라스를 손가락 사이에 끼운 채 창밖을 내려다보던 현우가 천천히 고개를 돌렸다. 여름 바다의 수면에는 옅은 어둠이 초겨울 싸라기눈처럼 내려앉고 있었다. 얼음물을 마신 유희가 진저리를 쳤다. 로비에서 보았을 때 아버지의 값비싼 정장과 희멀건 얼굴에 유희는 반사적으로 인상을 찌푸렸다. 유희가 결혼한 후 아버지는 다른 사람이 되었다. 궁색하고 반항적인 작가에서 얼치기 스타 강사로의 변신이었다. 아버지는 도시의 가장 큰 백화점 문화 센터에서 부유하고 교육수준이 높은 여성들에게 현대 소설을 주제로 강의했다. 올더스 헉슬리와 커트 보니것, 존 파울스, 알베르 카뮈와 같은 작가와 작품을 소개했다. 강의가 입소문이 나면서 방송국 초청 강의 제의도 들어왔다. 인문학 붐이 일면서 일어난 기현상 중 하나였다.

"네 엄마가 죽었을 때 나는 겨우 서른일곱이었다. 첫 소설을 발표하고 두 해가 지나서 새로운 소설을 쓰고 있을 때였지. 경찰서에서 연락이 왔고 시체 안치실에 누워 있는 네 엄마 얼굴을 보았다."

"그 이야기는 그만해요, 아버지."

유희는 자신의 빈 잔에 와인을 채우며 말했다. 크림소스가 위에서 부글부글 끓어올랐다.

"나는 죽은 사람의 얼굴이 그렇게 평온하리라곤 상상조차 못했어. 내가 소설 속에서 쓴 죽음이 모두 거짓이라는 걸 그때 알았다."

유희는 맹물을 들이켜듯 와인을 마셨다. 식도를 타고 내려간 붉은 포도주는 아무 맛도 나지 않았다. 엄마의 죽음에 대해서 유희는 할머니를 통해 처음으로 들었다. 바람난 엄마가 시내의 한 호텔에서 다섯 살이나 적은 한 청년과 독약을 먹고 동반 자살을 했다는 것이다. 유희는 유치원에 다니고 있을 때여서 남녀의 사랑이 무엇인지, 자살이 무엇인지도 몰랐다. 오직 엄마가 죽었다는 사실과 그녀의 부재를 느꼈을 뿐이었다. 아버지는 아무 말도 하지 않았다. 마치 말하는 방법을 잊어버린 사람 같았다. 엄마의 죽음에 대해서 아버지가 입을 연 것은 최근의 일이었다.

"네 시어머니가 상견례에서 한 말을 나는 아직 기억하고 있어."

유희는 3년 전의 일을 떠올렸다. '내 아들이 불행한 가족의 딸과 결혼하리라고는 상상조차 하지 못했네요.' 시어머니는 엄마의 죽음에 대해 구체적으로 알지 못했다. 그저 병이 나서 일찍 죽었다고 아들 상훈을 통해 들었는데도 그렇게 말했다. 그녀는 상황 판단이 빠르고 의심이 많은 여자였다. 상견례는 예정보다 일찍 끝났다. 유희는 상훈에게 널 사랑하지 않으니 이 결혼은 없던 일로 하자고 통보했다. 프러포즈를 받기 전부터 유희가 늘 하던 말이었다. **'널 사랑하는 것 같지는 않아.'** 사랑하지 않아, 보다는 완곡한 표현이어서 유희는 그렇게 말했다. 그런데도 상훈은 포기하지 않았다. 그가 뭘 어떻게 했는지는 모르지만, 일주일 뒤 예식 날짜를 잡자는 전화가 시어머니에게서 왔다. 유희는 도망치고 싶었지만 그렇게 하지 못했다. 시어머니는 시집에서 운영하던 학원 재단을 남편에게서 물려받았다. 시아버지는 아들과 마찬가지로 태평하고 게으른 사람이었다. 그의 유일한 낙은 동남아로 골프 여행을 떠나는 것이었다. 시아버지의 서재에는 책보다 각종 골프 대회에서 받은 트로피와 상장이 더 많았다. 도박과 매춘이 공식적인 여행 일정에는 잡혀 있지 않지만 알 만한 사람은 모두 알고 있었는데도 그는 골프가 얼마나 멋진 스포츠인지를 설파하며 너스레를 떨었다. 시어머니는 그런 사실을 완벽하게 모른 척했다. 재단은 경기도의 작은 도시에서 중등학교 둘과 사립대학을 소유하고 있었고 재단 이사장인 시어머니는 이사회와 교사, 교수들과의 각종 모임에 참석하며 자신의 재산을 관리했다. 남편 상훈은 재단이 소유한 대학의 정치학과 교수였다. 아버지는 캘리포니아의 한 대학에서 정치학 박사를 딴 사위를 무식한 녀석이라고 불렀다. 그리고 이 무식한 대학교수는 결국 여제자들과 젊은 여교사와 바람을 피웠다.

유희는 와인을 마시며 진저리를 쳤다. 이젠 이 모든 관계를 끊을 수 있었다. 이혼은 그런 의미에서 유희에게 탈출구였다. 위자료 따위는 아무래도 좋았다. 자식을 인형이나 꼭두각시로 생각하는 시어머니에게서 벗어나고, 여자를 침대에 눕혀야만 직성이 풀리는 남편에게서 풀려나는 것만으로도 그녀는 만족할 수 있었다. 3년의 결혼생활은 그만큼 끔찍했고 지독했다.

"네 시어머니는 이기적인 사람이긴 해도 계산에 어두운 사람은 아니야. 네게 적절한 보상을 제시할 거다."

아버지의 말에 유희는 실소를 터뜨릴 뻔했다.

"이혼이라는 감정적인 상처는 사랑하지도 않는 남자와 결혼한 대가로 생각하면 돼. 그건 그거고, 협상은 협상대로 진행해야 한다."

아버지가 말하는 협상의 핵심은 위자료였다.

"네 시어머니는 멍청한 아들 녀석을 정치인으로 키울 생각을 하고 있어. 그러니 뒤탈이 없도록 무척 신경을 쓸 거야."

유희는 자리에서 일어나고 싶었다. 아버지에게 전화한 건 명백한 실수였다. 현우는 딸의 표정에서 혐오와 분노의 감정을 읽었다. 그는 웨이터를 불러 와인 한 병을 더 시켰다. 유희는 항의하지 못하고 그 모습을 지켜보기만 했다. 웨이터가 와인을 가져오는 동안 무거운 침묵이 흘렀다. 잠시 후 종업원이 와서 코르크 마개를 따고 현우의 빈 잔에 와인을 따랐다.

"협상이란 건 매우 중요해. 제2차 세계 대전이 한창이던 때 히틀러와 무솔리니는 중동부 유럽의 상황에 관심을 둘 여유가 없었어."

뜬금없는 이야기에 놀라 유희는 미간을 좁히며 현우를 바라봤다.

"그 틈을 타서 헝가리는 파리 조약으로 루마니아에 뺏긴 영토를 돌려받길 원했다. 트란실바니아를 두고 서구 열강과 헝가리, 루마니아 등이 비밀리에 협상을 벌이는 동안 죄르지 임레라는 역사학자가 이 지역에서 매우 특이한 민중 운동을 이끌었다. 그는 국가주의 형태를 포기한 새로운 형태의 인민 자치구를 만들자고 주장했어. 임레는 이 지역에서 서구 사회가 실패한 이상적 공동체 건설이 가능하다고 생각했다. 강대국의 힘이 충돌하는 지점이어서 힘의 균형을 유지하려는 각국의 속성을 잘 이용하기만 하면 독립 자치 지구를 만들 수 있다고 생각한 거야."

멍하니 현우를 바라보다 유희는 어이없는 표정을 지었다. 이런 식의 대화법은 아버지만의 독특한 방식이었다. 삶이라는 구체적이고 현실적인 문제에서 느닷없이 역사적이고 철학적인 예를 빌려 설명하는 구습. 어렸을 때 유희는 아버지의 이런 모습에 압도당했다. 그러나 성인이 된 지금은 이런 대화 방식에 거부감을 느꼈다. 딸의 이혼과 위자료 이야기에서 왜 갑자기 중부 유럽의 정치적 상황을 거론하는지 이해할 수 없었다.

"임레는 결국 헝가리와 루마니아의 국경 지대, 즉 트란실바니아 일부 지역에 자치 정부를 만드는 데 성공했어. 이 정부는 말이 정부지 현대적인 의미의 국가 정부와는 전혀 다른 정치 체제였다. 프롤

레타리아 독재에 정당성을 둔 소련 공산당이 전제주의의 덫에 걸린 반면, 임레의 정부 시스템은 전적으로 권력을 인민에게 돌려주는 데 성공했어. 관료가 사라지고 그 자리를 공공에 봉사하려는 이상주의자들이 차지한 거야. 국가 출범 초기엔 공동체 생산에서 비롯된 이윤을 분배하는 데 약간의 이견이 있었지만, 다수의 행복이 소수의 독점적 이윤 추구에 우선한다는 임레의 이상은 마침내 실현될 수 있었다."

유희는 와인 잔을 들어 천천히 마셨다. 이럴 때 아버지를 막으려 해 봐야 중단하지 않는다는 사실을 잘 알고 있었다.

"괴팅겐에서 유학하던 시절 나는 네 엄마와 함께 그곳에 가 본 적이 있었다. 그 나라의 공식적인 명칭은 '엠베리 오르삭'이었는데 헝가리어로 사람의 나라라는 뜻이었어. 매우 아름다운 나라였다."

"하고 싶은 말씀이 뭐예요, 아빠."

유희가 와인글라스를 내려놓으며 말했다.

"우리가 갔을 때 마침 그 나라의 독립 기념일이었는데 사람들은 와인과 맥주를 마시며 새로운 이상주의 국가의 탄생을 기념하고 있었다. 우리가 머문 호텔에도 세계 각지에서 온 몽상가들이 집결해 있었어. 대부분 스탈린 식 소비에트 공산당에 실망한 좌파 정치 그룹의 일원이었지만, 서방 세계에서 날아온 자유주의자들도 꽤 많았다. 마약과 섹스에 중독된 히피 그룹도 파티에 초대를 받아 사람들과 어울리고 있었지. 괴팅겐의 보수적이고 엄격한 문화에 젖어 있던 나는 문화적인 충격을 받았어. 사람들이 강압적인 법질서를 벗어나서도 행복하게 살 수 있다는 걸 처음 목격하면서 그동안 나의 보잘것없던 철학을 지탱하던 논리학 체계가 일시에 무너졌다. 학자의 길을 포기하고 작가가 되기로 마음먹은 것도 바로 그날이었다."

유희는 끈기 있게 기다렸다.

"유토피아는 존재한다."

현우는 유독 그 문장을 강조해서 말했다. 유희는 아버지의 눈빛이 몽환적으로 변하는 것을 지켜봤다. 꿈을 꾸는 아버지. 그 꿈이 아버지를 망쳤다. 아버지는 돈과 현실에서 실패했고 자본주의적 경쟁에서 낙오했다. 대학 강의와 창작 활동으로 벌어들인 돈은 연기처럼 사라졌다. 그는 서구의 부유한 작가들이 쓴 소설을 읽으며 그들의 무절제한 소비 행태를 흉내 냈다. 이혼 통보를 받은 딸과의 저녁 식사 장소로 호텔 스카이라운지 레스토랑을 선택하는 것은 바보 같은 짓이라고 유희는 생각했다.

"이번 일이 잘 정리되면 네가 그 나라에 꼭 가 봤으면 좋겠구나. 그곳에서 인간이 무엇 때문에 사는지 확인해 보길 바란다."

아버지의 목소리는 감상에 젖어 있었다. 극적인 감정 변화여서 유희는 어떻게 반응해야 할지 몰랐다. 카드 대금과 아파트 월세를 내는 것만으로도 벅찬 생활인데 아버지는 황당하게도 유럽의 한 나라를 여행하라고 권하고 있었다. 두 사람은 한참 동안 아무 말도 하지 않고 서로를 바라보았다. 마치 차원이 다른 두 세계에서 얇은 막을 사이에 두고 서 있는 듯한 착각이 들었다. 침묵은 불청객의 등장으로 일시에 깨졌다.

"혹시, 신현우 작가님 아니세요?"

유희와 현우가 동시에 고개를 들어 남자를 올려다봤다. 유희는 아버지의 얼굴이 묘하게 일그러지는 걸 보았다.

"맞소만."

반면 현우의 대답에 긴장해 있던 남자의 얼굴은 환하게 밝아졌다.

"역시 신 작가님이셨네요. 엘리베이터에서 봤을 때 긴가민가했었습니다. 책 표지 사진이 10년도 넘은 거여서 확신을 못했습니다. 아, 그렇다고 작가님이 늙으셨다는 뜻은 아닙니다."

유희는 남자의 몸에서 풍기는 미끈한 향수 냄새를 맡았다. 엘리베이터에 탔던 세 남자 중 한 사람이 틀림없다. 유희는 기억을 더듬었다. 대각선에 서서 노골적으로 자신을 바라보던 키 큰 남자였다. 그렇다면 남자는 자신을 본 것이 아니라 아버지를 바라보았다는 말인가? 앞뒤가 맞지 않는 이야기라서 유희는 어정쩡한 미소를 지었다.

"방해되지 않는다면 잠깐 인사를 드려도 되겠습니까? 대학생 때 작가님의 열렬한 팬이었습니다."

"세상에 별일이 다 있구먼. 아무튼 앉으시오. 내 책을 읽었다는 사람을 만났는데 어떻게 모른 척할 수 있겠소."

유희는 남자의 붙임성에 놀라고, 또 그걸 받아 주는 아버지의 행동에 다시 한 번 놀랐다.

"솔직히 말씀드리면 처음부터 작가님 이름이 떠오르진 않았습니다. 세월도 세월이지만 작가님의 모습이 제가 기억하고 있던 모습과는 달라 보여서 꽤 혼란스러웠습니다. 그런데 옆에 계신 분의 모습을 보고서, 저 실례지만 작가님의 따님 되시죠?"

유희는 무심코 고개를 끄덕였다.

"역시 제 눈썰미는 아직 녹슬지 않았군요. 첫눈에 두 분이 부녀 사이라는 걸 알았습니다. 방에 들어와서 한참 고민하다 따님의 얼굴에서 작가님 이름을 떠올릴 수 있었습니다. 그리고 제가 작가님에게 큰 결례를 저지른 것을 깨달았습니다. 젊은 시절의 영웅을 만났는데 모른 척했으니 엄청난 실수를 저지른 거죠."

남자의 목소리는 굵고 리드미컬했다. 현우는 어깨를 가볍게 으쓱거렸고 유희는 자기 일도 아닌데 괜히 얼굴을 붉혔다. 아버지가 누군가로부터 영웅 소리를 듣는다는 것은 기적에 가까운 일이다. 더구나 이처럼 활기차고 건장한 청년이 아버지의 염세적이고 우울한 소설을 좋아한다는 것은 거의 불가능했다.

"제 얼굴을 보고 아버지의 이름을 떠올렸다고요?"

"네."

유희의 질문에 남자는 단호하게 말했다.

"작가님이 데뷔하셨던 30년 전의 사진을 인터넷으로 검색해 봤습니다. 두 분이 아주 판박이이신걸요."

현우가 처음으로 소리 내어 웃었고 유희는 또다시 어정쩡하게 웃었다.

"아버님이 미남이셔서 따님도 무척 미인이십니다."

유희는 남자의 너스레에 조금은 질린 표정을 지었다. 반면 현우는 웨이터를 불러 남자를 위한 와인글라스를 주문했다. 그사이 남자가 지갑에서 명함을 꺼내 현우와 유희에게 돌렸다. 명함에는 유럽의 대표적인 자동차 회사의 엠블럼이 그려져 있었다.

"해외영업부 소속이라 직접 자동차 판매를 하지 않습니다. 자동차를 팔려는 속셈은 아니니 안심하십시오. 정말이지 작가님은 저의 영웅이셨습니다."

남자의 이름은 박 다니엘이었다. 한국어 이름은 명함에 없었다. 유희의 미소와 현우의 떨떠름한 표정에 남자는 급하게 속사정을 털어놓았다. 글로벌 다국적 기업을 표방하는 회사의 방침 때문에 직원들 모두 영어 이름을 쓴다는 것이었다. 그의 한국 이름은 박맹호였다. 맹호 부대 출신 아버지가 아들이 용맹스러운 군인이 되길 바라며 작명한 이름이었다.

"차라리 앵그리 타이거로 하지."

다니엘이 소리 내어 웃었고 현우는 웨이터가 가져온 빈 잔에 술을 따랐다. 잔을 부딪치면서 유희는 가벼운 현기증을 느꼈다. 조금 전까지만 해도 아버지와 이혼에 대해서 진지한 이야기를 나누고 있었는데 갑자기 자동차 영업 사원이 등장해 유쾌한 술자리가 되어 버렸다. 그 과정이 너무나 자연스러워서 유희는 이전 상황을 완전히 잊어버렸다. 다니엘은 영업부 직원답게 분위기를 주도해 나갔다. 아버지의 소설을 처음 읽은 장소는 대학 도서관이었는데 소설의 독특한 우울한 분위기에 반했다고 말했다. 주인공들은 비정상적으로 짧은 대화를 나눴고, 독자와 공감을 하려고 시도하지 않은 채 제멋대로 행동했다. 클라이맥스는 없고 지지부진한 갈등은 결말이 지나서도 해소되지 않았다. 소설을 덮고 나면 답답하고 우울해졌다고 솔직하게 감상을 말했다. 그는 그런 기묘한 감정적 불안을 즐겼다고 했다. 친구 중에 신현우라는 작가의 소설을 찾아서 읽는 사람은 아무도 없었다는 말도 덧붙였다. 이로써 그가 아버지의 소설을 읽었다는 사실은 증명되었다고 유희는 생각했다.

"다수의 독자들은 이걸 두고 재미없다는 표현을 마구 써 버렸다. 나는 처음에 충격을 받았는데 나중에 여러 편의 소설을 더 발표하고 나선 어느 정도 인정하게 되었지. 난 왜 이렇게 재미없는 소설을 쓰고 있는 걸까, 하고 말이야."

말은 그렇게 했지만 현우의 목소리는 밝았다.

"그런데 자네는 어쩌다 자동차 회사 직원이 되었나?"

술기운이 제법 올랐을 때 현우가 다니엘에게 질문했다.

"그게 말입니다. 자동차를 파는 것도 꽤나 우울한 일이라는 걸 알게 되었기 때문입니다. 미완의 작품을 세상에 공개하는 어리석은 작가처럼 자동차를 고객에게 파는 행위도 상당히 유사하다는 것을 깨달았습니다. 완전한 문장이 존재하지 않듯 완전한 자동차도 존재하지 않는 거죠."

다소 공격적인 대답이었는데도 현우는 개의치 않았다.

"완전한 자동차는 없지만, 기능적으로 단순하고 믿을 만한 차는 존재하죠."

유희가 무심코 대화에 끼어들었다. 다니엘이 감탄 어린 얼굴로 유희를 바라보았다.

“맞습니다. 단순하고 믿을 만한 차는 찾아낼 수 있죠.”

그러고는 다시 시선을 현우에게로 옮기며 말을 이었다.

“선생님의 소설은 단순하고 믿을 만한 그런 이야기는 아니었지만, 제게는 적어도 어떤 느낌을 전달해 줬습니다. 이 작가의 소설은 기능적으로 내게 어울린다, 이렇게 말이죠.”

“일반적인 형태의 칭찬은 아니군.”

다니엘은 현우의 지적에 부정하지 않고 대신 조금 미안하다는 표정을 지으며 고개를 끄덕였다. 그의 등장은 누구도 예상하지 못한 우연이었다. 그러나 현우는 물론, 유희도 그와의 술자리가 싫지는 않았다. 이혼과 위자료라는 주제로 아버지와 대화를 이어 가는 것은 유쾌한 일이 아니었다. 자동차 회사원답지 않게 다니엘의 문학적 지식은 풍부했다. 두 남자의 대화가 길게 이어졌다. 유희가 화장실에 다녀왔을 때 와인은 사라지고 새로 딴 스카치위스키가 놓여 있었다. 유희는 놀랐지만 다니엘이 건넨 잔을 받았다. 차가운 얼음덩어리가 빙하처럼 위스키 안에서 녹았다. 유희는 시선을 돌려 창밖의 여름 바다를 내려다봤다. 많은 이들이 해변을 따라 걷고 있고 수면 위로 누군가가 쏘아 올린 폭죽이 모조 보석처럼 불분명한 빛을 반짝였다. 아버지가 발표한 소설들도 저 순간의 불꽃처럼 잠깐 반짝이다 사라졌다.

“근래에 선생님의 작품을 보지 못해서 아쉬웠습니다. 지금 쓰고 계신 소설이 있으신가요?”

다니엘의 질문에 유희는 다시 두 사람의 대화에 관심을 기울였다.

아버지의 마지막 소설이 나온 지 벌써 5년이 흘렀다.

"국경에 대한 이야기를 쓰는 중이네. 하지만 내가 이 소설을 완성할지는 장담하지 못하겠어."

현우는 술기운이 몸속으로 번지는 듯 다소 느릿느릿 말했다.

"국경이라, 멋진 주제군요."

다니엘의 즉각적인 반응에 유희는 자신도 모르게 비웃음에 가까운 실소를 터뜨렸다. 유희는 두 남자의 어이없는 표정을 확인하고는 냅킨으로 입술을 닦으며 모른 척했다. 아버지가 앞서 중부 유럽의 작은 나라에 대해 길게 이야기를 이어 간 이유를 알 수 있었다.

"국경선만큼 인위적이면서도 추상적인 개념은 우리 주위에 없네. 남북한처럼 물리적인 철책으로 국경선이 드러난 경우는 상당히 예외적인 일이야. 대부분의 국경은 높은 산과 강 또는 바다로 이루어져 있지."

"그렇군요. 선생님 말씀을 듣고 보니 국경선이란 굉장히 모호한 개념이네요."

"국경이 존재한다는 사실은 인간들 마음속에 여전히 미움과 불신이 존재한다는 것을 보여 주네. 하늘을 나는 새와 대양을 이동하는 고래보다 인간이 정신적으로 덜 진화했다는 방증이기도 하고."

"음, 인위적인 것은 진보가 아니라 퇴행일 수도 있다는 선생님의 철학에서 국경선이라는 진일보된 개념이 도출된 것이군요."

무심코 던진 다니엘의 말은 유희와 현우 모두를 깜짝 놀라게 만들었다.

“자넨 내 소설의 최초이자 마지막 팬일지도 모르겠군.”

두 남자는 서로를 바라보며 기분 좋게 웃었다.

세 사람은 함께 엘리베이터를 타고 호텔 로비로 내려갔다. 불쾌하기까지 했던 엘리베이터에서의 첫 만남과는 전혀 다른 결말이었다. 타인에 대한 의심의 벽은 완전히 제거되어 사라졌다. 그들은 마치 오래전부터 알고 지낸 사이처럼 행동했다. 다니엘이 현우의 소설을 읽기 시작한 것이 십수 년 전의 일이었으므로 두 남자 사이에는 독특한 유대감과 친밀감이 형성되어 있었다. 해변에서 묻힌 모래를 털지 않고 돌아다니는 어린 연인들과 취객들로 로비는 소란스러웠다. 밤이 깊었지만 토요일 밤 해운대 바다는 쉽게 잠들지 못했다. 택시들이 줄지어 늘어서 있었다. 현우는 딸에겐 가볍게 고개를 끄덕이고 다니엘에게는 꽤 정다운 표정으로 악수를 권했다. 유희는 모처럼의 밝은 표정에도 불구하고 늙은 아버지의 모습을 보았다. 머리숱은 예전처럼 짙었지만 하얀 서리가 내린 듯 반백의 노인이 구부정한 모습으로 택시에 오르는 장면은 그녀의 마음 한구석을 날카롭게 찔렀다. 무표정한 택시 기사는 미처 손을 들기도 전에 빠르게 차를 출발시켰다. 후덥지근한 바람이 일었다.

“저 유희 씨, 괜찮으시면 커피나 한잔할까요?”

유희는 잠깐 멍한 표정을 지었다가 그가 한 말을 이해한 다음 어깨를 으쓱이며 말했다.

“대리 기사님이 오고 있어요.”

유희가 눈짓으로 호텔 입구 계단을 올라오는 흰 와이셔츠를 입은 남자를 가리켰다.

"잠깐만요."

다니엘은 유희의 답을 듣지 않고 성큼성큼 대리 기사에게로 걸어갔다. 두 사람이 인사를 주고받고 다니엘이 지갑에서 돈을 꺼내 남자에게 건넸다. 유희는 짧게 한숨을 내쉬며 다니엘의 뒷모습을 바라봤다. 얇은 원피스 자락이 바람에 흔들렸다. 왜 이 자리에 서서 낯선 남자의 등을 바라보고 있는 것인지 정확히 이해가 되지 않았다. 미처 생각을 정리하기도 전에 다니엘이 유희에게 돌아왔다.

"해변 쪽에 스타벅스가 있는데 번거로우면 그냥 로비의 커피숍으로 갈까요?"

"먼저 묻고 싶은 게 있어요. 엘리베이터에서 처음 만났을 때 정말 우리 아버지를 보신 거예요?"

미소 띤 얼굴이 금세 굳어졌다. 잠시 후 그는 고백이라도 하듯 긴장한 표정으로 말했다.

"솔직히 말씀드리면 그건 아니었습니다. 두 분을 뵈었을 때 두 사람 사이를 오해했습니다. 얼토당토않은 생각을 한 거죠. 유희 씨를 먼저 보고 그다음 작가님을 봤습니다. 그리고 이렇게 젊고 아름다운 여자가 왜 나이 든 남자와 함께 호텔에 왔을까, 라고 생각했습니다."

유희는 차근차근 기억을 더듬었다. 세 사람의 낯선 남자들이 좁은 엘리베이터 안에서 자신을 향해 맹렬한 적의를 드러냈다. 다니엘의 목소리가 조금 떨렸다.

"멍청한 생각을 한 거죠. 즉흥적인 오판이었습니다. 그런데 방에 들어가서 샤워를 할 때 엘리베이터에 들어온 램프가 스카이라운지가 있는 층이라는 걸 알았습니다. 엘리베이터에서 제가 큰 실례를 범했다는 것을 비로소 깨달았습니다."

"그리고 아버지 얼굴이 기억났고요."

"네, 맞습니다."

그렇게 말한 다니엘의 얼굴이 갑자기 굳어졌다. 궁지에 몰린 사람처럼 그는 흔들렸다.

"인터넷을 통해 선생님 얼굴을 확인했습니다. 하지만 제가 용기를 내서 찾아간 것은 순전히 유희 씨 때문이었습니다."

그가 말을 더듬는 것과 달리 유희는 냉정하게 생각을 정리한 다음 말했다.

"제게 사과하고 싶으셨나요?"

네, 라고 서둘러 말한 다음 그는 다시 말했다.

"사과도 사과지만 유희 씨를 다시 보고 싶었습니다. 지금 놓치면 기회는 영영 돌아오지 않으리라 생각했습니다."

또다시 해변 쪽에서 폭죽이 올랐다. 해가 뜰 때까지 폭죽은 계속 타오를 것이다. 유희는 불빛이 사라지는 장면을 지켜보며 말했다.

"좋아요. 그럼 커피는 방에서 마시죠."

그녀의 제안에 다니엘은 마치 급속 냉동이 된 얼음 인간처럼 굳어 버렸다. 유희는 그가 되묻지 않아 다행이라고 생각했다. 마치 타임머신을 타고 과거로 되돌아가서 유치한 놀이에 흠뻑 빠진 소녀가 된 느낌을 받았다. 할 수만 있다면 그의 귀에 대고 큰 소리로 '얼음 땡!'을 외치고 싶었다.

엘리베이터에서 다니엘은 유희의 손을 잡았다. 그의 손바닥은 따뜻했다. 그리고 미세하게 떨렸다. 반면 남자의 심장이 격렬하게 뛰는 소리는 확연히 느껴졌다. 마치 위층으로 이사 온 거인들의 발걸음 소리처럼 들렸다. 그는 이제껏 유희가 만난 남자 중에서 가장 키가 크고 덩치가 컸다. 185센티미터는 족히 넘을 것 같았다. 어깨와 등은 넓었다. 군살은 없고 뼈에 붙은 살은 거의 모두 근육이었다. 얼굴은 둥글넓적하고 이목구비는 특징 없고 평범해서 미남이라고 할 수 있는 남자는 아니었다. 길고 시원하게 뻗은 팔다리와 바른 자세, 활달한 걸음걸이, 상대를 안심시키는 중저음의 목소리 등 전체적으로 봐야만 호감을 느낄 수 있는 남자였다. 165센티미터로 작은 키가 아닌 유희가 굽 있는 샌들을 신었음에도 남자의 머리가 한참이나 위에 있었다. 곁에 서니 확연히 그의 큰 키를 느낄 수 있었다. 유희는 질끈 눈을 감았다가 떴다. 엘리베이터 문이 열리자 아늑한 조명과 부드러운 카펫이 깔린 긴 복도가 나타났다. 다니엘은 유희의 손을 잡은 채 그녀를 이끌었다. 카드 키 불빛이 초록색으로 반짝이고 곧 문이 열렸다. 유희가 뒤따라 서자 문이 부드럽게 닫혔다. 세상과의 단절이 보장된 공간이었다.

다니엘이 긴장한 표정으로 유희를 내려다봤다. 우울하고 염세적인 소설을 좋아하는 남자의 눈빛은 불안해 보였다. 유희가 천천히 다가서며 그의 허리에 팔을 둘렀다. 아직 법적인 문제가 깔끔하게 처리되지 않았다는 생각이 떠올라 유희는 잠깐 주저했다. 그러나 남자의 숨결이 느껴지자 사소한 문제는 연기처럼 사라졌다. 불행하고 끔찍했던 결혼 생활이 끝나고 새로운 무대가 열리고 있었다. 망설일 필요는 없었다. 다니엘의 크고 뜨거운 손바닥이 그녀의 가슴을 두드렸다. 유희는 키스에 집중하며 그의 손이 자유롭게 이동하는 것을 내버려 뒀다. 뼈마디가 느껴지는 굵은 손이 천천히 아래로 내려왔다. 마지막으로 누군가의 손에 의해 속옷이 벗겨지는 상황이 언제 적 일인지 기억나지 않았다. 바보 같은 생각을 한 탓에 집중이 되지 않았다. 다니엘이 풍선 인형을 들듯 가볍게 유희를 안아 침대로 가서 눕혔다. 유희가 급하게 그의 셔츠 단추를 풀었다. 탄탄하고 넓은 가슴이 드러났다. 유희는 그의 몸을 안으며 자신도 모르게 숨을 크게 내쉬었다. 크고 강하면서 아름다운 몸이었다. 그를 받아들였을 때 유희는 자신이 새로운 국경선을 넘어 신세계로 들어섰음을 알아차렸다. 낯설고 이국적인 나라에서 무슨 일이 벌어질지는 그 순간 떠오르지 않았다.

"휴먼 머신 인터페이스라고요?"

"맞아요. 휴먼 머신 인터페이스. 줄여서 HMI라고 하지요."

유희는 얇은 이불로 가슴을 가리며 침대에 기대어 누워 있었고 다니엘은 트렁크 한 장만 걸친 채 넓은 창가에 서서 생수병을 들고 서 있었다. 그 모습이 흡사 링에 오른 복서처럼 보여 유희는 웃었다.

"복잡하고 피곤한 일처럼 들리네요. 컴퓨터에 대해서는 워낙 무지해서."

다니엘은 손가락으로 정수리를 북북 문지르며 말했다. 상대방의 그런 반응에 익숙했기 때문에 유희는 어깨를 살짝 으쓱이기만 했다. 컴퓨터 프로그래밍을 업으로 삼고 있다고 말하면 대부분 다니엘처럼 응답했다.

"컴퓨터 프로그래머를 만난 건 처음 있는 일입니다."

유희는 나도 자동차 회사 직원과 잠을 잔 건 처음 있는 일이라고 말하려다 그만뒀다.

"실력이 좋은가 봅니다."

목소리가 영락없는 영업부 사원의 목소리처럼 들려서 유희는 웃었다. 그리고 속사정을 말하려다가 참았다. 1년 전 남편과의 별거가 시작되었을 때 유희가 제일 먼저 한 일은 직장을 구하는 것이었다. 결혼하기 전 프로그래머로 일한 경력이 있어 새 직장을 잡는 게 어려울 거라곤 예상하지 못했다. 그러나 세상은 자신의 순진한 생각만큼 호락호락하지 않았다. 인사 담당자들은 그녀에게 생긴 2년간의 공백을 의심했다. 어정쩡한 나이였고 믿을 수 없는 경력이었다. 수개월 동안 그렇게 탈락의 고배를 마셨다. 경력이 끊어진 유부녀를 쓰겠다는 회사는 나오지 않았다. 혼자서도 잘할 수 있다는 자신감은 무너졌다. 사정을 안 아버지가 연락해 왔다. 부산에 내려오면 직장을 알선해 줄 수 있다는 제안이었다. 도시에서 제법 이름이 알려진 회사였는데 유희는 그 내막을 이내 알아차렸다. 평생 소설과 문학 강의만 해 온 아버지가 자동화 기기 설비업체와 연락이 닿기는 만무했다. 운 좋게도 아버지의 강의를 듣는 수강생 중 한 명이 같은 계통에서 일하는 남편을 두고 있었다. 이력서를 보내자마자 면접을 보자는 연락이 왔다. 유희는 이른바 연줄의 위력을 실감했다. 자존심이 상하기는 했지만 모른 척하고 이삿짐을 쌌다.

"다니엘이라는 이름, 처음엔 굉장히 어색했는데 지금은 잘 어울린다는 느낌이 들어요."

"그렇죠?"

그는 긴 팔을 쭉 뻗고 기지개를 켜며 활짝 웃었다. 그러고는 개구쟁이 아이가 수영장에 뛰어들듯 풀쩍 침대 위로 올라왔다. 넓고 쿠션이 좋은 매트리스가 요람처럼 크게 흔들렸다. 생수 한 통을 마신 그의 몸은 이내 활기를 되찾았다. 그가 몸을 굴려 다시 유희 위로 올라왔다. 처음과는 달리 긴장이 많이 풀린 얼굴이었다.

"선생님이 이 사실을 알면 절 죽이려 하시겠죠?"

진심이 담긴 농담에 유희는 미소로 화답했다. 눈을 감자 대체 아버지는 무슨 생각으로 그처럼 긴 인생을 혼자 살았던 것일까, 궁금해졌다. 자신은 겨우 2년이 조금 못 되는 시간 동안 남자의 몸을 안지 않았다. 반면 아버지는 유희가 성장하는 30년 가까운 긴 세월을 홀로 보냈다. 화장실에 가려고 새벽에 일어나면 아버지가 거실 탁자에 앉아 멍하니 원고지를 내려다보는 장면과 부딪치곤 했다. 아버지의 그런 모습에서 어린 여자아이는 자연스럽게 어른이 된다는 것은 고독해지고 불행해진다는 결론을 도출해 냈다. 성인이 되고 싶지 않다는 생각은 사춘기 소녀의 세계를 지배했고 이런 미숙한 생각은 스무 살이 넘어서도 별반 달라지지 않았다. 남편 상훈에게 프러포즈를 받았을 때 그녀는 자신의 솔직한 심정을 말했다. "널 사랑하고 있는 것 같지는 않아"라고. 이제 그 벌을 충분히 받았다. 사랑하지도 않는 남자와 결혼한 벌은 이 정도면 충분해, 라는 말을 유희는 주문처럼 반복했다. 다니엘이 그녀를 힘껏 껴안으며 그녀의 귓가에 대고 속삭였다.

"유희 씨, 사랑합니다."

유희는 웃음이 터져 나오는 것을 참으며 그의 목을 껴안았다. 순간 사랑하지도 않는 남자와 잠을 자면 또 어떤 벌이 내릴까, 몹시도 궁금해졌다. 어쩌면 그것은 국경을 넘어 낯선 세계에 잠입한 이방인에게 내려질 숙명적인 고난과 형벌이 될 가능성이 농후했다. 그럼에도 유희는 애써 모른 척하며 그를 안고서 육체적인 쾌락을 즐겼다.

2

월요일 아침, 출근과 함께 자연스럽게 일상으로 돌아왔다. 유희는 길게 늘어선 출근 차량 사이에 끼여 지난 주말에 있었던 비정상적인 모습을 떠올리며 자신을 비웃었다. 처음 만난 남자와의 격렬한 하룻밤 정사는 그녀의 폭 좁은 성적 판타지에는 들어 있지 않았다. 평소 모험적인 사랑에 대한 환상을 가진 적도 없고, 주변에서 들려오는 엇비슷한 이야기에 호기심을 느낀 적도 없었다. 오히려 그녀를 당황하게 만든 것은 다니엘과의 관계에서 아무것도 남지 않았다는 깨달음이었다. 호텔을 나왔을 때 그녀는 이제 다시 이 남자와 만날 일은 없을 거라고 판단했다. 어쩌면 누군가로부터 도덕적인 비난을 받을 수도 있는 이 결론은 그녀에게 예기치 못한 만족감을 주었다. 그저 일어날 일이 일어난 것일 뿐이라는 담담한 감정 상태가 만족감의 요체였다. '그건 중요하지 않아.' 규범에서 벗어난 무관심한 태도는 아버지 소설에 등장하는 주인공들의 공통적인 특징이었다. 그들은 독자의 열성적이고 격렬한 감정을 배신하며 비이성적일 정도로 차갑게 행동했다. 그들이 하는 일이란 오직 인간적인 관계를 끊고 세상과의 단절을 자초하는 것뿐이었다. 유희는 마침내 자신이 아버지의 소설 세계에 한 발 내디뎠음을 알아차렸다.

두 달 동안 진행된 프로젝트 마감이 코앞이었다. 새 직장에서 그녀를 믿고 맡긴 첫 프로젝트여서 유희는 무척 신경을 썼다. 도시 인근 도축장에서 나오는 폐수 처리 장치 프로젝트였다. 시간이 쏜살같이 흘러 다시 금요일 오후가 되었다. 그동안 현장에 투입된 전력선 통신(PLC) 작업자와 날카로운 신경전이 오갔다. 규모가 큰 프로젝트는 아니지만, 이전에 설치한 전기 시설을 철거하지 않아 배선상의 오류가 있었고 상호 통신이 되지 않는 구식 PLC가 예기치 못한 전기 신호를 보내와서 시스템을 불안하게 만들었다. PLC 공정은 회사와 계약한 하도급 업체가 전담하고 있어 PLC 프로그래머와는 주로 유선으로 정보를 주고받았다. 유희의 판단으로는 아직 시현 단계가 아닌데도 PLC 프로그래머는 시뮬레이션을 재촉했다. 시뮬레이션을 하기 위해서는 현장으로 가야 하는데 유희는 불완전한 시스템을 테스트하기 위해 헛걸음을 하며 시간을 낭비하기 싫었다. 그동안 몇 차례 이런 과정이 반복되었다. 작업이 늦어진 이유는 시스템상의 문제도 있었지만, 주원인은 매번 달라지는 폐수 처리업체 작업자들의 요구였다. 작업 사양 명세(specification)가 바뀌면 곧 시스템에 오류가 발생한다는 것을 의미했다. 유희는 고객에게 불만을 표할 수 없었기 때문에 이런 일이 일어나면 PLC 프로그래머를 닦달했다. 게다가 현장을 책임진 김 부장이라는 사람은 자기들 회사가 따낸 관공서 시설물 프로젝트에 정신이 팔려 있었다. 관공서 일은 예산에서부터 일반 사기업체와는 비교할 수 없을 정도로 규모가 컸다. 그의 부주의와 무관심은 이해할 수 있지만, 언제까지 이런 식으로 느슨하게 프로젝트를 진행할 수는 없었다.

예상했던 대로 현장은 엉망이었다. 김 부장은 모습을 보이지 않고 이제 겨우 일을 시작한 수습 엔지니어가 전기실 패널 앞에 쭈그려 앉아 노트북 모니터를 들여다보고 있었다. 그의 뒤에는 현장을 감독하는 도축장 관리자가 팔짱을 낀 채 심각한 표정으로 그의 작업을 지켜보고 있었다. 아직 앳된 대학생 티를 벗지 못한 청년은 심각한 표정을 지으며 유희를 올려다봤다. 마치 오지에 버려진 아이가 구출 대원을 바라보는 눈빛이었다. 사흘 전에 문제를 일으킨 모터 에러 신호는 잡았지만, 이번에는 도축장에서 조금 멀리 떨어진 종말 처리 시설에서 문제를 일으켰다. 시스템 구동 시현은 불가능했다. 먼저 오류부터 수정해야 했다. 유희는 젊은 엔지니어의 노트북 화면으로

PLC 작동 상태를 확인했다. 프로그램에는 이상이 없었다. 그런데도 현장에선 펌프가 계속 오작동을 일으키고 있었다. 하필이면 오늘은 군에서 하수 처리 환경 관리 담당자가 나와서 현장 지도를 하는 날이었다. 도축장 관리자는 몸이 달아 있었다.

"현장으로 가요."

컴퓨터만 보면서 시간을 낭비할 때가 아니었다. 유희가 앞장서자 엔지니어와 시설 관리자가 따라나섰다. 건물 밖으로 나온 유희는 옷을 잘못 입었음을 알아차렸다. 늦은 오후에 반도체업체 직원들과의 미팅 때문에 깔끔하게 차려입고 있었다. 타이트한 치마에 하이힐을 신었고 허리가 살짝 드러나는 짧은 흰 와이셔츠를 입었다. 브리핑을 할 예정이어서 간단히 화장까지 한 상태였다. 평범한 사무직 여사원의 옷차림이지만, 도축장 현장 시설 공사에는 어울리지 않는 복장이었다. 모든 준비가 끝났다는 김 부장의 말만 믿고 현장으로 온 판단 착오였다. 관리 통제실 앞마당 계단에 서니 도살장의 전경이 한눈에 들어왔다. 유희는 손 가리개로 쏟아져 내리는 햇빛을 막으며 눈살을 찌푸렸다. 아스팔트는 뜨거운 열기로 달구어져 있고 축구장 크기의 넓은 주차장엔 수십 대에 이르는 화물 트럭이 줄지어 늘어서 있었다. 화물차 위에는 죽음을 기다리는 돼지와 소가 고개를 내밀고 마지막으로 지상의 공기를 들이마시고 있었다. 거리가 가까운 탓에 돼지들이 컨베이어 벨트 위에서 미끄러지는 소리와 도살하는 순간에 내지르는 단말마의 비명까지 생생하게 들렸다. 짐승들이 컨베이어 위에서 거대한 해머와 톱에 죽임을 당하는 동안 트럭 운전자들은 나무 그늘에 삼삼오오 모여 카드 게임을 하고 있었다. 도살장 외벽에는 '일류 시스템으로 선진 축산을 이룩하자'는 표어가 붉은 페인트로 쓰여 있었다. 유희는 문제를 일으킨 펌프에 신경을 모으며 관심을 돌렸다. 통제실 옆에는 활성 슬러지 공법을 이용한 원통형 폐수 처리 수조가 있었다. 도살된 돼지와 소들이 흘린 피가 수조 속 호기성 미생물에 의해 분해되었다. 이곳에서 죽음은 효율과 위생이라는 시스템의 문제이지 윤리와 철학의 문제가 아니었다.

엔지니어의 차로 세 사람은 종말 정화조로 이동했다. 얕은 내가 있는 다리를 건너고 좁은 농로를 따라 4~5킬로미터쯤 달리자 현장이 나왔다. 논에서는 쌀알을 머금은 벼가 여름 햇빛을 마음껏 흡수하고 있었다. 현장에는 군청 환경 관리 공무원이 그들을 기다리고 있었다. 도살장에서 불량 처리된 폐수가 농지와 마을로 흘러가지 않도록 감독하는 것이 그의 일이었다. 남자들이 서로 인사를 주고받는 동안 유희는 맨홀 뚜껑이 열린 어두운 구멍을 내려다봤다. 어림짐작으로 봐도 수위가 꽤 차올라 와 있었다. 이런 경우에는 도축장에서 방류를 중단해야 하는데 신호가 잡히지 않는 게 문제였다. 도축장에서 방류된 하수의 수위가 통제실로 잘못된 신호를 보내면 하수 처리 수조가 범람할 수도 있었다. 유희는 담당 공무원의 불만 섞인 표정에서 이내 상황을 간파했다. 까다로운 문제가 생겼는데 업체에서 겨우 풋내기 엔지니어와 여직원을 내려보낸 것에 대한 불만이었다. 팔짱을 끼고 이야기를 들어줄 때가 아니었다.

"플래시 있어요?"

유희의 질문에 수습 엔지니어가 뒷주머니에서 플래시를 꺼내 주었다. 유희는 미니 플래시를 켜고 하이힐을 벗었다. 여름이어서 스타킹을 신지는 않았다. 달궈진 아스팔트는 프라이팬처럼 뜨거웠다. 타이트한 스커트를 허벅지 끝까지 걷어 올려 다리의 움직임을 편하게 만들었다. 날씬하고 균형 잡힌 다리가 온전히 햇빛에 노출되었다. 감독관과 도축장 관리자가 무슨 엉뚱한 짓이냐는 표정으로 그녀의 행동을 지켜봤다. 젊은 엔지니어만이 겨우 상황을 이해한 것 같았다. 유희는 플래시를 입에 물고 맨홀로 내려가는 사다리에 오른쪽 다리를 넣었다. 다리만 넣었을 뿐인데도 온도 차가 확연히 느껴졌다. 미끄러지지 않도록 조심하며 계단에 설치된 사다리를 타고 아래로 내려갔다. 멍한 표정의 세 남자가 맨홀 주변에 모여 어둠 속으로 가라앉는 그녀의 정수리를 내려다봤다.

어둠보다는 폐수에서 나온 악취가 불쾌했다. 지상으로부터 불과 4~5미터 내려온 것에 불과했는데도 전혀 다른 세상이었다. 유희는 플래시로 천장에 붙은 곤충들을 확인했다. 거미줄이 쳐진 것을 보니 최근에 만수가 되어 범람한 적은 없는 듯싶었다. 만수위 계측 센서가 제대로 작동한다는 이야기였다. 그렇다면 뭐가 문제일까? 센서에서 나온 가닥 전선은 펌프와 각종 모터 등의 전선 묶음에 뒤엉켜 지상으로 향해 있었다. 유희는 설계 도면에서 본 전기 장치와 전선 수를 하나하나 확인했다. 출처가 불분명한 가닥이 남았다. 가능성은 하나뿐이었다. 유희는 짧게 한숨을 내쉰 뒤 사다리에서 천천히 한 발을 내렸다. 미지근한 액체가 발목과 종아리에 달라붙었다. 도축장에서 방류한 하수와 인근 마을에서 흘러 들어온 생활 하수였다. 한 발을 담그자 오히려 마음이 진정되었다. 망설이지 않고 반대쪽 발을 넣었다. 얼마나 내려가야 할까? 세 계단을 내려가자 물이 허벅지까지 차올랐다. 차고 미지근한 물이 뒤섞여 있어 불쾌했다. 발을 옆으로 뻗쳐 벽을 확인했다. 콘크리트 말고는 아무것도 없었다. 한 발 더 내려가면 물이 허리까지 올라올 것이다. 이번에는 길게 숨을 내쉬었다. 여기까지 내려왔는데 포기할 수는 없었다. 얼굴이 잠기지 않기만 바랄 뿐이었다. 한 계단 내려서자 하반신이 완전히 하수에 잠겼다. 악취가 더 심하게 났다. 발을 뻗어 다시 벽을 확인했다. 무엇인가 발가락에 걸렸다. 유희는 발바닥과 발가락으로 놈의 생김새를 읽었다. 만수위 측정을 알리는 센서였다. 정체불명의 전선은 거기서 나온 것이 틀림없었다. 새 공사를 하면서 전기 엔지니어가 예전에 설치한 센서를 제거하지 않은 것이다. 결국, 만수위 신호가 두 곳에서 나와 PLC에 전달되고 있었다. 오류를 밝혔으니 이제는 수정하면 된다. 유희는 사다리를 타고 올라갔다.

"니퍼 줘요."

맨홀을 내려다보던 젊은 엔지니어가 도구함에서 니퍼를 꺼내어 유희에게 건넸다. 유희는 다시 사다리를 타고 내려와 전선 꾸러미에서 문제의 전선을 끊었다. 그리고 다시 지상으로 올라가 맨홀에서 고개만 내밀고 말했다.

"신호 확인해 봐요."

엔지니어가 급히 바닥에 놓인 노트북을 확인했다.

"경고 신호가 사라졌습니다."

유희는 니퍼와 플래시를 바닥에 내려놓고 사다리를 타고 지상으로 올라왔다. 엔지니어가 유희의 팔을 잡고 도와줬다. 꼴이 엉망이었다. 치마와 다리에서 흘러내린 하수가 달구어진 콘크리트 바닥으로 후드득 떨어졌다. 허벅지와 종아리 곳곳에 검은 반점처럼 시커먼 폐수 건더기들이 묻어 있었다. 공무원 남자가 이맛살을 찌푸렸다. 짙은 감청색 스커트를 입은 게 그나마 위안이 되었다.

엔지니어의 트렁크에 여분의 작업복 바지가 있었다. 유희는 강물에 하반신을 담그고 몸을 씻었다. 깨끗한 물속에 몸을 담그니 마치 바캉스를 나온 기분이 들었다. 여름 해는 아직도 맹렬하게 열기를 쏟아 내고 있었다. 머리까지 담그고 수영이라도 하고 싶었지만, 기다리고 있는 두 남자 때문에 그렇게 하지는 못했다. 도축장 관리자는 다리 위에 세워 둔 차에서 에어컨 바람을 맞으며 앉아 있었다. 젊은 여자가 몸을 씻는데 점잖지 못하게 지켜볼 수는 없다고 생각한 것 같았다. 젊은 엔지니어는 유희의 요구대로 바지와 수건을 들고 옆에서 기다렸다. 유희는 마지막으로 얼굴을 씻고 물 밖으로 나왔다. 엔지니어가 바지를 돌 위에 내려놓고 타월을 펼치고는 고개를 돌렸다. 유희는 젊은 엔지니어의 붉게 달아오른 뺨을 보며 싱긋 웃었다. 날개를 펼친 크고 흰 새가 허공을 배회할 뿐 주위에는 아무도 없었다. 유희는 스커트를 내리고 잠깐 고민한 다음 팬티까지 벗었다. 젖은 속옷을 입고 있을 수는 없었다. 빠른 동작으로 바지를 입었다. 날씬한 20대 청년의 작업복 바지는 스판덱스 소재였지만 유희에게는 헐렁했다.

"고개 돌려도 돼요."

유희는 그렇게 말하고 엔지니어가 든 수건을 뺏어 얼굴과 목을 닦았다.

"신 과장님, 제가 선배라고 불러도 돼요?"

유희는 머리칼에 묻은 물을 털어 내며 엔지니어의 얼굴을 올려다봤다. 아직 세상의 때가 묻지 않은 아이 같은 눈빛에 오뚝한 코와 남자다운 턱 선이 묘하게 뒤섞인 얼굴이었다. 날씬한 체형이 적당하게 큰 키를 가리고 있었다. 잘생긴 얼굴이라기보다는 귀엽고 장난기 가득한 얼굴이었다. 일하는 동안 대부분 그와는 무전기로 대화를 나누었고 그것도 김 부장이 없을 때나 그랬을 뿐 직접 얼굴을 맞대고 이야기한 것은 오늘이 처음이었다.

"누나라고 부르고 싶지만, 그건 좀 이상한 것 같아서요."

뜬금없는 소리에 웃음이 나왔다. 명함에서 본 이름이 정확히 기억나지 않았다. 한민중이었나? 그가 허리춤에서 벨트를 빼 유희에게 건넸다. 헐렁한 바지가 내려와 겨우 골반에 걸쳐 있었다. 속옷을 입지 않은 아랫배가 위험 수위까지 내려가 있었다. 유희는 느긋하게 흘러내린 바지를 올리고 벨트를 맨 다음 말했다.

"그건 한 대리 마음이죠. 선배라고 부르는 게 더 좋아요?"

"그게 좀 더 친근하게 들리잖아요."

뭐가 좋은지 청년은 싱글벙글 웃었다.

"돌아가요. 차에서 기다리시는 분이 짜증 내실 거예요."

유희는 긴 바지 끝을 접고 샌들을 신었다. 흰 와이셔츠에 검정 얼룩이 조금 묻은 걸 빼고는 크게 문제 될 건 없었다. 차가운 강물에 몸을 담근 후라 기분은 상쾌했다. 유희는 치마 속에 팬티를 넣고 둘둘 말아 한 손에 쥐었다. 시스템 구동 시현을 하지는 못했지만, 오늘 일은 끝냈다는 만족감이 온몸으로 퍼져 갔다.

주말이 돌아왔다. 기다렸던 휴일은 예상치 못한 손님의 방문으로 시작되었다. 시어머니는 성격이 급한 사람이었다. 평소 담대한 성격이지만 시어머니의 전화를 받자 빠르게 심장이 뛰었다. 시어머니는 남편의 대리인으로 부산에 도착했음을 당당하게 밝혔다. 사전에 연락하지 않고 무작정 찾아온 것이다. 머리를 빗으며 유희는 왜 시어머니가 이리도 떳떳하게 구는지 생각했다. 남편의 엄마라는 우위를 점하고 있는 데다 많은 재산을 소유하고 있는 배경 이외엔 다른 설명이 불가능했다. 부자가 좋은 점은 언제나 당당하다는 것이다. 시어머니는 위세 좋게 운전기사와 비서를 대동하고 나타났다. 주차장에 도착하니 시어머니의 외사촌 동생 장 비서가 나와서 시계를 확인하며 기다리고 있는 모습이 보였다. '10분이나 늦었어.' 첫 인사치고는 고약하다고 생각하며 고개를 숙여 인사했다. 그녀의 안내를 받아 시어머니가 있는 방으로 들어갔다. 미닫이문이 열리면서 시어머니의 모습이 보였다.

"어서 오너라. 살이 좀 빠졌구나."

의례적인 대화가 오가는 동안 유희는 엉뚱한 생각을 했다. 지난주 아버지를 만났을 때 나눈 대화가 떠오른 것이다. 죄르지 임레라는 헝가리 민중 혁명가가 히틀러와 무솔리니, 처칠과 같은 서구 열강의 권력자들 사이에서 협상의 묘를 발휘하여 헝가리와 루마니아 국경 지대에 놓인 트란실바니아 일부 지역에 이상적인 자치구를 만들었다는 이야기였다. 아버지의 결론은 협상이란 역사를 바꿀 만큼 중요하기 때문에 철저하게 이성적으로 대처해야 한다는 것이었다. 이혼이라는 개인적인 영역도 정치적 협상 테이블과 하등 다를 이유가 없다고 강변했다. 아버지의 말처럼 이혼도 협상의 하나일까, 라고 유희는 의문을 가졌다. 그런데 막상 시어머니의 얼굴을 마주 대하고 보니 아버지의 말도 안 되는 주장이 점점 설득력 있게 다가왔다. 시어머니는 벌써 무엇을 주고 무엇을 받을 것인지 이리저리 재고 있었다. 머리끄덩이를 잡고 싸우는 추한 꼴을 연출하는 대신 실리적이고 우아한 방식을 선택한 것이다. 시어머니와 유희는 거의 음식을 들지 않고 서로를 바라보며 힘들게 대화를 이어 갔다. 결국, 장 비서가 중간에서 음식을 막았고 더는 음식이 들어오지 않았다.

"좋아. 여기까지 왔는데 내 의사를 정확히 밝히는 게 좋겠지. 솔직히 말하마. 이혼을 조금 늦추자. 1년 정도면 충분해. 1년 후에 정확히 이혼해."

유희는 자신의 귀를 의심했다.

"사실상의 이혼은 오늘부터야. 넌 상훈이와 이혼한 걸로 생각하면 된다. 형식상의 법적 이혼을 늦추자는 것뿐이야. 어차피 별거한 지 1

년이 넘었는데 별문제도 없지 않았니? 이 상태를 1년 정도 이어 가자는 거야.”

“그럴 수는 없어요.”

유희는 정황을 파악하지 못했음에도 그렇게 말했다. 아니, 무슨 사정이 있든 그럴 수는 없었다. 사실상의 이혼은 뭐고, 형식상의 이혼은 또 뭔가.

“쉽게 단정 짓지 마라. 넌 항상 그렇게 서두르는 게 흠이야. 상대방 이야기에 먼저 귀를 기울여야지.”

마치 재단 이사회 회의에서 부하 직원을 꾸짖듯 시어머니가 말했다. 지시를 내리고 명령을 내리는 데 익숙한 사람이었다. 반대 의견은 들을 의지가 전혀 없는 사람이었다.

“이건 상훈 씨와 제가 만나서 해결할 문제예요. 어머니는 빠져 주세요.”

유희는 그렇게 말하고 마른침을 삼켰다. 노기에 찬 눈빛이 예리한 칼날처럼 날아왔다. 그러나 유희는 피하지 않고 응대했다. 시어머니를 만나기 전에 이미 각오한 일이었다. 시어머니의 입술 꼬리가 살짝 떨렸다.

“상훈이는 거론하지 마라. 이 일은 너와 내가 해결 지어야 할 문제야. 만약 네가 위자료로 한 푼도 받지 않을 거라면 몰라도 땡전 한 푼 없는 상훈이는 언급할 필요가 없지.”

비웃음에는 승자의 여유가 보였다. 위자료라는 말에 숨이 턱 막혔다. 돈과 관련된 협상에서 시어머니를 이길 자신은 없었다. 학원 재단을 현재의 모습으로 키운 데에는 재단 이사장의 탁월한 자금 관리 능력이 결정적인 역할을 했다. 그녀는 비자금을 마련해 불법적으로 돈을 놀렸다. 부동산을 담보로 사람들에게 은행보다 많은 돈을 빌려줬는데 높은 이자를 받을 수 있어서 손해 볼 이유가 없었다. 채무자가 빚을 갚지 못하면 저당 잡힌 부동산은 시어머니의 재산이 되었다. 자금 여유가 많은 시어머니는 땅과 건물을 오랫동안 소유할 수 있었고 시간이 지날수록 가치가 올라갔다. 돈의 흐름을 꿰뚫고 있는 사람이었다. 이런 상대와 돈 문제로 협상한다는 건 거의 불가능했다.

"너도 알다시피 상훈이에겐 아무 재산이 없다. 결국, 모든 돈이 상훈이에게 상속되겠지만 지금은 아니라는 거야. 넌 그런 점에서 불운하다고 할 수 있지. 결혼은 니들 마음대로 했겠지만 이혼은 그렇게 되지 않을 거야."

탁자 아래로 내린 유희의 손이 떨렸다. 시어머니의 말대로 남편 상훈의 재산은 모두 차명 계좌에 들어 있었다.

"그래도 어쩔 수 없어요. 전 이혼할 거예요."

마음을 진정시키며 유희는 단호하게 말했다. 속으로 돈은 받지 않아도 상관없어요, 라고 중얼거렸지만 그 말은 내뱉지 않았다. 유희의 강한 어조가 의외로 시어머니에게 충격을 준 것 같았다. 굳은 표정이 조금 풀어졌다. 보통의 경우 불같이 화를 낼 시점이었다.

"네가 고집불통이라는 건 익히 알고 있다. 말이 통하지 않을 거라고 이미 생각했어."

그녀는 얼음이 든 물을 벌컥벌컥 마셨다. 뭔가 다른 꿍꿍이가 있다는 것을 유희는 처음으로 눈치챘다.

"왜 1년이냐 하면, 내년에 상훈이가 정계 진출을 할 예정이다. 올 겨울에 공천 심사가 있을 거고, 내년 봄에 총선이 있을 거야."

그러고는 사족을 붙였다.

"변변찮은 집안에서도 국회 의원이 여럿 나왔는데 우리 상훈이라고 못할 게 뭐가 있니."

남편 상훈이 정치인이 되고자 하는 꿈은 익히 알고 있었다. 그러나 실제로 정계 진출을 감행할지는 예상하지 못했다. 그는 정치인이 되려 해서도 안 되고 되어서도 안 되는 인물이었다. 시어머니의 말이 농담인지 진심인지 갈피를 잡을 수 없었다.

"정치 신인에게 이혼이라는 딱지가 결정적인 흠이 될 수도 있다는 게 모두의 판단이다. 너도 머리 나쁜 아이는 아니니 내 말이 무슨 말인지 알아들었을 거야."

기가 막혔다. 결국, 남편의 어리석은 야심 때문에 희생을 요구하는 것이었다.

"상훈 씨가 무슨 일을 하든 상관하지 않아요. 하지만 이혼은 해야 해요."

유희가 정신을 차리며 말했다. 시어머니는 그녀의 말을 못 들은 척했다.

"알아보니 네가 직장에 나간다는 소식을 들었다. 거긴 당장 사표를 내라. 이번 달부터 지금 받는 월급을 내가 주마. 사람들에겐 친정 아버지 병 수발을 들기 위해 부산에 내려온 것으로 하면 돼."

어이가 없어 말이 나오지 않았다.

"상훈이가 공천을 받고 국회 의원이 되면 모든 게 정상적으로 돌아갈 거야. 네가 원하는 대로 이혼도 해 줄 테고, 현재 네가 받을 수 있는 위자료 이상을 제공할 의향이 있다. 원한다면 명성을 네 소유로 해 줄 수도 있고. 보상을 생각하면 1년이란 시간이 그리 길지는 않을 거야."

명성? 명성은 인적 왕래가 빈번한 사거리 요지에 있는 5층 상가 건물이었다. 상훈은 그곳에서 나온 임대료로 유희에게 생활비를 줬고 나머지는 자기가 챙겨서 마음껏 썼다. 그 돈으로 남편은 외국 브랜드의 값비싼 차를 사고 되바라진 여대생의 오피스텔 월세를 냈다. 시어머니는 이 협상에서 이미 승리한 듯한 표정을 지었다. 감히 네까짓 게 이런 제안을 거부할 테냐 하는 태도였다. 유희는 침을 꿀꺽 삼켰다. 시어머니가 내보인 패가 기대 이상으로 컸다. 고작해야 지방의 아파트 한 채 정도일 거라고 어림짐작했었다. 그러나 명성이라면 전혀 다른 이야기가 된다. '돈 따위는 필요 없어요. 제겐 당장의 자유가 중요해요'라고 말할 엄두가 나지 않았다. 대신 입에서 생각지도 못한 말이 흘러나왔다.

"상훈 씨가 선거에서 떨어지면 그 조건은 성립되지 않는 건가요?"

유희는 그렇게 말하며 자신의 뻔뻔한 행동에 놀랐다. 반면 시어머니의 얼굴에는 만면에 웃음이 번졌다. 그녀의 승리가 확실했다.

"내가 그렇게 좀팽이처럼 보이니? 한량인 네 시아버지를 대신해서 재단 살림을 맡은 지 수십 년이 흘렀다. 그동안 온갖 어려운 일을 겪었지만 약속을 어긴 적은 한 번도 없었어."

유희는 새삼 시어머니의 힘에 놀랐다. 그녀의 말처럼 대학과 중등학교를 소유한 시집의 재산에서 건물 한 채는 집안을 뒤흔들 규모가 아니었다. 아쉽겠지만 필요에 따라 내줄 수도 있는 물건이었다. 그러나 유희에게는 전혀 다른 이야기였다. 상가 건물이 생기면 평소 꿈꾸던 완전한 자유를 획득할 수 있게 된다. 자본주의 체제에서 자유는 곧 돈을 의미했다. 돈이 없으면 자유도 없고 꿈도 사라진다. 이상적인 세계를 건설하기 위해서는 무엇보다 영토가 있어야 한다. 죄르지 임레라는 헝가리 혁명가가 이를 증명하고 있었다. 땅을 확보하고 국경선을 그은 다음 그는 이상적인 나라를 세웠다. 유희는 냉수를 홀짝거렸다. 낯선 나라를 떠올리자 번개처럼 새로운 생각이 떠올랐다. 어쩌면 협상을 주도하는 쪽은 시어머니가 아니라 자신일 수도 있다는 생각이 들었다.

"제게는 돈보다 자유가 중요해요. 이런 상태로 1년을 끌 수는 없어요."

유희는 이전보다 담담해진 목소리로 말했다. 아버지가 요구한 이상적인 협상가의 모습이었다. 시어머니가 황당한 표정으로 유희를 노려봤다. '여우 같은 년.' 시어머니의 목소리가 환청으로 들렸다.

"네가 무슨 생각으로 이러는지는 나도 알고 있다. 고집불통인 네 친정아버지를 닮아서 그럴 테지. 돈은 없으면서 자존심만 내세우고 세상을 비딱하게만 봐. 너도 그런 거야?"

친정아버지라는 말에 심장이 내려앉았다. 동시에 유희의 뺨이 붉게 달아올랐다. 이런 자리에서 아버지 이야기까지 하고 싶지는 않았다. 상황을 감지한 시어머니가 한발 뒤로 물러섰다.

"네 아버지에 대해서 말하는 게 싫겠지만 너도 이 사실은 분명히 알아야 해. 사돈은 상훈이와 우리 집안을 대놓고 무시했다."

아버지 이야기는 여기서 끊는 게 좋았다. 문제는 그게 아니었다.

"전 지금 하는 일에 만족하고 있어요. 어머니 돈이 아니어도 제 힘으로 어떻게든 살아갈 수 있어요. 그리고 다시 말씀드리지만 전 위자료 때문에 이혼하려는 게 아니에요. 제가 원하는 건 제 마음대로 할 수 있는 자유예요."

"말도 안 되는 소리는 집어치워라. 인간이 어떻게 제 마음대로 하고 살 수 있단 말이냐. 난 지금까지 살면서 그런 인간이 있다고는 들어 본 적이 없다. 그리고 네가 말하는 자유라는 게 남자를 말하는 거라면 네 마음대로 해. 나도 거기까지 간섭할 생각은 없으니까. 어차피 상훈인 상훈이대로 자유를 누릴 거고 너는 너대로 살면 된다. 그까짓 바람 좀 피우며 사는 게 뭐가 대수냐. 말이 나와서 하는 소리지만 나는 그딴 거 신경 쓰지 않으면서도 잘 살아왔다."

시어머니의 목소리가 점차 격앙되었다.

"그래, 너도 오늘부터 네 마음대로 남자를 만나라. 실질적인 이혼은 오늘부터라고 내 이미 말하지 않았니? 다만 1년 동안만 법적인 이혼 절차를 미루자는 것뿐이야. 나 같으면 시어미가 이런 제안을 해 오면 고맙다고 엎드려 절이라도 할 거다."

높아진 목소리는 곧 명령을 의미했다.

"이혼은 쌍방이 합의해야 가능하다는 건 너도 잘 알겠지. 법정에 쫓아다니며 긴 시간을 낭비할 건지, 아니면 내 제안대로 1년 뒤에 합의 이혼을 해서 부자가 될 건지는 네 판단에 맡기겠다. 바보 멍청이가 아닌 이상 선택은 뻔한 거 아니겠어."

유희는 시어머니가 화를 식힐 시간을 주었다. 그동안 그녀는 시어머니가 제시한 협상안을 머릿속으로 차근차근 검토했다. 감정을 배제하고 보면 복잡한 제안이 아니었다. 시어머니의 말대로 자신에게 유리한 제안일 수도 있었다. 파경은 기정사실이 되었고 1년 뒤에 도장을 찍으면 기대하지 못한 건물이 내 소유가 된다. 게다가 다른 남자를 만나도 좋다는 합의까지 시어머니가 해 주었다. 남편이 선거에서 이기든 지든 결과는 같을 거라고 약속했다. 뭘 거부한단 말인가? 시어머니가 신경질적인 동작으로 핸드백에서 편지 봉투를 꺼냈다.

"내 이럴 줄 알고 서울에서 미리 각서를 써서 가져왔다. 1년 뒤 합의 이혼 하면 명성빌딩을 주겠다는 각서야. 내 이름을 걸고 직접 서명한 문서다."

봉투를 내밀면서 시어머니는 판결문을 내리치듯 식탁을 탕탕 두드렸다. 유희는 한동안 물끄러미 봉투를 내려다보았다. 봉투는 무언의 메시지를 유희에게 전달했다. 더 이상 망설일 필요가 없었다. 잠시 후 유희가 젓가락으로 연어 초밥을 앞 접시에 담아 내밀며 말했다.

"드세요. 어머니가 좋아하시는 연어 초밥이에요."

시어머니는 가늘게 눈을 뜨고 유희를 주시했다. 그런 다음 사람을 불러 맥주를 시켰다. 그것으로 협상은 끝났다. 시어머니는 연어 초밥의 맛을 음미하며 천천히 식사했다. 유희는 무표정한 표정으로 샐러드에 젓가락을 올렸다. 연어 초밥은 결혼하기 전, 유희 역시 즐겨 먹던 음식이었다. 결혼하고 시어머니가 연어 초밥을 맛있게 먹는 모습을 본 이후로 유희는 연어 초밥을 먹지 않았다. 연어 초밥을 먹으면 욕지기가 나왔다. 구토는 고통스러웠다. 그보다 더 놀라운 일은 연어에 알레르기 반응이 나타난 것이었다. 두드러기가 일어나고 붉은 반점이 등과 배에 돋아났다. 병원에서 정밀 검사를 받고 연어 알레르기 양성 반응 결과를 통보받았다. 그 일은 유희에게 큰 충격을 줬다. 시어머니가 좋아하는 음식이 그녀에겐 독이 된 것이다. 침묵의 식사가 끝나자 시어머니는 찬 바람처럼 일어났다. 그녀의 얼음장 같은 눈빛에 유희는 다시 움츠러들었다. 유희는 주차장 차 앞까지 시어머니를 배웅했다. 장 비서와 운전기사는 그녀를 투명 인간 취급했다. 시어머니가 떠나고 유희는 다시 식당 건물 안으로 들어가 화장실로 갔다. 변기 뚜껑을 열고 먹은 음식을 토해 냈다. 어쩌면 일식 요리 모두에 알레르기 반응이 생겨날지도 모른다는 두려움이 몰려왔다.

유희는 근처 공원 벤치에 앉아 마음을 진정시켰다. 시어머니는 자기 성미대로 해야 직성이 풀리는 사람이었다. 가방에서 시어머니가 준 편지 봉투를 꺼냈다. 봉투 속에는 시어머니가 서명한 각서가 있었다. 1년간 남편에게 법적인 이혼을 요구해서는 안 된다. 1년. 365일만 기다리면 법적으로 이혼할 수 있고 상가 건물의 주인이 된다.

이혼 소식을 알렸을 때 아버지는 축배를 들자고 했는데 그때 이미 이 상황을 예견했던 것일까. 아니면 부잣집으로 시집간 당연한 결과일까? 돈의 유혹을 이처럼 강렬하게 느낀 것은 처음이었다. 3년 전 남편의 프러포즈를 받아들일 때는 꿈도 꾸지 않은 일이었다. 신혼 생활은 그녀의 기대와는 달랐다. 부잣집에 시집갔어도 정작 자신은 그 혜택을 누리지 못했다. 시어머니는 남편의 용돈에는 관대했지만 며느리가 쓰는 돈은 엄격하게 관리했다. 아파트의 소소한 살림살이까지 모두 꿰차고 있었기 때문에 낡은 숟가락 하나조차 마음대로 버리지 못했다. 그런 시어머니가 통 크게 상가 건물을 위자료로 거론하며 협상을 요구했다. 유희는 흥분된 가슴을 진정시키며 집으로 돌아갔다.

25평 월세 아파트는 절간처럼 조용했다. 겉옷을 벗어 던지고 침대에 몸을 내던졌다. 아닌 척했지만 몸과 마음이 모두 지쳐 있었다. 시어머니와 얼굴을 맞댄 것부터가 그녀에게는 견디기 힘든 시련이었다. 시어머니보다는 남편이 더 문제였다. 그는 모든 일을 시어머니에게 떠맡긴 채 이 상황을 즐기고 있었다. 유희는 남편과 시어머니의 얼굴을 지우고 다른 생각에 집중했다. 아버지의 충고는 적절했다. 유희는 눈을 감고 동부 유럽의 작은 나라를 머릿속으로 그렸다. 그곳에는 어떤 사람들이 살고 있을까. 파란 눈의 외국인들이 기묘한 외국어를 속삭이며 아름다운 숲으로 소풍을 떠나는 장면이 떠올랐다. 유희는 그들의 뒤를 따라 깊은 숲으로 들어갔다. 그사이 스르르 잠이 들었다.

문자가 왔다. '선배님, 저 민중입니다. 시간 되시면 저녁 함께할까요?' 한 대리에게서 온 메시지였다. 한 대리? 유희는 머리를 북북 긁으며 잠을 몰아냈다. 날씨가 더워서인지 속옷 차림인데도 온몸이 땀에 젖어 있었다. 한 대리가 왜? 유희는 휴대 전화를 내려다보다 침대 구석으로 던져 버렸다. 사방에 정신 나간 사람들이 우글거렸다. 내가 왜 자기와 저녁을 먹어야 하지? 유희는 브래지어와 팬티를 벗고 욕실로 들어갔다. 차가운 물이 정수리와 등을 때리자 겨우 정신이 돌아왔다. 샤워를 끝내고 머리를 말리던 중에 세탁물 바구니에 든 한 대리의 작업복 바지가 보였다. 저녁을 먹을 일은 없지만 작업복을 빌려 준 인사는 해야 한다는 생각이 들었다. 속옷도 입지 않고 바지를 입었기 때문에 그냥 돌려주기가 조금 미안했다. 새 바지를 사 주는 편이 모양새가 좋을 것 같았다. 그렇다면 한 대리를 만나야 하나? 아니다. 다음번 미팅에서 만나 인사하면 된다. 그깟 작업복이 무슨 대수라고. 전화벨이 울렸다. 유희는 잠깐 고민한 다음 전화를 받았다. 한 대리의 목소리는 천진난만하게 밝았다.

"왜 문자는 못 본 척하세요?"

유희는 대꾸하지 않았다.

"오늘 토요일이잖아요. 집에 계속 계실 건가요?"

유희는 계속 전화기를 붙들고만 있었다.

"사실 오늘 여자 친구에게 바람맞았거든요. 기분도 엉망이고 집에서 뒹구는 것도 따분하고 그래서 선배님에게 문자를 넣었습니다."

유희는 낮게 한숨을 쉬었다.

“그냥 직장 동료로서 충고 좀 해 주시면 안 되나요. 밥도 먹고 영화도 보면서요. 영화관 에어컨 바람이 시원하잖아요.”

유희는 상대의 기분이 상하지 않을 정도로 대충 핑계를 대며 둘러댔다.

“좀 의외네요. 맨홀에 들어가실 때는 엄청 섹시해 보였는데 의외로 보수적이시네요.”

기대치 못한 대답에 유희는 조금 놀랐다. 황당하기도 하고 귀엽기도 했다.

“좋아요. 식당은 예약했어요?”

유희의 말에 이번에는 상대가 놀란 것 같았다.

“아뇨. 죄송합니다. 거기까지는 생각 못했습니다.”

“괜찮아요. 그럼 한 시간 뒤에 데니스에서 봐요.”

전화를 끊고 유희는 생각했다. ‘나는 오늘 실질적으로 이혼했고 이제 다른 사람의 눈치를 보며 남자를 만날 필요가 없다.’ 그렇게 생각하자 묘한 쾌감이 전류처럼 온몸에 흘렀다. 그러나 전류는 손바닥에 쥔 물보다 훨씬 빠르게 흘러나갔다. 직장 동료를, 게다가 나이도 어린 남자를 만나러 가면서 도대체 무슨 멍청한 생각을 한 걸까. 그러면서도 유희는 거울을 보며 가벼운 화장을 했다. 옷장을 열고 이리저리 뒤적이다가 흰 데님 핫팬츠와 엉덩이까지 내려오는 긴 티셔츠를 골랐다. 토론토 블루제이 캡을 눌러쓰고 가죽 나이키 스포츠백에 신발은 굽이 없는 고무 샌들을 신었다. 마치 가까운 풀에 수영이라도 하러 가는 차림새였다. 데니스에 도착해 보니 비슷한 차림의 여고생들이 많아서 유희는 이내 후회했다. 여고생들의 패션을 따라 할 의도는 아니었지만 차려입고 나온 꼴이 영락없이 그들의 젊음을 흉내 내는 것처럼 보였다. 길게 한숨을 내쉬며 유희는 바보처럼 웃고 있는 한 대리 앞에 앉았다. 그는 식당에서 유일하게 정장 차림이었다. 여름 양복이라지만 찜통 같은 더위에 무슨 바보 같은 짓인가, 라는 생각으로 유희는 그를 쳐다봤다.

"진짜 오셨네요."

"덥지 않아요?" 유희는 감청색 재킷에 눈을 고정하며 말했다.

"입사 기념으로 산 정장인데 기회가 없어서 오늘 큰맘 먹고 입었습니다."

"잘 어울리네요. 훨씬 좋아 보여요."

의례적인 인사말은 아니었다. 정장을 입으니 한결 어른스러워 보이고 의젓해 보였다. 도구함을 들고 어쩔 줄 몰라 하는 수습 엔지니어의 모습은 어디에도 없었다. 그녀의 칭찬에 민중은 어깨를 으쓱이며 환하게 웃었다. 그가 웨이트리스를 불러 음료를 시켰다.

"전 버드와이저로 할 건데, 누나도 같은 걸로 하죠?"

"좋아요. 어차피 택시를 타고 왔으니까."

웨이트리스가 돌아가고 유희는 뭔가 이상하다고 생각했다.

"근데 왜 선배에서 갑자기 누나가 된 거죠?"

"누나 맞잖아요?"

"그렇긴 하지만."

"저 올해 스물여섯입니다. 누나와는 여섯 살 차이가 나고요. 그러니까 당연히 누나죠.”

“그럼 여자 친구는 몇 살이에요? 동갑?”

민중의 얼굴이 살짝 어색하게 굳어졌다가 펴졌다. 멋쩍은 미소가 양 볼에 흘렀다.

“여자 친구 이야기는 지어낸 겁니다. 그냥 갑자기 꿀리기 싫다는 생각이 들어서 거짓말을 했어요.”

유희는 여종업원이 가져온 맥주를 마셨다. 냉동실에서 막 꺼낸 것처럼 맥주는 차가웠다. 직장 동료와 사적으로 단둘이 만나서 대화를 나눈 건 처음 있는 일이었다. 술을 마신 민중은 자연스럽게 행동했다. 재킷을 벗고 타이를 느슨하게 푼 다음 셔츠 소매를 걷었다. 대화는 주로 일과 관련된 방향으로 흘렀다. 민중은 때때로 과하게 유희를 칭찬해서 그녀를 무안하게 했다. 남자들과의 육체적인 힘에서 밀리기 때문에 결코 유능한 엔지니어라 할 수 없다고 유희는 자신을 평가했다. 민중은 직속상관 격인 김 부장에 대해 그녀와는 다른 생각을 하고 있어 그녀를 조금 놀라게 했다. ‘부장님은 일도 잘하시지만 인간적으로도 배울 점이 많은 분이십니다.’ 능구렁이 같은 김 부장의 얼굴을 떠올리며 유희는 웃었다. 이 청년은 세상 무엇이든 긍정적으로 보았다. 두 사람은 식사 대신 포크커틀릿을 안주 삼아 배를 채웠다. 유희는 칼로리 계산은 하지 않은 채 고기와 샐러드를 먹었다. 민중과 대화를 하니 자연스럽게 결혼하기 전 20대 중반으로 되돌아간 느낌이 들었다. 그 시절 자신도 세상을 아름답고 긍정적으로 바라보기만 했다. 맥주잔이 비자 민중이 재킷에서 영화표 두 장을 꺼내 탁자 위에 내려놓으며 말했다.

"오늘 스케줄은 제게 맡겨 주세요. 누나."

유희는 어깨를 으쓱이며 민중의 뒤를 따랐다. 영화관 좌석 대부분을 초등학생 남자아이들이 차지하고 있었다. 조명이 꺼지고 영화가 시작되자 자동차와 트럭, 비행기가 로봇으로 변하고 엄청난 소음을 일으키며 저희끼리 싸웠다. 유희는 잠깐 영화에 집중하다가 어느 순간 눈을 감고 잠을 청했다. 시어머니의 느닷없는 방문에 응어리진 긴장이 이제야 풀어진 것이다. 할리우드에서 막대한 돈을 쏟아부은 블록버스터 영화는 마치 영원처럼 길었다. 눈을 떴을 때 영화는 클라이맥스를 향해 치닫고 있었다. 유희는 뺨과 목에 이질감을 느꼈고 이내 그것이 민중의 어깨임을 알아차렸다. 얼마나 오래 그의 몸에 기대어 잠든 것인지 알 길이 없었다. 뼈와 근육만 남은 20대 청년의 어깨가 뜻밖에 넓고 부드러워서 비스듬히 기대어 잠들어도 전혀 불편하지 않았다. 유희는 '이게 뭘까?' 하고 생각하며 눈동자를 굴렸다. 민중은 영화에 집중한 것인지 아니면 다른 생각을 하는 것인지 동상처럼 굳은 채 상기된 표정으로 스크린을 쏘아보고 있었다. 거대한 폭발음이 터지고 악당 로봇이 산산조각 나자 유희는 모른 척하며 고개를 들어 자세를 바로잡았다. 얼마 안 있어 영화가 끝났다.

"미안해요, 영화를 잘못 골랐네요."

"사과할 필요는 없어요. 덕분에 낮에 쌓인 피로가 풀렸어요."

"한 번만 더 기회를 주세요. 꼭 즐겁게 해 드리겠습니다."

"좋아요. 대신 이번에는 제 차례예요."

민중은 유희의 말을 이해하지 못한 표정을 지었다. 직장 동료에게 저녁을 얻어먹고 영화까지 본 게 마음에 걸려서 한 말이었다. 유희는 바닷가에 인접한 시장 골목으로 민중을 데려갔다. 수조와 플라스틱 대야에 싱싱한 해산물이 넘쳐 났다. 밤을 잊은 술꾼들과 미식가들이 삼삼오오 모여서 좁은 골목을 배회하고 상인들과 흥정을 벌이고 있었다. 유희는 손님이 없는 포장마차로 들어가 자리를 잡았다. 등 굽은 할머니가 유희를 보고 반색했다. 차가운 소주와 멍게와 해삼, 개불, 소라 등이 놓인 해산물 한 접시가 안주로 나왔다. 유희는 술잔에 소주를 따르며 민중의 얼굴을 살폈다. 쇠기둥에 어설프게 매단 백열등 불빛 아래 보니 민중의 남자다운 이목구비가 처음으로 드러나서 유희는 신기한 동물을 바라보듯 그의 얼굴을 관찰했다. 민중은 주인 할머니가 시선을 가게 밖으로 돌리자 비로소 여유 있는 미소를 지었다.

"지금 혼자 사시죠?"

예상치 못한 질문이어서 유희는 대답하지 않았다.

"전 꽤 오래전부터 혼자 살아서 누군가 옆에 있으면 조금 불안해져요."

긴 속눈썹이 살짝 떨렸다.

"지금 사는 원룸은 방이라 할 수는 없고, 그냥 잠만 자는 기숙사 같은 곳인데 거기 혼자 불을 끄고 누워 있으면 제일 편해요. 좁고 딱딱한 관에 누워 있는 느낌이 들어서 가끔 무섭기도 하지만 그래도 제가 있을 곳은 거기뿐이라는 생각이 들어요."

유희는 소주를 홀짝이며 목을 적셨다. 블록버스터 영화를 보고 난 다음의 감상치고는 상당히 엉뚱하고 기묘한 이야기였다.

"언제부터 혼자 살았어요?"

의미 없는 질문에 민중은 민감하게 반응했다. 눈빛이 흔들리더니 술잔을 단번에 비웠다.

"열두 살이었을 거예요. 초등학교 5학년 때였는데 아마 그때 처음 깨달은 것 같아요. 난 이제 혼자고, 앞으로 영원히 혼자서 살아야 한다고 생각했죠."

유희는 눈을 깜박이며 귀를 기울였다.

"아버지는 어느 날 가족에게 아무 말도 남기지 않고 산으로 들어가 버렸어요. 그리고 석 달 뒤 엄마는 치매를 앓는 할머니와 외아들을 버리고 도망가 버렸죠. 할머니는 며칠 후 거리를 돌아다니다 교통사고를 당했고 저는 혼자 장례를 치렀어요. 사회 복지사가 와서 빈소를 차려 줬는데 정말 아무도 오지 않았어요."

"산이라면?"

유희는 조심스럽게 물었다.

"나도 잘 몰라요. 아버지는 절이라고 했는데 그런 것 같지는 않아요. 뜻을 같이하는 사람들과 도를 닦는다면서 산에 올라갔는데 이후로 연락이 완전히 끊겼어요. 어른이 되고 나중에야 그게 사람들에게 잘 알려지지 않은 종교 단체라는 걸 알았죠."

유희는 어떤 반응을 보여야 할지 몰라 조금 당황했다.

"제가 지루한 이야길 꺼냈죠?"

반사적으로 유희는 고개를 저으며 아니라는 의사를 표했다.

"어른이 되면 꼭 누군가에게 이 이야기를 해 주고 싶었어요. 어쩌면 누구에게도 털어놓지 못할 수도 있겠다고 생각했는데 갑자기 이런 일이 일어나고 말았네요."

"어머니와는 어떻게 됐어요?"

"엄마는 다른 남자를 만났고 곧 연락이 끊어졌습니다. 지금도 어디에 살고 있는지 몰라요. 별로 궁금하지도 않고요. 전 친척 집을 떠돌다가 기숙사가 있는 기술 학교에 입학했어요. 거기서 PLC를 처음 봤는데, 먹고살려면 이걸 배워야겠다고 생각했죠. 운이 좋아서 성적이 좀 나왔고 학교 추천을 받아 대학에 특례 입학을 했죠. 장학금을 받으며 겨우 졸업했고 지금 회사에 취직한 겁니다."

유희는 무심코 고개를 끄덕였다. 민중이 나온 학교는 2년 과정의 전문 대학이었다. 학비와 생활비를 감당할 수 없는 고학생에게는 최선의 선택이었을 것이다. 그런 환경에서 어두운 세계의 유혹에 빠지지 않고 정상적인 삶의 길을 선택한 것만으로도 기특한 일이었다. 상처와 절망으로 얼룩진 타인의 일대기를 이렇게 순식간에 정신없이 듣기는 처음이었다. 유희는 눈을 가늘게 뜨고 그를 바라봤다. 현장에서 쩔쩔매던 수습 엔지니어의 얼굴 대신 우울한 유년 시절의 어둠을 뚫고 나온 성깔 있는 청년의 모습이 보였다. 그의 얼굴에서 유희는 얼핏 아버지의 맹렬한 눈빛을 떠올렸다. 아버지는 한 신문 인터뷰에서 이렇게 말했다. '나는 서사의 힘을 믿는다. 그래서 작가가 되었다.' 유희는 처음으로 아버지가 무슨 이야기를 한 것인지 이해할 수 있었다. 앞에 앉은 청년은 자신의 삶과는 비교할 수 없는 무게감을 지닌 서사의 아우라에 둘러싸인 인물이었다. 유희는 민중의 얼굴에서 눈을 떼지 않고 천천히 술을 마셨다. 한 시간 뒤 그들은 포장마차를 나왔다. 유희는 택시를 타기 위해 정류장으로 걸어갔다. 민중이 주뼛거리며 뒤따라왔다. 거리는 5월의 봄꽃 같은 연인들이 점령하고 있었다. 택시에 올라 작별 인사를 하려 할 때 민중이 다리를 밀어 넣었다. 유희는 웃으며 공간을 만들어 주었다. 어린 친구지만 집까지 바래다주는 친절을 거부할 필요는 없었다. 택시는 한낮의 열기가 가시지 않은 여름밤의 검은 도로를 질주했다. 택시에서 내린 후 민중은 유희가 사는 12층의 불 꺼진 층을 한참 동안 올려다보았다. 예상보다 훨씬 긴 시간이어서 유희는 팔짱을 끼고 기다렸다. 고개를 내린 그의 얼굴이 굳어 있었다. 경직된 그의 얼굴에서 유희는 불안한 느낌을 받았다.

"누나와 정식으로 사귀고 싶습니다."

예상치 못한 그의 말에 하마터면 웃음을 터뜨릴 뻔했다. '이건 뭐지?'라는 기분으로 유희는 그를 응시했다. 장난기가 사라진 그의 진지한 표정에서 유희는 겨우 정신을 차렸다. 그러나 뭐라고 답해야 할지는 여전히 알 수 없었다. 깊은 상처를 끌어안고 열두 살 때부터 혼자 살아온 청년이 용기를 내어 한 말을 농담으로 치부하며 어물쩍 잘라 낼 수는 없었다.

"저, 만나는 사람 있어요."

유희는 무심코 내뱉은 말에 깜짝 놀랐다. 무슨 헛소리야? 말도 안 되는 거짓말을 한 탓인지 가슴이 두근거렸다.

"그럴지도 모른다고 생각했습니다. 누나처럼 예쁜 분이 혼자 있을 리가 없겠죠."

유희는 자신의 귀를 의심했다. 그리고 얼굴을 붉혔다.

"제게 기회를 주세요. 장난으로 한 말이 아닙니다. 섣불리 판단하지 말아 주세요."

유희는 그의 간절한 표정에서 그간의 지난했던 삶을 어느 정도 읽을 수 있었다. 그는 많은 사람에게 이런 식으로 부탁했을 것이다. 밥과 잠자리를 제공하는 먼 친척 아저씨에게, 기숙 학교의 교장에게, 장학금을 주는 교수에게, 그리고 직장의 면접관에게. 그 생각을 하자 조금 정신이 돌아왔다.

"민중 씨 이야기는 알겠어요. 하지만 서두르는 건 그쪽이 먼저예요. 우린 오늘 겨우 처음 만났어요. 그것도 순전히 직장 동료로서 말이죠."

그가 수긍한다는 의사로 고개를 끄덕였다. 어둠과 빛이 동시에 드러나는 얼굴이어서 그의 감정 상태를 정확히 파악할 수가 없었다. 유희는 어색함을 지우려고 손을 내밀어 악수를 청했다. 민중이 순순히 그녀의 손을 잡았다. 그의 손은 따뜻했다. 악수하자 굳어 있던 그의 얼굴이 미소와 함께 살짝 풀어졌다. 손을 놓자 그는 예의 바른 청년처럼 허리를 숙여 인사하고는 등을 돌렸다. 성큼성큼, 그의 뒷모습이 밤의 깊은 그늘 속으로 빨려 들어갔다.

유희는 엘리베이터에서 긴 한숨을 쉬었다. 또 거짓말을 하고 말았다는 자괴감이 밀려왔다. 입사 원서에 그녀는 미혼이라는 단어에 동그라미를 쳤다. 아버지가 시켜서 한 일이었다. 유희 역시 새로 다닐 직장 동료들에게 자신이 별거 상태의 유부녀라는 것을 알리고 싶지 않았다. 그런 사정을 봐줄 회사도 얼마 되지 않는 데다 입사와 동시에 동료들의 입방아에 오르는 것도 원치 않았기 때문에 자발적으로 거짓말을 한 것과 마찬가지였다. 그동안 그럭저럭 사람들 눈을 잘 피해 다녔다. 그런데 예상치 못한 곳에서 일이 터졌다. 민중에게 자신이 아직 이혼하지 않은 유부녀임을 알렸어야 했을까? 유희는 고개를 저었다. 시어머니가 한 말이 주문처럼 떠올랐다. '너는 오늘부터 실질적으로 이혼한 거나 마찬가지다.' 시어머니는 다른 남자를 만나도 좋다고까지 말했다. 1년 후면 모든 게 정상을 되찾을 것이다. 이혼 합의서에 도장을 찍고 자유를 찾을 것이다. 그동안은 어쩔 수 없이 거짓말을 해야 한다. 유희는 바닥에 옷을 벗어 던지고 욕실로 들어가 미지근한 물로 샤워했다. 샤워를 끝내고는 냉장고에서 찬물을 꺼내 벌컥벌컥 마셨다. 자정을 넘겼지만 쉽게 잠들 수 없는 밤이었다. 우두커니 주방에 서서 자신이 무엇을 놓친 것인지 곰곰이 생각했다. 아무것도 떠오르지 않았다. 1년 동안 거짓 인생을 살면 달콤한 보상이 주어진다. 유희는 거실과 주방, 안방을 오가며 상가 건물 주인이 된 자신의 모습을 떠올렸다. 건물주가 되면 월세가 밀린 세입자들에게 임대료를 독촉할 수 있을까? 유희는 그런 괜한 걱정을 하며 여름밤 깊은 숲에 가려진 검은 흙길을 배회하는 밤벌레처럼 서성거렸다.

3

보름이 지났다. 그동안 강력한 태풍이 연이어 도시를 할퀴고 지나갔다. 부두와 바다에 인접한 산업 단지 시설물들이 맥없이 무너지고, 저지대 산업 지구에서는 많은 건물이 빗물에 잠겼다. 컨베이어 벨트 작동은 중단되고 전기 장치 대부분이 산업용 쓰레기가 되었다. 자동화 기기 전문 업체 회사에서는 온종일 출장 수리를 요구하는 전화벨이 울렸다. 인력 부족으로 유희 역시 사무실에서 나와 작업복을 입고 현장으로 달려갔다. 침수된 PLC는 거의 예외 없이 교체해야 했다. 비지땀을 뻘뻘 흘리면서도 젊은 사장은 PLC와 인버터의 치솟는 판매량에 즐거운 비명을 질렀다.

40대 초반의 사장이 출장 나온 직원들을 위해 도시락을 들고 왔을 때, 유희는 동료 남자 직원과 함께 부두에 인접한 냉동 창고에서 장비를 교체하고 시스템 점검을 하고 있었다. 머리를 짧게 자르고 둥글넓적한 얼굴의 사장은 업계에서 공격적인 영업 활동으로 인정받고 있는 인물이었다. 사장은 주어진 업무를 거부하지 않고 처리하는 유희에게 만족감을 표했다. 컴퓨터 프로그래밍만 고집하며 사무실에서 나오지 않으려는 일반 여직원들과는 달랐던 것이다. 유희는 반소매 티셔츠와 청바지, 건설 노동자용 안전화를 신고 출근했다. 침수 탓에 작업 환경이 좋지 않아 안전모를 쓰고 일할 때도 잦았다. 망치와 드릴, 니퍼를 사용하면서 손과 팔에 여기저기 생채기가 났다. 사장이 양손에 도시락을 들고 창고가 쩌렁쩌렁 울리도록 유희의 이름을 큰 소리로 불렀다. 도시락은 식당에서 포장해 온 고기덮밥이었다. 유희는 사장이 내민 냉수를 벌컥벌컥 마셨다. 냉동 창고지만 시스템이 완전히 다운되었기 때문에 창고 안은 무척 더웠다. 사장과 유희 그리고 함께 온 남자 직원 이렇게 셋이서 창고 바닥에 종이 박스를 깔고 앉아 도시락을 먹었다. 식사를 끝내고 남자 직원이 담배를 피우기 위해 밖으로 나갔다. 유희와 사장은 남아서 대충 뒷정리를 끝냈다.

"신 과장님만 보면 죄송하다는 생각이 듭니다."

사장은 뒷머리를 긁적이며 말했다.

"처음에는 현장에서 일할 수 있을까, 걱정을 많이 했거든요. 그래서 급여도 남자 엔지니어들보다 상대적으로 낮게 책정했고요."

"특근 수당을 주시잖아요."

유희가 해맑게 웃으며 답하자 사장은 안심한 표정을 지었다. 이른 나이에 부인과 사별한 사장은 외동아들을 돌보며 살고 있었다. 사적인 이야기가 오갔다. 남자 직원이 들어오자 사장은 공사와 관련된 이야기로 화제를 돌렸다. 서둘러 냉동 창고 일을 마감하고 공단으로 넘어가야 했다. 침수 피해가 난 공단은 더 엉망이었다. 유희가 도착한 시각, 여러 업체가 나와서 시설물 보수 공사를 하고 있었다. 태영의 김 부장 모습도 보였다. 그림자처럼 김 부장 뒤를 따라다니던 한 대리가 보이지 않았다. 사정이 있겠지, 라는 생각으로 유희는 제 일에 몰두했다. 두 시간 후 김 부장이 와서 통신 에러가 나는데 좀 봐주지 않겠느냐고 부탁했다. 두 사람이 함께 머리를 맞대어 결국 에러를 해결했다. 김 부장이 답례로 냉커피를 사겠다 했고 그들은 에

어컨이 나오는 사무실에서 휴식을 취했다. 대화 말미에 한 대리 이야기가 나왔다. 며칠 동안 한 대리가 무단결근을 했고 이전에 회사에서 일어난 불미스러운 일과 이번 무단결근으로 한 대리의 과거가 드러났다는 게 요점이었다. 민중은 과거에 정신과 치료를 받았다고 했다. 게다가 아마추어 이종 격투기 챔피언이라는 독특한 이력을 갖고 있었다. 불우한 유년 시절을 보냈다는 이야기는 직접 그의 입을 통해 들었지만 반복된 자살 시도로 정신과 치료를 받았을 거라고는 생각지 못했다. 그의 앳된 얼굴과 순진한 미소를 떠올리면 쉽게 연상할 수 없는 극적인 반전이었다. 자세한 이야기를 듣고 싶었지만 김 부장 역시 구체적인 사실을 알고 있지는 않았다.

"면도칼로 손목을 그었다는데 그게 참 보통 사람은 할 수 없는 일이지 않아요?"

시간이 되어 두 사람은 각자의 일터로 돌아갔다. 마무리 작업을 끝내고 뒷이야기가 궁금해 김 부장이 있는 곳으로 가 보았더니 그는 벌써 퇴근하고 없었다. 집으로 돌아올 때 운전대를 잡은 양팔이 괜스레 떨렸다. 벌거벗은 채 피를 흘리며 차가운 욕실 바닥에 누워 있는 민중의 모습을 떠올리자 심장이 두근거렸다. 집에 도착해서는 샤워도 하지 않고 컴퓨터 앞에 앉아 아마추어 이종 격투기와 한민중을 검색했다. 전국 대회에서 메달을 땄다면 어딘가에 기사가 났을 것으로 생각했는데 비인기 종목이어서 그런지 그의 이름이 난 기사는 찾을 수 없었다. 유희는 한동안 꼼짝하지 않고 앉아 민중이 상대에게 주먹과 발을 휘두르는 장면을 머릿속으로 그렸다. 혹시 민중에게서 온 문자가 없나 확인한 다음 유희는 잠자리에 들었다. 깊은 새벽, 꿈에서 유희는 어린 시절 자살한 어머니를 보았다. 할머니의 말처럼 엄마는 행복한 표정으로 낯선 남자의 손을 잡고 호화로운 호텔 방 침대에 누워 있었다. 유희는 젊고 아름다운 엄마의 죽음에 낯선 슬픔을 느꼈다.

토요일 오전, 외주 업체에서 올린 HMI 프로그래밍 수정 작업을 하던 중에 아버지의 전화를 받았다. 아버지는 집으로 와서 저녁을 함께하자는 말을 던지고 일방적으로 전화를 끊었다. 아파트에 도착하니 식탁 위에 저녁상이 차려져 있었다. 메뉴는 유희가 좋아하는 고등어조림이었다. 조촐한 식사가 끝나고 유희는 과일을 깎았다. 현우가 냉장고에서 차가운 맥주를 가져왔다. 아버지가 무슨 이유로 자신을 불렀는지 짐작하면서도 유희는 주저했다. 그러나 언제까지 가슴에 묻어 두고 있을 수는 없었다. 유희는 맥주잔을 만지작거리던 손을 내려놓고 천천히 이야기를 시작했다. 시어머니가 갑자기 연락해서 만나자고 요구한 일, 시내 일식집에서 시어머니와 만난 일, 그리고 그녀의 황당하고 어이없는 제안, 즉 이혼을 1년간 미루자는 제안에 대해 털어놓았다. 현우는 유희의 이야기를 귀 기울여 들었다. 유희는 가능한 한 감정 상태를 노출하지 않으려고 노력했지만, 아버지의 진지한 태도에 점점 몸이 움츠러드는 것을 느꼈다. 말미에는 목소리가 조금 떨렸다. 유희가 말을 마쳤을 때는 잠깐 침묵이 흘렀다. 등과 손바닥에 땀이 고이기 시작했다. 현우는 금방이라도 폭발할 화산처럼 보였다. 자신이 한 말이 아버지에게 충격이었음을 유희는 붉어진 아버지의 얼굴을 보며 깨달았다.

"그게 무슨 말도 안 되는 소리야!"

뜻하지 않은 호통에 유희는 얼떨떨한 표정으로 아버지를 올려다봤다.

"미치지 않고서야 어떻게 그런 일을 할 수 있느냐! 네가 제정신이야?"

유희는 아버지의 꾸지람을 거의 듣지 않고 자랐다. 현우에게 유희는 애처롭고 가여운 외동딸일 뿐이었다. 그는 할 수만 있다면 가진 모든 것을 딸에게 주고 싶어 했다. 가난한 작가인 터라 물질적인 보살핌을 줄 수 없어 언제나 죄인처럼 딸을 대했다. 유희는 모른 척했지만 아버지가 자신에 대해 어떤 감정을 품고 있는지 잘 알고 있었다. 그런 아버지가 지금 눈앞에서 자신을 향해 노골적으로 화를 내고 있었다.

"1년은 생각보다 긴 시간이 아닐 수 있어요."

유희가 내민 군색한 변명은 통하지 않았다. 현우는 대답 대신 손바닥으로 식탁을 쾅 내리쳤다. 그 동작은 마치 아버지의 억세고 굵은 손바닥이 자신의 뺨을 무자비하게 후려치는 물리적인 힘으로 느껴졌다. 갑자기 눈물이 핑 돌았다.

"솔직히 말해라. 그쪽 사정을 봐주는 게 아니라 시어미가 주겠다고 약속한 건물에 눈이 먼 것이라고."

건물이라는 단어에 유희의 심장이 맹렬하게 뛰었다. 유희가 항변하듯 말했다.

“위자료 협상을 말한 건 아버지가 먼저였어요. 기억나지 않으세요?”

“그걸 내게 협상이라고 말하는 거냐. 난 네가 자유를 되찾길 원했지 돈을 구걸하라고 한 적은 없다!”

현우가 자리에서 벌떡 일어났다. 그러고는 뒤도 돌아보지 않고 안방으로 들어갔다. 유희는 얼빠진 표정으로 아버지의 등을 바라봤다. 참으려 했는데도 갑자기 굵은 눈물이 쏟아져 내렸다. 커다란 망치가 머리통을 내리친 것처럼 어지러웠다. 잠시 후 유희는 키친타월로 눈물을 훔치고 식탁을 정리하고 설거지를 끝냈다. 아버지의 방에서는 인기척이 나지 않았다. 마치 작은 아파트 내부가 깊은 바닷물 속에 가라앉은 느낌이 들었다. 거실 벽은 모두 아버지가 읽은 책으로 채워져 있었다. 아버지가 사는 공간에는 언제나 책이 널려 있었다. 복잡하고 긴 암호문 같은 아버지의 책을 보자 비로소 마음에 안정이 찾아왔다. 열린 창으로 이웃집에서 틀어 놓은 텔레비전 소리가 들려왔다. 아이와 어른들의 웃음소리가 화음이라도 되는 듯 들렸다. 일상적인 풍경이었다. 아버지와 자신은 늘 이런 식으로 살았다. 이웃들의 평화로운 소란과 소동 곁에서 침묵을 지키며 그들만의 방식으로 살았다. 유희는 자신의 방으로 들어갔다. 작은 방은 심플하게 꾸며져 있었다. 가구라곤 목제 침대와 책상이 전부인 대학 기숙사 같은 방이었다. 작은 책장은 소설과 에세이로 채워져 있었다. 아버지가 딸을 위해 고른 책이었다. 대부분 프랑스와 영국 소설이었다. ‘미혼 여성의 사랑과 성'이라는 제목의 에세이를 발견하고는 혼자 실없이 웃었다. 유희는 프루스트의 『잃어버린 시간을 찾아서』를 꺼내 들고 침대로 올라갔다.

새벽에 눈을 떴다. 두꺼운 커튼이 쳐져 있어 방 안은 암흑이었다. 형체도 보이지 않고 소리도 들리지 않지만, 유희는 곁에 누군가가 있음을 직감했다. 엄마가 죽은 후 아버지는 가끔 사춘기 딸의 방을 새벽에 방문했다. 그때마다 유희는 자는 시늉을 하며 안타까운 눈빛으로 딸을 내려다보는 아버지를 모른 척했다. 아버지는 말없이 그렇게 한참을 내려다보다가 조용히 방문을 닫고 나갔다. 10년도 넘은 먼 과거의 일이었다. 그 딸이 성장해서 결혼했고 이제 이혼을 앞두고 있었다. 유희는 몸을 일으켜 비스듬히 침대에 기대 아버지를 응시했다.

"불을 켤까? 나는 어둠에 익숙해서 네가 잘 보인다."

아버지의 메마른 음성이 아직 잠이 덜 깬 그녀의 머리를 질근질근 눌렀다.

"아뇨. 괜찮아요. 아빠."

유희는 현우를 아버지라 부르지 않고 아빠라고 부른 것이 신경 쓰였다. 그러나 효과는 확실했다. 굳어 있던 아버지의 실루엣이 한결 부드럽게 보였다. 현우는 자리에서 일어나 창으로 다가가 커튼을 젖혔다. 달빛과 아직 꺼지지 않은 도시의 불빛이 어우러져 창 안으로 쏟아져 내렸다. 아버지의 얼굴 윤곽과 빛을 내는 검은 눈동자가 보였다.

"미안하다고 말하고 싶었다. 사과하기 전에는 잠이 들 것 같지 않더구나."

유희는 아버지가 탁자를 내리치는 장면을 떠올렸다.

"하지만 나는 아직도 네가 한 행동에 대해서는 불만이다. 그런 제안은 절대 받아들여선 안 된다는 게 변함없는 내 생각이야."

유희는 뭔가 변명거리를 찾으려고 애썼다.

"죄송해요. 하지만 그 상황에서 제가 다른 방식으로 문제를 제기하는 건 불가능했어요. 어차피 이혼에 합의해 주지 않는다면 법정에서 그만큼 긴 시간을 보내야 할 거라는 말에 결국 설득당하고 말았어요."

현우는 뭔가를 골똘히 생각하는 듯 움직임이 없었다.

"너는 잘 모르겠지만 내 눈에는 너의 결점이 보여. 너는 세상을 냉정하고 비판적으로 바라보는 시각을 갖고 있지만, 그로 인해 발생하는 일에 대해서는 주체적으로 행동하지 못하는 한계를 지니고 있어."

유희는 빠르게 눈을 두어 번 깜박였다.

"너는 타인이 무언가를 간절히 부탁해 오면 거절하지 못하는 성격이야. 언뜻 들으면 이런 성격이 장점처럼 들리겠지만, 이런 우유부단한 결정은 결국 해가 되어 돌아오게 돼 있어. 그때야 너는 후회하는 거야. 왜 그런 부탁을 들어줬을까, 하고. 네가 상훈이와 결혼한 이유가 그 때문이란 걸 부정하지는 못할 거야. 이 결혼은 전적으로 그 녀석이 원해서 이뤄진 거야. 너는 녀석의 부탁을 들어준 것뿐이었어."

유희는 잠자코 아버지의 이야기에 귀를 기울였다.

"세상에는 너처럼 행동하는 사람들이 많다. 선의의 행동이 자기 불행으로 이어지리라는 걸 예감하지 못한 채 상대방의 요구를 들어주는 것이지. 네가 시어머니의 황당한 요구를 거절하지 못한 것은 상훈이의 결혼 제안을 거부하지 못한 것과 본질적으로 같은 원인에서 발생한 일이라는 게 내 판단이야. 나는 너의 이런 모습이 마음에 들지 않았고 그 때문에 화가 난 거야."

이야기를 듣는 동안 자연스럽게 유희의 고개가 아래로 떨어졌다.

"사람들은 자신이 원하지 않는 일을 받아들이고 나선 곧잘 후회한다. 내가 원한 건 이런 삶이 아니었다고 말이야. 나는 소설 속에서 이들의 아픔과 분노를 이해하고 공감해서 표현하려고 노력하지만, 내 딸이 소설 속 주인공들과 똑같은 방식으로 절망하고 후회하며 살기를 원하지는 않아."

유희가 다시 고개를 들었다. 어둠에 익숙해져서 아버지의 얼굴 윤곽이 뚜렷이 보였다.

"네가 돈 욕심 때문에 제안을 받아들인 게 아니라는 건 나도 잘 알고 있다. 넌 앞서 말했듯이 관계를 맺은 사람들의 부탁을 거절하지 못한 것뿐이었어."

눈이 밝아짐과 동시에 정신도 돌아왔다. 유희가 허리를 펴며 말했다.

"아뇨. 어쩌면 제 마음속에 그런 욕심이 생긴 건지도 모르겠어요.

상가 건물을 주겠다는 말을 들었을 때 심장이 두근거렸어요."

말을 내뱉으면서 유희는 묘한 쾌감을 느꼈다. 반면 현우는 짧은 한숨을 쉬며 고개를 살짝 옆으로 돌렸다. 이야기가 다시 출발선으로 되돌아가는 느낌을 받자 유희는 이불을 젖히고 침대에서 나왔다. 그러고는 침대 옆에 놓인 스탠드 기둥에 손을 댔다. 긴 시간 어둠에 익숙해 있던 상태여서 두 사람은 동시에 인상을 찌푸렸다. 유희는 바닥에 던져 놓은 백을 찾아 책상 위에 올리고 속을 뒤지기 시작했다. 마침내 원하던 물건을 찾아냈다. 하얀 편지 봉투였다.

"시어머니가 미리 준비해서 제게 줬어요. 아빠에게 보여 드려야 할 것 같아 가져왔어요."

현우가 천천히 편지 봉투에 손을 올렸다. A4 용지에 인쇄된 활자가 있고 시어머니의 친필 서명이 있었다. 현우는 돋보기안경이 없어 잔뜩 미간을 찌푸린 채 문서를 읽었다. 유희는 혼자 마음속으로 용지에 적힌 활자들을 기억해 내서 읽었다. 무척 단순한 문장이었다. '정확히 1년 후 합의 이혼 하고 이혼 후에는 명성빌딩을 신유희에게 양도한다'는 내용의 각서였다. 어두운 조명 탓인지 시간이 꽤 걸렸고 유희는 끈기 있게 기다렸다. 마침내 노작가가 문서에서 시선을 거두고 딸을 바라보았다.

"이게 무슨 내용이냐?"

이맛살이 찌푸려졌다. 아버지가 이 단순한 내용을 이해하지 못하지는 않았을 것이다.

"나는 아무리 읽어도 무슨 내용인지 모르겠다."

기대하지 못한 반응에 유희는 화가 났다.

"이혼은 상훈이와 네가 하는 것인데 왜 네 시어머니가 이혼의 대가로 서명을 한 건지 나는 이해되지 않아. 이게 법적으로, 아니 상식적으로 가능한 일이냐?"

시집 재산과 관련된 모든 일은 시어머니가 최종 결정권자였다. 남편도 알고 시아버지도 알고 심지어 현우도 알고 있는 사실이었다.

"시어머니 명의로 된 건물이니까 당연히 시어머니가 사인하는 게 이치에 맞잖아요."

"내가 지적하는 건 너희 이혼에 왜 시어머니가 재산을 내줘야 하는 거냐는 말이야."

"그 사람이 상속할 재산이고 현재 명의자가 시어머니이니까 당연히……."

유희는 그렇게 말하고는 입을 다물어 버렸다. 왜 이런 어처구니없는 대화를 나눠야 하는 건지 혼란스러웠다. 현우는 딸의 짜증스러운 반응을 모른 척했다.

"시어미가 친 함정에 네가 빠진 것 같구나."

함정? 얼토당토않은 단어가 주는 충격 탓에 유희는 하마터면 실소를 터뜨릴 뻔했다. 유희는 현우가 내려놓은 각서를 집어 들어 꼼꼼히 읽었다. 추상적인 개념과 이중적인 의미가 깔린 문장은 아니었다. 현우가 말했다.

"헝가리 총리가 히틀러에게 받은 영토권 이양 비밀문서는 몇 달 후 휴지 조각이 되었다."

지난번 만남 때 들은 이야기를 현우는 반복해서 하고 있었다. 아버지는 국경에 대한 소설을 쓴다고 했다. 그는 반세기도 훨씬 지난 과거, 게다가 지구 반대편 유럽에서 일어난 역사적 사건에 집착하고 있었다. 현우는 늘 이런 식으로 자신이 현재 고민하고 추적하는 상상의 세계를 현실과 연계해서 설명했다. 작가인 아버지에게는 재미있는 놀이겠지만 유희에게는 무의미하고 황당한 말장난에 불과했다. 딸의 이혼과 위자료 문제에서 유럽의 국경선이 무슨 상관관계를 맺고 있단 말인가. 유희는 신경질적인 동작으로 각서를 가방 속에 쑤셔 넣으며 말했다.

"이런 종이 따위는 중요하지 않아요. 애초에 전 돈을 원해서 이혼하자고 한 게 아니었어요. 건물 따위는 받지 않아도 좋아요. 아버지 말대로 제게 필요한 건 자유예요."

그렇게 말하고서 유희는 아버지의 말대로 덫에 걸렸음을 알아차렸다. 이야기가 원점으로 돌아갔다. 아무것도 변한 게 없었다. 유희의 눈동자가 심하게 흔들렸다. 현우는 차가운 시선으로 유희를 쏘아보다가 자리에서 일어났다.

"아직 시간이 있으니 천천히 생각해 보자. 네 말대로 그쪽에서 깨끗하게 이혼에 합의하고 건물을 내줄 수도 있을 거야. 생각은 접어두고 잠을 청해 보아라."

현우는 등을 보이고 방문을 닫고 사라졌다.

민중에게서 연락이 왔다. '만날 수 있어요?'라는 짧은 메시지였다.

'좋아요'라고 답하자 곧 약속 장소와 시간이 메시지로 왔다. 얼마 전에 만났던 패밀리 레스토랑이었다. 샤워를 끝내고 붙박이장에서 치마와 티셔츠를 골랐다. 지난번 만남에서 반바지에 헐렁한 셔츠를 입은 것과는 사뭇 다른 분위기의 옷이었다. 민중에게 줄 청바지를 넣은 쇼핑백을 들고 집을 나섰다. 유희는 택시 뒷좌석에 앉아 태영의 김 부장과 나눈 대화를 기억해 냈다. 아마추어 이종 격투기 챔피언에 자살 시도를 해서 정신 병원에 입원한 불우한 과거가 있는 아이였다. 김 부장은 비밀이 많은 아이라고 단언했다. 아직 세상의 때가 묻지 않은 듯한 순진한 얼굴에서는 결코 찾아낼 수 없는 어두운 면이었다. 유희는 창밖의 세계를 조용히 응시했다. 시내가 가까워질수록 젊은 아이들의 얼굴이 많이 보였다. 그들 대부분이 약속이라도 한 듯 순진하고 행복한 미소를 짓고 있었다. 어느새 택시가 식당 입구에 멈춰 섰다. 유희는 가볍게 숨을 들이쉬고는 자동문 앞에 섰다. 민중은 창가 구석 자리에 앉아 오렌지 주스와 오믈렛으로 배를 채우고 있었다. 유희를 보자 냅킨으로 입술을 닦으며 자리에서 일어나 특유의 장난기 가득한 웃음을 흘렸다.

"미안해요, 누나. 기다리다 보니 배가 너무 고파서 먼저 주문했어요."

유희는 쇼핑백을 옆 의자에 놓고 자리에 앉았다. 웨이트리스가 다가와서 유희는 민중과 같은 메뉴를 시켰다. 가까이서 보니 민중은 예전보다 마른 느낌이 났다. 움푹 들어간 눈은 전보다 어둡고 강렬하게 보였다. 수척해진 얼굴빛과는 달리 캐주얼한 옷차림은 한결 자연스럽고 부드러웠다.

"민중 씨 회사에서 걱정한다는 소식을 들었어요."

'아' 하는 표정과 함께 민중이 멋쩍은 웃음을 지었다. 그러고는 유희를 뚫어지게 바라보며 말했다.

"아버지가 돌아가셨어요. 어떻게 연락처를 알았는지 친척분이 전화를 주셨어요. 출근하려고 집에서 나오는 중이었는데 순간 울컥하더라고요."

이번에는 유희가 '아' 하는 표정을 지었다. 민중의 아버지는 비밀스러운 종교 단체에 가입했고 그가 어렸을 때 산속으로 들어갔다. 거기까지가 민중을 통해 들은 이야기였다.

"회사에 알렸으면 좋았을 텐데."

유희는 무단결근을 지적하던 김 부장의 얼굴을 떠올리며 말했다.

"이미 죽은 아버지가 또 죽었다고 말하기 귀찮아서 회사에는 알리지 않았어요. 그만둬도 상관없다고 생각한 것 같아요."

그렇게 말하고 민중은 회사와는 이야기가 잘됐다고 덧붙였다. 무단결근 건은 회사에서 봐주기로 하고 넘어간 것 같았다. 그의 설명을 들으며 유희는 고개를 끄덕였다. 민중이 입사한 지도 8개월이 넘었다. 4개월이 지나면 수습 엔지니어 딱지를 뗄 수 있다. 태영과 같은 작은 회사에서는 엔지니어를 교육하는 데 큰 비용을 들일 수 없었다. 공들여 교육했는데 쉽게 자를 수 없었을 것이다. 유희의 음식이 나왔다. 오믈렛은 적당히 맛있었다. 두 사람은 별 대화 없이 음식에만 집중했다. 침묵이 불편하지는 않았다. 순식간에 접시가 비고

웨이트리스가 접시를 가져갔다. 후식으로 커피가 나왔다. 유희는 옆자리에 둔 쇼핑백을 내밀었다. 종이 가방 속에는 세탁한 바지와 새로 산 청바지가 있었다. 민중은 환하게 웃으며 쇼핑백을 받았다. 그가 고맙다는 말을 하고는 엉뚱한 말을 덧붙였다.

"죽음이 좋다고 생각한 건 이번이 처음이었어요."

민중은 아버지의 장례식을 말하고 있었다.

"관 속에 누워 있는 아버지의 얼굴이 너무 편안해 보여서 깜짝 놀랐어요. 그동안 사진으로 보았던 아버지의 얼굴과는 달라서 처음에는 다른 사람인 줄 알았어요. 장의사가 아버지의 손과 얼굴을 만져보라고 하더군요. 죽은 사람을 만지는 건 처음이었는데 생각보다 이상하지는 않았어요. 마치 차갑고 부드러운 동물 가죽을 만지는 느낌이랄까."

움푹 들어간 그의 눈이 반짝였다. 그는 뜨거운 커피를 조심스레 마셨다. 유희는 민중이 죽은 아버지의 얼굴을 쓰다듬는 장면을 그리는 동시에 엄마의 장례식을 떠올렸다. 실제로 그녀는 엄마의 장례식에 간 기억이 없었다. 그런데도 그녀는 줄곧 엄마의 장례식을 떠올렸고 머릿속으로 무척 아름답고 조용한 자신만의 장례식을 상상으로 만들어 냈다. 왜곡된 상상의 세계에서 젊은 엄마는 흰 드레스를 입은 채 하얗고 붉은 꽃들에 파묻혀 있었다. 울음소리는 들리지 않고 대신 동화 속에 나올 듯한 예쁜 교회당의 종소리가 들렸다. 실제로 엄마는 차가운 스테인리스 시체 안치실에 벌거벗은 채 누워 있었지만, 유희는 그런 엄마의 모습을 떠올릴 수 없었다. 죽은 엄마의 얼굴이 너무 평온해 보여서 아버지는 충격을 받았다고 말했다. 그런 점에서 민중의 아버지와 유희의 엄마는 공통점이 있었다. 유희는 왜 죽은 사람의 얼굴이 평화롭게 보이는 것인지 궁금해졌다.

"장례식이 끝나고 이틀 동안 혼자 동해안을 여행했어요. 여행이라고 해 봐야 그냥 차를 타고 온종일 해변 도로를 달린 것뿐이지만."

민중이 머그잔을 내려놓으며 유희의 눈을 응시했다.

"누나가 곁에 있으면 얼마나 좋을까, 생각했어요."

유희는 그의 검은 눈동자를 바라보며 아무 말도 하지 않았다. 그가 싱긋 웃으며 말했다.

"바다가 보고 싶은데 같이 가 주실 거죠?"

유희는 대답 대신 자리에서 일어났다. 민중의 차를 타고 달맞이 고개를 넘어 해변 도로로 나섰다. 휴가철 막바지여서 차량들은 눈에 띄게 줄어 있었다. 해안 절벽에 지어진 사찰을 지나자 사람들이 거의 보이지 않았다. 민중은 운전하며 흘낏흘낏 바다를 바라보았다. 마침내 인적이 드문 해수욕장 주차장에 차를 세웠다. 밤바다에 뛰어든 남녀 고등학생 몇몇이 물에 빠진 생쥐 꼴을 하고 어디론가 달려갔다. 그들이 사라지자 달빛을 받은 여름 밤바다와 넓은 백사장이 눈앞에 펼쳐졌다. 산책을 즐기는 사람들의 모습이 드문드문 보였다. 유희와 민중도 바다 앞으로 다가갔다. 샌들 안으로 모래가 파고들었지만 기분 나쁠 정도는 아니었다. 굽이 모래에 깊게 빠지며 유희가 휘청대자 민중이 팔을 잡아 주었다. 유희와 민중이 동시에 서로를 바라보며 환하게 웃었다. 넘어지지 않으려면 민중의 팔짱을 껴야 했다. 유희는 망설이다 어색하게 손을 뻗어 그의 팔을 잡았다. 적당한 거리를 유지하려고 애썼지만 그럴수록 그의 팔과 어깨로 몸이 쏠렸다. 유희는 샌들을 벗을까 고민하다 그만두었다. 그는 아버지의 쓸쓸한 장례식에서 돌아왔고 누군가로부터 위로를 받길 원했다. 남자의 팔짱을 끼고 길을 걷는 게 얼마 만의 일인지 알 수 없을 정도로 먼 일처럼 여겨졌다. 민중의 가늘고 긴 팔은 겉보기와는 달리 단단하고 묵직했다. 유희는 민중이 자기 생각보다 어린 사람이 아닐 수도 있다는 걸 처음 깨달았다. 나이도 어리고 경력에서도 떨어지기 때문에 잘못 판단했을 가능성이 컸다. 그는 이종 격투기 선수 출신에 자살을 시도한 남자였다. 그런 거친 세계에서 살아남은 그가 왜 어린 남자인가? 유희는 갑자기 맥이 빠지는 기분이 들었다. 그를 위해서 해 줄 수 있는 게 아무것도 없다는 사실을 깨달았기 때문이다. 민중이 원하는 것은 분명했다. 직장 동료나 인생 선배 역할이 아니라 여자로 곁에 있어 주길 원했다. 그의 튼튼한 팔과 건강한 심장이 그의 속마음을 말해 주었다. 유희는 망설였다. 그에게 더 이상 헛된 희망을 줘서는 안 된다. 민중이 동해 바다를 여행한 경험을 말하는 동안 유희는 그의 이야기를 들으며 기회를 엿봤다. 그를 더 깊은 수렁 속으로 끌어들일 순 없었다. 유희는 결정을 내리고 멈춰 섰다. 그리고 그의 팔에서 손을 내려놓았다. 민중이 의아한 표정으로 유희를 내려다봤다.

"민중 씨에게 하고 싶은 말이 있어요."

목소리가 떨려 유희는 숨을 깊이 들이마셨다. 그사이 그가 선수를 쳤다.

“그거 나중에 말하면 안 돼요?”

그렇게 말하고 그가 몸을 기울였다. 고개를 돌리기도 전에 그의 입술이 다가왔다. 유희는 피하지 못했다. 단단한 팔이 그녀의 허리를 휘감았다. 유희는 한숨을 터뜨렸고 그는 기회를 놓치지 않았다. 심장이 뛰었다. 그의 키스는 강하면서도 부드러웠다. 생각보다 긴 시간이 흘렀다. 마침내 그가 놓아줬을 때 유희는 자신도 모르게 눈물을 흘렸다. 아버지가 한 말이 떠올랐다. ‘선의의 행동이 불행으로 이어지리라는 걸 예감하지 못한 채 상대방의 요구를 들어주는 것은 어리석은 일이다.’ 아버지의 말처럼 또 실수를 저지르고 말았다. 그런 자신이 무척이나 한심하게 여겨졌다. 그래서 눈물이 나왔다. 영문도 모르는 민중은 어색한 미소를 지으며 손으로 눈물을 닦아 주려 했다. 유희는 그의 손을 뿌리치고 주차장을 향해 말없이 걸어갔다. 넘어지지 않으려고 샌들을 벗었다. 모래사장을 맨발로 걸으니 자연스럽게 다리에 힘이 들어갔다. 도로에 올라서서 유희는 샌들을 다시 신었다. 뒤따라온 민중이 주차장과는 반대 방향으로 급하게 뛰어갔다. 유희는 그의 뒷모습을 우두커니 서서 지켜봤다. 어두운 조명 아래 손수레가 보였다. 유희는 기다리지 않고 혼자 차를 향해 걸어갔다. 잠시 뒤 민중이 돌아왔다. 그의 손에는 장미 꽃다발이 들려 있었다. 그가 웃으며 꽃을 유희에게 건넸다.

“장례비와 여행으로 돈을 다 써 버리고 남은 게 이것뿐이네요.”

어림잡아 보아도 장미꽃은 열 송이를 넘지 않았다. 유희는 미간을 좁히고 장미꽃을 보았다.

"다음엔 꼭 저기 있는 꽃 전부를 사 드릴게요."

유희는 꽃다발을 낚아채고는 말없이 조수석에 올랐다. 여름이 물러나는 듯 밤바람이 제법 서늘했다. 운전석에 올라탄 민중이 시동을 걸며 빠르게 말했다.

"누나가 무슨 말을 하려고 했는지 대충 짐작할 수 있어요. 뭔가 해결해야 할 문제가 있을 거예요. 저도 그 정도 눈치는 있어요. 망설이는 이유가 뭔지는 모르지만 제게도 기회를 줬으면 해요. 저 기다릴 수 있어요. 백만 년이 걸린다고 해도요."

민중은 경쾌하게 가속 페달을 밟았다. 유희는 고개를 숙여 장미꽃 향기를 맡았다. 어쩌면 그의 말대로 오늘은 때가 아닌 것 같았다. 내가 해결해야 할 문제는 뭘까, 유희는 차창 밖을 바라보며 깊은 상념에 빠졌다.

일에 파묻히는 것만이 상념을 떨칠 수 있는 유일한 탈출구였다. 새로운 프로젝트를 맡았고 자진해서 동료의 일을 도왔다. 퇴근을 미루고 저녁도 회사 근처 식당에서 해결했다. 그렇게 나흘을 야근으로 보냈다. 속사정을 모르는 사장은 유희의 열정적인 모습을 보며 흐뭇해했다. 사무실에 혼자 남아 퇴근을 준비하는데 전화가 울렸다. 유희는 민중이 아니기를 빌며 스마트폰을 확인했다. 처음 보는 번호였다. 망설이다가 전화를 받았다.

"여보세요? 신유희 씨 핸드폰이죠?"

유희는 '네'라고 답했다.

"안녕하세요. 유희 씨. 저 다니엘입니다."

다니엘? 하마터면 휴대 전화를 떨어뜨릴 뻔했다. 직원들 모두 퇴근했음을 알고 있음에도 반사적으로 사무실 내부를 둘러보았다. 다니엘이라는 말을 듣자마자 온몸의 피부 세포가 예민하게 반응했다. 유희는 털썩 의자에 주저앉았다.

"죄송합니다. 낮에는 일하실 것 같아서 이렇게 늦게 전화를 드렸습니다. 죄송합니다."

반복해서 죄송하다는 남자의 말에 가슴이 조금 진정되었다.

"끊지 마시고 제 말을 끝까지 들어주십시오. 용기를 내어 전화를 드린 겁니다."

"제 번호는 어떻게 아셨어요?"

유희는 겨우 그렇게 말했다.

"그건 만나서 자세히 말씀드리겠습니다. 저 지금 부산입니다."

부산이라는 말에 심장이 다시 내려앉았다.

"부탁입니다. 지금 만날 수 있을까요?"

남자의 목소리는 귀에 거슬릴 정도로 떨렸다. 긴장한 그의 목소리에서 유희는 냉정을 되찾았다. 하룻밤을 보냈던 남자가 찾아온 것뿐이었다. 유희는 그가 있는 곳을 묻고 손목시계로 시간을 확인한 다음 기차역 광장 앞 분수대에서 기다리라고 말했다.

"차는 가져왔어요?"

"아뇨, 한 시간 전에 김해공항에 내렸습니다."

"좋아요. 지금 데리러 갈게요."

유희는 전화를 끊었다. 사무실 전등을 내리고 보안 경비 시스템을 작동시킨 뒤 지하 주차장으로 내려갔다. 차에 오르고 나서야 마침내 다니엘을 만나러 간다는 사실이 실감 났다. 기차역은 사무실에서 불과 10분 거리에 있었다. 유희는 다니엘의 얼굴을 기억하려 했지만 잘 되지 않았다. 그날 밤은 그녀의 삶에서 상당히 이례적인 날이었다. 술에 취해 있었고 넋이 나간 상태였다. 그를 기억하지 못하면 어쩌지 하는 생각은 기우에 불과했다. 다니엘을 발견하는 건 쉬웠다. 남들보다 머리 하나는 더 큰 남자를 놓치기는 불가능했다. 유희는 차를 갓길에 세우고 조수석 차창을 내렸다. 그런 다음 그가 볼 수 있도록 실내등을 켰다. 반색하며 덩치 큰 남자가 달려왔다. 그의 얼굴이 가까워지자 묘하게도 굳어 있던 몸이 풀어졌다. 전화로 받았던 낯선 남자의 느낌은 슬그머니 사라졌다. 일이 어찌 됐든 다니엘은 그녀에게 낯선 타인은 아니었다. 차에 오른 그가 유희에게 고개를 숙여 인사했다. 넥타이까지 맨 말끔한 슈트에 이전에 맡았던 향수 냄새까지 달라진 것이 별로 없었다. 유희는 무관심한 표정으로 조금 거칠게 액셀러레이터를 밟았다. 다니엘은 자동차 회사원다운 호기심 어린 눈빛으로 차 안을 둘러봤다.

"단순하고 기능적으로 믿을 만한 차가 필요하다는 유희 씨 이야기가 기억나네요."

유희는 그의 말에 반응하지 않았다. 지금 한가하게 차를 평가할 시간은 아니었다. 유희는 다니엘의 풀어진 태도에 괜히 심술이 났다.

“쓸데없는 소리 할 거면 당장 차에서 내려요.”

유희는 정면을 응시하며 말했다. 다니엘이 반사적으로 “미안합니다”라고 말했다. 그러고는 허리를 세우며 자세를 고쳐 잡았다. 그가 빠르게 말했다.

“보름 동안 독일에 출장을 나갔다 왔습니다. 서울에서와 마찬가지로 일이 손에 잡히지 않았습니다. 유희 씨와 헤어진 뒤 한동안은 그저 참고 지내면 사라질 추억일 거라고만 생각했는데 그렇지 않더군요. 자정이 넘은 베를린 시내를 혼자 거닐 때 불현듯 깨달았습니다. 유희 씨를 다시 만나지 못하면 내 인생은 끝난 것이나 마찬가지라는 결론이었죠. 충동적으로 강물에 뛰어들고 싶었을 정도였습니다. 사랑합니다. 유희 씨.”

멍하니 운전대를 잡고 있다가 신호 대기에 걸린 앞차가 정지하는 것을 놓친 유희가 뒤늦게 급브레이크를 밟았다. 비스듬히 앉아 방심하고 있던 다니엘이 차창 틀에 머리를 쿵 부딪쳤다. 유희는 땅이 꺼져라 긴 한숨을 쉬었다.

유희는 산 중턱 그늘에 가려진 카페를 선택했다. 의식적으로 사람들의 시선을 피할 목적은 아니었으나 몸이 그렇게 움직였다. 카페 주차장에는 서너 대의 차가 있었다. 두 사람은 나비넥타이를 맨 남자 종업원의 안내를 받아 어두운 조명이 켜진 룸으로 들어갔다. 묘한 분위기라는 생각에 후회했지만 어쩔 수 없었다. 다니엘은 메뉴판도 보지 않고 대뜸 “잭 다니엘 있나요?”라고 물었고 종업원은 당연하다는 듯 눈썹을 치켜세우며 "네"라고 답했다. 유희는 그런 다니엘을 어이없이 바라보다 웃었다. 종업원이 문을 닫고 나가자 천장 스피커에서 흘러나오는 낮은 재즈 피아노 소리가 공허한 실내를 힘겹게 채웠다. 두 사람은 마주 앉아 서로를 바라보며 침묵을 지켰다. 음악이 없었다면 견디기 힘들었을 어색한 공기가 이리저리 떠돌았다. 다행히 웨이터가 술과 얼음, 콜라를 가지고 재빨리 돌아왔다. 다니엘은 웨이터를 보내고 자신이 직접 얼음을 넣고 위스키를 따랐다.

"사람들은 이 술을 버번위스키라 부르는데 정작 제조사는 버번이 아니라고 부정하더군요. 회사 사람들이 저를 다니엘이라 부르는데 실제로 저는 다니엘이 아니고 박맹호인 것과 유사한 상황이어서 이 술을 좋아하게 됐습니다."

썰렁한 농담에 유희가 아무런 반응도 보이지 않자 다니엘은 이전처럼 머쓱한 웃음을 지었다. 유희는 망설이다가 술잔을 잡았다. 술을 먹지 않으면 이야기가 되지 않을 상황이었다. 게다가 사무실에서 쌓인 피로 물질이 알게 모르게 온몸에 진득진득 들러붙어 있었다. 입술을 대자 특유의 진한 초콜릿 향이 올라왔다. 유희는 술을 조금 홀짝인 뒤 내려놓았다. 겨우 입안을 적실 정도였는데도 유희는 조금 전의 상황과는 분위기가 달라졌음을 느꼈다. 앞에 앉은 남자는 이방인이 아니었다. 살을 맞댔고 그녀의 몸을 통과해 들어온 남자였다. 몸이 먼저 그를 기억하고 있었다.

"제 전화번호는 어떻게 아셨죠?"

심경의 변화와는 달리 그녀의 목소리는 여전히 날이 서 있었다.

다니엘은 그녀의 질문에 죄인이라도 된 듯 한껏 몸을 움츠리며 머뭇머뭇 말했다.

“그날 유희 씨가 샤워할 때 몰래 핸드백을 보았습니다.”

“제 가방을 뒤졌다고요?”

“죄송합니다. 악의적인 의도는 없었습니다. 전화번호를 물어보면 거절할 것 같아 저도 모르게 그랬습니다. 맹세코 명함 이외에는 아무것도 손대지 않았습니다.”

변명을 하는 그의 크고 넓은 어깨가 아래위로 흔들렸다. 만약 그날 다니엘이 명함을 요구했으면 줬을지도 몰랐다. 그런 면에서 그는 순진한 남자였다. 유희는 긴장을 풀며 소파에 몸을 기댔다. 묘한 쾌감이 그녀의 몸에서 일어났다. 나이 어린 민중을 만났을 때는 느끼지 못한 여유가 생겨났다. 민중을 만나면 그녀는 알게 모르게 긴장하고 자신을 방어했다. 그러나 다니엘은 달랐다. 왠지 이 남자는 자신의 의도대로 이끌어 갈 수 있다는 자신감이 생겼다. 그런 생각을 하다가 유희는 갑자기 다니엘의 단단하고 우람한 페니스를 떠올렸다. 열기가 올라오고 얼굴이 붉어졌다. ‘완전히 미쳤구나!’ 유희는 그에게서 시선을 거두고 술잔을 들었다.

“정말 강물 속에 뛰어들 작정이었어요?”

유희의 질문에 다니엘의 표정이 밝아졌다.

“네. 진심이었습니다. 이렇게 살아서 뭣하나, 라고 생각했습니다.”

유희는 차 안에서 같은 이야기를 들었을 때부터 그가 뭔가를 숨기고 있음을 직감했다. 그렇지 않으면 이 상황은 설명되지 않았다. 평범한 성인 남녀가 상대에게 사랑의 감정을 느끼는 것이 뭐가 문제인가? 원 나이트 스탠드를 한 이후 사랑에 빠졌다는 이야기는 흔해 빠진 낡은 이야기일 수도 있었다. 다음 날 다니엘이 찾아와 사랑을 고백했다면 유희는 아무렇지 않게 받아들였을지도 몰랐다. 그는 외국계 기업에 다니는 엘리트 사원인 데다 체격도 좋고 얼굴도 그만하면 빠지지 않았다. 다정하고 예의 바르며 아버지의 고리타분한 소설을 탐독할 정도로 교양도 갖춘 남자였다. 게다가 그와 보낸 하룻밤을 떠올리면 단칼에 내치지는 못했을 것이다. 문제는 오히려 왜 이렇게 긴 시간이 걸렸느냐는 데 있었다.

"솔직하게 말해 줬으면 좋겠어요. 문제가 뭐죠?"

유희의 날 선 질문에 다니엘은 어리벙벙한 표정을 지었다. 유희는 모른 척하며 술을 마셨다. 얼음이 녹으면서 위스키가 부드러워졌다. 다니엘은 그런 유희를 바라보다 자신도 술잔을 들었다. 그는 얼음만 남기고 단숨에 술을 마셨다. 미간을 좁히며 심하게 인상을 쓴 것과는 달리 그의 목소리는 전화로 들었을 때처럼 심하게 떨렸다.

"저는 사랑하지도 않는 여자와 결혼을 약속했습니다. 그게 저의 문제입니다."

유희는 술잔을 내려놓고 잠자코 그를 응시했다. 다니엘은 자신이 잘못 선택한 불운한 미래에 대해 길게 설명했다. 그는 한국에서 명문 대학교를 졸업했고 미국에서 MBA 과정을 마쳤다. 현재 회사에 입사하자 어떻게 알았는지 사설 결혼 중개업체에서 중매가 들어왔다. 그는 선을 봤고 부잣집 딸이 마음에 들었다. 정확히 말하면 여자의 배경에 더 호감을 느꼈다. 그녀의 아버지는 탄탄한 중소기업을 거느린 오너였고, 자신의 아버지는 별 볼일 없는 퇴직 군인이었다. 부잣집에서는 성실하고 믿을 수 있는 데릴사위를 원했다. 다니엘은 그들이 마음껏 요리할 수 있는 안성맞춤인 상대였다. 다니엘은 그런 사실을 알면서도 기꺼이 그들의 제안을 받아들였다. 그는 무한경쟁과 성과주의로 점철된 외국계 기업 문화에 지쳐 있었다. 결혼하면 그도 경영진의 일원이 되어 자기 회사를 꾸려 나갈 수 있게 된다. 신부의 용모가 그의 이상향과는 거리가 먼 게 단점이지만 그 정도는 참을 수 있을 것 같았다. 아니, 참아야 한다고 그는 생각했다. 여기까지가 유희를 만나기 직전에 일어난 일이었다. 이 짧은 이야기를 그는 무척 장황하게 설명했다. 복잡한 감정과 지나친 감상을 노출하며 그는 자기 이야기에 푹 빠져 있었다. 유희는 그가 말을 끝낼 때까지 끈기 있게 기다렸다. 유희의 잔이 빈 것을 본 다니엘이 술병을 들었다. 마침내 그의 긴 독백이 끝났다.

"잭콕으로 할까요?"

잭콕이란 잭 다니엘에 콜라를 타는 것을 의미하는 것 같았다. 유희는 고개를 가로저었다. 그가 얼음을 탄 언더록을 유희에게 내밀고 자신의 잔에는 콜라를 섞었다.

"그래서 어떤 결론을 내렸어요?"

다니엘이 콜라를 탄 술맛을 보더니 가볍게 인상을 찌푸렸다.

"파혼하기로 마음먹었습니다. 사랑하는 여자를 버려두고 돈과 명예에 끌려 어리석은 결혼을 해선 안 된다는 게 제 결정입니다.”

힘이 들어간 목소리와 함께 그의 얼굴에는 자족하는 표정이 드러났다. 유희는 목소리에 힘을 줘서 분명하게 말했다.

“바보 같은 짓 하지 마요. 설마 그 여자분에게 벌써 말한 건 아니겠죠?”

유희의 질문에 다니엘은 멈칫거렸다. 그의 망설임에서 아직 결별을 정식으로 통보한 것은 아님을 알 수 있었다.

“다행이네요. 없었던 일로 해야 할 일은 우리의 만남이지 당신의 결혼 약속이 아니에요.”

유희의 말에 다니엘이 얼굴을 붉혔다. 유희의 이런 반응을 어느 정도 예상했을 텐데도 막상 당사자에게 말을 듣고 보니 그는 당황했다. 아마 유희가 기뻐하며 자신을 반겨 줄 것이라는 일말의 기대를 품고 있었던 듯싶었다.

“그럴 수는 없습니다. 독일 공항에서 비행기에 몸을 실었을 때 저는 이미 다른 사람이 되었습니다. 그 이전에는 사랑을 믿지 않았죠. 사랑이란 분별력 없는 사람들의 불완전한 감정 상태라고 생각했죠. 하지만 유희 씨를 만나고 나서 저는 달라졌습니다.”

붉어진 얼굴로 다니엘이 온몸을 들썩일수록 유희는 더 차갑게 가라앉았다. 한편으로는 그의 대담한 결정과 용기를 칭찬해 주고 싶은 마음이 생겨났지만, 그의 판단은 지나치게 일방적이었다. 한 달이 넘도록 아무런 연락도 하지 않던 남자가 불쑥 찾아와 사랑을 고백하는 게 정상적인 일은 아니다. 유희는 고민했다. 다니엘의 진정성을 의심해서가 아니라 오히려 위험해 보이기까지 하는 무모함 때문이었다. 자신에게 이처럼 순수하게 적극적으로 사랑을 고백한 남자가 있었던가? 남자들은 여자들만큼이나 계산적이고 이기적이 되었다. 그들은 사랑을 위해 위험을 감수하고 손해를 입을 각오를 하지 않았다. 그런 남자들은 이미 아주 오래전 흙 속에 묻히고 말았다. 20세기 후반에 태어난 남자들은 자신의 감정과 판단 대신 외부 세계의 평가를 맹신했다. '이 정도면 나쁘지 않아. 저 여자와 사귀면 손해 보지는 않을 거야. 일이 잘못되면 언제든 끊을 수 있어'라고 생각한 후에야 겨우 몸을 움직였다. 그렇지 않고 적극적으로 여자에게 달려들 때는 다른 목표가 있었다. 여자를 통해 본능적인 욕구를 채우려 하거나 아니면 경제적인 이득을 취하려 할 때였다. 배움이 많으면 많을수록, 사회적 지위가 높으면 높을수록 그런 경향은 지배적이었다. 남편 상훈도 그런 남자 중 하나였다.

"저에 대해 뭘 알고 있다고 사랑을 말하는 거죠?"

"네?"

"저에 대해 알고 있는 게 뭐냐고 묻는 거예요."

유희의 다그치는 듯한 질문에 다니엘이 정신을 차리며 말했다.

"그건 차차 알아 가면 된다고 생각합니다. 제게 중요한 건 유희 씨를 향한 진실된 마음입니다."

"다니엘 씨, 그건 사랑이 아니에요."

다니엘의 눈이 커졌다.

"그럼 제 마음을 찢어 놓은 이 감정의 실체는 무엇입니까? 아무 일도 할 수 없고 아무 일도 하고 싶지 않은 가슴속의 이 혼돈과 격정은 무엇입니까?"

유희는 그가 미리 준비해 온 연극 대사 같은 말에 몸 안으로 벌레가 기어들어 오는 듯한 느낌을 받았다. 한때 문학청년이었다는 말이 거짓은 아닌 것 같았다. 유희는 싸늘한 표정을 지으며 말했다.

"그건 욕정이에요. 원하는 것을 갖지 못해서 일어난 불안감이라고요."

"유희 씨! 제 사랑을 모독하지 마십시오."

다니엘이 주먹 쥔 양손을 탁자에 올리더니 목소리를 높였다. 유희는 무시하고 술잔을 들었다. 그리고 그가 했던 것처럼 얼음만 남겨두고 한 번에 위스키를 마셨다.

"잘 들어요. 다니엘 씨. 당신 눈앞에 있는 여자는 처녀가 아니에요."

"그건 저도 잘 알고 있습니다."

"그런 이야기가 아니에요. 전 이미 결혼한 여자예요. 당신에겐 결혼을 약속한 사람이 있지만 나에게는 법적인 남편이 있어요. 이제 무슨 말인지 이해했어요?"

유희는 최대한 표정 변화를 보이지 않으려고 애썼다. 그리고 기다렸다. 다니엘의 얼굴은 당장에라도 폭발할 활화산처럼 타올랐다. 유희가 한 말을 해독하는 데 생각보다 긴 시간이 걸렸다. 다행히 그는 폭발하지 않았다. 타이머가 멈춘 시한폭탄처럼 보일 뿐이었다. 잠시 후 폭탄의 이미지는 사라졌다. 눈앞에는 절망에 빠진 한 남자의 위태로운 검은 눈동자가 보였다. 넓은 어깨에 단단한 골격을 가진 젊은 남자가 산사태처럼 무너지고 있었다.

"미리 말하지 못해서 미안해요. 하지만 말할 시간이 없었던 것도 사실이잖아요!"

유희의 목소리에는 짜증과 혼란, 미안한 감정이 뒤섞여 있었다. 일이 이렇게 될 거라고는 그녀도 전혀 예상하지 못했다. 배 속으로 들어간 술이 반응하기 시작했다. 유희는 모든 잘못을 그에게 뒤집어씌우고 싶었다. 유혹한 것도 그가 먼저였고 사랑에 빠진 것도 전적으로 그 혼자만의 일이었다. 유희는 그에게 따지고 싶었다. 화풀이하려는 순간 유희는 멈췄다. 다니엘의 눈에서 굵은 눈물방울이 흘러내리는 것을 본 것이다. 그가 고개를 숙이고 손바닥으로 급히 눈물을 훔쳤다. 유희는 자리에서 일어나 도망치고 싶었다. 수치심과 분노가 동시에 일었다. 하지만 그녀 앞에는 절망의 벽에 부딪힌 한 남자가 있었다. 그녀는 어쩔 수 없이 덩치 큰 남자의 눈물에 연민을 느꼈다. 그래서 넋두리하듯 변명했다.

"남편과는 1년째 별거 중이에요. 지금 이혼 수속을 밟고 있고요."

다니엘이 고개를 들어 다시 유희의 얼굴을 바라보았다. 그의 얼굴이 기묘하게 일그러졌다. 다양한 감정들이 동시에 표출되어 나왔기 때문에 그의 감정 상태에서 무엇이 가장 우선인지 알 수가 없었다. 그런데 전혀 기대하지 못한 말이 그의 입에서 흘러나왔다. 이번에는 유희가 충격을 받았다.

"그럼 유희 씨와 결혼할 가능성이 아직 남아 있는 건가요?"

유희는 꽁꽁 얼어붙은 얼음덩어리가 되었다. 이 남자는 순진한 건가 아니면 멍청한 건가? 그의 놀라운 질문이 그녀를 새로운 차원의 세계로 인도했다. 그곳에는 다른 피부색과 눈동자를 가진 사람들이 살고 있을 뿐만 아니라 다른 윤리와 도덕, 법, 제도, 문화가 지배하고 있었다. 쾌락의 가치도 달랐고 농담의 의미도 달랐다. 유희가 말했다.

"그럴 가능성은 1퍼센트도 없어요. 하지만 퍽 버디(fuck buddy)로 남을 수는 있어요."

"네?"

다니엘은 눈을 동그랗게 뜨고 입을 벌린 채 유희를 바라봤다. 유희는 자리에서 일어났다. 망설이지 않고 그의 옆으로 가서 몸을 밀착시키며 앉았다. 그의 허리에 팔을 두르고 힘을 주어 그를 끌어당겼다. 다니엘은 그녀에게 결혼을 요구한 두 번째 남자였다. 결혼은 지긋지긋했다. 그런 그녀가 해 줄 수 있는 것은 키스뿐이었다. 다니엘의 입술이 열리고 짙은 초콜릿 향이 덮쳐 왔다. 이어 그의 크고 넓은 손바닥이 가슴 위로 올라왔다. 등을 쓰다듬던 왼손은 허리를 타고 아래로 내려가 엉덩이를 움켜잡았다. 이전에 안겼을 때보다 손에 더 많은 힘이 들어가 유희는 숨 쉬기가 어려웠다. 다니엘은 마침내 장난감 가게 앞에서 칭얼거리던 사내아이에서 독립적이고 자신감 넘치는 성인 남자로 돌아왔다. 유희는 셔츠 속으로 손을 집어넣어 그의 젖꼭지를 꼬집었다. 화들짝 놀란 표정을 지으며 다니엘이 몸을 떼더니 가볍게 그녀를 안아 자신의 허벅지 위에 올렸다. 마치 장난꾸러기 계집아이를 혼내겠다는 어른스러운 표정을 지었기 때문에 유희는 그의 가슴에 얼굴을 파묻고 키득거렸다. 그의 손이 스커트 밑으로 들어오자 유희는 다리를 오므렸다. 유희가 그의 귀에 대고 속삭였다.

"우리 집으로 가자."

유희는 자신이 한 말에 내심 충격을 받았다. 어디서 그런 무모한 용기가 나왔는지 알 수 없었지만, 말을 내뱉고 나자 근원을 알 수 없는 해방감이 가슴속으로 차올랐다. 그녀를 둘러싼 세계가 일시에 변했다. 그녀는 홀로 국경을 넘었다. 눈보라 몰아치는 강벌에는 외아지 백양白楊이 혼자 서서 바람을 걷어 안고 춤을 추고 있었다. 처녀妻女의 마음을 핫! 핫! 놀래 놓으면서.

대리 운전기사가 운전하고 두 사람은 뒷좌석에 앉았다. 유희는 다니엘 곁에 바짝 붙어서 팔짱을 꼈다. 대리 기사는 두 사람을 다정한 연인 사이로 보았을 것이다. 유희는 그의 어깨에 머리를 기대고 차창 밖을 응시하며 왜 이런 일이 자신에게 일어나고 있는지 생각해 보았다. 다니엘을 사랑한다고 생각한 적은 한 번도 없었다. 그는 차창 밖의 세계처럼 그저 스쳐 지나가는 단순한 대상에 지나지 않았다. 그런데도 그녀는 무엇인가를 기대하며 그를 유혹했다. 그에게 농담처럼 던진 퍽 버디라는 말이 떠올랐다. 그를 보았을 때 부정할 수 없는 육체적 쾌락이 그의 몸으로부터 그녀에게 전달되었다. 안전하고 뒤끝 없는 섹스가 그에게 요구하는 유일하고 분명한 실체였다.

그는 이 메시지를 오해해선 안 된다. 잘못된 의미가 전달되는 순간, 단순한 규칙과 질서는 파괴된다. 사랑이라는 추상적 감정과 괴물 같은 결혼이라는 제도는 두 사람 사이의 진실을 붕괴시키는 악이었다. 유희는 눈을 질끈 감았다가 떴다. 그래, 사랑은 참을 수 있을지 몰라도 결혼은 안 돼. 다시는 함정에 빠지지 않을 거야. 그녀는 다니엘의 팔에 매달리며 그렇게 다짐했다.

유희가 말을 놓으면서 두 사람 사이에 놓였던 긴장의 벽이 자연스럽게 허물어졌다. 동시에 다니엘은 유희의 입술과 몸을 통해 자신이 원하는 바가 구체적으로 무엇인지 정확히 인식했다. 그는 유희와 섹스 파트너라는 상스럽고 천박한 관계를 맺을 수 있으리라곤 상상하지 못했다. 비록 즉흥적이고 충동적인 모험으로 시작된 만남이지만 그는 진지하고 성실한 인간이며 인습적인 사회적 틀과 제약에서 벗어나는 것을 본능적으로 두려워했다. 그는 거대 조직에 소속되어 자신의 가치를 인정받길 원하는 평범한 엘리트에 불과했다. 독일에서 다니엘은 자신의 결정이 가져올 미래에 대해 꼼꼼하게 체크했고 계산을 끝냈다. 유희는 그가 어린 시절 좋아했던 작가의 딸이었다. 그리고 자기 영역을 확보한 기술직 직장 여성이었다. 건강한 미혼 남성이 결혼 직전에 새로운 짝을 만나는 경우는 충분히 있을 수 있는 일이었다. 파혼이 가져올 여파는 크겠지만 그렇다고 자신이 악의 소굴에 뛰어든 것은 아니었다. 유희의 성장 배경과 그녀에 대해 알게 되면 자신이 왜 이런 결정을 내렸는지 사람들은 이해할 것이다. 시간이 흐르면 파문은 가라앉을 것이고 이후로는 평탄한 결혼 생활을

하게 될 것으로 그는 판단했다. 유희를 다시 만날 수 있는 방법은 이 길뿐이라고 그는 생각했다. 그런데 전혀 예상치 못한 상황이 벌어졌다. 유희는 그가 설정한 세계의 경계 밖에 있었다. 그녀는 아름답지만 위험한 존재였다. 그런 여자가 지금 자신의 어깨에 기대 차창 밖 어둠을 응시하고 있었다. 다니엘이 생각난 듯 유희에게 말했다.

"작가님이 최근에 국경에 관한 소설을 쓴다고 하셨는데 혹시 읽은 적 있어?"

유희는 대답 대신 고개를 저었다. 그런 다음 그녀가 말했다.

"난 아버지 소설은 읽지 않아."

"왜?"

유희가 기댔던 몸을 떼고 다니엘의 눈을 바라보았다.

"아버지 소설을 읽고 있으면 마치 벌거벗은 채 혼자 사람들 앞에 선 느낌이 들어."

다니엘이 이해할 수 있다는 듯 고개를 끄덕였다. 잠시 후, 차가 아파트 주차장으로 들어섰다. 대리 기사가 돌아가고 두 사람은 마치 오래된 연인처럼 팔짱을 끼고 엘리베이터에 올랐다. 다니엘이 다소 긴장한 듯 짧은 한숨을 내쉬었다. 현관문이 닫히고 세상과의 차단막이 쳐지자 다니엘은 용기를 냈다. 섹스 파트너의 역할은 처음 해 보지만 어려울 것은 없었다. 다니엘은 유희의 허리에 팔을 두르며 처음으로 환하게 웃었다. 유희가 천천히 그의 셔츠 단추를 풀었다. 다니엘은 유희를 느긋하게 내려다보았다. 그녀의 몸은 따뜻하고 부드러웠다. 그녀를 안고서 다니엘은 왜 그동안 자신이 그토록 방황했는지 어렴풋이 알게 되었다. 그는 그녀의 몸을 그리워하고 있었다. 그것은 자신이 이성적으로 고민했던 사랑과 결혼의 문제로 해결될 일이 아니었다. 유희가 빠르게 그의 바지와 팬티를 내리고 발기한 그의 페니스를 움켜쥐었다. 그러고는 자세를 낮추고 무릎을 꿇었다. 유희는 양손으로 그의 고환과 성기를 부드럽게 어루만졌다. 다니엘은 자신이 마치 그리스 신화에 나오는 젊고 아름다운 신이 된 듯한 기분이 들었다. 유희가 고개를 들어 그를 올려다보며 말했다.

"아름다워."

유희의 엉뚱한 말에 그는 웃음을 터뜨렸다. 그가 유희를 일으켜 세우고 가볍게 그녀를 안아 침대로 걸어갔다. 유희는 그의 목에 팔을 두르고 행복한 미소를 지었다. 매일 체육관에서 100킬로그램에 가까운 역기를 드는 그에게는 유희가 공기처럼 가벼웠다. 유희는 침대에 누워 그를 올려다보며 하고 싶은 말을 억지로 참았다. '네 게 남편보다 두 배 정도는 큰 것 같아'라는 말이었는데 칭찬보다는 상처가 될 것 같아 참았다. 아직 그 정도의 분별력은 있었다.

"네가 바라보는 세계가 어딘지는 잘 모르지만 일단은 너와 함께 가 보기로 했어."

다니엘은 그렇게 말하고 유희를 안았다. 그는 이런 상황에서도 문학청년다운 면모를 잃지 않은 자신을 흐뭇하게 여기며 자긍심을 느꼈다.

4

제2차 세계 대전 이후 헝가리 혁명가 죄르지 임레가 세운 자치 공화국 엠베리 오르삭은 유럽 중남부, 흔히 트란실바니아라고 부르는 지역에 속해 있다. 트란실바니아는 카르파티아 산맥 동남쪽의 깊고 아름다운 숲으로 이루어진 영토로, 1075년 중세 라틴어로 작성된 한 문서에서 울트라 실밤(ultra silvam)이라는 이름으로 역사에 처음으로 기록되었다. 울트라 실밤의 원뜻은 '숲을 넘어서(beyond the forest)'이며, 트란실바니아를 풀이하면 '숲의 이면(on the other side of the woods)'이 된다. 헝가리 역사학자들은 라틴어 이름 울트라실바니아, 즉 트란실바니아가 헝가리어 에르되엘브(Erdő-elve)를 직역한 것이라고 주장하는데, 이는 곧 트란실바니아의 역사적 배경이 헝가리에 귀속되어 있음을 보여 주는 직접적인 증거라고 말한다. 진실이 무엇이든 현재 트란실바니아는 루마니아 국경 내에 속한 루마니아 영토다. 과거 이 지역에 뿌리를 내리고 산 헝가리계 후손들은 루마니아와 엠베리 오르삭에 외국인 자격으로 방문할 수 있다. 그들은 이 나라를 방문하고서야 국경의 인위적 경계를 인식하게 된다.

유희는 기차역에서 다니엘을 배웅한 다음 곧장 아파트로 돌아왔다. 그녀는 화장대 서랍에 넣어 둔 시어머니의 각서를 꺼내 꼼꼼히 내용을 살폈다. 활자들 틈에서 자신은 아직 한 남자의 아내로, 또 한 집안의 며느리로 남아 있었다. 자유의 몸이 되기까지는 11개월 남아 있었다. 각서를 고이 접어 서랍에 다시 넣고 주방으로 가서 커피를 끓였다. 아랫배가 조금 욱신거렸다. 다니엘은 첫날 밤보다 더 열정적으로 그녀를 안았다. 지난밤의 격정은 거대한 종소리의 파문처럼 여운을 남기며 그녀의 몸속에 남아 있었다. 진한 커피 향이 몽롱한 의식을 지우며 그녀를 현실로 데려왔다. 유희는 커피를 홀짝이며 식탁에 놓인 책을 펼쳤다. 아버지가 선물로 보낸 책이었다. 아마존닷컴에서 온 적당한 두께의 여행 가이드북으로, 지문과 사진이 적절히 배분되어 있었다. 처음부터 끝까지 읽어야 한다는 부담감이 없는 게 가이드북의 장점이다. 아무 페이지나 펼쳐 마음에 드는 사진을 찾고 짧은 안내 문구를 읽으면 된다. 아름다운 산과 강이 파노라마처럼 펼쳐지고 앙증맞고 고풍스러운 카페와 레스토랑이 등장한다. 아름다운 엠베리 오르삭(Beautiful Emberi Orszāg)!이라는 캐치프레이즈 아래 수수한 유럽 전통 의상을 입은 금발의 처녀와 검은 턱수염을 기른 남자가 묘하게 생긴 긴 나팔을 들고 나란히 서서 웃고 있다. 지리 수업 때 트란실바니아라는 지명에 대해 들어 본 것 같다는 느낌이 들었지만 확실치는 않았다. 루마니아와 트란실바니아 하면 드라큘라가 제일 먼저 떠올랐는데 사진 속에 등장한 흡혈귀 백작의 고향은 음침하고 괴기스러운 연상과는 달리 평화롭고 아름다운 농촌 마을처럼 보였다. 작은 글자로 빽빽이 쓰인 영어를 읽자 눈에 피로가 몰려왔다. 유희는 글자는 제쳐 놓고 사진만 눈여겨보았다. 트란실바니아의 다른 이름이 울트라실바니아라는 사실을 확인한 것만으로도 충분했다. 현우는 딸에게 책을 선물한 다음 무의식중에 유희가 책을 읽었는지 확인해 보는 버릇이 있었다. 다음에 아버지를 만났을 때 유희는 선수를 치기로 마음먹었다. "트란실바니아에 집착하는 이유가 아버지의 소설 『울트라』와 관련 있는 것 아니에요? 트란실바니아의 옛 이름이 울트라실바니아잖아요." 유희는 아버지의 당황하는 표정을 상상하며 빙긋이 웃었다. 현우는 20년 전 '울트라'라는 제목의 소설을 냈다. 초능력자들이 주인공으로 등장하는 소설로, 그의 다른 소설과 마찬가지로 잘 팔리지 않았고 절판되는 기구한 운명을 밟았다. 유희는 '아빠 책 고마워요'라는 짧은 문자 메시지를 보내고 가이드북을 덮었다. 현재로서는 가이드북을 끼고 지구 반대편에 있는 나라를 찾아갈 가능성은 제로에 가까웠다. 책을 덮고 침실로 들어가 천장을 바라보고 누웠다. 상념들이 스크린 영상처럼 펼쳐졌다. 불과 몇 시간 전, 벌거벗은 한 남자가 침대에 누워 자기 곁에 있었다는 사실이 거짓말처럼 느껴졌다. 깊은 잠에 빠진 다니엘은 전원이 나간 로봇 같기도 했고, 기둥이 뽑힌 채 쓰러진 고대의 거대한 석상처럼 보이기도 했다. 유희는 그가 한 말을 기억했다. '네가 바라보는 세계가 어딘지는 잘 모르지만 일단은 너와 함께 가 보기로 했어.' 침실에서의 속삭임치곤 비상식적이고 작위적인 느낌이 들긴 했지만, 지난날 진지한 문학청년이었던 점을 고려하면 귀엽게 봐줄 수도 있는 낭만적인 비유이기도 했다. 유희는 자신이 바라보는 세계에 대해 고민했다. '나는 눈앞의 현실 너머로 무엇을 보는 것일까?' 픽션의 세계에 사로잡힌 사람들은 '세계의 끝'이라는 형이상학적인 설정에 매료되었다. 작가인 아버지 역시 마찬가지였다. 그들은 자신이 사는 세계의 경계를 마련하고 그 경계를 초월하길 꿈꿨다. 아버지가 울트라실바니아와 트란실바니아 같은 단어에 집착하는 이유를 어렴풋이 알 것 같았다. 그는 현실과 허구의 두 세계를 오가며 평생을 살았다. 아버지는 픽션의 세계가 현실보다 정확하고 의미 있다고 생각했다. 그것은 엄마의 죽음이 만든 비극이었고 떨쳐 버릴 수 없는 고통의 메타포였다. 절망의 깊은 수렁에서 벗어나는 유일한 시도는 픽션의 세계로 진입하는 것이었다. 아버지는 그곳에서 현실의 이해할 수 있는 거짓을 내버리고 허구의 세계에서 묘사된 이해할 수 없는 진실과 대면했다.

메시지 벨이 울렸다. 아버지의 답장이려니 했는데 아니었다. 민중이 보낸 문자였다. '뭐하세요?'라는 짧은 메시지. 유희는 답장 대신 음 소거 버튼을 누르고 휴대 전화를 바닥에 내려놓았다. 민중과 천연덕스럽게 문자를 주고받을 기분이 아니었다. 그의 얼굴을 떠올리자 왠지 그에게 죄를 지은 느낌이 들었다. '왜? 난 잘못한 게 없는데'라고 마음속으로 중얼거려 보아도 두근대는 가슴은 가라앉지 않았다. 두 남자가 비슷한 시기에 접근해 왔다. 이들 두 남자를 대하는 방식은 확연하게 차이가 났다. 민중을 만날 때는 조심하면서 거리를 두었다. 마치 순진한 처녀처럼 비칠 정도로 소극적으로, 또는 중학교 윤리 교사처럼 엄격하게 굴었다. 반면 다니엘에게는 노골적일 만큼 충동적이고 모험적으로 행동했다. 유혹을 먼저 한 것도 자신이었고 쾌락을 독려한 것도 그녀가 먼저였다. 민중에게는 도덕의 수호자인 지킬 박사로, 다니엘에게는 욕망을 숨기지 않는 하이드로 행세했다. 이런 극단적인 차이를 이끈 이유가 무엇인지는 그녀도 몰랐다. 누구에게 진실된 모습을 보이는 것인지도 혼란스러웠다. 어느 쪽이 되었든 이 두 다른 자아가 내부에 공존하는 것만큼은 부정할 수 없었다. 이런 게 현실의 이해할 수 있는 거짓이라는 걸까? 무엇이 진짜일까? 유희는 잠들지 못한 채 천장을 올려다보다 벌떡 일어나 옷과 책장이 있는 방으로 들어갔다. 아버지의 소설『울트라』를 찾는 데에는 시간이 오래 걸리지 않았다. 20년 세월을 견딘 책은 골동품처럼 근사해 보였다. 유희는 독서용 스탠드를 켠 뒤 침대에 배를 깔고 누워 책장을 넘겼다.

새로운 프로젝트가 시작되었다. 도시에서 100여 킬로미터 떨어진 S군 하수 처리 시설 공사였다. 유희는 컴퓨터를 켜고 하수 처리 시설 공사와 관련된 기술 조건 사항을 검토했다. 한창 일에 열중하던 차에 사장이 사무실로 헐레벌떡 뛰어 들어왔다. 사장은 구겨진 재킷을 한 손에 들고 이마의 땀을 닦았다. 그러고는 텅 빈 사무실을 둘러보고는 말했다.

"선일전자에서 중요한 미팅이 있는데 아무도 없군요."

유희는 싱긋 웃으며 어깨를 으쓱해 보였다.

"아무래도 신 과장님이 좀 도와주셔야겠습니다. 기술적인 조언을 할 사람이 필요한데 저만 가면 그쪽에서 좋아하지 않을 것 같아서요."

선일전자는 태양열 관련 제조업체였다. 업체와의 기술 상담은

PLC 엔지니어링을 책임지는 수석 엔지니어 박 상무가 전담했는데, 그를 포함한 엔지니어 대부분이 S군 하수 처리 공사 건으로 출장 중이었다. 유희는 잠깐 고민한 다음 자리에서 일어났다. 사장이 반색하며 웃음을 터뜨렸다. 유희는 그의 어린아이 같은 웃음을 보며 참 싱거운 사람이라고 생각했다. 유희가 조수석에 앉고 사장이 직접 자기 차를 몰았다. 경량 SUV 실내는 엉망이었다. 뒷좌석에는 사람이 앉을 수 없을 정도로 잡동사니들이 가득했다. 먹다 남은 피자 상자와 음료수 통, 니퍼, 전선 그리고 자동화 기기 카탈로그와 샘플이었다. 그는 이 카탈로그를 들고 하루 100여 킬로미터에 이르는 거리를 운전하며 발품을 팔았다. 무뚝뚝한 기술직 CEO와는 달리 그는 대기업 영업 사원 출신이라는 장점을 적극 활용해서 매출을 끌어올렸다. 이 바닥에서 산전수전 다 겪었다고 자부하는 박 상무조차 사장의 영업력에 대해서는 혀를 내둘렀다.

유희는 말려 올라온 스커트를 정돈하며 자리에 앉았다. 공장까지 가는 동안 사장과 어색한 시간을 가질까 걱정했는데 기우였다. 사장의 전화벨이 연거푸 울려 대는 바람에 그럴 여유가 없었다. 그는 한 손으로는 운전대를 잡고 한 손으로는 전화를 받았다. 그러면서도 빠르게 운전했다. 길이 막히면 샛길을 찾아 골목길을 파고들었다. 위험한 상황이 몇 번 있었지만 그는 태연하게 가속 페달을 밟았다. 회수하지 못한 공사 대금 건과의 통화에서는 언성이 높아졌다. 그는 유희가 옆에 타고 있는 것을 잊어버리고는 담배를 꺼내 물었다. 유희가 차창을 내리자 깜짝 놀라며 미안하다고 사과했다. 유희는 상관

없다고 말하면서 담배를 피우라고 말했다. 사거리 신호 대기에 걸렸을 때 유희는 자신이 운전하겠다고 제안했다. 사장은 전화기를 든 채 고개를 끄덕였다. 자리를 바꿔 앉자 비로소 마음이 진정되었다. 그의 전화기는 공장에 도착하고서야 겨우 잠잠해졌다. 돈 문제 탓인지 그의 얼굴이 조금 굳어 있었다. 여러 통의 전화 중에는 은행 대출금 이자를 내기 위해 대학 친구에게 돈을 부탁하는 전화도 있었다. 친구는 마이너스 통장을 이용해서 그에게 수백만 원을 송금해 줬다. 그는 차창 밖을 물끄러미 응시하다가 마음을 굳힌 듯 허탈하게 말했다.

"잘되겠죠. 이렇게 열심히 일하고 있는데."

유희는 묵묵히 고개를 끄덕였다. 차에서 내린 그는 다시 쾌활한 영업 사원으로 돌아왔다. 그는 업체 직원들에게 깍듯이 고개 숙여 인사하고 명함을 내밀었다. 사장은 곧 그들에게 유희를 소개했다. 직원들의 눈빛과 표정에서 유희는 남자들의 본능적인 의심을 읽었다. 젊은 여자 엔지니어에 대한 편견과 선입관은 이제 익숙해져서 아무렇지도 않았다. 그들의 불신을 잠재우려면 실력으로 보여 주는 수밖에 없었다. 유희와 사장은 직원의 안내를 받아 현장으로 들어갔다. 회의실에서 조금 기다리자 간부 직원이 들어왔다. 쉰은 족히 넘겼을 공무부장은 유희를 보고서도 이번 미팅에 엔지니어가 참석하지 않았느냐고 사장에게 물었다. 사장은 너스레를 떨며 유희를 소개했고 유희는 준비한 명함을 내밀었다. 난감하고 당황한 기색이 남자의 얼굴에 어렸다. 상황을 알아차린 사장이 빠르게 기술적인 문제로 화제를 돌렸다. 신제품 출시에 맞춰 자동화 시스템을 변경하는 것이 이번 사업의 목적이었다. 단순한 시스템이어서 프로그램을 바꾸는 것은 어렵지 않아 보였고, 낡은 기계를 구조적으로 개조하는 게 관건이었다. 유압기와 모터, 선반 분야에 숙련된 전문가가 필요했다. 유희는 요구 사항을 꼼꼼히 메모한 다음 머릿속으로 계산을 끝냈다. 유희는 기술적인 사안들에 대해 먼저 간략하게 설명했다. 견적은 이후에 박 상무와 의논해서 조율하면 되었다. 한참 브리핑을 하는 중간에 공장장이 끼어들었다. 이번 사업의 총책임자인 공장장은 신생 업체가 풋내기 엔지니어를 대동하고 회의에 온 사실에 불쾌감을 표했다. 그는 처음부터 유희의 설명을 들을 마음이 없는 사람처럼 행동했다. 그리고 유희가 제시한 기술적인 문제에 시비를 걸었다. 박 상무가 왔으면 일사천리로 해결되었을 일이 유희의 등장으로 불협화음을 냈다. 유희의 설명을 귀담아듣던 부하 직원들도 점점 상사의 입장에 동조하기 시작했다. 마음이 급해진 사장은 에어컨에서 찬바람이 쏟아지고 있는데도 땀을 흘렸다. 공장장은 급기야 선일전자가 업계에서 어떤 위치에 서 있는지를 늘어놓기 시작했다. 이런 큰 회사에 너희 같은 작은 회사가 거래를 트는 게 얼마나 어려운 일인지를 간접적으로 가르치려는 의도였다. 사장은 땀을 닦으며 공장장의 말에 맞장구를 쳤다. 유희는 가시방석에 앉은 느낌이었다. 회의가 지지부진하게 진행되자 공장장이 갑자기 휴식을 선언했다. 그는 거만한 목소리로 부하 직원에게 커피를 주문했다. 말을 끝내기도 전에 30대 중반의 남자가 벌떡 일어나 회의실 밖으로 나갔다. 황 사장이 공장장의 비위를 맞추느라 수선 떠는 모습을 바라보며 유희는 이럴 때 아무 도움도 줄 수 없는 자신이 한심했다. 등받이에 몸을 기대고 앉은 공장장이 갑자기 유희를 바라보며 질문했다.

"그런데 신 과장은 어느 대학을 나왔소?"

난데없는 질문이어서 유희는 조금 더듬거리며 답했다. 유희의 대답을 들은 공장장의 얼굴이 딱딱하게 굳어졌다. 의심과 불신에 가득 찬 표정이었다.

"거기 내가 아는 선생이 몇 분 있는데 혹시 누구한테 배웠소?"

유희는 얼떨떨했다. 대학을 졸업한 지 오래된 데다 이후로 교수들과 사제 간의 관계를 이어 오지도 않았다. 유희는 부총장으로 퇴임한 교수의 이름을 겨우 생각해 내고는 그의 이름을 댔다. 공장장이 미간을 좁히며 이맛살을 찌푸렸다. 그 모습을 보자 이유도 없이 가슴이 철렁 내려앉았다. 유희의 불안한 심리와는 정반대로 공장장은 모두가 놀랄 정도로 호탕한 웃음을 터뜨렸다. 거의 히스테리에 가까운 반전이었다.

"어이, 신 과장. 처음부터 내 후배라고 말했으면 이렇게 시간을 낭비하지 않았잖아!"

공장장의 이야기가 이어졌다. 같은 과는 아니지만 그는 유희와 같은 학교의 공과대 출신이었다. 순식간에 분위기가 뒤집혔다. 사장의 얼굴도 덩달아 환하게 밝아졌다.

"이봐요, 황 사장. 우리는 이제 나가서 다른 일 좀 봅시다. 여기 일은 우리 신 후배가 알아서 잘 처리하겠지."

공장장이 자리에서 일어나 유희에게 다가왔다. 그는 유희의 어깨를 다독이며 격려의 말을 던졌다. 유희는 차분하고 순진한 미소로 고개를 끄덕이며 감사를 표했다. 엉뚱한 결론이지만 일이 성사되었기 때문에 불만이 있을 수 없었다. 공장장이 회의실을 나가고 사장이 그의 뒤를 따라 나갔다. 사장은 유희를 힐끗 쳐다보면서 만족스러운 웃음을 지었다. 대학 덕을 본 것은 이번이 처음이었다.

회의가 순조롭게 끝난 후, 유희는 주차장으로 나갔다. 기다리고 있던 사장이 그녀에게 자동차 열쇠를 내밀었다. 그는 남아서 공장장과 몇몇 간부들과 식사할 계획이라고 말했다. 눈치를 보니 핑계를 대고 유희를 접대 자리에서 빼 준 것 같았다. 유희는 고맙다고 말한 뒤 운전석에 올랐다. 식사가 끝나면 자연스레 술자리로 이어질 것이다. 입사 초에 그녀는 몇 번 그런 자리에 참석했는데 무척 곤혹스러웠다. 일의 특성상 남자들이 대부분이었고 그녀가 끼면 양쪽 모두에게 불편한 자리가 되곤 했다. 접대 문화가 많이 바뀌어서 좋아졌다지만 여전히 남자들은 그들만의 로망을 갖고 있었다. 그들은 술자리에서 스트레스를 풀었고 자신이 사회적으로 인정받는 직위에 올라 있음을 확인받고 싶어 했다. 유희는 그들을 이해할 수 있었다. 때로는 도가 지나쳐서 가학적인 형태로 욕망이 분출되기도 했다. 남자들은 성적인 농담을 주고받으며 동질감을 느꼈다. 그런 자리에 자신이 끼면 민폐가 되었다. 결혼을 결심한 이유에는 이런 사정도 있었다. 그녀는 직장인으로서의 한계를 깨달았고 결혼을 대안적인 피신처로 여겼다. 시동을 거는데 사장이 미안한 표정을 지으며 편지 봉투를 건넸다. 봉투에는 5만 원권 지폐 두 장이 들어 있었다. 유희가 의아한 표정으로 사장을 바라보았다. 출장이 많은 일의 특성상 출장비가 따로 지급되는 시스템은 아니었다.

"퇴근하시는 길에 유치원에 있는 제 아들을 픽업해 주실 수 있겠습니까? 평소 같으면 어머니가 데리러 가는데 부모님 모두 제주도로 여행을 가셨거든요. 그래서 이번 주는 저녁 약속을 모두 비워 뒀는데 오늘은 도저히 안 되겠네요."

유희는 '아' 하는 표정을 지었다. 사장의 말대로 오늘은 중요한 날이었다. 유희는 고개를 끄덕이며 말했다.

"알겠습니다. 그리고 감사하지만 이건 괜찮습니다."

유희는 사장이 준 돈 봉투를 돌려주었다. 하지만 사장은 손사래를 치며 거부했다. 대신 그는 유치원 주소와 집 주소가 적힌 쪽지를 내밀었다.

"저희 집까지 데려다주기만 하면 됩니다."

주소를 보니 유희가 사는 곳에서 멀리 떨어진 동네는 아니었다. 유희는 쪽지를 받으며 말했다.

"집에 아무도 안 계신 것 아닌가요?"

"그렇긴 한데 혼자 있는 게 버릇이 들어서 상관없습니다. 빨리 들어가도록 노력해 봐야죠."

유희는 잠깐 생각을 정리했다. 아직 초등학교도 들어가지 않은 아이를 유치원에서 데려와 혼자 집에 내버려 두고 와야 하는 일이었다. 말이 그렇지 접대 자리에서 사장이 일찍 일어나는 것은 불가능했다. 빨라도 자정은 되어야 끝날 자리다.

"사장님만 괜찮으시다면 제가 아드님을 데리고 있을게요."

유희의 제안에 사장은 절대 안 된다는 과장된 표정을 지으며 말했다.

"아닙니다. 과장님도 사생활이 있으신데 제가 일을 그렇게 할 수는 없습니다."

유희는 약간 맥이 빠졌다. 사람이 너무 예의 바른 것도 문제다.

"그럼 이렇게 하시죠. 이 돈은 제가 받아서 아드님과 저녁을 먹을게요. 어차피 저녁에 약속도 없는데 저는 저녁을 공짜로 먹어서 좋고 시간도 보낼 수 있으니까 환영이에요."

"그런 뜻으로 돈을 드린 건 아닙니다."

유희는 미소를 지으며 거래가 성립되었다는 뜻으로 고개를 숙여 인사하고 사이드 브레이크를 풀었다.

"걱정하지 마시고 저녁 맛있게 드세요, 사장님."

그때까지도 사장은 걱정스러운 표정을 거두지 않았다. 유희는 차를 출발시키고 룸미러로 안절부절못하는 표정으로 서 있는 사장을 보았다. '혹시 일본 사람 아니야?'라는 엉뚱한 생각이 들면서 절로 웃음이 나왔다.

아들은 사장과 판박이였다. 유전자가 남긴 흔적이 여섯 살 꼬마 아이의 얼굴에 고스란히 드러났다. 넓고 환한 이마와 장난기 가득한 눈이 영락없는 사장의 얼굴이었다. 다만 도톰한 입술과 보조개는 모계의 유전자를 이어받은 것 같았다. 사별한 사장의 아내가 상당한 미인이었음을 짐작할 수 있었다. 유치원 교사의 손을 잡은 꼬마는 신기한 동물을 대하듯 유희를 올려다보았다. 호기심 많고 상황 판단이 빠른 아이였다. 유희가 손을 내밀자 스스럼없이 유희의 손을 잡았다. 통통하고 부드러운 남자아이의 손은 따뜻했다. 조수석 문을 열어 주자 아이는 교사에게 배꼽 인사를 하고 차에 올랐다. 유희는 아이에게 안전띠를 매어 주며 물었다.

"너 이름이 뭐니?"

사장에게 들어 알고 있으면서도 유희는 아이와 대화를 트기 위해 그렇게 질문했다.

"지우입니다. 황지우."

"그래? 참 예쁜 이름이네."

유희는 빙그레 웃으며 답했다.

"좋아, 아빠 오시기 전에 아줌마와 함께 있어야 하는데 뭐 먹고 싶은 것 있어?"

아이의 눈동자가 잠깐 흔들렸다. 여섯 살 아이에게 주관식 문제는 혼란스러울 거라고 유희는 생각했다. '피자나 떡볶이 중 어느 게 더 좋아?'라고 물었어야 했는데.

"돼지국밥이오."

유희는 깜짝 놀랐다. 설마 아이의 입에서 돼지국밥이 나오리라고는 생각하지 못했다. 사장과 아이의 저녁 상차림이 대충 어떨지 머릿속에 그려졌다. 유희는 난감했다.

"혹시 잘 아는 식당이 어딘지 알고 있니?"

지우는 차창 밖을 스윽 바라보고는 고개를 저었다. 유희는 여섯 살 꼬마 아이에게 그런 질문을 한 자신이 한심했다.

"돼지국밥은 다음에 먹기로 하고, 혹시 다른 메뉴 없을까?"

유희가 미안해하며 물었다. 지우는 잠깐 고민한 다음 말했다.

"스테이크요."

이번에도 놀랐지만 돼지국밥처럼 당황하지는 않았다. 유희는 쾌활한 목소리로 답했다.

"탁월한 선택이야. 아줌마가 스테이크를 잘하는 식당은 알고 있거든."

지우는 고개를 끄덕이며 안심한 표정을 지었다. 얼굴뿐만 아니라 성격까지 유전된다는 것이 분명해졌다. 유희는 차를 세우고 인근 패밀리 레스토랑을 검색한 다음 전화를 걸었다. 상냥한 목소리의 젊은 여직원이 저녁 식사 예약은 받지 않으며 대기 시간은 대략 30분 정도일 거라고 말했다. 유희는 고맙다고 말한 뒤 전화를 끊었다. 시간을 확인했다. 러시아워지만 사장이 돌아올 때까지는 시간이 넉넉했다.

"지우야, 아줌마가 집에서 스테이크를 해 주면 어떨까? 나쁘진 않을 거야."

아이는 유희를 물끄러미 올려다보다 고개를 끄덕였다. 유희는 차를 돌려 집으로 향했다. 도중에 마트에 들러 함께 장을 봤다. 누군가를 위해 요리한다는 생각에 유희는 모처럼 긴장했고 흥분했다. 자신이 없어서 무조건 값비싼 재료를 선택했다. 고기와 감자, 채소, 로즈메리 허브를 산 다음 자신을 위해 칠레산 레드 와인을 고르고 지우에게는 음료수를 선택하라고 말했다. 지우는 포도 주스를 집어 든 다음 홍삼 진액 음료를 사도 되느냐고 유희에게 물었다.

"그건 왜?"

"아빠가 몸에 좋다고 했어요."

"음, 훌륭한데."

장바구니가 한가득이었다. 지우는 특별한 감정 표현 없이 유희의 꽁무니를 쫓아다녔다. 아버지가 다른 사람의 감정 상태에 예민하게 반응하는 반면 아들은 비교적 담대하게 타인을 응대했다. 유희는 그런 점이 마음에 들었다. 대화가 끊어져도 어색한 공기가 흐르지 않고 자연스러웠다. 낯가림이 심하고 민감한 여자아이들과 달리 호기심 많고 진지한 남자아이의 장점이 드러나는 대목이었다. 엘리베이터에서 유희는 그런 지우를 대견한 표정으로 내려다봤다. 현관문을 열자 지우는 아파트 내부를 둘러보며 빠르게 상황 판단을 내렸다. 유희가 고갯짓으로 소파를 가리키자 주저하지 않고 가서 앉았다. 유희는 장바구니를 탁자에 올리고 침실로 들어가 반바지와 티셔츠로 갈아입고 뒷머리를 고무줄로 묶었다. 손을 닦으라고 말하자 지우는 양말을 벗고 욕실로 들어갔다. 잠시 후 아이는 손과 발을 닦고 세수까지 하고 나왔다. 말끔한 얼굴이 더 환해졌다. 유희는 페이스 로션을 손바닥에 찍어 얼굴에 발라 주었다. 지우는 피하지 않고 눈을 감았다. 손바닥으로 전달되는 통통한 볼은 눈으로 보는 것보다 훨씬 부드러웠다.

"텔레비전이 없어서 어떻게 하지?"

유희는 난감했다. 요리하는 동안 지우가 시간을 보낼 거리가 없었다. 지우는 말없이 유치원 가방에서 동화책 한 권을 꺼내 소파에 올라갔다. 유희는 퍼펙트라고 속으로 감탄하며 지우의 머리를 쓰다듬어 주었다. 그런 다음 주방으로 들어갔다. 꼬마 손님이 의젓한 반면, 자신은 조금 허둥대고 있었다. 긴장해서인지 요리 순서가 떠오르지 않았다. 호흡을 가다듬고 스마트폰으로 스테이크 조리법을 검색했다. 손질한 스테이크를 오븐에 넣고 샐러드를 준비하고 있을 때 지우가 다가왔다. 아이의 손에 작은 종이 상자가 쥐어져 있었다.

"아줌마, 이거 해도 돼요?"

유희는 눈을 가늘게 뜨고 지우가 든 물건이 무엇인지 확인했다. 크리스털 퍼즐이라고 쓰여 있었다. 입체 3D 직소 퍼즐로, 모두 48조각을 맞추면 진주조개가 만들어진다. 인터넷 서점에서 책과 함께 경품으로 받은 퍼즐이었다. 예전에 심심풀이 삼아 시도했다가 중간에 포기하고 말았다. 엇비슷하게 생긴 투명 플라스틱 입체 조각을 맞추는 건 절대 쉽지 않았다.

"물론 해도 돼. 하지만 쉽지 않을걸?"

유희의 말에 지우의 표정이 진지해졌다. 지우는 식탁에 앉아 조심스럽게 퍼즐을 상자에서 꺼냈다. 설명서 없이 퍼즐을 다 맞추려면 못해도 서너 시간은 걸릴 것이다. 여섯 살 아이에게는 난공불락의 요새 같은 퍼즐이다. 아이에게 소일거리가 생긴 건 다행이었다. 유희는 지우가 산 홍삼 음료를 컵에 따라 내준 뒤 안심하며 요리에 집중했다. 오븐에서 열기가 오르자 유희의 이마에 송골송골 땀이 맺혔다. 고기 익는 냄새와 허브, 샐러드에 들어갈 향신료가 어울리며 이국적인 향이 아파트 안을 떠돌았다. 유희는 드레싱과 스테이크 소스에 정성을 쏟았다. 재료는 신선하고 최상급이므로 성패는 소스에 달려 있었다. 마침내 요리가 완성되었다. 유희는 식탁을 정리하기 위해 행주를 빨아 몸을 돌렸다. 지우는 처음과 똑같은 자세로 앉아서 퍼즐 맞추기에 몰두하고 있었다. 놀랍게도 진주조개 아랫부분이 모두 맞춰져 있었다. 유희는 호들갑을 떨며 아이를 칭찬했다. 그제야 지우가 고개를 들었다. 이마와 얼굴이 땀으로 범벅되어 있었다. 유희는 놀란 표정으로 급히 종이 키친타월을 찢어 땀을 닦아 주었다. 퍼즐의 반을 완성한 것도 대단하지만 여섯 살 남자아이에게서 쉽게 찾아볼 수 없는 집중력에 더 놀랐다. 유희는 진심으로 감탄했다. 얼굴을 닦으라며 욕실로 지우를 보낸 다음 유희는 상을 차렸다. 스테이크와 샐러드, 구운 마늘빵, 레드 와인, 포도 주스를 올리고 나이프와 포크, 와인글라스를 놓으니 그럴듯한 저녁상이 차려졌다. 욕실에서 나온 지우가 식탁을 보더니 혀를 날름거리며 군침을 다셨다. 아이는 의자에 앉으며 스테이크 접시 옆에 놓인 퍼즐을 확인했다.

"퍼즐은 밥 먹고 하자. 힘들면 안 해도 돼."

지우는 어느 때보다 힘차게 고개를 끄덕였다. 꼭 퍼즐을 완성하겠다는 의지의 표현이었다.

"고마운 음식을 주셔서 감사합니다."

어른스러운 감사의 말에 유희는 감동을 받았다. 이런 아이만 있으면 열두 명이라도 키울 수 있을 것 같은 생각이 들었다. 최상급 한우

쇠고기는 아이를 위해 웰던으로 구웠는데도 부드러웠다. 지우는 힘들이지 않고 익숙한 동작으로 스테이크를 나이프로 잘랐다.

"어때, 맛이?"

유희는 두려움 반 기대 반으로 지우의 대답을 기다렸다. 지우는 스테이크를 입에 넣은 채 오물오물 씹고는 싱긋이 웃으며 말했다.

"아줌마가 우리 엄마였으면 좋겠어요."

지우의 예상 밖 칭찬에 너무 놀라 웃음이 터져 나왔다. 그러다 갑자기 코끝이 시큰해지며 눈물이 핑그르르 돌았다. 엄마가 죽었을 때 그녀도 지우와 마찬가지로 유치원에 다니고 있었다. 유희는 마치 매운 고추를 먹은 시늉을 하며 재빨리 눈물을 훔쳤다. 지우에게는 포도주스를 채우고 자기 전에는 와인을 따른 다음 유희는 건배를 제안했다. 지우가 근엄함이 느껴지는 진지한 표정으로 잔을 부딪쳤다.

식사를 끝내고 유희가 설거지와 뒷정리를 하는 동안 지우는 커피테이블에 앉아 퍼즐 맞추기를 이어 갔다. 잠시 후 모든 일을 끝낸 유희는 소파에 기대어 앉아 투명 플라스틱 진주조개가 완성되기를 기다리며 아버지가 20년 전에 쓴 소설을 읽었다. 시간이 쏜살같이 흘러 이제 그녀는 아버지의 소설을 편견 없이 읽을 수 있게 되었다. 페이지가 빠르게 넘어갔다.

"다 했어요, 아줌마."

고개를 드니 지우가 완성된 진주조개를 양 손바닥에 올리고 자랑스럽게 웃고 있었다. 유희는 자신도 모르게 손뼉을 치며 기뻐했다.

상으로 뭘 주지? 잠깐 고민한 다음 그녀는 지우를 데리고 밖으로 나갔다. 반바지에 헐렁한 티셔츠, 슬리퍼를 신고 유치원 티셔츠를 입은 남자아이와 함께 아파트 주변을 걸으니 이질적인 느낌이 들었다. 두 사람을 주시하는 이웃은 아무도 없었다. 누가 보아도 개구쟁이 남자아이와 젊은 엄마로 보일 것이다. 지극히 일상적인 풍경이 제공하는 안정감이었는데 유희에겐 무척 낯선 감정이었다. 아이스크림 가게에는 그들처럼 저녁을 먹고 디저트를 찾아 들어온 가족들로 가득했다. 유희는 레인보 셔벗을, 지우는 엄마는 외계인을 골랐다. 두 사람은 야외 테라스 테이블에 앉아 아이스크림을 먹었다. 평범한 사람들이 만들어 내는 평화로운 전경이 눈앞에 펼쳐졌다. 유희는 지우가 잘 지내고 있으니 걱정하지 말라는 메시지를 사장에게 보냈다. 곧바로 고맙다는 메시지가 왔다. 아이스크림 가게를 나온 두 사람은 인근 공원을 한 바퀴 돈 다음 집으로 돌아왔다. '이제 뭘 할까?'라고 물으니 지우는 유치원 가방에서 동화책 한 권을 가지고 왔다. 영어로 된 동화책이었다. 유희는 기쁜 마음으로 책을 읽어 줬다. 책을 다 읽자 지우는 유희를 바라보며 눈을 비볐다. 시곗바늘이 어느덧 10시를 넘어섰다. 쿠션을 받쳐 주자 지우는 이내 소파에 누워 잠이 들었다. 유희는 식탁으로 가서 저녁에 남긴 와인을 잔에 따라 자리에 앉았다. 공기에 노출된 탓인지 와인은 한결 부드러웠다. 묘한 감상이 그녀의 몸과 마음을 흔들었다. 최근에 그녀는 자의 반 타의 반으로 남자들과 데이트를 가졌다. 민중과는 영화를 보고 맥주를 마시고 해변을 거닐었다. 그는 그녀에게 장미꽃을 선물하고 기습적으로 입맞춤했다. 자동차 회사에 다니는 동갑내기 다니엘과는 처음 만난 날 함께 침대에 누웠다. 그는 놀랍게도 한 달이 지나 불쑥 나타나선 그녀에게 결혼을 제안했다. 이들과의 데이트에서 그녀는 아닌 척했지만 긴장했다. 남자들이 무엇을 요구할지 겁을 먹었고 어떻게 대응해야 할지 고민했다. 그러나 여섯 살 꼬마 남자아이는 그녀에게 아무것도 요구하지 않았다. 아이가 바라는 것은 모두 생존에 필요한 부분이었다. 갈증과 식욕, 수면의 욕구만 채워 주면 되는 일이었다. 그녀는 아이의 의도를 의심하지 않고 자신이 제공할 수 있는 친절과 선의를 베풀었다. 일련의 노동을 통해 그녀는 이전에는 알지 못했던 삶의 안정감을 느꼈다. 성인 남자들에게서는 결코 얻어 낼 수 없는 감정이었다. 남편 상훈의 프러포즈를 받아들였을 때 그녀는 어쩌면 이런 종류의 안정감을 기대하고 있었는지도 몰랐다. 엄마가 없는 삶은 늘 불안했다. 홀아비 소설가는 외동딸을 위해 최선을 다했으나 엄마의 빈자리를 완벽하게 채우지는 못했다. 그는 밤새워 소설을 쓰고 아침에는 딸을 위해 도시락을 쌌다. 비가 오면 낮잠을 포기하고 우산을 들고 어린 딸을 마중 나갔다. 유희는 소풍에서 현우가 싼 엉성한 김밥을 먹을 때마다 아빠 생각에 눈물을 찔끔 흘렸다. 사춘기가 되어서는 속옷과 생리대를 산 아버지에게 자신도 모르게 불같이 화를 냈다. 결혼하면 이 모든 불완전한 삶이 복구될 것으로 기대했다. 일상적인 평화가, 그녀를 제외한 모든 이들이 향유하는 당연한 권리 같은 행복이 찾아올 줄 알았다. 그녀의 이런 기대와 희망을 아버지는 소시민적 이기심과 무지라며 폄하했다. 결혼식 전날 아버지는 불쑥 독일 철학자의 말을 인용해 그녀의 희망을 무참히 짓밟았다.

"헤겔과 프로이트, 마르크스에 따르면 모든 사람의 정신과 육체를 포박한 사악한 총체적 시스템이 사람들에게 망상적인 행복한 의식을 주입한다고 했다. 넌 지금 결혼이라는 엉터리 거짓 마취제를 맞으려 하고 있어."

"그런 미치광이 같은 말이 어디 있어요!"

"허버트 마르쿠제가 한 말이야."

유희는 잠든 지우의 모습을 바라보며 망상적인 행복한 의식을 자신에게 주입해 보았다. 지우는 그녀의 아들이며, 그녀는 혼자 거실에 앉아 남편의 늦은 퇴근을 기다리고 있다. 남편은 생활력 강한 건강한 남성이고 가족을 위해 기꺼이 희생할 각오를 한 사내다. 그녀가 해야 할 일은 지극히 단순하다. 가족의 건강과 위생을 책임지고 아들을 교육한다. 나머지는 남편이 모두 알아서 처리할 것이다. 생활비는 물론, 비싼 차를 사고 넓은 평수의 아파트로 이사하는 것 모두 남편의 의무다. 이게 대부분의 기혼 여성이 원하는 행복의 요체였다. 그녀 역시 결혼을 통해 상상이 실현되길 원했다. 이게 망상이란 말인가? 유희는 아버지를 이해할 수 없었다. 망상은 아버지가 꿈꾸는 소설 속 이상 세계지 그녀가 요구한 현실이 아니었다. 전화벨이 울렸다. 사장이었다. 망상의 세계에서 잠깐이나마 남편 역할을 맡은 남자였다. 그는 아파트 주차장이라고 말했다. 유희는 잠든 지우를 흘낏 바라본 다음 집으로 올라오라고 말했다. 사장은 곤란해하며 전화를 끊었다. 유희는 반사적으로 거울 앞에 서서 얼굴을 들여다보았다. 와인을 마셔서 볼이 홍조를 띠었다. 반바지와 헐렁한 티셔츠가 조금 신경 쓰였지만, 이 시간에 멀쩡하게 차려입고 있는 게 더 이상한 일이었다. 바지가 좀 짧나? 유희는 현관문을 열고 기다렸다. 엘리베이터 문이 열리고 사장이 멋쩍은 미소를 지으며 나왔다. 양손에는 두루마리 휴지와 세제가 들려 있었다.

"지우는 잠들었어요."

몸에서 짙은 술 냄새가 풍겨 왔다. 그런데도 얼굴은 말짱해 보였다.

"집이 참 예쁘고 좋습니다."

그는 현관에 서서 내부를 둘러보지도 않고 그렇게 말했다. 영업사원의 몸에 밴 습관이었다. 유희는 미소를 지으며 휴지를 받았다. 커피를 끓이는 동안 사장은 잠든 아들의 이마를 쓰다듬어 주고 나서 식탁으로 왔다. 사장은 몇 차례나 고맙다와 미안하다는 말을 반복했다. 결국 유희가 제지하고 나서야 입을 닫았다.

"착하고 영리한 아이예요. 제가 돌본 게 아니라 지우가 저와 놀아 준 거예요."

그건 진심이었다. 사장은 행복한 미소를 지으며 고개를 끄덕였다.

"엄마에 대한 기억이 없는 아이여서 늘 죄를 짓고 있다는 생각이 듭니다."

죄책감을 느낄 필요는 없어요. 지우는 성장하면서 자연스럽게 그 상황을 받아들일 거예요. 저도 그랬어요, 라고 말하려 했는데 말이 나오지 않았다. 과연 그런 게 가능할까? 자신할 수 없었다. 엄마의 부재는 무의식중에 그녀 인생 전반을 지배했다. 가난한 작가 아빠는 최선을 다했지만 엄마가 될 수는 없었다. 대화가 무거워진 것을 의식한 사장이 서둘러 화제를 돌렸다. 선일전자와의 거래가 앞으로 많아질 것 같다고 말했다. 사장은 이 모든 게 과장님 덕택이라고 말해서 유희를 무안하게 만들었다. 유희는 같은 대학을 나왔다는 공장장의 얼굴을 기억했다. 중년 남자의 능글능글한 얼굴이 떠오르자 괜한 장난기가 발동했다.

"2차까지 하셨나요?"

"당연하죠. 아주 즐거워하셨습니다."

사장은 무심코 말했다가 유희의 의도를 알아차리곤 정색했다.

"그런 건 아닙니다. 요즘 접대 문화가 많이 바뀌어서 룸살롱에 가는 일은 거의 사라졌습니다. 상대도 원하지 않고 저희 쪽에서도 그런 식으로 사업을 하지는 않습니다. 물론 가끔은 아직도 그런 악습에 젖은 사람이 있긴 하지만."

유희는 그의 말을 제지했다.

"제게 변명하실 필요는 없어요. 그런 뜻으로 말한 것도 아니고요."

"아, 그렇습니까?"

사장은 머뭇거리더니 커피를 홀짝거렸다.

"마지막에 노래방을 가긴 했습니다. 여성 도우미가 들어왔는데 공장장님 성격이 워낙 깔끔하셔서 기분 좋게 끝났습니다."

유희는 사장의 변명과도 같은 이야기를 들으며 미안한 생각이 들었다. 그런 의도로 한 이야기는 아니었다. 화제를 바꾸고 싶었다.

"사학과를 졸업하셨다는 이야길 들었는데 어떻게 이쪽 사업을 시작하셨어요?"

무심코 던진 질문은 아니었다. 사장을 볼 때마다 늘 가졌던 의문이었다.

"특별한 이유가 있는 건 아니었습니다. 지금도 그렇지만 문과생들 특히 인문학 계열 졸업생의 미래는 무척 불투명했습니다. 살기 위해서 결국 이 길을 선택했다는 게 솔직한 말이겠네요. 전 지금 만족하고 있습니다. 보험 회사에 다닐 때도 즐겁게 일하긴 했는데 지금처럼 만족감을 느끼진 못했습니다."

"역사에 대해서는 아무 미련이 없다는 말처럼 들리네요."

유희의 말에 사장은 처음으로 인상을 찌푸렸다. 부당한 취급을 받은 사람의 억울한 감정 상태가 표정에 드러났다. 그는 거실 벽을 가득 채운 두꺼운 책들을 바라보고 유희의 아버지가 소설가라는 사실을 떠올렸다.

"대학 때 선후배들과 어울려 역사 공부를 열심히 했습니다. 학생운동이 막바지에 이른 1990년대 초였는데 많은 학생들이 수업을 거부하고 거리로 쏟아져 나가던 때였습니다. 사학과는 대부분 대학에서 가장 강성이었고 저희 학교도 마찬가지였습니다. 저도 알게 모르게 그 흐름에 몸을 맡길 수밖에 없었습니다."

유희는 고개를 끄덕였다. 그의 학번을 생각하면 쉽게 연상할 수 있는 장면이었다. 김지하 시인이 「젊은 벗들! 역사에서 무엇을 배우

는가: 죽음의 굿판을 당장 걷어치워라」라는 글을 신문에 기고해 논란을 일으킨 시기였다.

"이상한 일은 역사에 대한 인식이 깊어질수록 신념은 흔들렸다는 겁니다. 특히 E. H. 카의 역사관에 끌렸습니다. 보통 이렇게 되면 투쟁심이 높아지는데 저는 친구들과는 다른 길을 걸었습니다. 그러던 중 스스로를 마술적 마르크스주의자로 자처하는 한 학자의 책을 읽었습니다. 공산주의의 이상이 유토피아적 허상이라고 치부하며 평가 절하하는 이들을 비판하기 위해 쓴 책이었는데 그는 현재 우리가 사는 시대를 정확히 보라고 하더군요. 그는 우리 눈앞에 펼쳐진 세계가 산업화 이전의 **부르주아가 꿈꾸었던 꿈과 환상이 실현된 세계**라고 말했습니다. 그러면서 프롤레타리아와 교육받은 인텔리겐치아들이 결합한 이상적인 세계가 머지않은 미래에 올 것이라고 장담하더군요. 전 그 대목을 읽고 아이러니하게도 정반대의 결론을 얻었습니다. 역사가 어느 방향으로 흘러서 미래 사회가 어떤 모습으로 실현될지는 모르지만, 내가 살고 있는 지금 이 시대는 어쨌든 부르주아들의 세계라는 사실을 알게 된 겁니다. 만인이 평등하고 소외받는 계급이 없는 이상향은 적어도 내가 사는 이 시대에는 실현되지 않는다는 거였습니다."

흥분한 탓인지 아니면 술기운이 올라온 까닭인지 사장의 얼굴이 조금 붉어졌다.

"이후로 전공보다는 경영학에 더 관심을 쏟았습니다. 돈을 벌자, 돈을 벌어서 자본가가 되자. 그게 나의 꿈을 실현하는 유일한 길이다. 그렇게 다짐했습니다."

유희는 아무런 대응도 하지 않고 그의 말을 묵묵히 들었다.

"제가 쓸데없는 소리를 늘어놓았군요. 아직 그렇게 되려면 한참 멀었는데."

그의 얼굴에 자조적인 미소가 떠올랐다.

"아내를 잃은 뒤에야 내 생각이 얼마나 엉터리였는가를 알게 되었습니다. 모든 게 다 허망하더군요. 다행히 지우가 자라면서 조금씩 상처가 회복되었죠. 아이가 성장하는 모습을 옆에서 지켜보는 것은 굉장히 놀라운 일입니다. 유희 씨는 모르시겠지만 저는 잘 알고 있습니다."

유희는 사장이 과장이라는 직함 대신 자신의 이름을 부른 것에 신경이 쓰였다.

"아이를 키우는 건 잘 몰라도 엄마 없이 홀로 자라는 게 어떤 건지는 알고 있어요."

유희의 말에 사장이 조금 놀란 표정을 지었다. 그러고는 이내 사과했다. 유희는 미소를 지으며 사장님이 미안해할 일은 아니라고 말했다. 유희가 무심결에 벽에 걸린 시계를 올려다보자 사장이 벌떡 자리에서 일어났다.

"밤늦은 시간에 제가 큰 결례를 범했습니다."

유희가 미처 말리기도 전에 사장은 나갈 채비를 했다. 택시를 타겠다는 말에 유희가 콜택시 회사에 전화를 걸었다. 사장은 소파에 누워 잠든 지우를 가볍게 들어서 안았다. 유희는 지우의 유치원 가방을 들고 함께 엘리베이터를 탔다. 엘리베이터 문이 열리기 전에 사장이 혼잣말처럼 중얼거렸다.

“언젠가는 지우에게도 좋은 엄마가 생기셨죠.”

유희는 아무 말도 하지 않았다. 택시가 시동을 켠 채 기다리고 있었다. 택시에 탄 사장은 호탕하게 웃으며 마지막 인사를 했다.

“내일은 늦게 출근하셔도 됩니다. 제가 사장인데 누가 뭐라고 하겠습니까?”

유희는 잠든 지우의 볼을 가볍게 쓰다듬고는 문을 닫았다. 아파트로 올라오니 피로가 몰려왔다. 여섯 살 아이와 즐거운 시간을 보냈다고 생각했는데 몸은 긴장하고 있었던 것 같았다. 남은 와인을 마시고 이내 잠자리에 들었다. 그리고 유희는 갓난아이에게 젖을 물리고 얼굴 없는 남편의 출근을 돕는 꿈을 꿨다. 잠에서 깨어나니 그녀를 둘러싼 현실이 무척 낯설고 생소하게 느껴졌다. 그녀는 우유 한 잔을 마시고 평소와 다름없는 시간에 사장의 경량 SUV를 타고 출근했다.

국경의 겨울

1

석 달이 흘렀다. 여름이 끝나고 가을이 막바지에 이르렀다. 이제 곧 겨울이 찾아올 것이다. 여름휴가를 온 사람들로 소란스럽던 시내는 열기가 식으며 평정을 되찾았다. 유희는 모처럼 혼자만의 한가로운 토요일 오후를 즐겼다. 높고 맑은 하늘 아래 눈부신 가을 햇살이 발코니 창을 통해 들어왔다. 청소와 설거지를 끝내고 나니 완벽한 휴식 시간이 그녀를 기다리고 있었다. 다니엘은 일본 출장으로 도쿄로 떠났고, 민중은 친구 어머니의 장례식에 갔다. 사장과 지우는 서울 친척 결혼식에 가기 위해 고속 도로를 달리고 있었다. 이틀간 누구도 그녀에게 전화하거나 메시지를 보내지 않을 것이다. 그렇게 되기를 그녀는 원했다. 느긋하게 소파에 앉아 자바 프로그램 매뉴얼을 뒤적거리다 잠깐 잠이 들었다. 낮잠을 이토록 달콤하게 잔 것은 근래에 없던 일이었다. 치밀한 계획을 세운 것도 아니고 그런 일이 일어나기를 희망한 것도 아니지만 그녀는 자신도 모르게 세 남자 사이를 오가고 있었다. 정확히 말하면 세 명이 아니라 네 명이었다. 다니엘과 민중, 사장 그리고 지우. 민중과는 여전히 저녁을 함께 먹고 영화를 보고 해변을 거닐었다. 그는 가벼운 입맞춤을 한 이후로 더욱 적극적이었지만 그 이상을 요구하지는 않았다. 민중이 선을 넘으려 할 때마다 그녀는 요령 있게 그를 제지했다. 민중과는 좋은 동료로 또는 이야기 상대로 만남을 이어 가고 싶었을 뿐 남녀 관계로 얽히고 싶지 않았다. 그는 어리고 예민하며 가슴속 깊은 곳에 비밀을 숨기고 있었다. 그런데도 민중을 만나면 유희는 잃어버렸던 삶의 활기를 되찾을 수 있었다. 이유 없이 가슴이 두근대고 부푼 기대에 차서 거리를 쏘다니던 스무 살 때로 되돌아간 기분이 들었다. 그와 함께 있으면 불투명한 미래에 대한 걱정으로 우울해할 필요가 없었다. 그는 가진 것도 없고 교육도 많이 받지 못했다. 하지만 미래를 낙관했고 자신만의 독특한 시선으로 세계를 응시했다. 또래 남자아이들처럼 치기 어리지도 않았다. 역사서와 철학서는 물론 소설도 읽지 않아 그와 의미 있는 대화를 한 적은 없었다. 대신 컴퓨터 게임도 하지 않고 스포츠와 연예계의 가십에 흥미를 갖지도 않아서 무의미한 대화가 오가지도 않았다. 지극히 평범하고 일상적인 주제가 느린 강물처럼 흘러갔다. 가끔 그는 정상 궤도에서 이탈한 이방인처럼 묘한 시선으로 창밖을 응시하곤 했다. 유희는 그런 민중의 옆모습을 바라보는 것이 좋았다. 남자답지 않게 긴 속눈썹과 차갑게 떨어지는 턱의 부조화가 그녀의 마음을 흔들었다. 그는 유희에게 작은 선물을 사 주길 좋아했다. 머리핀과 열쇠고리, 장미 문양과 십자가 액세서리, 브로치 등이 화장대 서랍에 차곡차곡 쌓였다. 유희는 저녁을 사고 커피를 사고 영화 티켓을 샀다. 민중은 모른 척하며 유희가 계산할 때마다 옆에 서 있었다. 그런 점도 유희 마음에 들었다. 월급과 함께 시어머니가 보낸 돈이 통장에서 눈덩이처럼 불어나고 있었다. 돈은 즉흥적인 만족감을 주었다. 자유롭게 소비할 수 있는 기쁨은 부르주아의 환상이 만들어 낸 축복이었고, 그녀는 난생처음 자본주의가 제공하는 쾌락을 누렸다.

다니엘은 장난감이었다. 순수하고 본능적인 유희遊戲를 선물하는 유일한 남자였다. 섹스 파트너로서는 최고였다. 아름답고 건강한 육체와 더불어 압도적인 힘을 가진 다니엘은 부드러움과 다정함까지 겸비한 이상적인 남자였다. 그는 유머가 있었다.

"그녀의 몸 안에 들어가면 아주 작은 100만 개의 흡착판이 나를 빨아들이는 것 같았다. 또 아주 작은 200만 개의 부드러운 솔기가 나를 쓰다듬는 것 같았다."

"무슨 소리야?"

"최근에 읽은 소설에 나오는 대목이야. 이 대목을 읽는데 유희, 네 생각이 났어."

"쓰레기 같은데?"

"쓰레기라니! 엄연히 문학상까지 받은 소설이야. 이 구절을 읽은 대한민국 남자들은 모두 엄청난 혼란에 빠졌을 거야. 대체 이 느낌이 뭘까, 궁금해 미치는 거지."

유희는 고개를 끄덕였다. 여자인 유희도 작가가 말한 게 무엇인지 궁금해졌다.

"이래서 남자들이 바람을 피우는 것 아닐까? 소설 속에 묘사된 여자를 찾을 때까지 거리를 헤매고 다니는 거지."

"그래서 너도 바람피울 거야?"

"아니. 내겐 유희 네가 있잖아. 넌 100만 개는 아닐지라도 100개의 흡착판은 있는 것 같아."

유희는 어이가 없어 웃고 말았다. 이건 칭찬일까, 비난일까? 다니엘은 대부분 토요일 밤을 보내고 아침에 KTX를 타고 서울로 올라갔다. 유희는 역까지 배웅하고 돌아와선 느긋하게 아침잠을 잤다. 가끔 예고도 없이 평일에 내려오기도 했지만 그럴 때도 새벽 첫차를 타고 돌아갔다. 그는 시간에 쫓기는 남자였다.

문제가 되는 건 사장과 지우와의 만남이었다. 지우와의 첫 만남이 있고 나서, 사장은 보답하겠다며 저녁을 함께하자고 제안했다. 식당은 부산에서 가장 유명하다는 돼지국밥집이었다. 지우가 하얀 국물을 우유처럼 맛있게 먹는 모습을 보며 유희는 웃음을 터뜨렸다. 그날 이후 이들 부자와의 만남이 자연스럽게 이어졌다. 유희는 여섯 살 사내아이의 검고 큰 눈동자와 영리하고 의젓한 태도에 매료되었다. 지우는 그녀의 몸속에 숨어 있던 모성애를 자극했고 유희는 이 유혹을 물리치지 못했다. 사장은 적당한 거리를 유지하며 두 사람을 지켜봤다. 그는 신중하고 현명하게 처신했다. 지우라는 완충 지대를 만든 사장이 의도적으로 거리를 좁히며 접근해 오고 있음을 느꼈지만 그를 제지할 어떤 명분도 갖지 못했다. 만약 그렇게 한다면 자신만 이상한 사람이 될 것이었다. 유희는 이들 부자와의 만남에서 민중과 다니엘에게서는 경험할 수 없는 안정감을 느꼈다. 이 안정감은 때로는 비수가 되어 그녀의 가슴을 찔렀다. 결혼과 출산의 과정을 거쳐 가족이라는 울타리 속에 숨으려 하는 욕망은 결코 비난받을 수 없는 여자의 권리지만 그녀는 이 욕망의 근원에 대해 의심하지 않을 수 없었다. 아직 마무리되지 않은 실패한 결혼이 그녀의 목을 겨누고 있었다. 결혼이 도피처나 해방구가 되지 못한다는 건 누구보다 그녀가 제일 잘 알고 있었다. 그런데도 그녀는 또 다른 유혹에 빠져들고 있었다.

일요일 저녁, 민중이 돌아왔다. 장례식장에서 돌아온 청년의 얼굴에는 환한 미소에도 불구하고 말로 표현하기 힘든 우울의 그림자가 짙게 드리워져 있었다. 쌀쌀한 바람이 불면서 그의 검은 재킷에 묻은 향냄새가 코로 밀려들어 왔다. 잠이 부족한 탓인지 움푹 들어간 그의 눈은 이전보다 깊어 보였다. 두 사람은 카페 구석 자리를 찾아서 뜨거운 커피를 마셨다. 널찍한 가게는 일요일이 가는 것을 아쉬워하는 사람들로 북적거렸다. 민중이 대화를 주도했고 유희는 커피를 홀짝이며 검은 슈트가 잘 어울리는 청년의 이야기에 귀를 기울였다. 화장터에서 시간을 보내는 것이 얼마나 힘든 일인지를 설명하던 민중이 갑자기 입을 다물었다. 그는 언짢은 표정으로 아랫입술을 살짝 깨물고는 냉수를 마셨다. 그러고는 아무렇지 않은 듯 다시 유희를 바라보며 말했다.

"뒤돌아보지는 말고 제 말을 잘 들으세요."

유희가 집중하며 눈을 크게 떴다.

"어떤 남자들이 우리 주변을 어슬렁거리고 있어요."

"그게 무슨 말이야?"

유희는 고개를 돌리고 싶은 유혹을 물리치며 물었다.

"대각선에 앉은 남자 둘이에요. 지난번 누나와 해변에서 식사했을 때에도 같은 남자들이 비슷한 위치에 있었어요. 처음엔 대수롭지 않게 생각했는데 분명히 우리를 미행하고 있는 것 같아요."

미행이라는 비일상적인 단어에 유희의 심장이 덜컥 내려앉았다.

"너무 놀라지 마세요. 아마 저와 관련된 일인 것 같아요."

유희는 민중의 검은 눈동자를 응시하며 그가 한 말을 해독하려고 노력했다. 그의 상사인 김 부장으로부터 민중의 어두운 과거에 대해 들은 적이 있었다. 그는 이종 격투기 챔피언으로 자살을 시도한 경험이 있고 평판이 좋지 못한 친구들과 어울린 적이 있다고 했다. 풍문으로만 떠도는 정보여서 유희는 거의 그 사실을 잊은 채 그를 만났다. 민중은 누가 봐도 평범한 20대 청년이었다. 불쾌한 과거를 떠올리게 만드는 흔적은 어디에서도 찾을 수 없었다.

"놈들이 누구인지 알아야겠어요."

민중은 아무런 준비가 되지 않은 유희에게 선전 포고 하듯 말하고는 자리에서 일어났다.

"그냥 평소처럼 행동하면 돼요. 저만 믿어요."

유희는 믿을 수 없다는 표정으로 민중을 올려다봤다. 그가 일어서라고 눈짓으로 말했다. 긴장으로 가슴이 뛰었다. 마치 100미터 달리기를 위해 출발선에 들어선 것처럼 아찔했다. 유희는 그러면서도 민중이 전한 경고를 마음속으로 되뇌었다. '평소처럼 행동하라!' 그러나 유희는 자리에서 일어나면서 휘청거렸고 그가 팔을 뻗어 그녀를 잡았다. 현기증이 났다. 민중은 싸늘한 미소를 지으며 그녀를 안심시켰다. 어떻게 카페를 나왔는지 정신을 차릴 수가 없었다. 얼핏 자신을 무뚝뚝하게 지켜보는 낯선 남자 둘을 본 것 같기도 했다. 짧고 단정한 머리의 사내들은 어울리지 않는 그림처럼 사람들 사이에 끼여 있었다. 밖으로 나오자 매서운 늦가을 바람이 얼굴과 가슴을 찔렀다.

"저들도 카페를 나왔어요. 우릴 뒤쫓는 게 확실해요."

민중은 뒤도 돌아보지 않고 말했다. 유희는 그의 팔을 잡았다. 거리는 젊은 연인들의 경쾌한 발걸음 소리가 작은 북처럼 울리고 있었다. 설원 위에 반나체로 선 금발 여자의 화려한 영상 광고가 스크린위에 펼쳐졌다. 유희는 얼빠진 표정으로 광고판을 지나쳤다. 사람들이 무심코 그녀와 어깨를 부딪쳤다. 민중의 발걸음이 조금 더 빨라졌다. 남자들을 따돌리려는 의도라고 유희는 생각했다. 그때 그가 힘을 주며 갑자기 방향을 틀었다. 민중이 이끈 길은 시내 대로에서 벗어나는 작은 골목길이었다.

"어떻게 할 작정이야?"

유희가 용기를 내서 말했다. 민중은 대답하지 않고 속도를 더 내어 발걸음을 재촉했다. 가로등도 없는 좁은 골목길에서 그는 다시 방향을 틀었다. 재래시장이 흥했던 시절에는 이 골목길에도 사람들의 발길이 이어졌지만 철거 명령이 내려지고 상점들이 모두 폐점한 지금, 낡은 골목길은 죽은 거리 같았다. 가출 청소년이나 만취한 취객이 아니면 누구도 기웃거리지 않는 우범 지대였다. 깊이 들어갈수록 시내의 소음도 잦아들었다. 유희는 어둡고 좁은 길을 빨리 벗어나길 바랐다. 그러나 민중이 이끈 곳은 오래된 벽돌로 막힌 막다른 골목이었다. 데드 엔드. 미로를 벗어나려면 왔던 길을 되돌아가야 했다. 그는 유희의 어깨를 양팔로 잡고 벽으로 밀어붙였다.

"그들이 우리 사진을 몰래 찍었어요. 이유가 뭔지 알아야겠어요. 내 말 이해하죠?"

사진? 유희는 영문도 모른 채 고개를 끄덕였고 민중은 이제껏 보여 주지 않은 기묘한 미소를 지었다. 그는 유희를 안심시키며 주위를 살폈다. 곧이어 가까운 곳에서 구둣발 소리가 들려왔다. 발소리가 커질수록 유희의 몸은 딱딱하게 굳어 갔다. 위험이 코앞에 닥쳤는데 그는 도대체 뭘 기다리고 있는 걸까? 도망치는 게 현명한 선택이 아니었을까? 유희는 절망스러운 눈으로 막다른 골목을 응시했다. 민중이 유희의 어깨를 잡은 손을 내려놓았다. 그리고 그녀를 보호하는 태세로 그녀 앞에 등을 돌리고 섰다. 그는 낯선 남자들을 기다렸다. 마침내 추적자들이 골목길을 돌아 나왔다. 그들은 어리둥절한 표정으로 걸어와서 자신들을 기다리고 있는 남녀를 확인했다. 앞에 선 양복 차림의 남자가 힐끗 두 사람을 확인한 다음 아무렇지 않은 듯 길을 빠져나가려 했다. 남자의 연기는 터무니없이 어색했다. 남자가 어둠 앞에 가로막힌 막다른 벽을 확인하고 뒤따라오는 남자에게 고개를 돌리며 말했다.

"어이, 길이 막혔어. 돌아가야겠는데."

검은 점퍼를 입은 땅딸막한 사내는 과장되게 어깨를 으쓱였다. 그때 민중이 재빨리 그들 뒤로 돌아갔다. 순식간에 두 남자는 막다른 벽과 길을 막은 민중 사이에 놓였다. 상황을 파악한 키 큰 남자가 동료를 바라보며 어이없다는 듯 미소를 지었다. 유희는 떨리는 가슴을 진정시키며 벽 한구석에서 연극 무대를 바라보듯 세 남자를 지켜보았다.

"길 좀 비켜 주시오, 젊은 양반."

키 작은 사내가 마른침을 내뱉으며 말했다.

"왜 우리를 쫓는지 말해 주시죠. 그럼 길을 터 주겠습니다."

민중이 냉담한 목소리로 말했다. 두 사내가 믿을 수 없다는 표정으로 서로를 바라보며 웃었다.

"사진은 왜 찍으셨죠?"

"뭔 사진? 이 새끼, 또라이 아냐?"

키 큰 사내의 위협적인 말투에 유희의 팔과 목덜미에 소름이 돋았다. 민중을 말려야 한다는 생각이 들었지만 몸이 움직이질 않았다.

"사진을 내놓지 않으면 후회하게 될 겁니다."

양복 입은 사내가 성큼성큼 다가서며 민중의 어깨를 툭 밀었다. 그는 밀려나면서도 남자의 손을 거칠게 뿌리쳤다. 그들은 자신들이

미행하는 상대가 누구인지는 제대로 파악하지 못한 것이 분명했다. 키 큰 남자는 길을 막아선 날씬한 20대 청년을 얕잡아 보고 있었다. 남자가 우악스러운 팔을 뻗어 위협을 가하자 민중은 그의 턱에 가볍게 잽을 던졌다. 불의의 일격을 당한 남자가 분을 참지 못하고 주먹을 휘둘렀다. 그의 과장된 주먹은 허공을 갈랐다. 민중은 남자의 턱과 아랫배에 깔끔한 레프트 스트레이트와 라이트 훅을 날렸다. 덩치 큰 남자는 쿵 소리와 함께 무릎이 꺾이며 쓰러졌다. 민중의 날카로운 시선이 잔뜩 웅크린 짐승과도 같은 검은 점퍼 남자에게로 향했다. 남자는 이를 갈며 민중을 노려봤다. 그는 짧게 도약하며 민중의 얼굴을 향해 오른발을 휘둘렀다. 민중은 양 손바닥으로 남자의 발길질을 받아 낸 다음 한 치의 망설임도 없이 남자의 안면을 향해 주먹을 뻗었다. 카운터펀치였다. 뼈가 부러지듯 둔탁한 소리와 함께 남자의 허리가 뒤로 젖혀졌다. 남자는 쓰레기 더미가 싸인 구석으로 데굴데굴 굴러갔다. 숨을 제대로 쉬지 못하던 남자는 끝내 일어나지 못했다. 유희는 벌어진 입을 손으로 가리며 이 모든 과정을 지켜봤다. 눈앞에서 확인한 폭력은 그녀의 상상과는 무척이나 달랐다. 만약 두 남자가 민중이 격투기 챔피언이라는 사실을 알았다면 그들은 대비했을 테고 협공을 펼쳤을 것이다. 그렇다면 싸움의 양상은 달라졌을 것이다. 그 순간 유희는 본능으로 남자들의 표적이 민중이 아니라 자신임을 깨달았다. 남자들은 그녀를 뒤쫓고 있었다. 민중은 유희를 힐끗 쳐다본 다음 쓰러진 검은 점퍼 남자에게 다가갔다. 그러고는 점퍼 안주머니에서 남자의 지갑을 꺼내 명함 한 장을 꺼냈다.

그리고 은색 디지털카메라를 바지 뒷주머니에서 찾았다. 민중은 빠르게 모니터로 남자가 찍은 사진을 확인했다. 조금 전 카페에서 커피를 마시며 이야기를 나누는 두 사람의 모습이 찍힌 사진이 나왔다. 민중이 카메라와 명함을 재킷 주머니에 넣고 유희에게로 다가왔다.

"이제 뛰어야 해요."

유희는 열이 오른 민중의 손을 잡고 어두운 골목을 뛰었다. 쓰러진 남자들의 신음과 욕지거리가 어두운 골목길을 벗어나서도 귓가에서 맴돌았다. 대로로 나오자 환한 도시의 불빛이 샤워기 물줄기처럼 쏟아져 내렸다. 짧은 교복 치마를 입은 여고생 무리가 호기심 어린 시선으로 바닥에다 침을 뱉으며 서둘러 택시를 타는 민중과 유희의 마지막 모습을 지켜봤다. 이건 범죄일까, 아닐까? 혼란스러웠다. 남자들의 정체는 무엇일까? 이마에 식은땀이 맺혔다.

민중이 유희의 집 안으로 들어온 것은 처음이었다. 두 사람은 겉옷도 벗지 않은 채 식탁에 마주 보고 앉았다. 두근대는 가슴이 좀처럼 진정되지 않는 것과는 달리 그의 얼굴은 어느 때보다 차분해 보였다. 여섯 살이나 어린 남자 앞에서 유희는 철없는 아이가 된 듯한 느낌을 받았다. 민중이 재킷에서 카메라와 명함을 꺼내 식탁 위에 올렸다. 그는 이미 확인했다는 표정으로 명함의 작은 글자를 읽는 유희를 지켜봤다. '철거 전문 업체 TJ건설, 김이수 부장.' 주소는 경기도 화원시였다. 그곳은 유희가 결혼해서 신접살림을 차린 도시였다.

"누나도 잘 알겠지만 철거 회사는 건설 용역을 담당하는 곳입니다. 깡패들이 법망을 피해 이런 회사를 세운다는 이야기는 몇 번 들었어요."

그의 목소리는 냉담했다. 이 사태가 유희에게서 비롯된 것을 확신하는 목소리였다.

"사진은 누나가 먼저 확인해 보세요."

유희는 떨리는 손으로 카메라를 손에 쥐었다. 모니터를 켜고 남자들이 몰래 찍은 사진을 한 장씩 확인했다. 처음에는 민중이 등장했다. 민중과 카페에서 커피를 마시고 영화관에 들어가고 식사를 하는 장면의 사진이 보였다. 그리고 다니엘이 나왔다. 아파트 부근에서 다니엘과 팔짱을 끼고 걷는 장면과 기차역 광장에서 포옹하는 장면 사진이었다. 유희는 역 앞 비즈니스호텔로 나란히 들어서는 사진을 보았을 때 저도 모르게 인상을 찌푸렸다. 다음 사진으로 넘어가면서 침대에 벌거벗고 누운 두 사람의 나체가 보일까 걱정했지만, 다행히 그런 노골적인 사진은 없었다. 남자들은 거리를 유지했고 무모한 시도를 감행하지는 않았다. 도대체 이들의 목적이 뭘까? 마지막으로 황 사장과 지우와 함께 시내 동물원을 방문했을 때의 사진이 나왔다. 사진에 찍힌 세 사람은 잘 어울리는 한 가족 같았다. 지우의 천진난만한 사진을 보다가 유희는 울컥했다. 더는 확인해 볼 필요가 없었다. 그동안 세 남자 사이를 오가며 만난 일상적인 모습이 사진 속에 들어 있었다. 사진 속의 그녀는 행복한 표정을 짓고 있었다. 그 모습이 무척 낯설어서 그녀는 충격을 받았다. 유희는 사진들을 삭제하고 싶은 유혹을 뿌리치며 민중에게 카메라를 건넸다.

"제가 봐도 될까요?"

유희는 대답 없이 그를 내려다보며 고개를 끄덕였다. 그러고는 등을 돌려 냉장고 문을 열었다. 냉장고에는 아직 따지 않은 소주 한 병이 보였다. 지우와 소풍을 끝내고 집으로 돌아와서 저녁을 먹을 때 황 사장이 남긴 술이었다. 유희는 뚜껑을 돌려 맥주 컵에다 한가득 소주를 따랐다. 한 잔을 민중에게 내밀고 나머지 한 잔을 손에 든 채 유희는 다시 자리에 앉았다. 유리잔으로 전달되는 냉기가 그녀의 뇌를 차갑게 식혔다. 끓어오르던 분노와 수치심이 서서히 가라앉았다. 민중은 빠르게 모니터 속의 사진을 돌렸다. 그의 눈동자가 낯선 사내들에게 주먹을 날릴 때처럼 반짝였다. 그는 카메라를 내려놓고 소주가 든 맥주잔을 노려보다 술을 반쯤 들이마셨다. 유희도 그를 따라서 같은 양의 술을 마셨다.

"제게 해명할 필요는 없어요. 다만 놈들이 왜 누나를 이런 식으로 뒤쫓고 있는 것인지는 알아야겠어요. 누나를 보호하기 위해서 그런 거예요."

유희는 답을 정확히 알고 있었다. 에둘러 이야기를 돌릴 필요는 없었다. 그러나 민중은 기다려 주지 않았다.

"황 사장님이 왜 사진에 찍혔는지 이해할 수 없습니다."

유희는 말문이 막혔다. 황 사장과 지우와 함께 있는 사진이 그들에게 무슨 의미가 있는지는 자신도 궁금했다.

"나도 몰라. 뭔가 오해가 있는 것 같아."

유희가 내놓을 수 있는 대답은 그뿐이었다.

"좋습니다. 그럼 사진 속의 키 큰 남자는 누굽니까?"

민중의 목소리는 낮고 건조했다. 마치 함께 본 영화 속 주인공 남자의 이름을 알고 있느냐고 질문할 때와 마찬가지였다. 유희는 망설였다. 다니엘을 어떻게 설명할 수 있을까? 자신에게는 상냥하고 완벽한 섹스 파트너지만 민중에게 그렇게 소개할 수는 없었다. 유희는 침묵했다.

"얼마 전에 말한 누나의 남자 친구인가요?"

그의 질문에 유희는 과거의 기억을 더듬었다. 정식으로 사귀고 싶다는 고백을 받던 날, 유희는 얼떨결에 남자 친구가 있다고 민중에게 거짓말했다. 유희는 자신을 다독였다. 다니엘을 남자 친구라 부르는 것은 어찌 보면 당연하다고. 섹스 파트너와 남자 친구의 차이점은 뭘까? 상황에 따라 달리 부르는 호칭일 뿐이다. 유희는 고개를 끄덕였다. 민중의 눈빛이 살짝 흔들렸다.

"그리고 저와 누나가 함께 있는 모습이 찍혔습니다."

유희는 시선을 내리고 민중의 손아귀에 든 카메라를 노려봤다. 답을 알고 있음에도 카메라는 불가사의한 수수께끼를 품은 물건처럼 보였다.

"이 사진을 원한 사람은 카메라 속에 들어 있지 않은 거죠?"

유희는 침을 꿀꺽 삼켰다. 그의 추리와 논리적 결론은 완벽했다. 그렇다, 사진을 원한 사람은 정작 카메라 속에 없다! 이 부분이 가장 가슴 아팠다. 민중에게 온전히 진실을 드러내 보일 수 있을까.

"제3의 남자라…… 생각보다 어렵네요."

유희는 마침내 화가 났다. 뭐가 문제인가! 다니엘에게는 이미 털어놓은 사실이었다.

"사진을 원한 사람은 내 남편이야. 그 사람이 아니면 시어머니일 거야."

민중은 손에 쥔 카메라를 슬며시 내려놓았다. 눈동자와 표정을 보니 할머니의 장례식을 홀로 지키고 있는 소년의 얼굴이 떠올랐다. 입술 꼬리가 미세하게 떨렸다. 순진하고 아름다운 얼굴. 참담했다.

"미안해. 미리 알렸어야 하는데 사정이 여의치 않았어. 처음엔 직장 때문이었고, 나중에는 그냥 나도 모르게 사실을 숨겼어."

유희는 그간의 사정을 가능한 한 짧고 분명하게 이야기했다. 다니엘에게 고백했을 때 느꼈던 수치스러움과 분노는 말끔히 사라지고 대신 그 자리에 안타까움과 자기 연민이 찾아왔다. 그녀는 자신의 이런 몰염치한 태도가 그의 마음을 아프게 할 것으로 생각했다. 민중은 동요를 내비치지 않고서 이야기에 귀를 기울였다. 말을 끝낸 유희가 시선을 돌리며 그의 판결을 기다렸다. 침묵이 잠깐 이어지고 마침내 그가 입을 열었다.

"상관없어요. 누나, 내게 미안해할 필요는 없어요. 누나에게 남편이 있든 없든 제겐 중요하지 않아요."

유희는 자신의 귀를 의심했다. 그는 무슨 말을 하는 걸까.

"아버지와 엄마는 절 어렸을 때 버렸어요. 이후로 전 이런 상황에 익숙해졌어요."

"미안해. 거짓말할 생각은 없었어."

민중은 고개를 저으며 말했다.

"상관없어요. 누나가 절 버리지만 않는다면 전 누나 곁에 있을 거예요."

유희는 고개를 들어 그를 올려다봤다. 순간 그녀는 낯선 남자들에게서 쫓기며 보았던 광고판의 이미지를 떠올렸다. 눈 덮인 설원 위로 한 여자가 애처롭게 서 있었다. 헐벗은 고목 한 그루가 외로이 뿌리를 내린 채 지키고 있었을지도 모른다. 그곳은 어디일까? 지상에서 너무 멀리 떨어진 곳은 아닐까? 유희는 민중의 검은 눈동자를 바라보다 자신도 모르게 눈물을 흘렸다. 민중이 다가와 손바닥으로 눈물을 닦아 주었다. 유희는 그의 가슴에 얼굴을 파묻고 울음을 터뜨리고 싶었다. 엄마의 장례식이 끝나고 이유도 모른 채 아빠의 품 안에서 울음을 터뜨렸을 때처럼 순진무구한 다섯 살 계집아이로 되돌아가고 싶었다. 그러나 눈앞에는 아빠 대신 젊고 아름다운 청년이 서 있었다. 그녀는 민중이 원하는 게 무엇인지 알고 있었다. 사람들은 그것을 욕망이라 불렀다. 하지만 유희에게는 그 모든 것이 사랑이라는 추상적인 이름을 가진 정체불명의 생명체처럼 보였다. 민중이 그녀를 감싸 안았다. 유희는 그의 심장에 얼굴을 파묻고 그의 심장이 뛰는 소리를 들었다. 두려움을 떨친 호기심 가득한 소년의 심장이었다. 고립무원 외톨이가 된 소년이 건넨 장미 꽃다발을 내려다보며 그녀는 꽃향기를 맡았다. 그러자 문득 소년에게 모든 것을 다 주고 싶다는 강렬한 욕망이 일었다.

2

낯선 남자들은 되돌아오지 않았다. 민중이 말한 대로였다. 무심코 길을 걷다가 유희는 흠칫 놀라며 주위를 둘러봤지만, 주위엔 언제나 일상의 지루함에 파묻힌 평범한 사람들만 보였다. 민중은 이틀 후 전화를 걸어왔다. "TJ건설이란 회사에 대해선 걱정하지 않아도 됩니다. 실체가 없는 유령 회사인데 여러 가지 다른 이름으로 유선이나 인터넷으로 용역 주문을 받고 뒷조사를 해 주는 회사인 것 같아요. 사례비를 받고 일하는 업체라면 개인적인 보복을 할 것 같지는 않고 아마도 자신들의 실수를 인정하는 것으로 정리했을 겁니다." 유희는 무엇보다 민중이 걱정되었다. 남자들이 앙심을 품는다면 자신보다는 민중에게 분풀이할 가능성이 컸다. 몸조심하라는 당부를 하고 전화를 끊으려 할 때 민중이 말했다. "카메라를 다시 살펴봤는데 파일 전송 기록이 남아 있더군요. 수신자 번호를 알아보니 차영희라는 이름이 나왔습니다." 이미 짐작한 일인데도 가슴이 철렁했다. 차영희는 시어머니의 이름이었다. 이로써 모든 게 분명해졌다. 남편 상훈과 시어머니가 원하는 게 무엇인지 유희는 분명히 알게 됐다. 그들은 덫을 놓고 그녀를 기다리고 있었다. 치졸하고 비겁한 방식이지만 그들은 이런 식의 유희를 즐겼다. 선뜻 호의를 제공하고 약점을 잡아 사람들을 옭아맸다. 퇴근 후 유희는 집으로 돌아와서 화장대 서랍에 넣어 둔 시어머니의 각서를 꺼냈다. 각서에는 1년 후에 이혼하면 상가 건물을 위자료로 주겠다고 약속한 시어머니의 친필 서명이 있었다. 유희는 각서를 손으로 북북 찢었다. 아버지의 말대로 허망한 꿈을 꾼 것이다. 유희는 복수하고 싶었다. 그러나 어떻게 앙갚음할지를 생각하다 다시 절망감에 빠져들었다. 그들은 자신이 상대하기에는 버겁고 무서운 사람들이었다.

주말, 밤 기차를 탄 다니엘이 내려왔다. 유희는 역까지 그를 마중 나갔다. 무릎까지 내려오는 브라운 트렌치코트의 단추를 풀어 헤치며 그는 유희에게 달려왔다. 다니엘의 손에는 붉은 장미 꽃다발이 들려 있었다. 그는 꽃다발을 한 손에 든 채 얼빠진 표정으로 서 있는 유희를 감싸 안았다.

"부산은 겨울이 따뜻해서 좋아, 결혼하면 여기서 사는 것도 좋을 것 같아."

그가 유희를 놓아주며 말했다. 유희는 헝클어진 머리를 쓸어 넘기며 쓸쓸한 미소를 지었다. 지난 며칠 동안 자신의 침대에는 다른 남자가 누워 있었다. 민중은 잠을 이루지 못하고 유희를 지켜봤다. 유희가 잠들면 그는 유희의 볼과 이마에 입술을 대고 온기를 불어넣어 주었다. 유희는 민중의 가슴에 얼굴을 파묻고 이대로 밤이 지속되기를 빌었다. 해가 뜨고 일상으로 돌아가야 하는 현실이 두려웠다. 재난처럼 밀어닥친 다니엘의 환한 미소가 그녀에게는 고통이었다.

"맹호 씨, 할 말이 있어. 우리 바다로 갈까?"

유희가 용기를 내어 말했다. 다니엘은 바다라는 말에 군침부터 삼켰다. 인근 수산 시장의 곰장어 골목을 떠올린 것이 틀림없었다. 말뚝 같은 단단한 몸과는 부조화를 이룬 미끈한 향수 냄새가 배어 나왔다. 택시에 오른 유희는 그의 어깨에 고개를 기댄 채 눈을 감았다. 어쩌면 죽을 때까지 이 냄새를 기억하게 될지도 모르겠다고 생각했다. 유희는 시장 골목이 아닌 부둣가로 다니엘을 데려갔다. 바다와 육지를 잇는 거대한 콘크리트 다리가 보이고 그 밑으로 조업을 끝내고 돌아오는 어선들의 불빛이 크리스마스트리 장식 꼬마전구처럼 반짝였다. 등 뒤로는 지난여름 태풍 때 보수 공사를 했던 대형 냉동창고가 버티고 서 있었다. 늦은 시각이라 관광객은 물론 어민들도 보이지 않았다. 초겨울 밤바람은 놀랍게도 포근했다. '네가 바라보는 세계가 어딘지는 잘 모르지만 일단은 너와 함께 가 보기로 했어.' 유희는 예전에 다니엘이 침대에 누워 한 말을 떠올리며 달빛에 일렁이는 검은 바다의 수면을 응시했다. 여자를 안은 남자의 약속은 대양에 휩쓸린 모래 한 톨의 가치도 지니지 못했다. 유희는 바다에서 시선을 돌려 육체적으로 아름답고 정신적으로도 강한 남자를 바라봤다. 다니엘은 근사해 보였다. 그는 긍정적이고 낙천적이었다. 바바리코트가 잘 어울리는 자본주의적 인간의 전형. 다우 존스와 나스닥 지수를 확인하고 원화 시세에 신경을 곤두세우는 남자. 그런 그가 그녀의 섹스 파트너였다.

"우리 이제 그만 만나."

유희는 고개를 들어 그의 눈동자를 응시하며 말했다. 다니엘은 한참 동안 멍한 표정으로 유희를 내려다봤다. 잠시 후 그가 그녀의 말을 정확히 해석했다. 그리스 신화의 영웅 조각상 같은 그의 얼굴이 차갑게 굳어 갔다. 먼바다에서 뱃고동 소리가 들렸다. 두 사람은 포근한 초겨울 바람이 부는 부둣가에 서서 서로를 뚫어지게 쳐다봤다. 다니엘이 양팔을 들어 유희의 어깨를 잡고 흔들었다. 소금기 묻은 바람이 부는 길 위에서 이별 통보로 고통스러워하는 연인들은 해녀들이 채취한 해산물만큼이나 흔한 존재였다. 달빛이 부드러운 수면 위로 유영하고 남자의 목소리가 높아졌다. 유희는 입술을 다문 채 고개를 숙였다. 지독할 정도로 느리게 시간이 흘렀다. 유희는 미안해서 눈물을 흘렸고, 영문을 알 수 없는 여자의 눈물에 다니엘은 더 크게 화를 냈다.

호텔 복도는 저승 세계로 이어진 가시밭길 같았다. 불과 한 달 전만 해도 두 사람은 붉은 카펫이 깔린 복도 위를 두근대는 가슴을 진정시키며 뛰었다. 따뜻하고 은밀한 방에 몸을 숨기고 세상으로부터 고립되길 자청했다. 두 사람은 외부인과 단절된 사각의 방에서 해방감에 젖어 순수한 본능적인 욕망에 빠져들었다. 유희는 다니엘을 통해 육체적 사랑의 의미를 처음으로 자각했다. 늦은 나이에 체득한 성적 쾌락은 사랑의 본질이 무엇이냐는 철학의 세계로 그녀를 인도했다. 남편과의 의미 없는 섹스는 결혼한 여자의 의무이자 통과 의례에 불과했다. 이후 계속된 일방적인 잠자리는 그녀의 몸을 들쑤시며 가슴에 결코 메울 수 없는 공허의 수렁을 만들었다. 그녀는 다니엘의 품 안에서 이전에는 상상하지 못한 세계의 시원始原을 보았다. 생명이 유지되는 비밀이 그곳에 있었다. 피임약이 여성 지위를 바꾼 20세기 최고의 발명품이라는 말에도 동의하게 되었다. 다니엘은 자진해서 콘돔을 사용하겠다고 말했다. 유희는 그의 배려에 내심 고마워하면서도 고개를 저었다. 콘돔을 사용하면 즐거움이 반감되었다. 혈관의 피와 피부 세포 하나하나가 성적 자극을 정직하고 정확하게 받아들이길 원했다. 이런 극적인 변화를 이끈 남자가 다니엘이었다. 이별을 통보하자 다니엘은 폭발하는 대신 자존심을 버리고 유희에게 매달렸다. 안락한 미래를 약속한 약혼녀를 버리고 독한 결심으로 자신에게 온 남자였다. 유희는 혼란스러웠다. 다니엘을 사랑하는 것 같기도 하고 아닌 것 같기도 했다. 그와의 섹스는 안전하고 청결하고 비용이 들지 않았다. 감정적 소비는 없었다. 다니엘도 이런 생각에 순순히 응해 주었다. 그러나 눈앞에 드러난 결론은 달랐다. 두 사람이 합의한 안전한 섹스는 결국 미완의 상태로 끝나 버렸다. 다니엘의 눈을 들여다보면 그녀는 자신의 미래를 어렴풋이 볼 수 있었다. 수도권 중형 아파트와 외국 브랜드 승용차, 여름휴가로 떠나는 해외여행, 백화점 쇼핑과 골프 투어, 주말 저녁의 느긋한 식사와 영화관으로 떠나는 데이트가 머릿속에 그려졌다. 어쩌면 아빠를 닮은 사랑스럽고 예쁜 아이가 태어날지도 모른다. 그러나 이 모든 것이 고정불변의 확정된 미래는 아니었다. 사랑도 아니었다.

'그럼 사랑은 무엇일까?' 유희는 눈을 감으며 마지막으로 다니엘을 끌어안았다. 그는 겨울바람이 부는 부두에서 이별은 없다고 소리쳤다. 울분을 토한 다음에는 유희를 설득하기 시작했다. 그리고 자신이 제공할 수 있는 미래에 대해 자신 있게 말했다. 그것은 이미 유희가 그의 눈을 통해 보았던 두 사람의 미래였다. 순간 유희는 과거의 기억을 떠올렸다. 남편 상훈도 프러포즈하며 엇비슷한 이야기를 했었다. 도취되지는 않았지만 유희는 그의 제안을 받아들였고 면사포를 썼다. 몇 달 후, 상훈의 눈을 통해 보았던 미래는 뒤틀리고 왜곡된 형상으로 나타났다. 유희는 혼란스러웠다. 왜 이런 일이 자신에게 일어난 것인지 이해할 수 없었다. 그녀는 책임을 주위로 돌렸다. 한 여자에 만족하지 못하는 남편, 돈과 권력으로 며느리 위에 군림하려는 시어머니, 홀아비 밑에서 자란 자신의 불우한 환경, 나아가 어리석은 판단의 근거를 마련해 준 사회적 이기심과 배금주의 등을 탓했다. 유희는 다니엘과 이별하는 순간, 자신의 불행했던 결혼생활이 다른 누구도 아닌 자신에게서 비롯되었음을 처음으로 깨달았다. 돈에 유혹된 사람은 바로 자기 자신이었다. 경제적 안정을 보장해 준다는 이유만으로 사랑하지도 않는 남자의 청혼을 받아들이는 것은 용서받지 못할 죄는 아니지만, 그에 상응하는 대가를 지불해야 하는 혹독한 거래라는 사실을 비로소 알게 되었다.

유희는 다니엘의 넓은 등을 끌어안고 그의 가슴에 얼굴을 파묻은 채 눈물을 흘렸다. 그의 아름답고 건강한 페니스가 자신의 몸속에 있었다. 다니엘은 유희를 영원히 놓아주지 않겠다는 일념으로 온몸에 힘을 주어 그녀를 안았다. 여자의 몸에 기둥을 박고 족쇄를 채우는 일이 불가능하다는 걸 알면서도 그는 실낱같은 희망과 헛된 기대에 매달렸다. 이대로 끝나는 것은 부당했다. 유희는 남자의 분노와 절망을 몸으로 느꼈다. 호텔로 들어온 것은 실수였다. 결별을 선언한 이상 매몰차게 그를 내쳤어야만 했다. 하지만 그녀는 그러지 못했다. 어쩌면 이것이 그녀가 줄 수 있는 마지막 선물이라고 생각했는지도 모른다.

"사람을 죽일 수도 있다고 생각했어."

다니엘이 두꺼운 커튼을 젖히고 잠든 항구 도시의 불빛을 내려다보며 말했다. 유희는 침대에 기대어 홑이불로 가슴을 가린 채 다니엘의 완벽한 역삼각형 등을 응시했다. 땀에 젖은 등 근육이 꿈틀거렸다. 폭력이 법에 우선하던 시절이었다면 그는 전쟁에 나가 적들을 죽이고 여자와 식량을 전리품으로 취했을 것이다. 법치와 윤리를 요구하는 21세기는 건강하고 우월한 육체를 가진 남자에게 감옥일지도 모른다. 다니엘은 커튼을 치고 침대로 돌아왔다. 그는 누워서 부드럽게 유희를 감싸 안았다. '자본주의에 최적화된 교양인' 사내는 이기적인 여자의 터무니없는 요구에도 제대로 저항조차 하지 못했다. 유희는 그의 품 안에서 눈을 감은 채 그가 잠들기를 기다렸다. 동이 트기 전 유희는 침대를 빠져나와 옷을 입었다. 샤워는 하지 않았다. 그에게 아무것도 남길 것이 없다는 사실이 가슴 아팠다. 엘리베이터를 내려와 승객을 기다리는 택시에 올랐다. 지난밤 포근한 바람은 서리가 내리는 차가운 새벽바람으로 변해 있었다. 유희는 뒷좌석에 몸을 웅크린 채 삭막한 도시의 거리를 응시했다. 눈물 한 방울이 흘러내려 유희는 손등으로 빠르게 눈물을 훔쳤다. 흰머리가 희끗희끗한 택시 기사가 룸미러로 그녀를 쏘아보며 속으로 일진이 사납다고 혀를 찼다.

다니엘과 헤어진 다음 날 유희는 몸살을 앓았다. 온종일 두꺼운 이불을 둘러쓰고 침대에 누워 있었다. 병원에는 가지 않고 상비약 몇 알을 삼키고는 잠만 잤다. 방전된 휴대 전화는 그대로 방치해 두었다. 초인종이 두 번 울렸지만 유희는 나가지 않았다. 카메라를 응시하는 사람이 민중이든 아파트 경비원이든 개의치 않았다. 그렇게 하룻밤을 보내자 열도 내리고 몸살 기운도 달아났다. 이불과 시트가 땀으로 흠뻑 젖어 있었다. 문득 월요일임을 깨달았다. 움직이려 했지만 아무것도 먹지 않은 탓에 몸이 말을 듣지 않았다. 유희는 전화를 걸어 사정을 말하고 여름에 쓰지 못한 휴가를 냈다. 그런 다음 민중에게 전화를 넣었다. 그에게서 걸려 온 캐치콜은 모두 다섯 통이었다. 민중은 화난 목소리로 전화를 받았다. 그는 유희의 죽어 가는 목소리를 듣고서 정신을 차렸다. "피자가 먹고 싶어." 유희가 마지막 남은 힘을 짜내며 말했다. 한 시간 뒤 민중은 피자와 콜라, 전복죽을 사서 달려왔다.

"사진을 찍어서 뭘 하려고 했을까요?"

유희는 피자를 한 입 베어 물고 거품이 솟아오르는 콜라를 마셨다. 미친 듯이 배가 고팠기 때문에 그가 한 질문을 제대로 이해하지 못했다.

"방금 뭐라고 했어?"

민중은 입을 닫고 유희에게 음식부터 먹으라고 손짓했다. 유희는 맨발에 헐렁한 체육복 바지에 목이 늘어난 티셔츠를 입고 머리도 감지 않은 상태였다. 퀭한 눈에 입술은 말라 있었다. 피자 두 조각을 해치우고 콜라를 마신 다음 민중이 건넨 전복죽을 먹었다. 유희가 전복죽을 먹는 동안 민중은 욕실에 들어가 따뜻한 물을 받았다. 욕조에 몸을 담그자 서서히 뇌가 작동하기 시작했다. 주방에서 민중이 식탁을 치우고 설거지하는 소리가 들려왔다. 피가 돌면서 근육이 살아났다. 유희는 욕실에서 민중을 불렀다. 얼떨떨한 표정으로 서 있는 그에게 유희는 비누 거품이 묻은 수건을 건넸다. 민중은 욕실 슬리퍼를 신은 채 유희의 등을 닦았다. 유희는 눈을 감고 아름다운 동화의 나라를 떠올렸다. 봄 나비가 날개를 퍼덕이며 빨간 꽃과 노란 꽃 사이를 날아다니는 장면이 머릿속에 그려졌다. 봄 바다가 보고 싶었다.

"우리 바다에 갈까?"

"좋아요. 좀 쉬었다 나가요."

"아니, 집 앞의 바다 말고 아주 먼 곳에 있는 바다가 보고 싶어."

유희는 산호초가 보이는 맑은 옥빛 바다를 떠올렸다.

"하와이나 괌 같은 적도 부근의 바다로 갈까?"

등을 밀던 민중이 손을 멈추었다.

"아직 여권을 만들지 않아서……."

유희는 고개를 돌려 미소를 지으며 그의 얼굴을 바라보았다.

"농담이야. 일하러 가야지."

말은 그렇게 하면서도 머릿속으로는 딴생각을 했다. 왜 인간은 매일 성실하게 일해야 하는가, 왜 일탈을 꿈꾸어선 안 되는가 하고 아쉬워했다.

"그럼 이렇게 해요. 저도 휴가를 낼게요. 그리고 동해로 가요."

유희는 놀라면서도 기쁜 표정을 감추지 못했다.

"그러다 회사에서 잘리면?"

"뭐, 어쩔 수 없죠. 살다 보면 다른 방법이 생기겠죠. 죽기야 하겠어요."

유희는 그의 목을 끌어안고 입을 맞추었다. 그래, 그 정도로 사람은 죽지 않는다. "한 인간이 태어난 이유는 순전히 우연의 결과물이고 죽음도 마찬가지다. 따라서 미래를 두려워하는 것은 어리석은 일이다." 아버지의 소설 속에 나오는 한 구절이었다. 아버지는 이 글을 썼을 때 20년 후 성장한 딸이 어떻게 이 문장을 이용해 먹을지 짐작이나 했을까? 유희와 민중은 침대에서 사랑을 나누고 낮잠을 잤다. 겨울 해가 서산으로 넘어가기 시작할 때에야 아파트를 나왔다. 유희의 낡은 차는 믿을 수 없을 만큼 시원하게 고속 도로를 달렸다. 그들은 포항 구룡포 바다가 내려다보이는 한 펜션에서 하룻밤을 묵고 다음 날 속초로 향했다. 그리고 중간에 행선지를 바꿔 삼척에 들렀다. 두 사람은 팔짱을 끼고서 아담하고 조용한 시내를 산책한 뒤 최근에 리모델링한 모텔에서 두 번째 밤을 보냈다. 정해진 목적지는 없었다. 마음이 끌리는 곳이면 어디든 멈추었다. 적도의 옥빛 바다는 아니지만 동해의 푸른 겨울 바다는 그녀의 마음을 흔들었다. 파도를 타고 아름다운 하얀 포말이 가슴으로 밀려와 마음속 텅 빈 웅덩이를 메웠다. 유희는 신혼여행을 온 신부처럼 들떠서 모래사장을 뛰어다녔다. 서른 해를 넘기면서 처음 느낀 자유였다. 곁에는 민중이 예의 독특한 미소를 지으며 엄격한 보호자처럼 그녀를 지켜보고 있었다. 그의 미래는 불투명했다. 유희는 자문했다. 그래서 뭐가 문제인가? 그의 눈을 들여다보면 아무것도 보이지 않았다. 아파트와 자동차, 맛있는 음식, 따뜻한 옷 대신 오직 청년의 아름답고 검은 눈동자만 보였다. 맑은 우물 같은 그의 눈동자에 비친 여자는 이유도 없이 활짝 웃고 있었다. 유희는 미래가 정해져 있지 않기 때문에 매력적이라는 사실을 처음으로 깨달았다. 불확정적인 미래의 다른 이름은 자유였다. 그들은 내륙으로 들어갔다. 외설악에서 새로 난 긴 터널을 통과하자 인제가 나왔다. 유희는 손가락으로 북쪽을 가리켰다. 그들은 민통선을 넘어 12사단 을지전망대에 올랐다. 가파른 산 경사를 따라 높다란 철책이 끝도 없이 이어진 모습은 텔레비전 뉴스를 통해 본 풍경과는 무척 달랐다. 구름 한 점 없는 맑은 날씨여서 쌍안경을 사용하지 않아도 북한 땅과 인민군 초소가 뚜렷하게 보였다. 38선 철책은 그들 앞에 놓인 실질적인 국경이었다. 그늘진 비탈에는 녹지 않은 얼음덩어리가 뭉쳐 있고 그 위를 검은 새들이 선회하며 날았다. 썩은 짐승의 고기를 찾는 새들의 날갯짓을 보니 으스스한 기분이 들었다. 그렇게 동토의 땅을 바라보다 엉뚱하게도 아버지가 국경에 대한 소설을 끝낼 수 있을까 하는 의문이 생겼다.

야음을 틈탄 공습과도 같은 5박 6일간의 여행이 끝났다. 그리고 다시 주말이었다. 유희는 민중을 놓아주지 않았다. 짐을 채 풀기도 전에 그를 재촉해서 시내로 나갔다. 도시는 여행을 떠나기 전과 마찬가지로 무뚝뚝하고 차가웠다. 이기심 많은 처녀와도 같은 도시를 유혹하기 위해서는 돈이 필요했다. 유희는 지갑에 현금을 채우고 플라스틱 카드를 준비했다. 도시는 소비하는 동안만큼은 순박하고 친절한 시골 아저씨처럼 굴었다. 타이 레스토랑에서 똠얌꿍과 쌀국수를 먹고 할리우드 블록버스터를 보았다. 손이 겹치면서 종이봉투에 든 팝콘 몇 알이 카펫 바닥으로 떨어졌다. 영화관을 나온 다음에는 먹자골목을 쏘다니며 튀김과 꼬치구이를 안주 삼아 맥주를 마셨다. 유희는 밤바다와 도시의 야경을 조망할 수 있는 공원으로 민중을 데려갔다. 산책 나온 시민들 대부분이 휴식을 끝내고 공원을 내려오는 시간이었다. 중간에 그들은 출입 금지 푯말을 무시하고 숲으로 들어갔다. 산책길 가로등 불빛이 스며들지 않는 고목 그늘 밑으로 들어가 민중의 허리에 팔을 둘렀다. 그는 움찔하며 주위를 두리번거렸으나 이내 그녀에게 집중했다. 달콤한 입술이 열렸다. 길고 차가운 민중의 손이 스웨터 밑으로 들어와 가슴 위로 올라왔다. 숨 쉬기가 힘들었다. 유희는 민중의 벨트를 풀고 바지에 손을 넣어 발기한 페니스를 움켜쥐었다. 민중이 호응하며 모직 스커트 밑으로 손을 밀어 넣고 팬티에 손가락을 걸었다. 호흡이 거칠어졌다. 그때 갑자기 음악 소리가 터져 나왔다. 시민들의 귀가를 종용하는 공원 관리소의 안내 방송이었다. 멀지 않은 곳에서 아이들의 발소리와 웃음소리가 들렸다. 둘은 숲을 빠져나와 태연한 표정으로 집으로 돌아가는 사람들의 대열에 합류했다. 공원에서의 아쉬움 탓인지 집으로 돌아와서는 침실이 아닌 거실에서 발코니 문을 활짝 열어 놓고 사랑을 나누었다. 짧은 휴가의 마지막 날, 유희는 민중의 품에 안겨 긴 잠을 잤다. 다음 날, 전화벨이 울렸을 때 유희는 홀로 침대에 누워 있었다. 주방에서 민중이 커피를 내리고 있는지 커피 향이 침실까지 스며들어 왔다. 유희는 잠결에 전화를 받았다가 목소리의 주인공을 알아차리고 자기도 모르게 자리에서 벌떡 일어났다.

"네, 사장님. 신유희입니다."

벌써 월요일인가? 아니었다. 유희는 몰래 한숨을 길게 내쉬었다. 사장은 예의 공손한 말투로 자신이 휴가를 방해한 것이 아닌가 물었다. 유희는 아니라고 답했다.

"함께 점심이나 할까 해서 전화드렸습니다. 지우도 유희 씨를 보고 싶어 해서요."

"아…… 네."

그사이 민중이 뜨거운 커피가 든 머그잔을 들고 들어와 문기둥에 기대어 서 있었다. 사장은 유쾌한 농담이라도 하려는 듯 소리 내어 웃으며 말했다.

"요즘 젊은 여성들 사이에선 브런치가 유행이더라고요."

유희는 시간을 정하고 전화를 끊었다. 민중이 머그잔을 내밀었다. 진한 커피 향이 머릿속을 채우고 있던 몽롱한 의식의 파편을 쓸어 냈다. 황 사장이 일요일 아침에 전화를 건 것은 미증유의 사건은 아니었다. 민중이 유희를 일으켜 세워 주방으로 데려갔다. 탁자에는 노른자가 탱탱볼처럼 살아 있는 달걀부침과 노릇하게 구운 토스트가 놓여 있었다. 유희는 입맛을 다시며 달걀을 먹고 오렌지 주스를 꿀꺽꿀꺽 삼켰다.

"민중 씨도 함께 가."

"제가 왜요?"

"그냥 그게 좋겠어. 서로 모르는 사이도 아니잖아."

민중은 무표정으로 한참 동안 유희를 응시하다가 짧게 "그렇게 하죠"라고 동의했다. 유희가 샤워하는 동안 민중은 설거지를 했다. 그런 다음 소파에 앉아 유희가 보던 소설책을 읽으며 그녀가 준비를 마치길 기다렸다. 뜻밖에 그는 몰두해서 소설을 읽었다. 미셸 우엘벡에게 공쿠르 대상의 영예를 안겨 준『지도와 영토』였다. 속지에는 신현우 작가가 '사랑하는 딸에게'라는 문구를 넣은 친필 서명이 있었다. 유희는 머리를 말리고 가벼운 화장을 하면서 민중이 책을 읽는 모습을 흘깃 훔쳐봤다. 생각보다 무척 잘 어울려서 유희는 미소를 지었다. 청바지와 민중이 선물한 반소매 털 스웨터를 입고 모직 반코트를 걸쳤다. 그가 올려다보며 회색 코트와 감청색 스웨터의 조합을 칭찬했다.

"이 책 내가 먼저 읽어도 돼요?"

"응. 난 예전에 읽은 책이야."

민중은 일어나서 유희가 큰마음 먹고 선물한 가죽 라이더 재킷을 입었다. 그렇지 않아도 살집이 없는 몸매가 더 날씬해 보였다. 패딩 점퍼를 샀어야 했나 하고 잠깐 후회했지만, 언뜻 서유럽의 인기 있는 남자 모델 같은 모습이 떠올라 안심했다. 엘리베이터 앞에서 그는 우엘벡의 책을 왼팔에 끼고 오른팔로는 유희의 어깨를 감싸 안았다.

"날씨가 따뜻했으면 좋겠다."

중저음의 남자다운 목소리에 유희의 가슴이 두근거렸다.

황 사장과 지우는 햇볕이 드는 창가의 널찍한 소파에 앉아 있었다. 카페엔 사장의 말대로 브런치를 즐기는 젊은 여성들의 모습이 많이 보였다. 실내에 들어선 유희의 모습을 본 사장이 함박웃음을 지으며 자리에서 일어났다. 유희를 뒤따르는 검은 가죽 재킷의 청년은 보지 못한 표정이었다. 유희는 고개를 숙여 인사하고 지우를 내려다보며 환하게 웃었다. 뒤늦게 사장이 민중을 알아봤다.

"어, 한 대리가 어쩐 일이야?"

그는 순수한 호기심에 웃음을 터뜨리며 말했다. 유희가 민중 대신 짧게 대답했다.

"제가 함께 오자고 했어요."

황 사장은 여전히 의아스러운 표정을 지으면서도 민중에게 손을 내밀어 악수를 권했다.

"강 사장님은 여전하시지?"

강 사장은 민중이 일하는 태영의 대표였다. 유희는 자리에 앉으면서 인상을 찌푸렸다. 자신이 무슨 짓을 하는 것인지 이해가 되지 않았다. 황 사장이 어떤 의도로 자신에게 접근하고 있는지는 문제가 되지 않았다. 그는 친절했고 다정했다. 상대방의 호의를 이런 식으로 갚는 것은 부당했다. 민중에게도 도움이 되지 않았다. 그는 불편해했고 두 사람 사이에 왜 자신이 끼어들었는지 알지 못했다. 민중을 데려온 것은 무모하고 염치없고 가학적인 행위였다. 어색한 분위기에서 식사가 시작되었다. 지우는 처음 본 민중을 경계했으나 시간이 지나면서 상관없다는 듯 먹는 일에 집중했다. 생각을 숨길 줄 아는 아이. 유희는 자신이 지우보다 감정을 통제하지 못한다는 사실을 알았다. 대화는 중심 없이 곧잘 끊어졌다. 유희는 크림치즈를 바른 베이글 하나를 채 먹지 못했다. 대충 식사가 끝나고 나니 분위기는 더 어색해졌다. 그때 민중이 지우를 바라보며 말했다.

"삼촌하고 잠깐 나갔다 올까? 이 건물 2층에 장난감 가게가 있는데."

지우는 대답 없이 입술을 다물고 눈을 깜박였다. 낯선 남자의 의도가 무엇인지 가늠하는 표정으로 민중을 응시했다. 그러나 민중은 태연한 목소리로 말했다.

"로봇 퍼즐이 있을 거야."

지우는 아빠를 슬쩍 올려다보고 곤혹스러운 표정을 지은 후 냅킨으로 입술을 닦고 자리에서 일어났다. 황 사장은 물론 유희도 이 상황에 어떻게 대처해야 할지 몰라 두 사람을 지켜보기만 했다. 민중은 자리에서 일어나며 손으로 유희의 어깨를 슬쩍 건드린 다음, 지우를 데리고 카페를 빠져나갔다. 지우가 먼저 팔을 내밀어 민중의 손을 잡았다. 유희는 고개를 돌려 식은 커피를 홀짝였다.

"민중 씨가 와서 조금 놀라셨죠."

"아, 네. 뭐 한 대리야 우리 식구나 마찬가지죠."

여기까지 와서 망설일 필요는 없었다.

"민중 씨와 함께 휴가를 보냈어요. 동해안으로 갔는데 바다가 무척 예뻤어요."

황 사장의 얼굴이 표나게 굳어졌다. 그는 탁자의 냉수를 급하게 마신 후 괜한 웃음을 지었다.

"네. 일이 그렇게 됐군요. 이거 축하를 드려야겠습니다."

유희는 웃으려고 했는데 잘되지 않았다. 황 사장도 웃음을 거두었다. 그의 크고 늠름한 얼굴이 이내 붉어졌다. 유희는 시선을 내리깔았다.

"이런 사정도 모르고 제가 실수한 건 아닌지 걱정이 되네요."

유희가 놀라서 고개를 들었다.

"아뇨. 사장님이 실수한 건 없습니다. 제가……."

유희는 더 이상 말을 잇지 못했다. 무슨 말을 해야 할지 몰랐다. 이런 식의 대화를 이어 가기에 두 사람의 관계는 모호했다. 아무 일도 일어나지 않았지만 그렇다고 실제로 아무 일이 일어나지 않은 것도 아니었다. 뭔가가 있었지만 누구도 그 실체를 보지 못했다. 이럴 때는 자연스럽게 못 본 척 우회하는 편이 현명했다. 유희는 왜 이렇게 자신이 서두르는 것인지 이해할 수 없었다. 서로에게 상처를 주지 않으면서 자연스럽게 풀어내는 방법이 있었을 텐데 왜 이런 극단적인 선택을 한 것일까. 아마 낯선 남자들의 미행과 그들이 몰래 찍은 사진 탓인지도 몰랐다. 유희는 사진 속의 황 사장과 지우를 보았을 때 충격을 받았다. 다니엘과 민중의 경우와는 달랐다. 선량한 남자와 지우는 자신의 약점을 잡으려는 적들의 먹잇감이 되어서는 안

되었다. 결심을 굳힌 유희가 말했다.

"사직서를 내겠습니다, 사장님."

황 사장은 유희의 말을 이해하지 못한 표정을 지었다.

"개인적인 일인데 지금 당장 사장님에게 자세한 말씀은 못 드리겠습니다. 죄송해요."

말을 내뱉고도 유희는 자신이 무슨 말을 하는 것인지 알 수 없었다. 아직 생활을 위한 최소한의 준비조차 하지 않은 상태였다.

"너무 급작스러운 말씀이시라 뭐라고 해야 할지……."

유희는 조심스러운 태도로 이번 결정이 그와 자신 사이의 어떤 문제에서 비롯된 것이 아님을 설명했다. 구체적인 핑계는 없지만 돌려서 변명했다.

"사정은 잘 알겠습니다. 그럼 이렇게 하시죠. 지금 하고 있는 프로젝트만이라도 끝내 주시면 저는 감사하겠습니다. 과장님과 같은 숙련된 프로그래머를 당장 구하기도 어렵고, 이번 프로젝트는 회사의 명운이 걸린 일이어서."

T 군 프로젝트가 끝나려면 못해도 3개월은 지나야 한다. 당장 회사를 나가는 것은 불가능하리라 생각했지만 3개월은 조금 길었다. 유희는 긍정도 부정도 아닌 태도를 보였다.

"그럴게요. 대신 사장님이 새로운 직원을 뽑으면 언제든 나가겠습니다."

가시방석에 앉은 느낌이었다. 할 수만 있다면 자리를 박차고 일어나 도망치고 싶었다. 이렇게 해서 황 사장은 여직원을 채용하는 데

편견을 갖게 될 것이었다.

"저, 이건 오해하지 마시고 들어주세요. 제가 알기로는 한 대리에 관한 나쁜 소문이 태영에서 돌고 있다고 들었습니다. 혹시 그런 소문은 들어 보셨나요?"

유희는 대답하지 않았다. 민중의 불우했던 과거가 부풀려져서 기이하게 변질된 루머였다. 황 사장은 말을 내뱉고 자책하는 모습을 보였다. 악성 소문에 시달리는 청년은 지금 같은 건물 2층 장난감 가게에서 자기 아들과 로봇 퍼즐을 구경하고 있었다. 그는 곧바로 자신이 한 말을 주워 담았다.

"남의 말 하기 좋아하는 사람들이 만든 헛소문이겠죠."

유희는 자신도 그런 비슷한 이야기를 들어 봤고 옆에서 지켜본 결과, 지금은 사실이 아닐 거라고 믿는다고 답했다. 황 사장이 진지하게 고개를 끄덕였다. 그러나 갑자기 그의 눈빛이 바뀌었다. 마치 속마음을 털어놓지 못해 화가 난 사람의 얼굴 같았다.

"좋습니다. 유희 씨. 한 대리의 소문은 아마도 과장되었을 겁니다. 하지만 이건 꼭 말씀드려야겠습니다. 예전에도 유희 씨와 이 문제를 놓고 이야기한 적이 있었던 것 같습니다. 인간은 이상에 취해서 살 수 없다는 거죠. 우리 모두 냉혹한 현실 세계에 살고 있고, 누구도 이 현실에서 자유롭지 못하다는 겁니다."

유희는 그와 나누었던 대화의 한 부분을 기억해 냈다. 그는 우리가 살고 있는 현실이 산업화 이전의 부르주아가 꿈꾸었던 꿈과 환상이 실현된 세계라고 진단했다. 그래서 자본가가 되기로 마음먹었다고 고백했다.

“한 대리의 어떤 점에 마음이 끌렸는지는 모르겠지만, 그 선택에 대한 책임은 져야 한다는 말입니다. 유희 씨와는 다른 환경에서 자랐고, 이 점은 앞으로도 변하지 않을 겁니다. 한 대리는 유희 씨와는 다른 사람입니다.”

다른 사람? 아마도 민중에게 미래가 없다는 점을 지적한 말일 것이다.

“결혼에 앞서 조건을 따지는 풍토가 속물적이고 현세적인 것으로 비판받고 있지만, 성장 배경과 환경이 전혀 다른 사람이 만나서 어떻게 조화를 이룰 수 있겠습니까?”

“제가 가진 조건이 민중 씨보다 낫다고는 생각해 보지 않았어요.”

그건 진심이었다. 유희는 자신이 법적으로 유부녀임을 알고도 황 사장이 같은 이야기를 할까 궁금해졌다. 그리고 만약 조건만으로 따진다면 그녀는 황 사장이 아닌 다니엘을 선택했을 것이다. 다니엘은 완벽했다. 젊고 패기에 넘치고 황 사장이 지적한 대로 장래가 밝은 사람이었다. 엉뚱한 생각에 유희는 얼굴을 붉혔다. 지금 상황에서 그녀의 조건에 맞는 사람은 오히려 황 사장이 아닐까? 이혼녀에게는 총각보다 아이 딸린 홀아비가 잘 어울린다는 것이 사회적 통념이다. 사람은 염치가 있어야 한다. 유희는 혼란스러웠다.

“제가 주제넘은 말을 한 것 같습니다. 지금 한 말은 잊어 주십시오.”

그렇게 말하고 황 사장은 또다시 얼굴을 바꾸었다. 여자에게 진심을 말하는 남자에서 요령 있게 감정을 숨기는 영업 사원으로 돌아온 것이다. 가슴이 아팠다. 그에게 진심으로 미안했다. 민중과 지우가 돌아왔고, 황 사장은 지우가 안고 있는 커다란 장난감 박스를 보며 눈살을 찌푸렸다. 그는 반사적으로 재킷 주머니에서 지갑을 꺼냈다. 민중은 팔짱을 끼고 차가운 시선으로 유희와 사장을 번갈아 내려다봤다. 황 사장이 정중하게 감사의 말을 한 다음 지갑을 다시 넣었다. 지우는 조용히 아버지 곁에 앉아 유희를 올려다봤고 유희는 아이의 시선을 피했다. 황 사장이 지우의 손을 잡고 일어났다. 유희와 민중은 주차장까지 나가서 그들 부자를 배웅했다. 지우는 손을 흔드는 대신 고개를 숙여 유희에게 인사했다. 차가운 바람에 절로 어깨가 움츠러들었다. 차의 모습이 보이지 않자 민중이 어깨를 툭 부딪치면서 말했다.

"사장님과는 무슨 이야기를 했어요?"

"별 이야기 아냐. 그냥 회사를 그만두고 싶다고 말했어."

유희는 자기가 무슨 말을 하는 것인지 알 수 없었다. 회사를 그만두는 게 정말 별 이야기가 아닌가. 민중은 아무런 반응도 보이지 않았다.

3

정치의 계절이 돌아왔다. 집권 여당이 먼저 포문을 열었다. 곧 공천 심사 결과를 발표할 것이고, 총선을 위한 체제로 당을 재편할 것이라고 대변인이 기자 회견에서 말했다. 유희는 정치엔 관심 없었다. 정치란 힘 있고 변덕스러운 노인들의 심술궂은 놀이에 불과했다. 그녀는 모든 정치 관련 뉴스를 못 보고 지나쳤다. 며칠 후 아버지에게 전화가 와서 '넌 어떻게 생각하느냐?'라는 질문을 받고서야 자신이 중요한 사실을 놓치고 있음을 깨달았다. 그런데도 그녀의 뇌는 느리게 움직였다. 뭘 어떻게 생각하냐니?

"상훈이가 공천을 받았다."

유희는 한동안 전화기를 든 채 얼어붙은 듯 서 있었다. 무슨 말을 하겠는가? 세상이 자신의 생각과 달리 비정상적으로 돌아가고 있는 것은 꽤 오래된 일이었다.

"저와는 상관없는 일이에요."

유희는 겨우 그렇게 말했다.

"그렇지. 하지만 상훈이가 국회 의원이 되면 다른 이야기가 된다. 그놈은 우리 삶에 다시 관여할 거야. 그게 정치인들이야."

유희는 이해할 수 없었다. 정치인이 왜 내 삶에 연결되어 있는가.

"넌 정치를 우습게 알고 있지. 그런 무관심한 태도와 정치 혐오가 이 세상을 더 우울하고 혼란스럽게 만드는 거야."

아버지는 단정적으로 말했다. 늘 이런 식이었다.

"나는 어떤 식으로든 이걸 막고 싶다. 너만 이해한다면 뭐든 해 볼 생각이야."

유희는 긍정도 부정도 하지 않았다. 작가인 아버지가 뭘 할 수 있겠는가. 결국 소설 속에 가상의 무대를 만들어 악의적인 이야기를 끼워 넣을 수 있을 뿐이다. 유희가 아무런 답을 하지 않자 현우는 일방적으로 전화를 끊었다. 유희는 컴퓨터를 켜고 포털 사이트에서 정치 뉴스를 확인했다. 집권 여당의 오래된 친구이자 숙적인 야당에서도 공천 심사가 끝나 있었다. 후보자들 간 대결 여론 조사도 이미 나와 있었다. 유희는 상훈의 지역구를 클릭해서 여론 조사 결과를 확인했다. 결과는 여당의 압승이었다. 상훈은 정치 신인임에도 불구하고 집권 여당의 프리미엄으로 야당 후보를 누르고 앞서 달리고 있었다. '새로운 정치, 젊은 후보.' 유희는 모니터를 노려보다가 자신도 모르게 실소를 터뜨렸다. 그의 지지율은 63퍼센트에 육박했다. 가슴 밑바닥에서 분노가 치밀어 올랐다. 여론 조사에 참여한 사람들은 대체 정상훈이라는 인물에 대해 뭘 알고 지지하는 걸까? 모두 미쳐 가고 있음이 분명했다. 유희는 베란다로 나가 창문을 열었다. 차가운 겨울바람이 뺨을 때렸다. 어둠이 내린 거리에는 따뜻한 항구 도시에 어울리지 않게 함박눈이 내리고 있었다.

민중의 몸은 특이했다. 여리고 가녀린 남자아이의 몸 같기도 하고 거칠고 황폐한 거리에서 산전수전 다 겪고 살아남은 성인 남성의 몸 같기도 했다. 그에게 마음을 주면서 유희는 자신도 모르게 민중의 몸에 익숙해지고 있었다. 시간이 흐르자 적응은 사랑으로 바뀌었다. 그것은 무척 독특한 경험이었다. 어린 시절 유희의 성적 판타지를 지배한 남자의 몸은 아널드 슈워제네거와 같은 근육질 몸이었다. 어눌한 영어 발음과 다소 멍청해 보이는 순박한 미소만 제외하면 오스트리아 시골 출신의 미국 배우는 완벽했다. '터미네이터' 시리즈에서 보여 준 차가운 로봇 연기도 좋았지만, 그녀의 마음을 사로잡은 것은 슈워제네거가 보디빌더로 전성기를 누리던 1980년대에 찍은 흑백 사진들이었다. 사춘기 시절, 유희는 우람한 남자의 팔에 안긴 자신의 모습을 상상하며 자신의 미래를 그렸다. 그것은 아버지가 설정한 세계에서 탈출하려는 첫 시도였는지도 몰랐다. 아버지는 전형적인 지식인이었다. 그는 음식에는 관심이 없고 근육을 발달시키는 운동 기구는 곁눈질조차 하지 않았다. 생존을 위한 최소한의 음식과 뇌를 자극할 목적의 유산소 운동이 아버지 생활 습관의 전부였다. 깡마르고 예민한 인텔리겐치아에게 근육은 불필요한 장식물이었다. 그는 골방에 틀어박혀서 자신의 뇌를 학대하고 단련시켰다. 다니엘에게 안겼을 때 그녀가 느낀 해방감은 지난했던 결혼 생활의 속박에서 벗어났음을 인식한 탓도 있지만, 마침내 아버지의 영토에서 빠져나왔음을 처음으로 깨달았기 때문이었다. 이제 다니엘은 사라지고 그 자리를 민중이 차지했다. 민중은 두 영역을 자유롭게 오갈 수 있는 남자였다. 그는 지식인도 아니고 근육질 남성도 아니었다. 그런데도 그의 몸은 절대 공존할 수 없을 것 같은 두 세계의 표면적인 특징들을 모두 갖추고 있었다. 체지방이라곤 찾아볼 수 없는 날씬한 몸매는 우울하고 염세적인 지식인 남자들의 몸과 엇비슷한 외양을 드러냈지만, 속살은 전혀 달랐다. 그는 불한당을 맨주먹으로 때려눕힐 수 있을 정도로 강했다. 정신적인 면에서도 불우한 어린 시절을 보낸 청년을 떠올리기 어려울 정도로 여유가 있고 성숙한 남자였다.

지식의 부족을 직관과 경험으로 보충했다. 유희는 민중을 처음 보았을 때 왜 그의 이런 장점을 보지 못한 것인지 이해할 수 없었다. 첫눈에 알아봤으면 주저하며 시간을 낭비하지 않았을 거라는 후회가 밀려왔다. 유희는 민중의 몸 위에서 그를 내려다보며 말했다.

"그 사람 주지사가 되어서 행복했을까?"

"누구요?"

"터미네이터 말이야."

민중은 말없이 빙그레 웃었다. 그러고는 팔을 뻗어 유희의 가슴을 움켜쥐었다.

"그 남자가 섹스 중독자라는 기사를 읽은 적이 있어요."

"타이거 우즈처럼?"

"네."

"두 사람, 보디빌더와 골프 선수죠. 운동을 너무 열심히 해서 그런가?"

"아니. 꼭 그렇지만은 않은 것 같아. 톨스토이도 섹스 중독자였대."

"누구를 위하여 종은 울리나?"

"아니. 그건 헤밍웨이고. 톨스토이는 전쟁과 평화지. 그러고 보니 헤밍웨이도 성에 굶주린 사람이었어. 세간에 알려진 결혼만 네 번이나 했을걸?"

"그럼 모두가 섹스 중독자군요. 아닌 사람을 찾는 게 더 어려운 거 아닌가?"

그런가? 어쩌면 그럴지도 모른다. 유희는 민중의 가슴에 얼굴을 파묻으며 소리 내어 웃었다. 섹스 중독자가 되어 가는 사람이 다름 아닌 자신이라는 생각이 들어서였다.

한 달 후 사건이 터졌다. 온 나라가 선거 운동으로 시끄러웠다. 신문 지면은 후보자들의 공방으로 도배되고 사람들의 왕래가 빈번한 거리와 건물 벽에는 선거에 참여하는 이들이 내건 플래카드가 걸렸다. 유희는 그들의 아우성을 외면한 채 일에만 매달렸다. 황 사장과의 관계는 거북했지만 처리해야 할 일이 산더미처럼 쌓여 있었기 때문에 감정적으로 피곤할 겨를은 없었다. 마지막 프로젝트를 깔끔하게 끝내고 회사를 나오고 싶었다. 처음 본 전화번호가 떴을 때 유희는 그저 관련 업계 사람인 줄 알고 전화를 받았다.

"김영란 기자입니다. 신유희 씨 맞으시죠? 오전에 보낸 이메일은 확인하셨나요?"

목소리가 또랑또랑한 젊은 여자였다. 기자? 이메일은 보지 못했다.

"신현우 작가님이 쓰신 글과 관련해서 사모님의 심경을 듣고 싶어 전화를 드렸습니다. 혹시 제가 제일 먼저 연락을 드렸나요? 사모님 전화번호를 구하느라 시간이 꽤 걸렸거든요. 다른 쪽에선 아직 인터뷰 요청이 들어오지 않았죠?"

여기자가 사모님이란 호칭을 쓰면서부터 가슴이 뛰기 시작했다. 사모님! 현기증 나는 단어였다. 그 단어에는 음습하고 사악한 기운이 깃들어 있었다. 남에게 드러내 보이고 싶지 않은 과거, 아니 정확히 말하면 현재 숨기고 있는 그녀의 본모습이었다.

"작가님께서 용기 있는 고백을 대신해 주셨는데요. 지금 심정이 어떠세요?"

전화기를 들고 있는 손이 덜덜 떨렸다. 유희는 아무 말도 하지 않았다. 직감적으로 떠오르는 그림이 머릿속에 그려졌지만, 형체는 불분명했다.

"이혼은 사모님께서 먼저 제안하신 건가요? 아니면 정 후보자가 먼저 말한 건가요?"

눈앞이 캄캄했다. 아버지가 무슨 일을 저지른 걸까? 유희는 침을 꿀꺽 삼키고 겨우 정신을 차렸다. 작가인 아버지는 비평가와 기자를 싫어했다. 한편으로는 그들의 비난을 두려워했고, 다른 한편으로는 그들의 무관심을 증오했다. 그런 기자에게서 전화가 왔다. 한마디도 실수해서는 안 된다.

"제가 지금 드릴 말씀은 없습니다."

유희는 그렇게 얼버무렸다. 사나운 소나기는 일단 피해야 한다고 자신을 다잡았다. 하지만 기자는 끈질기게 매달렸다. 불행한 결혼생활과 사생활과 연관된 단어들, 별거와 이혼, 돈 문제, 여자, 불륜, 간통과 같은 말들이 소용돌이에 휩쓸린 것처럼 날아다녔다. 유희는 직장에서 일하는 시간이므로 더는 시간을 낼 수 없다는 핑계를 대고 무작정 전화를 끊었다. 통화 종료 버튼을 누르는 동안에도 그녀를 애타게 부르는 여기자의 목소리가 들렸다. 전화를 끊자 꾹꾹 누르고 있던 두려움이 터져 나왔다. 유희는 생각을 정리하지도 않은 채 단

축 다이얼을 눌렀다. 아버지의 전화는 꺼져 있었다. 속이 부글부글 끓었다. 낯선 여자가 전화를 걸어와서 남편 상훈과의 결혼 생활에 대해 알고 싶어 했다. 더구나 이혼을 요구한 쪽이 누구인지 밝히라고 했다. 유희는 이 모든 상황이 이해되지 않았다. 모니터에 웹 브라우저를 띄웠다. 인터넷 포털 사이트 전면에 오늘의 이슈로 '내 사위 정상훈 국회 의원 후보자를 국민에게 고발합니다'라는 제목의 배너가 걸려 있었다. 머리카락이 쭈뼛해졌다. 그제야 아버지가 얼마 전에 전화 통화에서 했던 말이 기억났다.

'나는 어떤 식으로든 이걸 막고 싶다. 너만 이해한다면 뭐든 해 볼 생각이야.'

왜 이런 중요한 이야기를 그냥 흘려들었을까. 허튼소리는 좀처럼 하지 않는 아버지의 성격을 떠올리면 사전에 예방할 수도 있는 일이었다. 주먹 쥔 손바닥에 땀이 흥건했다.

사람들은 타인의 사생활에 관심이 많다. 그중에서도 누가 누구와 잤더라는 식의 이야기가 단연코 인기다. 작가인 아버지는 대중의 감성이 어느 지점에 이르고 있는지를 정확히 알고 있었다. 소설에선 그런 전략적인 시도를 하지 않았지만, 이번에는 달랐다. 그는 자신의 하나뿐인 사위를 천하의 난봉꾼으로 묘사했다. 표적이 된 남자는 여대생 제자를 범하고 자기 어머니가 재단 이사장으로 있는 학교의 여교사와 불륜을 저질렀다. 어수룩하고 순진한 작가의 딸은 악마의 꾐에 빠져 불행한 결혼 생활을 겪었다. 남의 딸을 데려다가 이렇게 고생시킨 오입쟁이가 국민의 대표가 되겠다고 선거에 나왔다. 작가는 대의를 위해 폭로를 결심했다. 유희는 가슴이 뛰어 아버지의 글을 끝까지 읽을 수 없었다. 어렸을 때 아버지가 쓴 소설을 읽으면 마치 타인 앞에서 벌거숭이가 되는 느낌을 받았는데 이번에는 단순한 비유가 아니라 실제로 그런 상황이 벌어지고 있는 착각이 들었다. 그녀는 실제로 사람들 앞에서 벌거벗겨지고 있었다. 아버지의 주장이 차라리 터무니없는 거짓이었으면 좋겠다는 생각이 들 정도였다. 글을 올린 곳은 여기자가 소속한 신문사의 자유 기고란이었다. 정부와 여당에 비판적인 기사가 많이 올라오는 진보 성향의 신문으로, 아버지와 개인적인 친분이 있는 기자가 그 신문사의 문화부장이었다. 기사는 인터넷판 제1면에 실렸고 선정적인 내용 탓에 순식간에 일파만파로 퍼져 나갔다. 멍하니 모니터를 들여다보는 동안 유희의 전화기가 울리기 시작했다. 모두 낯선 번호였다. 유희는 무음 버튼을 누르고 한동안 전화기 램프가 반복해서 켜지다 꺼지는 것을 지켜봤다. 그녀는 세상 사람들이 자신을 어떻게 바라보고 있는지 처음으로 이해할 수 있었다. 그녀는 아직 한 남자의 아내였다.

아버지는 낮술을 마시고 있었다. 무릎이 나온 면바지에 두꺼운 모직 셔츠를 걸치고 퀭한 눈으로 유희를 올려다보며 현관문을 열어 주었다. 현우가 식탁 의자를 손가락으로 가리켰다. 식탁에는 노트북과 마시다 남은 커피, 연필, 메모지, 술병, 녹은 얼음과 책들이 어지럽게 널려 있었다. 그는 구부정한 자세로 냉동고에서 새 얼음을 꺼내 글라스에 넣고 보드카를 따라 유희에게 내밀었다.

"첫 소설을 냈을 때 꼭 이랬다. 그때는 죽은 네 엄마가 곁에 앉아서 함께 술을 마셨지. 너는 아직 아기여서 방에서 낮잠을 자고 있었을 거야."

맥이 풀렸다. 회사에 보고도 하지 않고 도망치듯 차를 몰아 달려올 때는 아버지에게 불같이 화를 퍼부을 작정이었다. '노망이 들지 않고서야 이런 일을 벌이진 못했을 거라고' 닦달할 생각이었다. 그런데 눈앞에는 술에 취한 힘없는 노인이 서 있었다.

"그때와 다른 점이 있다면 사람들의 반응이야. 전국 일간지에 출간 소식 기사가 실렸는데도 무척 조용했었다. 마치 절간에 들어앉은 기분이 들었지. 엄마가 곁에서 과대망상증에 걸린 철부지 신인 작가를 위로하느라 고생했을 거야."

보드카에 든 얼음이 녹았다.

"그때 나는 네 엄마가 나를 진심으로 사랑하고 있다는 걸 알지 못했다. 부부가 된 이상 두 사람 사이의 감정은 확인할 필요가 없다고 생각했다. 나와 같은 시절을 보낸 남자들은 모두 비슷했고…… 아내에게 사랑을 고백하는 사람은 별종 취급을 받을 때였어."

유희는 술잔을 잡았다. 차가웠다.

"네 엄마는 사랑받기를 원하는 수많은 여자 중 한 사람이었는데 나는 그걸 무시했어."

현우가 고개를 들어 유희의 눈을 바라보았다.

"널 보니 죽은 네 엄마 얼굴이 보이는구나."

유희는 시선을 뿌리치고 술잔을 들었다. 술은 독했다. 기침이 나왔다.

"유희야, 오늘은 여기서 자고 가거라. 함께 있으면 두려움이 가시는 법이다."

유희는 침대에 누워 멍하니 천장을 올려다보았다. 아버지와 엄마가 거실에 앉아 사이좋게 술잔을 기울이는 모습이 영상처럼 그려졌다. 만 네 살도 되지 않았으니 기억의 서랍 따위에 숨어 있던 장면이 툭 튀어나왔다고는 할 수 없었다. 그저 상상력과 아버지의 왜곡된 기억을 바탕으로 만들어 낸 이미지에 불과했다. 그런데도 유희는 부모의 모습을 또렷하게 볼 수 있었다. 왜 엄마는 아버지를 남겨 두고 연하의 남자와 호텔 방에 있어야만 했을까? 죽은 자에게 말을 거는 방법은 없었다. 살아남은 자들이 알아서 판단해야 한다. 유희는 벌떡 일어나 휴대 전화를 켰다. 부재중 통화와 메시지는 무시했다. 민중은 곧바로 전화를 받았다.

"어디예요? 제가 갈게요."

그가 아버지의 글을 본 것은 확인할 필요도 없었다. 9시 뉴스에도 나온 소동이었다. 전 국민이 모두 알고 있는 핫 토픽. 진정되었던 가슴이 다시 뛰면서 호흡이 빨라졌다. 새벽 1시, 주방에 앉아 인터넷으로 뉴스를 검색하던 아버지는 곤히 잠에 떨어졌다.

"아빠 집이야."

"거기서 주무실 건가요?"

"아니. 우리 만날까?"

"저희 집으로 오실래요?"

"그러지 말고 호텔로 와."

유희는 호텔 이름을 불러 주고 예약을 부탁했다. 바다가 보이는 방이었으면 좋겠다는 말까지 덧붙였다. 다니엘과 첫날 밤을 보낸 호텔이었다. 유희는 전화를 끊고 지하 주차장으로 내려갔다. 서너 시간 전에 보드카를 마셨지만 정신은 말짱했다. 유희는 운전대를 잡고 생각했다. 이 돌발 행동은 주체할 수 없는 성욕 탓이 아니라 먼 과거에 일어난 자살을 재현해서 엄마의 죽음을 이해하려는 단순한 시도에 불과하다고 자신을 다독였다. 민중은 호텔 로비 정문에서 그녀를 기다리고 있었다. 유희는 특급 호텔의 환한 조명에 인상을 찌푸렸다. 두 사람을 눈여겨보는 사람이 아무도 없는데 직원들과 다른 손님들의 눈을 의식했다. 민중이 앞장서서 엘리베이터로 걸어갔다. 유희는 본능적으로 뒤를 돌아다보며 자신들을 지켜보는 사람은 없는지 확인했다. 엘리베이터에 타자 민중이 낮은 목소리로 말했다.

"걱정하지 마요. 뒤쫓는 사람은 없어요."

유희는 짧은 한숨을 내쉬며 민중 옆으로 다가섰다.

"기자에게서 온 전화를 받았는데 날 사모님이라고 불렀어. 정신이 하나도 없었어."

민중이 유희의 손을 잡으며 말했다.

"나도 누나가 다른 남자의 여자라는 사실을 처음 깨달았어요. 기사를 읽을 때는 무척 놀랐는데 점차 마음이 가라앉더군요. 누나가 돌아갈 곳이 없어졌다는 사실이 분명하게 느껴지면서 묘하게도 흥분됐어요. 무슨 뜻인지 알죠?"

유희는 울컥했다.

"이제 내 곁에 있어요. 내가 지켜 줄게요."

방으로 들어서자마자 유희는 민중에게 매달렸다. 그의 옷을 벗기고 있는 힘껏 그를 껴안았다. 나락으로 떨어지지 않기 위해 발버둥 치는 어린아이처럼 손을 내밀었다. 절망과 혼란, 우울, 두려움의 감정이 파도에 휩쓸려 어디론가 실려 갔다. 자신이 숨을 수 있는 유일한 장소는 그의 몸밖에 없다는 생각이 들었다. 귀를 막고 눈을 감고 사람들의 시선과 목소리를 차단해야만 했다. 사람들이 무엇을 오해하든 나와는 상관없다. 그의 육체는 견고한 국경선이 둘러쳐진, 이방인은 아무도 침입하지 못하는 영토다. 유희는 그의 몸을 받아들이면서 죽음을 떠올렸다. 한 줄기 빛처럼 아름다운 여자의 미소가 그려졌다. 엄마는 마지막 순간, 어쩌면 행복했을지도 모를 것이다.

살아남은 자는 살아야만 한다. 유희는 룸서비스로 나온 햄과 달걀 토스트를 꾸역꾸역 먹었다. 샤워를 끝낸 민중이 욕실에서 나와 두꺼운 커튼을 젖혔다. 통유리 창으로 겨울 바다에 반사된 아침 햇살이 쏟아져 들어왔다.

"정말 출근할 거예요?"

"응. 내가 해야 할 일이잖아. 그쪽에서 내쫓을 때까지 버텨 볼 거야. 어쩌면 잘된 일이라는 생각이 들기도 해."

유희는 중간에 민중을 내려 주고 곧장 회사로 향했다. 하룻밤 사이에 자신을 둘러싼 세계가 완전히 변해 버린 것처럼 낯설게 느껴졌다. 태연한 척 동료들에게 아침 인사를 건네고 자리에 앉아 컴퓨터를 켰다. 직원들의 어색한 반응이 느껴졌지만 그녀는 모른 체했다. 입사 원서에 이혼을 앞두고 별거 중인 유부녀라는 난이 없어서 체크를 하지 않았을 뿐 거짓말할 생각은 없었다고 자신을 다독였다. HMI 태그를 엑셀 프로그램으로 확인하는 작업을 하면서 한나절을 보냈다. 오후에 황 사장으로부터 연락이 왔다. 유희는 컴퓨터를 켜 놓은 채 사장실로 들어갔다. 속으로는 아무 일도 없을 거라고 위로했지만, 호흡이 빨라지는 건 어쩔 수 없었다. 황 사장은 가볍게 미소를 지었다가 이내 굳어진 얼굴로 유희를 보았다. 그는 유희보다 더 안절부절못했다.

"신 과장님 소식을 텔레비전 뉴스로 보게 될 거라곤 전혀 생각하지 못했습니다."

그가 넓은 이마를 손등으로 쓰다듬으며 말했다.

"죄송합니다, 사장님."

"아, 제게 사과하실 필요는 없습니다. 미리 알려 주셨어도 저는 상관하지 않았을 텐데……. 뉴스를 보고 조금 당황했을 뿐입니다."

유희는 '별거 중인 유부녀를 채용하겠다는 회사는 없었다'라고 말하려다 참았다. 입사 원서에 거짓말을 한 것은 부정할 수 없는 잘못이었다.

"회사에 폐가 된다면 사표를 내겠습니다."

"폐라니요. 그런 일은 없습니다. 저희 회사는 다른 분들처럼 과장님을 응원하고 있습니다."

"네?"

유희는 얼떨떨한 표정으로 고개를 들었다.

"우리야 정치에 무관한 사람이지만, 그런 분이 정치를 하면 안 된다는 점에선 동감하고 있습니다. 작가님의 용기에 박수를 보내고 과장님이 당당하게 맞서 싸우시길 바라고 있습니다."

유희는 그의 말을 정확히 해석할 수 없었다.

"예전에 역사에 대한 이야기를 한 적이 있었죠. 그때 잠깐 말씀드렸는데, 저도 한때는 역사와 정치에 관심을 쏟았었습니다. 세상이 아무리 어지럽게 돌아가고 있다 해도 그런 분이 정치를 하면 안 된다는 작가님의 생각에는 동감하고 있습니다."

여전히 모호한 이야기였다. 황 사장이 아버지가 쓴 글을 지지한다는 말인가. 맥락을 따져 보면 그랬다. 유희는 어떻게 반응해야 할지 몰랐다.

"저와 직원들은 과장님을 응원하고 있습니다. 이 말을 하려고 과장님을 불렀습니다."

유희는 잠깐 멍한 표정을 지었다가 겨우 고맙다는 인사말을 했다. 더는 할 말이 없어서 유희는 그대로 사장실을 나왔다. 그가 한 말이 머릿속에서 맴돌았다. 거짓말을 했는데도 그는 질책하기보다는 자신을 이해하고 응원한다고 말했다. 묘한 느낌이었다.

유희는 인터넷으로 아버지의 기고문을 확인했다. 다시 얼굴이 붉어졌다. 고역이었다. 유희는 전문을 읽고 잠시 숨을 고른 다음 댓글을 확인했다. 포털 사이트에 달린 기사에는 수천 개의 댓글이 달려 있었다. 심장이 뛰기 시작했다. 호감 순서로 정리된 글이었다.

－얼마나 개차반으로 살았으면 장인이 사위를 고발하냐 ㅋㅋ 이 사람 정치 생명은 끝인 듯.

－따님 마음고생이 많았겠군요. 파이팅하세요.

－이놈의 당은 성추행에 성 접대로 시끄럽더니 결국 오입쟁이 후보를 내세우는구나.

－종북 놀음 빨갱이 사냥에 집착하는 여당, 결국 여제자와 여교사 따먹은 패륜아를 후보로 내세움.

－사립 학교 재단의 부정은 하루 이틀에 일어난 일이 아니죠. 사립학교법을 재고할 시점입니다.

－아랫도리를 후리고 다닌 젊은 놈이 국민의 대표가 된다? 뭔 놈의 나라가 이 모양이냐!

－정상훈 지역구 화원 시민 여러분 정신 바짝 차리고 선거하세요.

－수신제가 치국평천하라고 했다. 미친놈 거시기를 잘라 버려라.

－아직 작가님의 작품을 보지는 못했지만 선생님의 용기 있는 행동을 지지합니다.

－선거 결과는 안 봐도 비디오다. 후보 사퇴가 최선인 듯.

유희는 스크롤을 내리며 댓글을 읽었다. 그러다 어느 시점에선가 그만두었다. 묘하게도 마음이 가라앉았다. 사람들이 아버지의 폭로를 지지하고 자신이 처한 처지를 동정하고 있음이 느껴졌다. 아버지가 쓴 글이 사람들의 관심을 받은 것은 이번이 처음이었다. 폭발적인 관심이었다. 유희는 화장실로 들어가 손을 씻었다. 그리고 거울을 들여다봤다. 낯선 얼굴의 여자가 자신을 바라보고 있었다. 아버지가 글 속에서 묘사했던 피해자 여성, 오입쟁이 남자에게 시집가 수모를 겪은 불행한 여자가 자신을 애처롭게 응시하고 있었다. 유희는 그녀가 싫었다. 눈을 감고 남편의 얼굴을 떠올렸다. 그가 어떻게 생겼는지 기억나지 않았다. 그 남자는 지금 무엇을 하고 있을까?

4

상훈이 찾아왔다. 피할 수 없는 만남이었다. 기고문 파동이 일어난 지 사흘째 되는 날이었다. 압도적인 지지율이 곤두박질쳐 순식간에 바닥을 쳤다. 당에서는 후보가 자진 사퇴하지 않으면 지명을 철회하는 강압적인 수단을 강구하고 있었다. 단 하나의 지역구 패배가 아니라 자칫하면 전국적으로 불길이 옮아갈 수 있었다.

"넌 나를 죽이는 게 아니라 우리 가족 모두를 죽이고 있어."

상훈의 말은 헛말이 아니었다. 사람들은 이참에 시어머니가 운영하는 재단을 손봐야 한다고 주장했다. 시집은 말 그대로 궁지에 몰린 생쥐 꼴이었다. 재단의 부정과 공천 과정에서의 비리 수사 요구가 들끓었다. 유희는 상훈의 시선을 피하지 않았다. 잿빛 슈트에 그레이 타이. 아마도 상훈이 좋아하는 아르마니 양복일 것이다. 그는 여자들에게서 피어스 브로스넌과 닮았다는 칭찬을 듣기 위해 온갖 노력을 기울이는 남자였다. 슈트는 물론 구두와 시계, 장신구까지 직접 꼼꼼하게 챙겨 가며 영국 신사 흉내를 냈다. 런던 본드 스트리트에서 마음껏 원하는 대로 쇼핑하는 게 꿈인 남자. 유희가 브로스넌은 아일랜드 출신으로 부모가 이혼한 후 유년기에 친척 집을 전전하며 고아처럼 자랐고 청년이 되어서는 인종 차별과 가난으로 힘든 시기를 보냈다고 알려 줘도 그는 믿지 않았다. 시어머니는 수천만 원이나 하는 스위스 시계와 디자이너 한정판 슈트에 열광하는 아들을 자랑스러워했다. 할리우드 배우처럼 멋지게 차려입은 아들을 보면 가슴이 두근거린다고 말했다. 시어머니뿐만 아니라 주변의 많은 여자가 그의 이런 겉모습에 쉽게 빠져들었다. 그는 미국에서 유학한 정치학 박사였고, 젊고 잘생겼으며 부잣집 외동아들이었다. 여자들은 그가 접근하면 '이건 행운일까?'라고 질문했고, 그가 속물임을 알아차린 후에도 자본주의의 혜택을 받은 남자가 뻗친 마수에서 벗어나려 하지 않았다. 돈은 평범한 사람들의 이성과 상상력을 일시에 무너뜨리는 파괴력을 지니고 있었다. 어쩌면 그가 펼친 세속적인 그물에 걸려든 손쉬운 먹잇감이 자신이었는지도 몰랐다.

"일이 이렇게 될 줄은 몰랐어. 이번 일은 아버지가 나와 상의하지 않고 혼자서 한 거야. 만약 상훈 씨가 진심으로 정치를 하고 싶다면 아버지의 주장에 떳떳하게 응하는 게 옳을 거야."

유희는 떨리는 목소리를 감추려고 애쓰며 말했다.

"진작 이혼을 했으면 이런 일도 일어나지 않았을 거고."

상훈의 안면 근육이 미세하게 떨렸다. 그제야 유희는 값비싼 옷에 숨겨져 드러나지 않던 피폐해진 남자의 얼굴을 보았다. 지옥의 문턱에 들어서서 마지막 심판을 기다리는 남자였다.

"네가 정치에 대해 뭘 안다고 함부로 지껄이는 거야."

날 선 비난에 유희는 고개를 돌렸다. 전화를 받고 나왔을 때 이미 이 정도의 공격은 감수할 작정이었다. 낭떠러지 끝에 선 사람은 자신이 아니라 상훈이었다. 뺨을 때리고 침을 뱉고 욕설을 퍼붓지 않는 것만으로도 다행이었다. 만약 시어머니가 함께 왔으면 이렇듯 점잖게 넘어가지는 않았을 것이다. 유희는 창밖의 을씨년스러운 해변을 응시했다. 평일 오전의 호텔 커피숍은 한산했다. 멀리 떨어진 그랜드 피아노 연주자는 얼굴을 악보에 처박고 기계적인 연주를 하고 있었다. 층간 소음에 무신경한 위층 여자의 발걸음 같은 피아노 소리가 귀에 거슬렸다.

"네 아버지와 너, 예전부터 그랬어. 날 정상적인 인간으로 보지 않았어."

유희는 고개를 돌리지 않고 허공을 맴도는 갈매기의 날갯짓을 좇았다. 이런 대화는 이미 별거하기 전에 결론이 난 무의미한 담론이었다.

"미안한 일이지만 일이 이렇게 됐어. 내가 원했던 건 아니야. 하지만 상훈 씨는 정치를 하지 않아도 얼마든지 행복하게 살 수 있잖아."

"넌 날 속물이라고 비난하지만 진짜 속물은 너야. 내게 시집오려고 갖은 짓을 다 했잖아. 근데 이제 나보고 모든 걸 뒤집어쓰라고?"

유희는 그의 말을 이해할 수 없었다. 과거는 그의 기억에서 심하게 뒤틀려 있었다. 도대체 그동안 무슨 일이 벌어진 것일까.

"난 사랑하지 않는다고 분명히 말했어."

"그게 변명거리가 된다고 생각해? 사랑하지도 않는데 왜 나와 결혼한 거야?"

"상훈 씨가 원했기 때문이야."

"아니지, 그렇게 말하면 안 되지. 넌 내가 가진 배경을 사랑한 거야. 내가 가진 돈으로 평생 고생하지 않고 행복하게 살 수 있을 거라 생각한 거야."

유희는 대꾸하지 않았다.

"엄마 말이 맞았어. 가난한 집안의 딸과 결혼해선 안 되는 거였어. 가난한 연놈은 모두 거지 근성이 있거든."

유희의 손끝이 떨렸다. 퀭한 눈에 붉은 핏줄이 불거졌다.

"가난했지만 너 같은 놈에게 구걸할 생각은 없었어."

"이제야 본색을 드러내는군. 이래야 신유희답다고 할 수 있지. 너 같은 또라이 년을 사랑한 내가 미친 거지."

유희가 발끈하며 자리에서 일어났다.

"앉아! 화를 낼 사람은 나야. 아직 해야 할 말이 많이 남았잖아? 네가 가 버리면 어쩔 수 없이 잘난 장인에게 찾아가는 것밖에 방법이 없어. 나 이제 막가는 거야."

유희는 아랫입술을 앙다물며 다시 자리에 앉았다. 어차피 각오한 일이었다.

“장인 이야기가 나오니까 불안한가 보지? 그래, 넌 언제나 효녀인 척했으니까.”

유희는 차가운 물을 마셨다. 그래도 속이 뜨거웠다.

“원하는 게 뭐야? 내가 어떻게 해줬으면 좋겠어?”

“뭘 원하느냐고? 그건 나도 몰라. 나는 한순간에 모든 걸 잃은 사람이야. 잘난 네 아버지가 쓴 글로 하루아침에 인간쓰레기가 됐는데, 넌 이런 기분 모를 거야. 일면식도 없는 놈들이 내게 비난을 퍼부으며 욕을 하고 있어.”

“선거에 나가지 않았으면 이런 일도 일어나지 않았어.”

“미치겠군. 넌 정치가 뭔지나 알고 하는 소리야? 거기가 원래 그런 동네야. 아마도 내가 가장 깨끗할걸. 난 이미 부자고 원하는 건 뭐든 가질 수 있으니까 더 나빠질 일은 없는 거지.”

유희는 그가 미쳐 가고 있다고 생각했다.

“야당 후보 새끼가 어떤 놈인지 생각이나 한번 해 봤어? 그 인간 나이가 육십이나 넘었는데 여전히 돈 냄새를 맡고 기웃거리는 놈이야. 뭐? 민주화 운동? 그 시대에 그 짓 안 한 놈이 어디 있어? 지역주의나 조장하고 겉으로는 국민이 어떠니 시민이 어떠니 떠들어 대면서 뒤꽁무니에선 지역 유지들 눈치나 보는 한심한 작자야. 알아보니 술집 마담 세컨드까지 두고 있는 개망나니야. 그런 인간이 벌써 5선 의원이야. 이제 그만해도 될 때가 되지 않았어?”

유희는 모른 척했다. 그와 이런 대화를 나누기는 싫었다.

"그 인간이 네 아버지와 같은 대학 출신이라는 건 알고 있어?"
자리를 박차고 일어나야 하는데 마음먹은 대로 되지 않았다.
"세상 참 요지경이야. 그래, 기껏 동문을 돕겠다고 사위를 시궁창 속에 밀어 넣어?"
"아버지는 모르는 일일 거야."
"맞아. 고고하신 장인어른께서 그런 정치적 판단을 하신 건 아닐 테지."
그의 비아냥거림이 유희의 가슴을 찔렀다. 아버지의 소설을 읽지도 않고 비난하는 많은 사람에게서 느낀 적개심.
"좋아. 이쯤에서 그만두자. 어차피 나는 똥개에게 물려서 너덜너덜해졌어. 이미 회생 불가능한 상태야."
유희는 호흡을 가다듬었다.
"그래서 하는 말인데 소원이 있어."
그의 말에 유희가 인상을 찌푸렸다.
"이 호텔에 방을 잡을까 하는데 어때? 마지막으로 한 번 하고 헤어지자. 내일 당장 이혼 서류를 보내 줄 테니까."
"미친놈."
"그래, 나 미친놈이야. 네 아버지가 나보고 뭐라 했는지 알아? 순진한 여학생을 꼬드겨서 따먹은 오입쟁이라고 했어. 그런 내가 가릴 게 뭐 있어. 세상 사람들은 이미 내가 섹스에 미쳤다는 걸 알고 있는데."
"그만해!"

"넌 잘 알고 있잖아. 내가 계집애들을 유혹한 게 아니라는 거. 미친년들이 환장해서 자기들이 먼저 다리를 벌린 거야. 내가 잘생기고 부자라서 자발적으로 그런 거야. 너도 그중에 한 명이니까 사정을 너무도 잘 알고 있지. 내 말이 틀렸어?"

유희는 참지 못하고 손에 쥐고 있던 물컵을 내던졌다. 하지만 그는 예상이라도 한 듯 민첩하게 고개를 옆으로 돌려 물을 피했다. 몇 방울이 그의 목덜미를 타고 흘러내렸을 뿐이다. 상훈은 비열한 웃음을 지으며 이를 드러냈다.

"미친년, 네 냄새나는 구멍이 그리워서 이러는 줄 알아!"

유희는 택시 뒷좌석에 웅크리고 앉아 상훈을 처음 만났을 때를 기억했다. 졸업을 앞두고 대학원 진학과 취업 사이에서 결정을 짓지 못한 채 어정쩡하게 시간을 보내던 때였다. 인문학부 건물은 공과대와 멀리 떨어져 있어 유희는 인문대 학생회장을 지낸 상훈의 존재를 알지 못했다. 소개팅에서 만난 상훈의 첫인상은 깔끔하고 단정하다는 것을 제외하면 특별한 감정이나 강렬한 이끌림이 없었다. 그는 세상 물정 모르는, 전형적인 부잣집 외동아들이었다. 굳이 유희의 시선을 사로잡은 점을 찾아내라면 당시 상훈이 탁자 위에 올려놓은 책 정도였다. 토크빌이 쓴 『미국의 민주주의』. 아버지 책장에서 본 책이었기 때문에 유희는 관심을 보였다. 이후 상훈이 유학을 떠나기 전까지 6개월 정도 데이트를 가졌다. 밥 먹고 영화 보고 시내를 걷는 평범한 연애였다. 잠자리는 하지 않았고 가벼운 키스 정도가 전부였다. 그는 유학을 떠났고 유희는 직장 생활을 했다. 그는 일찌감치 군대를 면제받아 자유롭게 한국과 미국을 오갔다. 연인 사이라고 하기에도 모호하고 그렇다고 사귀지 않는다고 말할 수도 없는 어정쩡한 관계가 이어졌다. 그가 박사 과정에 들어갔을 때 잠깐 둘의 관계에 금이 갔다. 유희는 직장에서 알게 된 남자와 소개팅에서 만난 몇몇 남자들과 데이트를 가졌다. 상훈이 뭘 했는지는 모른다. 2년이 흐른 후 다시 나타난 상훈은 처음으로 유희에게 사랑을 고백했다. 정신없이 보낸 직장 생활에서 쌓인 피로와 여직원에 대한 차별이라는 한계에 부딪힌 유희는 그의 달콤한 제안에 쉽게 넘어갔다. 여름휴가를 내고 두 사람은 하와이로 떠났다. 겉멋이 잔뜩 든 정치학 박사 과정 대학원생은 서프보드 위에서 중심을 잡지 못해 그녀를 즐겁게 했다. 그와 살면 행복할 수도 있겠다는 생각을 처음으로 했다. "돈 걱정은 하지 않아도 돼." 상훈은 식당에서 음식을 주문할 때처럼 환한 미소를 지으며 말했다. "택시 탈까? 저 호텔은 어때? 오늘 밤은 뭘 먹을까? 내일은 경비행기를 탈까? 다음 휴가는 유럽으로 가자. 하와이는 너무 좁아. 아, 시내에 티파니가 있던데 내일은 거기에서 놀자." 그에게는 모든 게 쉬웠다. 해변에 누워 비키니를 입은 금발 여자들을 힐끔거릴 때는 혈기 왕성한 젊은 남자에게 일어나는 본능일 뿐이라고 치부했다. 남자들이 다 그렇지 않은가. 그게 실수였다. 아니, 모든 게 판단 미스였다.

유희는 눈물을 보이지 않은 자신을 대견하게 생각했다. 이건 울어서 해결될 일이 아니었다. 상훈이 한 말대로 시궁창 속에 빠진 사람은 자신이 아니었다. 울어야 할 사람은 상훈이었다. 유희는 집으로 돌아와 외투만 벗어 던진 채 소파에 드러누워 눈을 감았다. 상훈과 함께했던 시간이 영상처럼 지나갔다. 신혼 초기에는 좋았던 기억도 많았다. 그러나 모든 것이 사라지고 그와의 관계에서는 대립과 갈등, 증오, 분노, 절망감만 남았다. 전화기가 울리기 시작했다. 유희는 무음 버튼을 누르고 전화기를 던져 버렸다. 사람들은 왜 타인의 불행을 지켜보고 확인하고 싶어 하는 것일까. 해야 할 말은 이미 아버지가 다 한 것이나 마찬가지였다. 상훈이 공천을 받은 지역구에선 이미 여론 조사에서 역전 현상이 일어났다. 다선 야당 국회 의원 후보자의 승리가 기정사실화되었다. 같은 대학 출신이라는 야당 후보자를 미리 알고 아버지가 이런 짓을 꾸민 것은 아니었다. 늘 역사와 현실에 대해 비판했지만 현실 정치에 대한 혐오는 유희보다 아버지가 더 심했다. 따라서 정치적 판단의 결과물은 아니었다.

유희는 꿈을 꿨다. 아버지의 소설에 등장하는 가상의 무대였다. 깊은 숲이 거대한 국경선을 이루고 있는 아름다운 나라. 국경선 초소에서 총을 들지 않은 경비원이 맵시 있는 제복을 휘날리며 유희를 맞이했다. 유희는 부드러운 금발 머리의 군인에게서 따뜻한 커피와 쿠키를 받았다. 그는 환영의 미소를 내보이며 유희의 여권에 스탬프를 쾅 하고 찍었다. 쾅?

현관문이 닫히는 소리였다. 유희는 고개를 들어 현관을 바라보았다. 현관 램프가 켜지고 검은 그림자가 보였다. 민중인가? 아니다. 그는 비밀번호를 알고 있지만 혼자서 문을 열고 들어오지는 않았다.

민중은 언제나 초인종을 먼저 눌렀다. 가슴이 덜컥 내려앉았다. 침입자였다. 유희는 얼굴을 드러낸 불청객을 보고 디 놀랐다. 남편 상훈이었다.

“뭘 그렇게 놀라? 남편이 마누라 집에 오는 게 놀랄 일이야?”

“미쳤구나. 비밀번호는 어떻게 알았어?”

유희는 벌떡 일어나 소리쳤다. 상훈의 입가에 느글느글한 미소가 번졌다. 여대생과 바람피우다 호텔 로비에서 부딪쳤을 때도 그는 능청맞게 미소를 지었다. 그는 거실을 스윽 둘러본 후 머플러와 가죽 장갑을 벗었다.

“네가 어떻게 살고 있는지 갑자기 궁금해졌어. 생각대로 구질구질해. 이게 네가 원하던 삶이야. 남편도 없이 월세 아파트에서 혼자 뒹구는 거 말이야.”

“나가. 당장 나가!”

“조용히 해. 이런 서민 아파트에선 부부 싸움이라는 게 흔해 빠진 일이라 이웃들이 관심조차 두지 않아.”

유희는 두근거리는 가슴을 진정시켰다. 몇 차례 심각한 싸움을 한 적이 있지만 폭력은 없었다. 심한 욕설과 증오가 전부인 싸움이었다. 상훈은 주방으로 들어가 냉장고 문을 열고 내용물을 살펴본 다음 생수병 뚜껑을 열고 물을 마셨다. 그러고는 재킷을 벗어 주방 의자에 걸치고 타이를 풀었다.

“지금 뭐하는 짓이야? 당장 꺼지지 못해!”

“여기서 자고 갈 생각이야. 뜨거운 물 좀 받아 줘.”

더는 참을 수 없었다. 커피 테이블에 놓인 이탈리아제 명품 가죽 장갑을 그의 얼굴에 던졌다. 그는 이번에도 민첩하게 피했다.

"경찰을 부를 거야."

"경찰? 넌 뭔가 큰 오해를 하고 있는 것 같아. 우린 아직 법적으로 부부 사이야. 무슨 소리인 줄 몰라? 똑똑한 줄 알았더니 완전 멍청하구나. 너 우리 엄마가 보낸 생활비 받았지. 그게 뭘 의미하는지 잘 생각해 봐. 넌 아직 우리 집 식구야."

분노가 치밀어 올랐다. 돈을 보내라고 부탁한 적은 결코 없었다. 시어머니는 이혼을 미루는 조건으로 자기 마음대로 돈을 보냈다. 돈은 은행 계좌에 쌓여 있었다. 유희는 아차 싶었다. 객관적으로 볼 때 돈을 받은 건 분명했다. 아버지가 말한 함정. 그때였다. 눈앞에서 불이 번쩍했다. 상훈이 손바닥으로 유희의 뺨을 세차게 후려친 것이다. 고개가 꺾일 정도의 타격이었다. 유희는 뒷걸음질 치다가 바닥에 주저앉았다. 정신을 차릴 수가 없었다. 고막에 문제가 생겼는지 이명이 울렸다. 그가 무릎을 꿇고 앉아 유희의 멱살을 거머쥐었다.

"내 눈을 똑바로 봐. 내가 지금 장난치고 있는 것 같아."

순간 유희는 공포를 느꼈다. 처음으로 느낀 죽음의 공포. 그가 완력으로 유희의 셔츠를 풀어 헤쳤다. 후드득 단추가 떨어져 나갔다. 비명을 지르려 했지만 목소리가 터져 나오지 않았다. 그는 주먹으로 유희의 배를 내리쳤다. 유희의 입에서 새된 비명과 함께 입에서 침이 흘러나왔다. 그는 유희의 옷을 찢었다. 셔츠를 내던지고 브래지어를 끌어 올리고 치마를 강제로 벗겼다. 스타킹을 끌어 내린 다음 팬티까지 내렸다. 순식간에 일어난 일이어서 유희는 저항하지 못했다. 반항은 커녕 배의 고통 때문에 숨 쉬기조차 어려웠다. 그는 유희를 반나신 상태로 만들고는 자리에서 일어났다.

"내가 오입쟁이라고! 진짜 오입쟁이 맛 좀 보여 줄까."

유희는 수치심과 증오로 몸을 벌벌 떨었다. 저항은 무의미했다. 눈앞에 선 남자는 철없는 부잣집 외동아들이 아니라 약자에게 폭력을 행사하는 범법자였다.

"네 꼴을 잘 기억해 둬. 남편 몰래 여러 놈과 놀아났으면 이 정도 벌은 각오했어야지."

유희는 비로소 분노의 실체를 느꼈다.

"내가 널 강간할 거 같니? 난 이런 상황에서 발기되는 정신병자가 아니야. 그리고 걸레 같은 년에게 성욕을 느끼지도 않아."

그는 식탁에 올려놓은 생수병을 들어 다시 물을 마셨다. 그런 다음 유희에게 다가와 남은 물을 그녀의 드러난 아랫배에 들이부었다.

"남편의 인생을 망쳐 놨으니 이 정도 수모는 참아야 하지 않겠어. 난 지금 전 국민 앞에 발가벗겨져 있으니 말이야. 이 물로 너의 더러운 욕정이 씻겨 나가길 빌어. 물론 그럴 리는 없겠지만."

그는 빈 플라스틱 물병을 내팽개친 다음 식탁 의자에 벗어 놓은 재킷을 입고 머플러와 바닥으로 떨어진 장갑까지 꼼꼼히 챙겼다. 순식간에 일어난 상황에 유희는 정신을 차릴 수가 없었다.

"그래도 넌 돈만 알고 달려드는 년들과는 다르다고 생각했어. 내가 미친놈이지."

그는 엎드려 쓰러진 유희의 눈앞에 지폐 뭉치를 내던졌다.

"병원에 갈 정도는 아닐 거야. 남는 돈으로 젊은 깡패 놈과 호텔 방에서 뒹굴든지."

차가운 미소. 유희는 눈을 감았다. 그에게 눈물을 보여서는 안 된다.

"이혼 서류는 곧 보내 줄 테니까 걱정하지 않아도 돼."

유희는 그가 사라지길 기다렸다. 악몽에서 벗어나려면 시간이 필요했다. 쾅 하고 문이 닫혔다. 유희는 눈을 뜨고 일어나 주섬주섬 옷을 챙겼다. 그러다 모든 게 부질없다는 생각이 들었다. 주저앉아 무릎을 모으고 얼굴을 파묻었다. 팔과 다리의 떨림이 멈추지 않았다. 그가 뿌린 물로 바닥이 흥건했다. 참았던 눈물방울이 바닥에 뚝뚝 떨어졌다.

찢어진 셔츠와 브래지어, 스타킹을 쓰레기봉투에 담았다. 스커트는 버리지 않았다. 내일 출근하기 위해서는 필요했다. 거울 앞에 서서 왼쪽 뺨을 살폈다. 붉어진 뺨이 부어오르지 않기만 빌어야 했다. 유희는 뜨거운 욕조에 몸을 담근 후에도 간헐적으로 몸을 떨었다. 몸으로 체험한 폭력은 그녀의 육체와 정신을 뒤흔들었다. 응수하는 것은 불가능했다. 왜 상훈이 그런 극단적인 선택을 한 것인지 아무리 생각해도 이해할 수 없었다. 상황적인 불가능이 아니라 폭력을 행사한 주체에 대한 의문이었다. 상훈은 그런 사람이 아니었다. 비록 천성적인 바람기로 마음고생을 시켰지만, 무방비 상태의 여자에게 무자비한 폭력을 행사할 비열한 남자는 아니었다. 무엇인가가 그를 변화시켰는데 유희는 그 변화의 계기가 된 시발점이 어디에 있는지 짐작할 수 없었다. 아니면 내가 사람을 잘못 본 것일까. 그녀는 방심했고 일격을 맞았다. 유희는 경찰서에 가서 이 사실을 고발하는 장면을 상상했다. 쉽지 않은 일이었다. 얼굴과 배를 맞았지만 폭력은 치명적이지 않았고, 강제로 옷이 벗겨졌지만 강간은 없었다. 남자 형사들은 이해하지 못할 것이다. 어쩌면 상훈이 지적한 대로 바람피운 여편네에게 그만한 벌은 당연하다고 생각할지도 모른다. 아내를 발가벗겨서 매질하는 남편들이 아직도 주위에 많다고 자신을 설득할지도 모른다는 생각마저 들었다.

유희는 새 속옷으로 갈아입고 외출 준비를 마쳤다. 달아오른 뺨을 가리기 위해 색조 화장을 했다. 현관에서 구두를 신을 때 바닥에 떨어진 지폐 뭉치가 보였다. 유희는 다시 거실로 들어가 돈을 가방에 넣었다. 주차장 한구석에 설치된 쓰레기 수거함을 보며 유희는 고민했다. 하지만 끝내 돈을 버리지는 못했다. 영화나 드라마에서 비련의 여주인공이 '더러운 돈'이라며 쓰레기통으로 던져 버리는 장면은 연출되지 않았다. 유희는 이 돈으로 백화점에서 겨울 코트를 사리라 마음먹었다. 그렇게 하면 남편이 준 마지막 선물을 겨울마다 옷장 속에서 꺼내며 기억하게 될 것이다. 유희는 살얼음이 낀 미끄러운 도로를 질주했다. 어디로 가는지, 누굴 만날지, 무엇을 해야 할지, 자신이 누구인지 도무지 알 수 없는 밤이었다. 어느새 그녀는 어둠에 휩싸인 겨울 바다에 도착했다. 차가운 밤바람이 부는 방파제는 인적이 끊어져 있었다. 안심하고 있던 순간, 어둠 속에서 유령이 튀어나오듯 두꺼운 겨울 점퍼를 입은 중년 남성이 지독한 술 냄새를 풍기며 갑자기 그녀 앞에 나타났다. 사내는 비틀거리며 그녀를 노려봤고 유희는 어깨를 움츠리며 사내의 끈적끈적한 시선을 피해 빠르게 방향을 틀었다. 상훈에게 당한 일 때문인지 별일 아닌 일에도 소름이 돋고 심장이 뛰었다. 얼마 되지 않아 길이 끊어졌다. 불 꺼진 등대가 외로이 선 곳에는 검은 기름이 뒤섞인 것처럼 번들거리는 파도가 발아래에서 불운을 예고하는 기하학적인 무늬를 만들어 내며 출렁거렸다. 그녀는 수면을 내려다보며 새로운 사실을 알게 되었다. 바다는 이방인을 가로막은 거대한 국경선이었다. 꿈에서 본 깊은 숲보다 훨씬 강력하고 압도적인 국경선. 유희는 망명을 허락하지 않는 거대한 벽 앞에서 수치심과 분노를 억누르며 망연히 서 있었다.

5

민중은 불만이 가득한 표정으로 유희를 뚫어지게 바라봤다. 지난밤 무슨 일이 있었는지 말하라는 그의 요구에 유희는 침묵했다. 그녀는 묵묵히 스파게티 면발을 포크로 휘저으며 딴청만 부렸다. 상훈이 자신을 강제로 범했으면 일이 수월했을 수도 있었다. 차라리 '남편에게 강간당했어'라고 말하면 지난밤의 악몽 같은 기억이 명확해질 것 같았다. '남편에게 맞았어'라고 말하는 것보다 설득력 있고 합리적인 결론 같았다. 평소 거친 작업 현장에서 남자들과 부대끼며 살고 있다고 자부했기 때문에 철없는 부잣집 도련님과의 일대일 싸움에서 저항 한 번 못해 보고 무기력하게 당한 사실에 수치심을 느꼈다. 다시 한 번 그런 일이 일어나면 제대로 붙어 볼 거라고 생각했다. 공포에 질린 나머지 순진한 10대 소녀처럼 맥없이 폭력에 굴복한 자신이 원망스러웠다. 유희는 식당을 나와 민중을 백화점으로 데려갔다. 가방 속에는 상훈이 쓰레기를 내던지듯 버리고 간 돈다발이 들어 있었다. 모직 트렌치코트를 사고 남는 돈으로 민중의 스웨터를 샀다. 그러고도 절반조차 쓰지 못했다. 이걸로 모든 게 끝났다고 생각했다. 뺨과 배를 맞고 강제로 옷이 벗겨지는 대가로 얻은 옷이었다. 기묘한 감정이 차올랐다. 이 정도의 돈을 벌려면 한 달 넘게 일해야 한다. 잠깐의 모멸감과 수치심을 견뎌야 하는 대가치고는 나쁘지 않다. 유희는 이런 어처구니없는 계산에 몰두하는 스스로를 보며 자기가 서서히 미쳐 가고 있다고 생각했다. 두 사람은 백화점을 나와 카페에 들렀다. 마카롱을 한 입 깨물고 나머지를 민중에게 내밀었다. 여전히 우울한 표정을 지으면서도 그는 순순히 입을 벌려 마카롱을 받아먹었다. 그 와중에도 그의 눈은 유희의 부어오른 왼쪽 뺨에 고정되어 있었다. 유희의 시선이 천장 한구석에 있는 모니터로 올라갔다. 화면 하단에 '정상훈 국회 의원 후보자 긴급 기자 회견'이라는 자막이 쓰여 있었다. 민중도 고개를 돌려 모니터를 올려다봤다. '후보자 사퇴 발표?' 유희는 잠시 망설이다 핸드백에서 전화기를 꺼내 텔레비전 뉴스를 틀었다. 그의 정치적 죽음을 눈과 귀로 확인하고 싶었다. 이어폰을 끼고 액정 화면을 뚫어지게 내려다봤다. 민중은 정치 뉴스 따위에는 상관없다는 듯 팔짱을 낀 채 고개를 돌려 창밖을 응시했다. 카메라 플래시가 터지고 상훈이 단상 앞으로 나왔다. 그는 아르마니 슈트 대신 선거 운동에 제공된 허름한 점퍼를 입고 있었다. 당의 로고가 새겨진 붉은색 점퍼는 치수가 커서 그를 왜소하게 보이는 효과를 연출했다. 곧 귀에 익숙한 남자의 목소리가 흘러나왔다.

존경하는 국민 여러분, 그리고 시민 여러분.

저는 오늘 속죄하는 마음으로 이 자리에 섰습니다. 사랑하는 아내와 가족들 이야기를 해야 하는 저의 마음은 천근만근입니다. 그러나 무엇보다 진실이 소중하기 때문에 용기를 내어 여러분들에게 질타를 받기로 결심했습니다.

장인어르신께서 폭로하신 글로 많은 분들이 충격을 받았으리라 생각합니다. 저 역시 마음의 상처를 입었습니다. 저는 오늘 변명하기 위해 이 자리에 선 것이 아닙니다. 저는 아버님께서 지적한 몇 가지 사실들을 솔직하게 인정하려 합니다. 저는 아내 몰래 다른 사람에게 정을 주었습니다. 그 사실만큼은 부정하지 않겠습니다. 그러나 아버님께서 모르시는 사실에 대해선 반드시 알려 드려야 한다는 생각이 들었습니다. 아내가 있는 유부남이 다른 여성에게 정을 줬으니 부정한 일을 저지른 사실은 변하지 않습니다. 여러분들이 원하신다면 언제든 제게 돌을 던지십시오. 저는 그 돌을 맞겠습니다.

저는 아내를 진심으로 사랑했습니다. 이 마음은 지금도 변함이 없습니다. 저는 사랑만 있다면 우리의 결혼이 행복할 수 있으리라 믿었습니다. 그러나 아내에게는 결혼하기 전 사귀던 남자가 있었습니다. 저는 그 사실을 모른 채 아내를 만났습니다. 만약 알았더라도 저는 아내에게 사랑을 고백했을 겁니다. 그만큼 저는 아내에게 빠져 있었습니다. 아내는 저의 프러포즈를 받아 주었고 우리는 가족과 친구들의 축복 속에 결혼식을 올렸습니다. 그러나 행복할 거라는 저의 기대는 신혼여행에서 돌아온 후 곧바로 무너졌습니다. 아내는 이전에 사귀던 남자를 마음속에서 잊지 못한 상태였습니다. 저는 아내에게 물었습니다. 그 남자를 잊지 못하면서 왜 나와 결혼했느냐고 물었습니다. 아내의 대답은 제게 큰 충격을 줬습니다. 아내는 저와 결혼한 이유가 '경제적 안정'이었다고 차갑게 말했습니다. 그 말은 곧 돈 때문에 저와 결혼했다는 얘기였습니다. 저는 이런 아내의 마음을 돌리려고 할 수 있는 모든 노력을 기울였습니다. 그런데도 아내는 저를 철저히 무시했습니다. '난 당신을 사랑하지 않아.' 어느 날 아내는 제게 그렇게 말했습니다. 당시 제가 받았던 마음의 상처는 지금까지도 치유되지 않은 채 저를 괴롭히고 있습니다. 이후 아내는 잠자리를 거부하기 시작했습니다. 아내는 내연의 남자와 저를 비교하며 성적으로 제가 무능하다고 말했습니다. 저는 남자로서 모멸감을 느꼈습니다. 잠자리에서 만족감을 느끼지 못한다고 당당하게 말하는 아내 앞에서 저는 죄인이었습니다. 저는 이런 저 자신을 탓하며 방황했습니다.

장인어르신께서는 제가 대학의 제자와 바람을 피웠다고 말씀하셨습니다. 그건 사실이 아닙니다. 장인어른께서 말씀하신 그 여학생은 저와 학문적 지향점이 같은 정치학과 대학원생이었습니다. 우리는 한국의 민주주의가 혁신적으로 개방되어야 한다는 점에 뜻을 함께했습니다. 세미나와 학술회의에 참석하면서 함께 있는 시간이 많아졌습니다. 만약 누군가가 연정을 품었다면 그것은 플라토닉한 사랑이었을 겁니다. 그럼에도 불구하고 저는 아내를 배신하면 안 된다는 마음으로 그 여학생을 멀리했습니다.

저는 아내와 가족을 배신하는 부정한 길을 걷기 싫어 학문에 열정을 쏟기 시작했습니다. 그런데도 아내는 저 몰래 바람을 피웠습니다. 결혼하기 전 만났던 남자와 다시 연락을 주고받고 있었습니다. 저는 시내 한 호텔에서 낯선 남자와 함께 있는 아내를 발견했습니다. 그때 저는 그 호텔 컨벤션 센터에서 있을 학술회의 발표자로 우연히 그곳에 가게 되었습니다. 일하러 온 호텔에서 외도 중인 아내를 우연히 만난 그날의 기억은 지금도 잊을 수 없습니다. 참담한 심정이었습니다. 화가 난 저는 아내에게 이혼하자고 말했습니다. 돌아온 아내의 대답은 생각지도 못한 충격적인 것이었습니다. 아내는 위자료로 수억 원의 돈을 요구했습니다. 젊은 정치학과 강사에게 그 많은 돈이 어디에 있겠습니까? 아내는 어머니가 이사장으로 있는 사립 학교 재단의 공적인 돈을 제 가족의 사적인 돈으로 착각하고 있었습니다. 저는 아내를 설득했습니다. 재단의 운용 기금은 함부로 쓸 수 있는 돈이 아니라고 분명히 알려 줬습니다. 그런데도 아내는 제 말을 듣지 않았습니다. 위자료 없이는 이혼해 줄 수 없다고 차갑게 말하며 고집을 피웠습니다.

당시 저는 자살을 생각할 정도로 괴로웠습니다. 소주를 마시고 한강 다리 위를 걸은 적도 몇 번 됩니다. 그러던 중 제 마음을 이해해 주는 한 여성을 만났습니다. 저는 그분을 통해 위로를 받고 아내에게서 상처받은 마음을 어느 정도 치유할 수 있었습니다. 만약 그분이 없었다면 저는 오늘 이 자리에 없었을 겁니다. 이분이 바로 장인어른께서 지적하신 불륜의 상대입니다. 저는 아버님께 용서를 구합니다. 당시 상황이 아무리 어려웠더라도 견뎠어야 할 시험대를 저는 통과하지 못했습니다. 저는 제 잘못을 깨닫고 이분과의 관계도 오래전에 정리했습니다. 그분께도 이 자리를 빌려 용서를 구합니다.

저는 다시 아내와의 관계를 회복하기 위해 노력을 기울였습니다. 그러나 아내는 요지부동이었습니다. 아내는 엄청난 금액의 위자료를 요구하며 이혼하기 전까지 떨어져 살자고 말했습니다. 저는 별거는 안 된다고 말했지만, 아내는 혼자서 결정을 내리고 친정인 부산으로 내려갔습니다. 제가 할 수 있는 일은 아무 일도 없었습니다. 그러던 중 어머니에게서 충격적인 소식을 들었습니다. 며느리가 찾아와 위자료 각서를 요구했고 놀란 어머니는 못난 아들을 위해서 각서에 서명했다는 이야기였습니다. 아내는 이번 국회의원 선거를 이용해 어머니에게 1년 후에 합의 이혼 하겠다는 약속과 함께 제 어머니 명의로 된 상가 건물을 위자료로 달라고 협박했습니다. 아들을 사랑하는 어머니는 어쩔 수 없이 그 요구를 받아들였습니다. 그런데도 착하신 어머니는 며느리가 불쌍하다며 매달 생활비를 송금하고 있습니다. 저는 그 각서를 지금 가지고 있습니다. 여러분이 원하신다면 생활비 송금 내역과 각서를 공개하겠습니다.

너무나 황당한 요구에 저는 아내에게 달려갔습니다. 그리고 아내가 부산에 머무는 짧은 시간 동안 아내가 저지른 또 다른 부정을 알게 되었습니다. 아내는 지금도 세 명의 다른 내연 남자들과 부적절한 관계를 맺고 있습니다. 이에 관해서는 이 자리에서 구구절절 공개하지 않겠습니다. 그러나 제가 아내의 간통 행위에 관한 부정할 수 없는 결정적인 증거를 가지고 있음은 분명히 밝힙니다. 이 사실을 알리는 저의 마음은 참담하기 그지없습니다. 왜 이렇게 아내가 변해 버린 것인지 너무도 괴롭습니다. 이 이야기는 여기서 끝내도록 하겠습니다. 저는 아직도 아내를 사랑하고, 아내가 가족 곁으로 돌아오길 진심으로 바라고 있습니다. 그렇게만 된다면 저는 아무 조건 없이 아내를 용서할 것입니다.

장인어르신께서 보내신 질타의 글을 저는 겸허히 받아들일 것입니다. 그러나 진실이 호도되는 것은 더 이상 묵과하지 않겠습니다. 아버님께서 쓰신 글이 이번 선거에 출마한 야당 측 후보와 사전에 합의된 정략적인 결과물이라는 말이 떠돌고 있습니다. 야당 후보와 아버님이 대학 동문이고 사적인 친분도 있다는 소문까지 들립니다. 저는 이 황당한 루머를 믿지 않습니다. 친야당 성향이신 아버님께서 여당 후보로 출마한 사위가 못마땅하신 건 어쩌면 당연한 일인지도 모릅니다. 그러나 지역주의와 학연주의에 기반을 둔 이런 편협한 생각이 우리 정치를 퇴보시키고 있음을 저는 지적하지 않을 수 없습니다.

저는 가족을 지키기 위해 후보 사퇴를 진지하게 검토했습니다. 그러나 이념 논쟁으로 얼룩져서 가족까지 분열되는 작금의 정치 현실에 제가 이렇듯 무기력하게 무너져서는 안 된다고 마음을 고쳐먹었습니다. 만신창이가 되더라도 떳떳하게 제 길을 걷겠습니다. 선거에서 이기고 지는 것이 문제가 아니라 공정하고 당당하게 국민의 심판을 받는 것이 중요하다는 것을 증명해 보이겠습니다.

국민 여러분 감사합니다. 그리고 죄송합니다.

연설문을 읽은 상훈은 울먹이며 눈물을 비쳤다. 기자들의 질문 세례가 쏟아졌지만, 그는 허리를 숙여 90도로 인사한 다음 두 주먹을 불끈 쥐더니 "유희야, 사랑한다!"는 비장한 말을 마지막으로 남기고 회견장을 빠져나갔다. 유희는 이어폰을 뽑고 전화기를 가방 속에 넣었다. 민중은 처음 모습과 마찬가지로 차창 밖을 바라보고 있었다. 그의 얼굴이 무척 낯설게 느껴졌다. 그는 상훈이 거론한 자신의 내연 남자들 중 한 사람이었다. 가슴이 아팠다. 뺨을 맞았을 때보다, 아랫배를 맞았을 때보다, 남편에게서 강제로 발가벗겨지는 수모를 당했을 때보다 더 아팠다.

생중계된 기자 회견이 끝난 후, 언론사에서 기사를 쏟아 내고 이에 질세라 누리꾼들이 앞다투어 댓글을 달던 시각, 유희와 민중은 데이트를 즐기는 연인들 무리에 섞여 찬 바람이 부는 거리를 쏘다녔다. 새로 산 코트를 입고 새 스웨터를 입었는데도 두 사람의 뺨과 코는 이내 빨개졌다. 유희는 민중의 팔짱을 낀 채 몸을 오들오들 떨었다. 뜨거운 어묵탕 국물을 마시자 겨우 몸에 온기가 돌았다. 둘은 대화도 나누지 않고 상점 간판들과 가판대에 놓인 잡다한 물건들을 구경했다. 할 일이 없다는 걸 깨닫자 유희는 시무룩해졌다. 여느 때처럼 민중이 유희를 아파트까지 데려다줬다. 차를 주차하고 어깨를 웅크린 채 현관으로 걸어갔다. 불 꺼진 창이 많고 가로등 불빛도 드문드문했다. 재활용 쓰레기 수거함을 돌아갈 때였다. 보도 옆 풀숲에서 느닷없이 검은 그림자가 덮쳐 왔다. 회색빛이 번쩍하더니 기다란 봉이 허공을 갈랐다. 그 물체가 쇠파이프라는 걸 깨달은 것은 민중의 등에 부딪히며 둔탁한 파열음을 냈을 때였다. 일격을 당한 민중은 무릎을 꿇고 앞으로 꼬꾸라졌다. 그가 바닥에 쓰러지기 전 덩치 큰 남자의 구둣발이 그의 턱을 강타했다. 민중은 옆으로 쓰러지며 아스팔트에 나뒹굴었다. 덩치 큰 남자가 민중의 몸에 올라타 검은 장갑 낀 주먹을 두 차례 내리꽂았다. 순식간에 일어난 일이었다. 유희는 얼어붙은 채 망연히 그 장면을 지켜보기만 했다. 유희는 그들을 알아봤다. 시내에서 두 사람을 미행하다 민중에게 주먹을 맞고 쓰러진 이들이었다. 쇠파이프를 든 키 작은 남자가 유희를 올려다보며 흰 이를 드러내더니 다가와서 유희의 뺨을 가볍게 톡톡 두 번 두

드리며 말했다. "어린놈과 놀아나니 재미 좋아, 아줌마?" 유희는 주먹으로 남자의 얼굴을 때리는 상상을 했다. 그러나 말 그대로 상상일 뿐이었다. 실제로 유희는 부들부들 떨고 있을 뿐이었다. 키 큰 남자가 뒤에서 다가와 엉덩이를 세게 움켜쥐며 유희의 귀에 대고 속삭였다. "걸레 같은 년, 앞으로 조심해. 다음에 만나면 이 정도로 끝나지는 않을 거야." 남자들은 연기처럼 재빠르게 사라졌다. 그제야 유희는 정신을 차리고 쓰러진 민중을 일으켜 세웠다. 입술이 터졌는지 피가 흘렀다. 유희는 가방에서 전화기를 찾았다. 119에 도움을 요청할 생각이었다. 민중이 유희의 손목을 잡으며 말했다.

"괜찮아요. 이 정도로 죽지는 않아요."

민중은 신음 소리를 내면서도 미소를 지었다. 유희는 손바닥으로 피를 닦아 내고 그를 부축해 엘리베이터로 데려갔다. 천장에 달린 카메라를 보고서야 유희는 남자들이 덮친 장소가 폐쇄 회로 카메라의 사각지대임을 알았다. 그들은 초식 동물을 사냥하는 맹수처럼 사전에 모든 준비를 마치고 공격을 감행했다. 자신들의 행동이 범죄임을 알면서도 행동으로 옮기는 인간들. 유희는 그들이 무서웠다. 민중은 병원을 거부했다. 경찰에 신고하는 것도 반대했다. "어차피 한번은 겪어야 할 일이었어요. 이 일로 놈들이 다시 나타나는 일은 없을 거예요. 경찰이 알면 일만 복잡해질 뿐이에요." 그는 마치 오래된 세탁기에서 소음이 나는 것은 어쩔 수 없는 일이라고 말하는 듯했다. 그러나 유희는 달랐다. 두려움이 가시자 분노가 끓어올랐다. 텔레비전 화면에서 태연스레 거짓말을 지껄이는 상훈의 얼굴이 떠올랐다. 화면 뒤에서 교활한 미소를 짓고 있을 시어머니의 희멀건 얼굴도 연상됐다. 모든 게 거짓이고 위선이었다. 눈과 귀를 틀어막은 채 비명을 지르고 싶었다. 민중이 다가와 그녀의 어깨를 감싸 안았다. "링에서 쓰러질 땐 정말 세상이 끝장나는 기분이었어요. 그런데도 다음 날 멀쩡하게 일어났어요." 유희는 그의 말에 정신을 차렸다. 린치를 당한 사람은 자신이 아니라 민중이었다. 유희는 뜨거운 물을 받고, 민중이 욕조에서 휴식을 취하는 동안 간단한 음식을 만들었다. 그녀가 할 수 있는 일은 그뿐이었다. 목욕을 끝내고 나온 민중의 퉁퉁 부은 등에 오일과 로션을 발라 줄 때 눈물 한 방울이 뺨으로 흘러내렸다.

민중이 잠들자 유희는 거실로 나왔다. 냉장고와 서랍을 모두 뒤져도 술병은 보이지 않았다. 쉽게 잠들 수 없는 밤이었다. 이틀 동안 놀라운 일이 연이어 일어났다. 평생 겪어 보지 못한 끔찍한 일이었다. 길고 날카로운 창들이 그녀에게 날아왔고 피할 새도 없이 그 창을 모두 맞았다. 그중에서도 언어폭력이 그녀에게는 가장 놀라웠다. 상훈은 거짓 언어로 그녀의 삶을 파괴하고 있었다. 유희는 소파에 웅크리고 앉아 바닥에 놓인 휴대 전화를 내려다봤다. 일면식도 없는 사람들이 그녀를 찾고 있었다. 타인의 사적인 삶을 알고 싶어 하는 사람들이었다. 방송국과 신문사 기자들 그리고 루머와 험담에 목마른 사람들이 합작으로 만들어 내는 소용돌이의 중심에 빨려 들어가 있었다. 그들은 진실이라는 허울을 내걸고 자극적인 이야기를 만들어 내지 못해 안달하는 사람들이었다. 주목을 받고 돈이 된다면 관

속에 든 시체라도 기꺼이 끄집어내어 살과 뼈를 발라내야만 직성이 풀리는 사람들. 유희는 인터넷에서 어떤 이야기들이 오가고 있을지 두려웠다. 상훈이 무엇 때문에 이런 일을 벌인 것인지 이해할 수 없었다. 선거에 나오지 않았으면 모든 게 자연스레 흘러갈 일이었다. 마음에 드는 젊은 여자들과 데이트를 즐기고 막대한 부를 상속한 즐거움을 누리며 살 수 있었다. 왜 굳이 광장으로 나와 사람들 앞에서 발가벗겨지길 자청했을까. 유희는 아버지가 걱정됐다. 수십 년간 소설을 써 왔지만, 사람들에게 주목을 받지 못했는데 엉뚱하게도 이번 일로 아버지는 많은 사람의 관심을 받고 있었다. 그것이 아버지에겐 또 다른 모욕일 것이다. 선제공격을 시도한 아버지는 무엇을 준비하고 있을까? 유희는 상념 속에 짓눌려 허우적대다가 새벽 4시가 되어서야 겨우 침실로 들어갔다. 민중이 잠결에 몸을 뒤척이며 고통스러운지 긴 신음을 토해 냈다.

알람 소리에 눈을 떴다. 유희는 커튼을 걷고 민중을 내려다봤다. 코와 광대가 부어 있고 터진 입술에 피딱지가 앉아 있었다. 모든 게 꿈이었으면 좋겠다는 생각이 들었다. 밝은 햇살에 인상을 찌푸린 민중이 배고프다고 말했다. 유희는 주섬주섬 옷을 입고 주방으로 나갔다. 달걀을 풀고 핫케이크 가루를 저었다. 먹고 배를 채워서 힘을 내야 했다. 월세를 내고 고지서를 납부하려면 일하러 가야만 한다. 정상적이고 평범한 보통 사람의 삶이다. 병들어 죽음을 기다리기 전까지는 이런 구차한 생활을 반복해야만 한다. 유희는 코를 훌쩍이며 케이크를 굽고 커피를 끓였다. 침실에서 나온 민중이 달콤한 케이크 굽는 냄새에 행복한 표정을 지었다. 유희는 예전에 장미 꽃다발을 전해 주며 다음에는 저기에 있는 모든 꽃을 다 사 드릴게요, 라고 말하던 그의 얼굴을 떠올렸다. 그가 나를 행복하게 해 줄 수 있을까, 어쩌면 그는 이미 내게 행복을 주고 있는데 내가 알아차리지 못하는 것은 아닐까. 두 사람은 별 대화 없이 아침 식사를 끝냈다.

"오늘은 출근하지 마세요."

"왜?"

"그냥요. 이럴 땐 쉬는 것도 좋은 방법이에요."

"쉬어야 할 사람은 너야. 난 멀쩡해."

아버지가 문화 센터 회원에게서 선물로 받았다는 토종꿀은 달콤했다. 그런데도 민중의 얼굴은 굳어 있었다. 뭔가 깊은 생각에 잠긴 얼굴이었다. 유희는 모른 척하며 빈 그릇을 개수대로 옮겼다. 그리고 스펀지에 세제를 풀어 거품을 냈다. 민중이 유희의 등에 대고 말했다.

"우리 결혼해요."

하마터면 유희는 접시를 놓칠 뻔했다. 뭐라고 답해야 할지 몰라 그녀는 계속 그릇만 닦았다. 처음으로 유희는 그에게 죄를 짓고 있다는 생각이 들었다. 어쩌면 상훈이 옳았는지도 모른다. 나는 이기적이고 무책임한 여자다. 유희는 그의 말을 못 들은 척 코를 훌쩍이며 설거지를 끝냈다. '더 나쁜 일은 일어나지 않을 거야.' 유희는 마음속으로 중얼거렸다.

현관을 나서자 카메라 플래시가 터졌다. 유희는 반사적으로 손바닥으로 얼굴을 가리고 인상을 찌푸렸다. 녹음기를 든 여러 명의 젊은 남녀가 순식간에 그녀를 둘러쌌다. 방송용 카메라를 보고서야 그녀는 그들의 정체를 알아차렸다. 유희는 정신을 잃을 것 같았다. 왜 기자들이 이곳까지 왔을까? 질문이 쏟아졌다. 사태를 파악한 민중이 그들을 밀치며 길을 텄다. 차가 있는 곳까지 달리듯이 걸었다. 사람들의 목소리가 거대한 북소리처럼 울렸다. 민중이 조수석을 열고 유희를 밀어 넣은 다음 재빨리 운전석에 올랐다. 한 여기자가 참을 수 없다는 듯 창문을 두드리며 고함쳤다.

"옆에 계신 남자분은 누구신가요? 정 후보가 말한 내연남인가요?"

민중이 앞을 가로막은 카메라 기자를 무시하고 액셀러레이터를 밟았다. 위협을 느낀 남자가 마지못해 길을 터 주었다. 민중은 평소보다 속도를 올렸다. 주차장을 벗어나고 기자들의 모습이 보이지 않자 유희는 머리를 감싸 안고 비명을 질렀다. "죽여 버릴 거야, 죽여 버릴 거야!"라고 말하며 머리를 세차게 흔들었는데 자신이 무슨 말을 하는지 전혀 알지 못했다.

자리에 앉자마자 사장에게서 호출이 왔다. 사장은 유희가 들어서자 손에 든 담배를 종이 커피 잔에 급하게 넣었다. 그의 표정이 어둡고 침울해 보였다. 유희는 흘러내린 머리카락을 쓸어 올리며 사장이 권한 소파에 앉았다. 그가 맞은편에 앉으며 비통한 목소리로 말했다.

"무슨 말씀을 드려야 할지 모르겠네요."

유희는 고개를 숙인 채 대답하지 않았다. 침묵이 이어졌다.

"사표를 내겠습니다."

이번에는 사장이 답하지 않았다. 순간 유희는 엉뚱하게도 상훈이 했던 말을 떠올렸다. 만약 누군가가 연정을 품었다면 그것은 플라토닉한 사랑이었을 겁니다. 정말 그랬을까? 상훈과 그 여대생은 진실로 서로를 사랑했는데 자신만 그것을 몰랐던 것일까. 호텔 로비에서 두 사람을 보았을 때 젊은 여자아이는 상훈의 등 뒤로 숨으며 의미를 알 수 없는 웃음을 흘렸다. 허벅지가 드러난 짧은 치마에 유행하는 킬 힐을 신은 모델 같은 몸매의 바싹 마른 여자아이였다. 기자 회견에서 상훈은 그 아이와 함께 한국 정치의 혁신적 개혁 방법을 토론했다고 했다. 그 여학생이 정치적 동지인 동시에 정신적인 사랑을 나눈 연인이었다고 상훈은 말했다. 왜 나만 몰랐을까.

"저는 신 과장님을 믿고 있지만 사정이 여의치가 않네요."

유희는 고개를 들어 황 사장의 얼굴을 보았다. 그의 뺨이 붉어졌다.

"중상모략이라고 생각하는데…… 사람들의 생각은 다른 것 같더군요."

그제야 뭔가 일이 잘못 돌아가고 있음을 깨달았다. 유희는 말을 하려다 입을 닫았다.

"지난밤에 기자들로부터 몇 통의 전화를 받았습니다. 과장님과 제가 어떤 관계냐고 묻더군요."

가슴이 내려앉았다.

"걱정하진 마세요. 유희 씨를 마음속에 둔 적이 있지만 그런 이야기는 하지 않았습니다."

그는 다시 얼굴을 붉혔다.

"이번 일에 직간접적으로 관여한 탓에 사람들이 하는 거짓말을 잘 알고 있습니다. 하지만 지난번에도 말씀드렸듯이 한 대리와의 관계는 정리하시는 게 좋을 것 같습니다. 그렇지 않으면 이 모든 일이 정리된 이후에……. 죄송합니다. 제가 주제넘은 말을 했습니다."

유희는 고맙다는 말로 작별 인사를 대신하고 자리로 돌아와 짐을 정리했다. 컵과 칫솔, 로션, 손거울 따위의 잡다한 물건을 종이 상자에 담자 모든 준비가 끝났다. 진행하고 있는 프로젝트는 새 프로그래머가 오면 처리할 것이다. 유희는 컴퓨터를 끄기 전에 브라우저를 띄웠다. 실시간 검색어에 남편의 이름이 보였다. SNS에서 온갖 말이 오가고 있었다.

―같은 여자로서 나는 정 후보자의 말을 믿지 않았다. 그러나 오늘 아침에 올라온 뉴스를 보고 기겁했다. 어떻게 그 상황에서 내연남을 자기 아파트로 끌어들이고 뻔뻔하게 같이 출근하는지 정말 놀랐다.

―세 명의 남자와 동시에 놀아날 수 있다니 간도 어지간히 큰 여자네.

―방송으로 보니 색기가 철철 흐르더라. 나도 한번 따먹어 봤으면 좋겠다.

–남편은 오입쟁이, 부인은 걸레 ㅋㅋㅋ 콩가루 집안이다.

–종북 좌파 소설가 아버지는 딸내미가 내연남과 함께 나오는 뉴스를 보고 무슨 생각을 했을까?

–이번 사건에서 여러 가지 낭설이 돌고 있는데 오늘 뉴스를 보면 사실 관계는 분명해진 것 같네요. 정상훈 후보는 솔직하게 자신의 과오를 인정하고 용서를 구한 반면 이 여자는 파렴치하게 행동하고 있습니다. 시어머니를 협박해 각서까지 받아 낸 것만 봐도 물욕이 대단한 여자네요. 게다가 그새를 참지 못해 남자와 함께 밤을 보낸 것을 보면 성적 욕망도 엄청난 여자입니다. 솔직히 이런 여자 만날까 무섭습니다.

–오죽하면 남자가 밤에 여자를 만족시켜 주지 못했다고 고백했을까. 처음에는 별 병신 같은 놈도 다 있다고 생각했는데 오늘 뉴스를 보니 조금 이해는 된다. 여섯 살이나 어린 남자가 아마추어 이종 격투기 챔피언이라는 말이 있던데 그것도 모자라서 남자가 둘이나 더 있다니 기가 막히다.

–위클리 연예 매거진에 가면 이 여자 사진이 모자이크 안 된 상태로 나와 있어요. 짤리기 전에 빨리 가서 감상하세요.

–격투기 선수라니 스태미나는 짱일 거다 하룻밤에 서너 번은 해 주나 보지 보지 보지.

–이번 국회 의원 선거는 정책 대결이 아니라 누가 더 변태인가 대결로 가고 있다.

–돈 보고 결혼하는 김치녀들의 종말이 이렇다. 너희들도 조심

해라.

–딸 이름을 유희라고 지었으니 일어날 일이 일어난 것뿐이야^^.

–섹스 스캔들로 여당 엿 먹이려던 야당이 셀프 빅 엿을 먹었네요.

–누가 당선되든 상관없다. 이 여자 이야기 정말 재밌다. 완전 막장 엽기다.

–김치녀에게 사랑받으려면 돈만 있어서는 안 된다는 교훈. 대한민국 모든 남성들은 방망이 연마에 힘써야 한다!!!

–용기 있는 고백을 한 정상훈 후보에게 박수를 보낸다. 진실은 어떻게든 모습을 드러낸다.

글을 읽어 내려가는 동안에도 끊임없이 새 글이 올라왔다. 내용은 모두 엇비슷했다. 구역질이 나왔다. 화장실로 달려가 좌변기를 붙잡고 토했다. 아침에 먹은 핫케이크가 모두 소화되었는지 신물만 넘어왔다. 헛구역질 끝에 눈물만 두세 방울 변기로 떨어졌다. 얼굴을 씻고 구강 청정제로 입을 헹궜다. 다시 돌아온 유희는 컴퓨터를 끄고 종이 박스를 든 채 사무실을 빠져나왔다. 엔지니어 대부분이 현장에서 작업하고 있어 사무실은 텅 비어 있었다. 상자를 차 뒷좌석에 넣고 사무실로 돌아가 1층에 남아 일하는 여직원들과 마지막 인사를 나누었다. 어색한 미소와 의례적인 작별 인사가 오갔다. 이미 인터넷에 올라온 기사와 사람들의 반응을 읽었을 텐데도 그들은 아무 말이 없었다. 모른 척해 주는 그들이 고마웠다. 도망쳐야 한다. 유희는 급히 차로 돌아와서 운전대를 잡았다. 사거리 교차로는 차와 사람들로 복잡하게 뒤엉켜 있었다. 직진 신호를 기다리는 것인지 아니면 좌회전 신호를 기다리는 것인지 아무런 생각도 나지 않았다. 아파트로 되돌아갈 수는 없었다. 거머리 같은 기자들이 여태 진을 치고 있을지도 모른다. 뒤차가 신경질적으로 경음기를 울려 대는 바람에 유희는 무작정 가속 페달을 밟았다. 홍수에 휩쓸린 조각배처럼 그렇게 떠밀려 갔다. 마침내 전방 우측에 낯익은 건물이 보였다. 지하 동굴과도 같은 주차장 입구에 세워진 안내 표지가 그녀에게는 구원의 상징물처럼 보였다.

백화점은 평일 낮인데도 많은 사람으로 붐볐다. 거리가 훤히 보이는 누드 엘리베이터에서 지상을 내려다보며 고층 건물 옥상에서 뛰어내리는 자신의 모습을 상상했다. 현기증이 났다. 유희는 카페 구석에 앉아 창밖으로 쇼핑백을 든 여자들이 오가는 모습을 지켜보며 현우를 기다렸다. 강의가 끝나려면 한 시간 정도 남았다. 아버지에게 카페에서 기다린다는 문자 메시지를 보냈다. 문화 센터 강좌 팸플릿을 보니 오늘 강의는 김승옥의 단편소설이었다. 유희는 팸플릿에 쓰인 작가의 말을 읽었다. 결혼하고도 돈 때문에 남편 몰래 술집을 전전하는 여배우가 주인공으로 나오는 소설이었다. 작중 화자인 남자는 신혼여행을 끝내고 돌아온 뒤 요도염에 걸렸다. 그는 처녀성을 간직하고 있으리라 기대했던 아내의 몸에 추악한 성병 균이 잠복해 있음을 알고 경악한다. 그는 여자를 모르는 순진하고 멍청한 남자다. 어리석은 남자 주인공의 독백은 여성 독자를 질리게 한다. "아내가 잠든 후 나는 이불을 걷고 아내의 음부를 들여다보았다. 난생 처음 보는 음부의 추악한 모습에 나는 구토증을 느꼈다." 유희는 여고생 시절에 우연히 이 소설을 읽고 충격을 받았다. 문득 아버지가 이 문장을 교육 수준이 높고 경제적 여유가 있는 중년 부인들에게 어떻게 소개할지 궁금해졌다. 설명하기보다는 얼버무리며 넘어가는 편이 낫지 않을까? 문학이라고 하면 아직도 꽃과 나비와 아름다운 청춘 남녀의 사랑 이야기를 다루는 분야로 생각하는 이들이 압도적으로 많은 게 현실이다. 현우는 피로한 얼굴로 카페로 들어섰다. 자리에 앉자 묘한 술 냄새가 풍겨 왔다.

"술을 드시고 강의를 하셨어요?"

"어쩐 일이냐? 이 시간에 일하지 않고 여길 오다니."

현우는 여종업원을 불러 대뜸 맥주부터 시켰다.

"이 짓도 힘이 달려서 그만둬야겠다. 다른 놈들 소설을 소개하는 것도 지긋지긋하고."

"회사에 사표를 냈어요."

현우는 답하지 않고 맥주를 컵에 따르며 유희의 눈을 응시했다.

"아침 뉴스 보셨어요?"

현우가 반응하지 않자 유희는 스마트폰을 켜고 포털 사이트에 올라온 기사를 내밀었다. 현우는 재킷 주머니에서 돋보기안경을 꺼내어 읽었다. 모자이크 처리된 사진과 함께 간단한 기사가 실려 있었다. 내연남과 함께 출근하는 정상훈 국회 의원 후보자 부인 어쩌고 하는 제목이 달린 기사였다. 현우는 대수롭지 않다는 표정으로 전화기를 내려놓고 맥주를 마셨다.

"누구냐? 이 친구는?"

"거래처 회사 직원이에요. 기사에 난 대로 저보다 여섯 살 어려요."

현우가 헛기침을 했다.

"아침에 그 아이가 저보고 결혼하자고 했어요."

현우는 이맛살을 찌푸렸다.

"축하는 못해 주겠구나."

"축하받으려고 한 말이 아니에요. 아빠는 제가 한심해 보이지 않아요?"

그럴 생각은 아니었는데 눈물 한 방울이 뚝 떨어졌다. 유희는 냅킨으로 재빨리 눈물을 훔쳤다. 현우는 반응하지 않았다. 유년 시절부터 이어져 온 암묵적인 침묵이 시간을 메우며 지극히 인간적인 동정과 연민이 있어야 할 공간을 무미건조하고 기계적인 무대로 변질시켰다. 유희는 이런 상황에 익숙했다. 오히려 언어가 제거되면서 묘한 심리적 안정감이 찾아왔다. 유희와 현우는 자리를 옮겨 늦은 점심을 먹었다. 유희는 포크커틀릿을 먹었고 현우는 우동을 먹었다. 식사하는 동안 두 사람은 카페에서와 마찬가지로 대화를 나누지 않았다. 헤어지기 전, 현우가 아파트 열쇠를 내밀며 유희에게 말했다.

"내가 실수한 것 같구나. 일이 이렇게 될 줄은 나도 몰랐다."

6

유희는 기다렸다. 사람들의 관심이 자신에게서 멀어지길 소원했다. 그러나 희망은 여지없이 무너졌다. 시간이 흐를수록, 선거일이 다가올수록 소문은 증폭되고 눈덩이처럼 부풀려졌다. 인터넷에서 그녀는 일상에 지쳐 분노를 표출하고자 하는 선량한 시민의 알맞은 먹잇감이 되었다. 사생활 폭로가 명예 훼손으로 이어질 수 있다는 상투적인 경고는 증오의 대상을 찾는 사냥꾼들에게 먹혀들지 않았다. 그녀는 애인도 돈도 직장도 없는 남자들의 표적이 되었고, 남편 뒷바라지와 아이들 교육에 전력투구하면서 소시민적인 장밋빛 미래를 꿈꾸는 여자들의 조롱거리가 되었다. 그들은 선거에는 관심이 없지만 한 개인의 사회적 죽음에는 열광했다. 한 여자의 육체와 정신을 난도질하면서 그들은 공정한 선거를 이끌고 민주주의를 수호하는 과업을 수행한다고 착각했다. 우경화된 인터넷 사이트와 카페에서는 이미 유희의 고등학교와 대학교 졸업 앨범 사진이 나돌았다. 그녀의 얼굴에 ×표를 치고 상스럽고 치졸한 성적 농담을 주고받으면서 그들은 만족감을 드러냈다.

유희는 아버지의 아파트에 틀어박혀 텔레비전도 보지 않고 인터넷도 하지 않으면서 시간을 보냈다. 낮 동안에는 요리와 청소를 하고 책을 읽었다. 늦은 밤이 되어서야 밖으로 나와 모자를 눌러쓰고 인적이 드문 공원을 산책했다. 민중과는 간간이 문자 정도만 주고받았다. 나머지 긴 시간 동안 유희는 자신의 삶이 왜 이렇게까지 타인에게 격한 불쾌감을 주게 되었는지 생각했다. 결론이 나오지 않았다. 어쩌면 상훈의 이야기가 옳을지도 모른다는 생각이 들 정도로 정신이 움츠러들었다. 그가 언급한 옛 남자가 실제로 존재해서 자신이 남편 몰래 외도를 하고 뻔뻔스레 남편에게 거액의 위자료를 요구했을 가능성에 대해 생각했다. 돈만 알고 색욕에 빠진 여자. 그런 여자가 타인의 눈에 비친 자신일지도 모른다는 생각은 그녀를 괴롭혔다. 모두가 잠든 새벽에 일어나 그녀는 환영을 보았다. 사람들이 믿고 싶어 하는 거짓 세계가 눈앞에 펼쳐져 있었다. 이해하기 힘든 진실보다는 쉽게 이해할 수 있는 거짓에 도취된 사람들이 사는 나라.

바람이 따뜻해지고 선거가 일주일 앞으로 다가왔다. 유희는 현우와 함께하는 새로운 생활에 적응했다. 그러면서 자연스럽게 아버지가 늙었다는 사실을 깨달았다. 그는 어린 딸을 껴안고 장을 보고 요리를 하고 밥을 떠먹여 주던 젊고 힘 있는 아버지가 아니었다. 국어와 영어, 수학 문제를 척척 풀어서 답을 알려 주던 명석한 아버지도 아니었다. 사춘기 여학생의 티셔츠와 양말을 사서 아무 말 없이 옷장에 넣어 주던 다정한 아버지도 아니었다. 장시간 책상에 앉아 원고를 써 내려가는 투철한 지식인 아버지도 아니었다. 그는 주위에서 흔히 볼 수 있는 늙고 병들어 가는 노인 중 한 명에 불과했다. 건망증이 심해지고 별일도 아닌 일에 화를 내고 주변의 나이 어린 이웃들을 못마땅해했다. 허무와 우울의 감옥에 갇힌 노인은 소파에 앉아 허리 찜질을 하던 중 곧잘 깊은 잠에 빠져들었다. 그럴 때면 유희는 조용히 다가가 아버지의 무릎에 놓인 두꺼운 책을 내려놓았다. 며칠 동안 읽는 책의 페이지는 좀처럼 넘어가지 않았다. 술에 취하면 언제나 죽음에 대해 이야기했다. 유희는 듣고 싶지 않았다. 아버지가 말하는 죽음은 정치적 죽음도, 철학적 죽음도, 소설적 죽음도 아닌 그저 평범한 인간의 육체적 죽음일 뿐이었다.

"잠든 상태로 죽어 버리면 얼마나 좋겠니? 남들처럼 치매에 걸리거나 똥통을 허리에 차고 요양 병원에서 시간을 허비하며 살고 싶지는 않구나."

아버지가 사라졌다. 유희는 그 사실을 하룻밤을 뜬눈으로 지새운 다음 날 새벽에 깨달았다. 전화기는 꺼져 있고, 메시지도 없었고, 여행을 떠난다는 고지도 없었다. 덜컥 겁이 났다. 아버지가 입버릇처럼 말한 죽음의 이미지가 머릿속을 헤집고 들어왔다. 언제 어디서든 주검이 되어 나타나도 이상하지 않은 나이였다. 노인의 죽음은 자연스럽다. 그러나 유희에게는 받아들일 수 없는 죽음이었다. 아버지가 없는 삶을 단 한 번이라도 생각해 본 적이 있었던가. 아버지는 그림자처럼 언제나 그녀 곁을 지켰다. 아버지가 사라지면 그녀는 혈혈단신 외톨이가 된다. 가족이라는 이름의 사람은 모두 저승 세계에 속한 사람들이고 그녀만이 홀로 이승 세계에 남겨지게 되는 것이다. 상훈과 서둘러 결혼했을 때 어쩌면 이 끔찍한 본능적 공포가 그녀의 무의식을 지배했을지도 모른다. 새로운 가족을 얻어서 혼자가 되지 않는 상황을 기꺼이 받아들였을 가능성이 컸다. 유희는 무작정 민중에게 전화를 걸었다. 감정을 드러내지 않으려 했지만 그의 목소리를 듣자 그녀는 울먹였다. 민중은 전화를 끊고 곧장 유희에게 달려왔다.

"어떻게 된 일이에요?"

"나도 몰라. 그냥 밖에서 누군가를 만나고 있을 거라 생각했어. 그런데 생각해 보니 아버지가 만날 사람이 아무도 없었어."

"이런 일이 전에도 있었나요?"

유희는 기억을 떠올리며 고개를 저었다. 어린 딸을 둔 홀아비 작가는 일상의 굴레에서 벗어나지 못했다. 현우는 평생 노동자처럼 일했다. 매일 같은 시간에 일어나 책을 읽고 글을 썼다. 유희가 깨어나면 밥을 짓고 요리를 하고 등교를 도왔다. 그리고 다시 오전에 글을 쓴 다음 집 안을 청소하고 빨래를 했다. 유희가 돌아올 시간에 저녁밥을 차리고 잠깐 휴식을 취한 다음 다시 책상 앞에 앉았다. 유희가 결혼해서 독립하기 전까지 서른 해 가까운 시간을 그렇게 살았다.

"경찰에 신고했어요?"

경찰? 유희는 얼빠진 표정으로 민중을 올려다봤다.

"그럼 저와 함께 경찰서에 가서 실종 신고부터 해요. 신고하기 전에 작가님이 남기신 게 뭐가 있나 먼저 확인해 보죠."

민중은 재킷을 벗고 거실과 안방, 유희가 쓰는 작은 방, 주방, 욕실을 차례로 살펴봤다. 그의 표정과 행동이 하드보일드 소설에 등장하는 믿음직한 탐정처럼 보여서 널뛰던 가슴이 조금씩 안정을 찾았다. 그가 옆에 있어 다행이라는 생각이 들었다.

"특이한 점은 없네요. 마지막 통화는 언제였죠?"

"어제 오후 4시쯤일 거야. 늦을지도 모르니까 기다리지 말고 저녁을 먹으라고 했어."

"어제는 문화 센터 강의가 있는 날이었죠?"

유희는 고개를 끄덕였다. 민중이 책장 한편에 세워 둔 달력을 보며 말했다.

"다음 주에도 강의가 있나요?"

유희의 시선도 달력으로 향했다. 문화 센터 강의는 분기별로 나뉘어 1년에 4학기가 열렸다. 어제는 이번 학기의 마지막 강의가 있던 날이었다.

"아니. 어제 강의를 끝으로 2주 뒤인 다음 달에 새 학기가 열려."

"그럼 2주간의 자유 시간이 주어진 것이네요. 다음 학기는 자동으로 시작되나요, 아니면 매 학기 계약을 따로 하나요?"

"아마 한 달 전에 미리 계약했을 거야. 그래야 센터에서 회원들에게 강의 계획서를 알리고 홍보 책자도 제작할 수 있거든."

민중은 고개를 끄덕인 후 잠시 생각한 다음 스마트폰을 꺼냈다. 그는 백화점 문화 센터 홈페이지를 검색했다. 바쁘게 손가락을 움직이던 그가 고개를 들었다.

"다음 학기에는 작가님 강의가 없어요."

유희는 뒤통수를 얻어맞은 듯한 느낌이 들었다. 수강생 부족으로 강의가 폐쇄되었을 리는 만무했다. 아버지는 회원 수가 불어나 강의실이 좁다고 입버릇처럼 말했다. 그렇다면 결국 자진해서 강의를 거부한 것이 된다. 연금도 없고 마땅한 수입도 없는 상태에서 문화 센터 강의는 아버지가 현금을 쥘 수 있는 유일한 창구였다. 민중이 거실 책상에 놓인 아버지의 노트북 전원을 켰다.

"작가님이 소설을 쓰고 계셨다고 하셨죠? 제목이 뭔지 알고 계세요?"

"정확한 제목은 모르지만 국경에 관한 소설을 쓴다고 말했어."

민중은 아버지의 문서 폴더에서 어렵지 않게 '국경'이라는 문서 파일을 찾아냈다. 문서는 암호가 걸려 있었다. 유희는 인상을 찌푸렸다. 그가 유희를 바라보며 말했다.

"문서를 보는 건 별 의미가 없는 것 같아요."

그는 웹 브라우저를 클릭했다.

"메일 주소를 불러 주세요."

유희는 아버지가 사용하는 메일 주소를 알려 줬다. youhee0628. 6월 28일은 그녀의 생일이었다. 암호는 death0518. 5월 18일은 엄마의 기일이었다. 유희는 아이디와 패스워드를 불러 주고는 진저리를 쳤다. 아버지가 왜 이런 암울한 암호를 쓰는지 그녀는 짐작할 수 없었다. 이유야 어찌 됐든 그 때문에 몇 해 전에 들은 아버지의 암호를 정확히 기억할 수 있었다. 민중은 빠르게 타이핑해서 아버지의 메일을 열었다. 내 편지함을 확인한 다음 보낸 편지함을 확인했다. 그저께 새벽에 보낸 메일이 한 통 있었다. 수십 년간 아버지의 책을 낸 출판사 편집부에 보내는 메일이었다. 서너 줄짜리 간략한 문장이었다. 원고를 보내니 확인한 뒤에 연락을 달라는 내용이었다. 담당 편집자는 유희도 한 번 만난 적이 있는 40대 후반의 여성이었다. 아버지의 소설을 오랫동안 전담해 왔기 때문에 그녀와 일을 하면 일사천리로 편집 교정 작업이 이루어졌다. 아버지는 그녀의 실력을 믿었고 그녀는 아버지의 소설을 믿었다. 원고가 넘어갔다면 곧 출간된다는 의미였다.

"뭔가 좀 이상하지 않아요?"

민중의 말에 유희는 절망도 안심도 아닌 한숨을 내뱉었다. 정황을 추리하면 아버지는 자기 몰래 주변을 정리하고 어디론가 사라졌다는 이야기가 된다. 유희는 털썩 소파에 주저앉았다. 경찰에 실종 신고를 하느냐를 두고 민중과 유희의 의견이 엇갈렸다. 민중은 신고가 우선이라고 생각했다. 정황상 계획적인 증발일 가능성이 크지만 그래도 만약의 사태에 대비해야 한다고 말했고 유희는 좀 더 기다려 보는 게 좋을 것 같다는 의견을 제시했다. 유희는 아버지가 나름 메시지를 남기고 어딘가 떠난 것으로 생각했다. 그것은 단기간의 여행일 수도 있고 아니면 아주 긴 시간의 이별을 의미할 수도 있었다. 진실이 무엇이든 아버지는 떠나기로 결정한 것이다.

"나는 내 생각만 하고 있었어."

유희가 떨리는 가슴을 진정시키며 말했다.

"사람들이 나를 미워하고 욕하는 것에만 정신이 팔려서 아버지가 얼마나 괴롭고 아파했는지는 살피지 못했어."

유희는 아버지의 태연한 얼굴을 떠올렸다. 좀처럼 속내를 드러내지 않는 사람. 아내의 장례식장에서도 울지 않은 남자. 어린 시절 유희는 현우가 눈물을 보이지 않아서 엄마의 죽음을 슬퍼하지 않는다고 생각했다. 아버지의 의연한 태도는 진실을 숨기고 왜곡시켰다. 이번 경우도 그랬다. 유희는 매일 밤 어디론가 사라지는 꿈을 꿨다.

사람들이 퍼붓는 저주와 증오에 찬 비난, 저속한 경멸과 조롱을 벗어나 어디론가 떠나고 싶었다. 고통을 피해 마음속 무거운 짐을 내려놓고 훌훌 날아가고 싶었다. 가슴이 너무 아팠기 때문이다. 아버지가 떠난 건 분명했다. 아버지는 딸의 고통이 자신의 어리석은 행동에서 비롯되었다고 자책했다. 신문에 상훈을 비난하는 고발성 기고문을 올리지 않았으면 이런 사태는 일어나지 않았을 거라고 혼잣말을 했다.

"모두 내 잘못이야. 아빠의 실수가 아니라고 말했어야 했어."

아버지의 최근 행동과 말에 주의했다면 충분히 예측할 수 있는 일이었다. 아버지는 여느 때보다 자주 죽음을 언급했다. 그것을 유희는 노인의 습관성 넋두리로 생각했다. 죽음을 떠올리자 무서워졌다.

"우선 정신부터 차리세요. 최악의 경우를 생각하는 건 나중에 해도 늦지 않아요."

민중은 그렇게 말하고 일어나 주방으로 들어갔다. 그는 냉장고와 냄비 속을 뒤졌다. 유희가 말려도 듣지 않았다. 그는 식은 밥을 끓여 죽을 만들었다. 김치를 썰고 자반고등어를 구웠다.

"회사에는 뭐라고 하고 나왔어?"

"외근한다고 말했어요. 거래처에 장비를 수거한다고 나왔는데 다시 들어가지 않아도 돼요."

급하게 상이 차려졌다. 엊저녁부터 아무것도 먹지 않았으니 세 끼를 굶은 셈이었다. 유희는 따뜻한 흰죽 국물을 마시다 눈물을 뚝 떨어뜨렸다. 이렇게 무섭고 두려운데도 밥을 먹는 자신이 죽도록 싫었다. 지금 아버지는 어디에서 무엇을 하고 있을까. 겨우 한 공기를 비워 갈 때 전화기가 울렸다. 여느 때처럼 낯선 번호였다. 그러나 받지 않을 수 없었다.

"여보세요."

"네, 신유희 씨 전화죠? 여기 경찰서입니다."

유희와 민중은 함께 KTX를 탔다. 경기도 화원시까지 시간 내에 도착하려면 자동차보다 기차가 빨랐다. 전화를 건 형사는 대뜸 아버지의 신변과 관련된 일이니 경찰서로 와 줬으면 좋겠다고 말했다. 아버지가 사고를 당했느냐는 질문에는 무뚝뚝하게 아니라고 답했다. 자세한 내용은 경찰서에 오면 알려 주겠다는 일방적인 통보를 하고 형사는 전화를 끊었다.

"그런데 왜 화원 경찰서에서 연락이 왔을까요?"

유희는 침을 꿀꺽 삼켰다. 화원은 시집이 있는 도시다. 시어머니의 사립 학교 재단이 있고 상훈이 공천을 받은 지역구도 화원에 속해 있었다. 불길한 생각에 다시 심장이 뛰기 시작했다. 부산으로 내려올 때 다시는 돌아오지 않을 거라고 맹세하며 떠난 도시였다.

민중과 함께 경찰서에 갈 수는 없었다. 그는 근처 카페에서 기다리겠다고 말하며 유희를 안심시켜 주려는 듯 부드럽게 안아 주었다. 유희는 짧게 심호흡을 하고 경찰서로 들어섰다. 강력부 형사계는 햇빛이 들지 않는 외진 곳에 있었다. 난방 시설을 잘해 놓아서 겉보기와 달리 내부는 따뜻했다. 유희는 입구에 서서 사무실 전경을 둘러

보았다. 누가 경찰이고 누가 취조를 받는 범법자인지 구분할 수 없었다. 유희는 홀로 동떨어져 책상에 앉아 모니터를 노려보고 있는 가죽점퍼를 입은 남자에게 다가가 박태정 형사를 찾아왔다고 말했다. 남자가 고개를 들고 느릿느릿 말했다.

"정상훈 씨 부인?"

"네."

"허, 부산에서 오신다더니 빨리도 오셨네요. KTX가 빠르긴 빠르구나."

그가 전화를 건 박 형사였다.

"자리를 옮겨 조용한 곳으로 갈까요."

형사는 노트북을 챙겨 자리에서 일어났다. 180센티미터에 100킬로그램은 족히 넘는 거구의 남자였다. 박 형사가 내려다보며 야릇한 미소를 짓자 유희는 순간 움찔했다. 짧게 자른 머리카락이 선인장 가시처럼 곤두서 있고 살집이 두툼한 손은 성인 남자의 발처럼 컸다. 살이 쪄서 동글동글한 인상이었지만 눈빛은 날카로웠다. 그가 데려간 곳은 지능 범죄 취조실이었다. 여순경이 들어와 종이컵에 든 커피를 그와 유희 앞에 내려놓았다. 그는 뭐가 좋은지 빙글빙글 웃으며 노트북 모니터를 내려다보면서 뜨거운 커피를 후후 불며 마셨다.

"신현우 씨에게서 마지막으로 연락이 온 게 언제죠?"

"아버지에게 무슨 일이 생겼나요?"

박 형사와 유희의 대화는 처음부터 어긋났다. 그가 웃음기를 지우고 정색을 하며 말했다.

"사모님, 빨리 끝내려면 저희에게 협조하셔야 합니다. 신현우 씨의 신변에 무슨 일이 일어났는지는 저희도 몰라요. 다만 이렇게는 말할 수 있네요. 신현우 씨가 폭행과 납치 사건에 유력한 용의자로 지목되었고 그래서 사모님이 참고인 자격으로 오신 겁니다."

폭행과 납치라는 단어를 듣자 심장이 빠르게 뛰었다.

"아버지가 누굴 때리고 납치했다는 말씀인가요?"

그는 입술을 다물고 고개를 크게 끄덕였다.

"피해자는 부인의 시어머니이신 차영희 여사입니다."

박 형사는 독수리 타법으로 조서를 꾸몄다. 타이핑이 늦어 중간마다 침묵이 이어졌다. 유희는 정신을 잃지 않으려고 노력했다. 아버지의 신변과 관련된 질문에서 실수하지 않기 위해 단어 하나하나에 조심했다. 무슨 일이 일어났는지, 경찰이 무엇을 알려고 하는지는 여전히 알 수 없었다. 그러나 정황을 미루어 짐작해 보면 자신과 아버지가 궁지에 몰려 있는 것은 틀림없었다. 형사의 무뚝뚝한 태도와 적대적인 반응을 통해 유희는 자신이 단순한 참고인 자격으로 불려 온 게 아니라는 느낌을 받았다. 형사는 그녀를 심문하고 있었다. 그는 유희가 아버지가 일으킨 폭행과 납치 사건에 직간접적으로 관여한 것은 아닌지에 대해 집중적으로 추궁했다. 사생활과 관련된 질문이 스스럼없이 나왔다. 마치 법을 어긴 이에겐 당연한 처사라는 듯 형사는 뻔뻔하고 당당하게 굴었다. 유희는 얼굴을 붉히면서도 형사의 질문에 말려들지 않으려고 노력했다. 유희는 경찰서에 불려 오고 나서야 그동안 자신이 비겁하게 음지로 숨어 있었던 일을 후회했다. 사람들이 오해하고 아버지와 자신을 비난하도록 내버려 둔 잘못을 뼈저리게 뉘우쳤다. 얼굴을 가리고 도망칠 일이 아니었는데도 용기가 없어 진실을 덮어 버린 비겁한 행동을 반성했다. 유희가 비협조적으로 나오자 형사가 마침내 조서를 꾸미는 일을 중단했다.

“좋습니다. 제 말을 믿지 않으니 우선 사실 관계부터 확인시켜 드리죠.”

그렇게 말하고 형사는 노트북을 유희가 볼 수 있도록 돌렸다.

“시각은 어제 2시 30분경입니다. 장소는 시내의 한 중식당이 있는 건물 엘리베이터고요. 잘 보세요.”

화질은 선명하지 않아도 아버지와 시어머니의 모습은 정확히 알아볼 수 있었다. 소리는 녹음되지 않은 카메라였다. 아버지는 왜 자신에게 아무 말도 남기지 않고 시어머니를 만나려 했을까? 가슴이 뛰었다. 두 사람은 엘리베이터 중앙에 서서 뭔가 대화를 주고받았다. 그때였다. 시어머니가 아버지를 벽 한쪽으로 강하게 밀어붙였다. 아버지는 중심을 잃으며 비틀거렸다. 시어머니가 손에 쥐고 있던 핸드백으로 아버지의 머리를 내리쳤다. 한 번 두 번 강하게. 화면을 바라보는 유희의 가슴은 무너졌다. 잠시 뒤 아버지가 손으로 가방을 든 시어머니의 손을 물리쳤다. 그리고 아버지의 손은 시어머니의 목으로 향했다. 시어머니는 가방을 떨어뜨린 채 아버지의 손에 대롱대롱 매달리며 비틀거렸다. 두 사람이 춤을 추듯 엘리베이터 벽에 이리저리 부딪혔다. 잠시 후 엘리베이터 문이 열렸다. 아버지는 시어머니의 멱살을 잡은 채 끌어 내렸다. 두 사람의 모습이 사라지고 영상은 끊어졌다. 심장 박동이 빨라졌다.

"이제 무슨 일이 일어난 건지 이해하시겠죠? 이 일이 일어난 후 두 분의 행방이 묘연해졌습니다. 차영희 씨의 아드님이 어제 밤늦게 실종 신고를 해서 우리가 조사에 착수했고요. 수사 과정에서 이 동영상을 확보했습니다."

"그런데 왜 아버지를 의심하시는 거죠?"

유희의 질문에 형사가 뜬금없다는 표정을 지었다.

"폭행을 시작한 쪽은 시어머니였어요. 그리고 이 동영상만으로는 아버지가 시어머니를 납치했다고 볼 수 없잖아요."

유희의 말뜻을 이해한 형사가 고개를 가로저으며 말했다.

"아니죠. 이 영상을 어떻게 그렇게 해석합니까? 신현우 씨는 차영희 여사를 만나기 위해 부산에서 기차를 타고 올라왔습니다. 차영희 여사는 사돈을 만나기 위해 어쩔 수 없이 약속 장소에 나간 거죠. 이 증거물 영상을 통해 우리는 범행이 일어난 동기가 애초에 신현우 씨의 적극적인 사전 계획에서 출발했다고 유추할 수 있었습니다. 화면을 잘 보면 신현우 씨가 하는 말을 듣고 차영희 씨가 화를 낸 사실을 확인할 수 있습니다. 신현우 씨를 밀친 것은 우발적인 행동이었죠. 그리고 마지막 장면을 보면 알 수 있듯이, 이 물리적 충돌의 승자는 신현우 씨입니다. 남자가 여자의 멱살을 잡고 엘리베이터에서 끌어내렸고 두 사람의 연락이 동시에 끊어졌습니다. 두 사람 모두 현재까지 행방불명인 상태입니다. 만약 누군가 납치를 시도했다면 신현우 씨가 했다는 것이 논리적인 결론이죠. 차영희 여사에게는 아무런 범행 동기가 없으니까요."

"그럼 아버지에게는 범행 동기가 있다는 말이에요!"

유희는 화가 나서 소리쳤다. 형사는 그녀의 갑작스러운 기세에 약간 움찔했으나 곧 능글능글한 강력계 형사의 모습으로 돌아왔다.

"이보세요. 부인이 지금 전국적으로 얼마나 유명한 분인지는 본인이 더 잘 알고 있으시잖아요. 부인이 사람들 사이에서 요즘 '무개념 위자료녀'라고 불리는 사실은 잘 알고 계시죠? 전 국민이 다 알고 있지만, 특히나 우리 화원시 시민들은 이번 사건에 특별한 관심을 쏟고 있습니다. 부인과 남편 정상훈 후보의 관계나 이후에 벌어진 일들에 대해 꽤 자세히 알고 있죠. 동영상을 보면 신현우 씨가 차영희 여사에게 앙심을 품고 보복 행위를 했다는 걸 쉽게 알 수 있죠. 이런 빤한 사실 관계를 부정하시면 안 됩니다. 부인이 비협조적으로 나올수록 우리는 부인이 이 사건에 직간접적으로 공모했을 가능성을 의심하게 될 뿐입니다. 혐의를 벗으려면 순순히 협조하세요."

유희는 기가 막혀서 어떻게 대응해야 할지 몰랐다.

"이 동네에서 부인의 주장을 들어줄 사람은 아무도 없을 겁니다. 여담이지만 저도 사회봉사 활동을 많이 하고 있어서 차영희 여사의 인격에 대해서는 어느 정도 알고 있습니다. 아드님인 정상훈 후보도 마찬가지고요."

유희는 그제야 돌아가는 상황을 이해했다. 형사라는 남자는 자신이 이해할 수 있는 거짓을 진실로 받아들이는 사람이었다. 그는 선을 긋고 자신이 속한 세계에 만족하는 인간이었다. 공정한 수사 따위는 애초에 기대할 수 없는 사람이었다. 유희는 지난밤 경찰서 한 구석에서 이루어진 일을 상상했다. 상훈이 실종 신고를 한 뒤 담당 형사인 그를 만났을 것이다. 그는 시어머니가 늘 하던 방식으로 봉투에 현금을 두둑이 채워 수고비 명목으로 형사에게 건넸을 것이다. 시집 사람들은 껄끄러운 일을 대개 이런 식으로 처리했다. 학교에서 재단 비리 문제가 터져도 돈으로 무마했고, 상훈이 여학생을 건드려 문제가 발생해도 돈으로 해결했다. 돈은 유희가 생각하는 것 이상으로 강력한 힘을 발휘했다. '돈에 굴복하지 않는 사람은 없다.' 시어머니의 흔들리지 않는 생활신조였다. 시어머니가 애초에 자신을 길들이려 했던 수단도 돈이었다. 결혼도 돈이었고 이혼도 돈이었다. 유희는 절망했다. 편파적인 수사를 하는 형사를 탓할 구실도 사라졌다.

"남편 몰래 외간 남자와 부적절한 관계를 맺고 있는 부인의 말을 믿을 사람은 아무도 없어요."

"변호사를 부르겠어요."

유희의 말에 형사가 어이없다는 듯 너털웃음을 터뜨렸다.

"그래야지요. 어련하시겠습니까? 시어머니를 협박해서 각서까지 받아 내신 분인데 호락호락하진 않을 거라고 저희도 생각했습니다. 그러나 부인께서 계속 이렇게 비협조적으로 나오시면 저희도 부드럽게 넘어가지는 않을 겁니다. 납치 사건 공범으로 부인에게 사전 구속 영장 발부를 신청할 수도 있다는 말이죠."

어떻게 경찰서를 나왔는지 기억나지 않았다. 유희는 가로수에 기대어 멍하니 보도를 거니는 사람들과 차들의 행렬을 지켜보다 문득 그녀의 삶에서 지우고 싶었던 얼굴을 보았다. 환영이 아닌 거대한 인간의 얼굴이 공중에서 그녀를 내려다보며 웃고 있었다. 남편 상훈이었다. 기호 1번 정상훈. 유희는 거리 곳곳에 걸린 상훈의 선거 운동 포스터를 보았다. 그는 사방에서 그녀를 감시하고 있었다. 자신의 탐욕과 모략이 성공적으로 실행되는 땅에서 그는 득의만만하게 웃고 있었다. 유희는 민중에게 전화를 걸었다.

"여길 오는 게 아니었어."

"어디세요? 지금 갈게요."

전화를 끊고 유희는 다시 고개를 들어 10층 건물 상단 전체를 덮은 상훈의 포스터 사진을 보았다. '젊은 피! 정상훈이 화원을 국제도시로 만들겠습니다!' 유희는 '정치를 깔보지 마라'는 아버지의 말을 떠올렸다. "정치 혐오는 권력자들이 식탁에 올린 어젠다로 그들은 마약을 투여하듯 대중에게 정치적 무관심이라는 바이러스를 주입한다. 내가 상훈이를 고발하는 기고문을 쓴 이유는 널 사랑하고 보호하려는 의도도 있었지만, 사람들에게 진실을 알려 그들이 정치적 각성을 하도록 도우려는 이유가 더 컸다." 그렇게 말한 아버지는 첫 시도가 실패하자 혼자 도시로 와서 시어머니를 만나 그녀를 폭행했다. 아버지는 폭행에 그치지 않고 시어머니를 납치해 어디론가 사라졌다. 형사는 이미 그렇게 결론을 내린 상태였다. 그리고 이 얼토당토않은 설명을 사람들은 믿을 것이다. 구역질이 났다.

민중이 숨을 헐떡이며 달려왔다.

"어떻게 됐어요?"

유희는 그의 팔을 끌어서 빠른 걸음으로 걸었다. 한시라도 빨리 도시를 벗어나고 싶었다. 20여 분 정도를 목적지도 없이 걸은 유희는 카페를 발견하고 민중을 데려갔다. 그는 유희가 경찰서에서 형사에게 들은 말을 믿지 않았다. 그게 정상적인 인간이다. 공교롭게 두 노인이 같은 날짜에 연락을 끊고 사라졌을 뿐 강력계 형사가 나서서 수사해야 할 범죄 행위는 일어나지 않았다. 유희는 멈칫했다. 정말 아버지가 시어머니를 납치했으면 어떻게 하지?

"먼저 부산으로 내려가. 난 여기 남아서 일을 처리해야 할 것 같아."

"혼자서요?"

"응. 아버지가 마지막으로 연락을 한 곳이 여기야. 아버지를 찾아야 해."

"저도 남아서 도울게요."

유희는 민중의 얼굴을 바라보다 탁자에 올린 그의 손을 감싸 쥐었다.

"고마워. 민중 씨 마음은 잘 알고 있어. 하지만 이건 내가 해야 할 일이야."

민중이 유희의 눈을 오랫동안 바라본 후 고개를 끄덕였다. 유희는 그의 손을 잡고 자리에서 일어났다. 결정을 내렸으니 머뭇거릴 이유가 없었다. 두 사람은 택시를 타고 기차역으로 향했다. 민중이 유희에게 모텔을 잡아 주겠다고 제안했으나 유희는 거절했다. 그는 열차에 올라서도 유희를 걱정스러운 표정으로 내려다봤다. 유희는 미소를 지으며 손을 흔들었다. 열차가 떠나자 다시 그를 만날 수 없을지도 모른다는 불안한 예감이 차가운 밤공기와 함께 그녀의 가슴속으로 밀려왔다. 유희는 코트 앞섶을 여미고 광장을 가로질러 걸어갔다. 광장 옆 구석에서 장작불을 피워 불을 쬐고 있는 부랑자 무리가 광장을 빠져나가는 그녀의 모습을 지켜봤다. 유희는 신호등을 건너 술집과 식당이 밀집한 골목으로 들어갔다. 가게 안의 손님들은 모두 거나하게 취해 있었다. 그녀는 편의점에 들러 소주와 땅콩을 사서 검은 비닐 봉투에 넣고 모텔을 찾아 나섰다. 노래방과 유흥 주점 뒤편으로 화려한 네온사인 불을 밝힌 모텔들이 보였다. 유희는 러브호텔 느낌이 덜한 모텔로 들어갔다. 평일이어서 그런지 빈방을 알리는 램프에 불이 많이 들어와 있었다. 주인 사내는 텔레비전을 켜 놓은 채 꾸벅꾸벅 졸고 있었다. 열쇠를 받아 엘리베이터를 탔다. 방은 역전 숙박업소답게 좁고 비위생적이었다. 창문을 열어 환기시키고 욕조에 뜨거운 물을 받았다. 텔레비전을 켠 다음 소주병을 따서 자리에 앉지도 않은 채 꿀꺽꿀꺽 마셨다. 땅콩 봉지는 뜯지 않았다. 세 번에 걸쳐 소주 반병을 마셨다. 차갑게 굳어 있던 몸이 조금씩 뜨거워졌다. 유희는 옷을 벗고 욕조에 들어갔다. 목까지 몸을 담그고 눈을 감았다. 은행 잔고를 떠올리고, 아버지를 어떻게 찾을 것인가를 생각했다. 이 일을 대신해 줄 누군가를 발견하기란 불가능했다. 경찰보다 먼저 아버지를 찾아야 한다. 그래야 이 사태를 해결할 수 있다. 아버지는 도대체 어디로 사라진 것일까? 텔레비전에서 마감 뉴스가 시작되었다. 얼마 되지 않아 유희는 정상훈 국회 의원 후보자라는 소리를 들었다. 유희는 욕조에서 나와 흐르는 물을 닦지도 않은 채 방으로 가서 텔레비전을 뚫어지게 쳐다봤다. 기자가 떠드는 소리는 귀에 들어오지 않았다. 화면 하단의 자막을 읽고서야 무슨 일이 일어난 것인지 알 수 있었다. 유희는 기시감에 사로잡혔다. 텔레비전 화면에 비친 영상은 경찰서에서 본 영상과 같았다. 엘리베이터 안에서 실랑이하는 두 노인의 모습. 얼굴은 모자이크 처리가 되어 있었다. 그런데 뭔가 달랐다. 유희는 이해할 수 없었다. 아버지가 시어머니의 멱살을 잡고 엘리베이터 벽에 부딪히는 장면만 보였다. 시어머니가 아버지를 밀치고 핸드백으로 아버지의 머리를 내리치는 장면은 나오지 않았다. 하단에는 신현우 작가의 폭행 영상 독점 공개라는 자막이 깔려 있었다. 기자의 목소리가 들렸다. "이 영상을 끝으로 두 사람의 행방은 묘연해졌습니다. 경찰은 신현우 작가가 정상훈 국회 의원 후보자의 기자 회견에 앙심을 품고 그의 어머니를 찾아가 폭행을 한 뒤 납치한 것으로 의심하고 있습니다. 한편 정상훈 후보는 선거 운동을 중단하고 모친의 행방을 찾기 위해 선거 운동원들과 긴급 대책 회의를 가졌습니다. 정 후보자는 장인이 무모한 납치극을 벌인 것으로 생각하지 않는다고 말하면서도 폭행 장면이 담긴 영상을 보고 큰 충격을 받았다고 말했습니다. 정부는 선거를 불과 며칠 앞두고 일어난 이번 사건의 중대성을 고려해 검경 합동 수사본부를 꾸릴 예정이라고 관계자가 전했습니다."

몸에서 흘러내린 물로 바닥이 흥건했다. 유희는 몸을 벌벌 떨며 다시 욕조로 돌아갔다. 악의적인 편집이었다. 경찰이 시어머니의 폭행 장면을 빼 버린 것인지 아니면 방송국에서 잘라 낸 것인지는 분명치 않았다. 그러나 이 뉴스를 본 사람들은 모두 똑같은 생각을 했을 것이다. 아버지가 시어머니를 폭행하고 납치한 것이다.

유희는 참고인 자격으로 검찰 조사를 받았다. 여론은 극도로 악화되었다. 경찰이 공개수사 명목으로 영상을 공개한 이후 여당의 지지율은 상승한 반면 납치 사건의 용의자로 몰린 현우에 대한 사회적 공분은 전체 야당 후보들의 도덕성 비판이라는 비논리적인 결과를 낳았다. 진보주의자들의 무책임한 자유주의적 태도가 우리 사회의 보수적이고 전통적인 윤리와 가치를 훼손하고 붕괴시킨다는 우려의 목소리가 곳곳에서 터져 나왔다. 서구화에 물든 프리섹스주의자 여성과 이를 옹호하는 좌파 지식인 아버지의 엽기적인 행태는 민주화와 자유라는 허울 아래 몸을 숨기고 있던 진보 진영의 적나라한 속내와 치부가 드러난 의미 있는 사건이며, 이는 21세기 선진 대한민국에서 청산돼야 할 적폐라는 신문 사설까지 나왔다. 보수 논객만으로 이루어진 토론에서 유희와 현우는 도마 위 생선 신세가 되어 조롱받았다. 인터넷에서는 노골적인 패러디 영상이 나돌았다. 선거일이 다가올수록 비난의 수위는 점점 높아졌다. 야당 지도부는 사태 파악을 하지도 않은 채 이번 사건과 선거를 관련지어서는 안 되며, 비난의 화살이 제1야당에 돌려지는 것은 만부당하다는 짧은 논평을 발표했다. 납치 사건의 전모가 밝혀지지도 않았는데 선거에서 이기기 위해 정부와 여당, 보수 언론이 합심하여 이들 부녀를 마녀사냥하고 있다는 주장도 있었지만 소수 의견으로 묻혔다. 유희가 화원 지검 마당에 노착하자 기자들의 카메라 플래시 세례가 쏟아졌다. 유희는 자신도 모르게 고개를 숙이고 입을 다물었다. 어떤 질문에도 답할 수가 없었다. 한참이 지나서야 대기하고 있던 검찰 직원들이 기자들을 제지하고 그녀를 검찰 청사로 데려갔다.

7

담당 검사는 40대 초반의 머리숱이 적고 도수가 두꺼운 렌즈의 검은 뿔테 안경을 낀, 사법 고시를 통과한 수재라면 쉽게 연상할 수 있는 모범생 같은 남자였다. 그는 헛기침을 하고 넥타이를 느슨하게 푼 다음 유희를 흘낏 바라보고는 노트북 모니터에 시선을 고정했다. 평범한 체구와 평범한 얼굴, 평범한 몸가짐, 평범한 스타일, 만약 거리에서 스쳐 지난다면 절대 뒤돌아보지 않을 그런 사람이었다.

"참 요상하고 재미있는 사건이죠?"

그는 눈동자만 치켜뜨고 유희를 바라보며 히죽거렸다. 남자의 목소리는 타인에게 안정감을 주는 평균적인 첫인상과는 달리 경박하고 비열하게 들렸다. 목소리를 듣는 순간 온몸에 소름이 돋았다.

"기자들에게 둘러싸인 소감이 어때요? 빨가벗고 사람들 앞을 뛰어다니는 느낌이랑 비슷하지 않나? 난 그런 적이 없어서 잘 모르겠네."

남자는 어깨를 들썩이며 키득거렸다. 유희는 조금 전 겉모습을 통해 판단한 그의 인상을 지워 버렸다. 그는 학창 시절에 보았던, 언제나 1등을 놓치지 않고 말수가 없는 그런 평범한 모범생이 아니었다. 검사는 칵 하고 소리를 내어 종이컵에 가래침을 뱉었다.

"아, 좆같은 거, 담배는 왜 못 피우게 하고 지랄이야. 내가 피우다 죽겠다는데."

그는 기선 제압에 성공했다. 유희는 그의 의도를 알아차렸음에도 움츠러들었다. 명문대를 나오고 사법 고시를 통과해서 권력의 정상을 향해 달려가는 엘리트들이 진중하고 예의 바른 신사일 거라는 잘못된 환상은 어디에서 나오는 것일까? 이런 식이면 차라리 조폭처럼 생긴 강력계 박 형사가 더 점잖았다. 유희는 입술을 앙다물었다.

"별 사건 같지도 않은 사건을 수사하라고 하니 저희도 힘이 드네요. 노인네 둘이 사라진 것 가지고 쌩야단을 치며 난리법석이니 세상이 어떻게 되려는 건지. 노인들이야 좀 있으면 죽을 사람들인데, 그렇지 않아요?"

유희는 대답하지 않았다. 그는 자신이 노인으로 지칭한 두 사람이 유희의 친부와 시어머니라는 사실을 잊은 듯 유쾌하게 말했다.

"아무튼 부인께서 협조만 잘해 주시면 조사는 빨리 끝날 겁니다. 뭐 이런 사건이야 흔히 일어나는 사건이고, 이번 선거만 끝나면 모두 잊어버릴 일이에요. 우리도 대충 사전 조사를 해 놓았으니까 서로 입만 맞추고 넘어가도록 하죠."

그는 미간을 찌푸린 다음 노트북 옆에 놓은 서류철을 휙 넘겼다.

"경찰에서 신분 조사는 다 끝났으니까, 결론부터 내리죠. 아버지

신현우 씨와는 연락하시나요?"

"네?"

유희는 놀라서 반문했다. 코웃음을 흘리는 그의 얼굴이 기묘하게 일그러졌다.

"우리도 짬밥이 있는데 척 보면 압니다. 이 방면에선 우리가 빠꼼이지. 신현우 씨가 연락할 곳은 유일한 혈육인 딸, 부인 아닙니까? 경찰 조사에 따르면, 이번 사건을 아버지와 함께 부인이 공모했을 가능성이 크다고 하던데, 맞는 말인가요?"

유희는 당황해서 아무 말도 하지 못했다.

"그렇다면 참고인 자격이 아니라 피의자로 와야 하는데 뭐가 맞는 거야. 경찰 이 새끼들은 일을 뭐 이따위로 하고 지랄이야."

그는 혼잣말을 한 다음 서류를 거칠게 넘겼다. 아무 의미도 없는 행동이지만 유희는 위압감을 느꼈다.

"제 휴대 전화 통화 기록을 조사해 보시면 금방 알 수 있는 사실이에요. 아버지가 지금 어디 있는지 가장 궁금한 사람은 저예요."

그는 유희의 대답에 피식거렸다.

"범인이 내가 범인이오, 하고 말하는 경우는 거의 없죠. 부인도 그런 부류이신가 보네. 아이고, 이거 좆뺑이 치겠구먼."

검사는 사무실 문을 향해 "야!" 하고 고함쳤다. 곧 문이 열리고 30대 남자가 들어오더니 두꺼운 A4 뭉치를 탁자에 내려놓았다. 검사가 일어서고 남자가 자리에 앉았다. 그는 유희에게 맨 위의 종이를 내밀었다. 남자는 사무적인 목소리로 빠르게 질문했다.

"묻는 말에 네, 아니요, 라고만 답하세요. 신현우 씨가 신용 카드로 부산에서 화원까지 오는 동안 결제한 명세입니다. 보신 적이 있나요?"

유희는 아니요, 라고 답했다.

"21일 아침 부산역에서 9시 기차를 탔습니다. 알고 계셨나요?"

이번에도 유희는 아니요, 라고 답했다.

"목적지가 부인의 시집인 화원시라는 걸 부인은 알고 계셨나요?"

멍청한 질문이었다. 앞의 대답을 통해서는 논리적으로 맞지 않는 질문이었다. 그런데도 남자는 멈추지 않았다.

"화원 기차역에 내린 다음 스낵바에 들러 우동을 먹었습니다. 알고 계셨나요?"

유희는 얼빠진 표정으로 검사의 얼굴을 올려다보았다. 검사는 팔짱을 낀 채 희미한 미소를 지으며 어서 답하라는 표정을 지었다.

"바보 같은 질문이에요."

남자가 갑자기 눈알을 부라리며 말했다.

"판단은 우리가 합니다. 네, 아니요, 라고만 답하세요."

유희는 어떻게 반응해야 할지 몰랐다.

"신현우 씨는 화원시 내면동 253번지 중국집 장원에 도착해서 부인의 시어머니인 차영희 여사를 기다렸습니다. 이 사실을 알고 계셨나요?"

유희는 기가 막혔다. 정신 나간 사람들이었다. 유희는 아니요, 라고 말했다.

"신현우 씨와 차영희 여사가 만나서 무슨 이야기를 할지 짐작하고 계셨나요?"

유희는 걱정스러운 눈빛으로 고개를 저었다. 남자가 또 눈을 크게 떴다.

"그런 응답은 법적 효력이 없습니다. 다시 한 번 묻겠습니다."

유희는 화가 났다. 하지만 남자는 멈추지 않았다. 그는 기계적으로 질문을 쏟아 냈다. 유희는 아니요, 모르는 일이에요, 라고만 반복해서 말했다. 그가 넘긴 종이는 불과 세 장에 지나지 않았다. 탁자에 놓인 A4용지는 족히 50장은 넘어 보였다. 옆에 선 검사가 기지개를 켜더니 앉아 있는 조사관의 어깨를 두드려 주고는 사무실을 나갔다. 남자의 질문은 무려 두 시간 동안 이어졌다. 유희는 그의 입을 솜뭉치로 틀어막고 싶은 유혹을 느끼며 질문에 답했다. 그들은 화장실 갈 시간도 주지 않았다.

유희와 조사관의 대화는 『이상한 나라의 앨리스』에 나오는 미치광이들의 티 파티를 연상시켰다. 수은에 중독되어 머리가 돌아 버린 모자 장수는 검사이고, 성호르몬이 과다 분비된 발정 난 3월의 토끼는 조사관이었다. 앨리스 역할은 당연히 유희가 맡았다. 그러나 풍자와 쾌활한 농담으로 이루어진 동화와 달리 이 소극은 역겹고 비참했다. 다람쥐 쳇바퀴 돌듯 질문과 대답이 반복됐다. '갈까마귀와 책상의 공통점은 뭐지?'라는 토끼의 엉뚱한 수수께끼를 풀지 못해 결국 자리를 박차고 일어난 앨리스처럼 유희도 조사관의 어리석은 질문을 무시하고 좁고 답답한 사무실을 벗어나고 싶었다. 그러나 검사실은 티 파티 테이블이 아닌 국가 권력의 강제성이 시민의 권리를 억압할 수 있는 합법적인 공간이었다. 마침내 발정 난 3월의 토끼가 가져온 A4 서류를 모두 소진했다. 그는 유희의 대답에서 아무것도 얻어 낸 것이 없었지만, 만족한 표정을 지었다. 해야 할 일을 마쳤다는 안도감과 자긍심을 드러내는 미소를 지으며 그는 탁자를 톡톡 두드렸다. 유희는 그의 허락으로 마침내 화장실을 가기 위해 일어날 수 있었다. 그녀는 변기에 앉아 긴 한숨을 내쉬었다. 매드 해터, 미친 모자 장수의 의도는 분명했다. 무의미한 질문을 반복해서 그녀를 괴롭히고 고문하여 원하는 자백을 받아 내려는 목적이었다. 검사의 계획대로 가학적 질문 공세에 지쳐 녹초가 되긴 했지만 소득이 없지는 않았다. 유희는 실종 당일 아버지의 움직임을 카메라에 녹음된 영상을 보듯 정확히 머릿속으로 그려 낼 수 있었다. 소리가 녹음되지 않아서 아버지의 의도를 정확히 알 수 없고 시어머니와 만나 무슨 대화를 나누었는지도 알 수 없었다. 그러나 무성 영화에 등장한 배우의 연기와 표정을 통해 상황을 짐작할 수 있듯이 아버지의 심리적 변화와 동요를 읽어 낼 수 있었다. 아버지와 시어머니의 탁자에는 짬뽕과 탕수육, 배갈이 놓여 있었다. 아마도 아버지는 짬뽕 그릇에는 손도 대지 않고 고량주만 마셨을 것이다. 시어머니는 새우탕수육을 안주 삼아 칭다오 맥주 두 잔을 마셨다. 식당에서 나온 두 사람은 함께 엘리베이터를 탔다. 그 점이 가장 이상했다. 아버지 성격으로 미루어 짐작해 볼 때 시어머니를 배웅할 의도는 없었을 것이다. 그런데 왜 함께 엘리베이터에 올랐을까? 유희는 수수께끼를 풀지 못하고 검사실로 돌아갔다.

탁사에는 A4 서류 대신 노란색 서류 봉투가 놓여 있었다. 조사관은 보이지 않고 검사가 맞은편에 앉아 그녀를 기다리고 있었다. 그는 생리적 욕구를 해결하니 정신이 맑아졌느냐는 식의 말 같잖은 위로의 말을 던졌고 유희는 무시했다. 그가 안경을 추켜올린 다음 서류에서 사진 한 장을 꺼내 유희 앞으로 내밀었다. 2단계 심문이 시작되었다.

"이 남자 알죠?"

유희는 자신을 바라보며 순진하게 웃고 있는 다니엘의 사진을 내려다보며 아랫입술을 살짝 깨물었다.

"이름은 박맹호, 폭스바겐코리아 해외영업부 과장, 나이는 서른셋, 미국에서 MBA를 했고 그때부터 다니엘이라는 영어 이름을 사용했더군요. 조사해 보니 꽤 유능한 친구야."

"이번 사건과 이 사람이 무슨 관련이 있죠?"

"우리 조사관이 사진을 들이밀면서 부인과 무슨 관계냐고 추궁했더니 이 친구 대답이 걸작이었어요. 영어로 퍽 버디라고 했다죠. 우리 조사관이 영어가 좀 짧아서 못 알아들었는데 섹스 파트너라고 정정했다더군요. 떡 치는 사이라는 좋은 우리말이 있는데 왜 영어를 써서 헷갈리게 하는지 모르겠네."

매드 해터가 능글맞게 웃었다. 유희의 얼굴이 붉어졌다.

"지금 인터넷에선 정상훈 후보자와 부인의 섹스 스캔들이 쾅 하고 폭발했죠. 누가 먼저 바람을 피웠고 누가 더 심한 불륜을 저질렀는가를 놓고 국민들이 논쟁을 벌이고 있는데 우리가 이걸 모른 척 넘어갈 수는 없지 않겠어요? 따지고 보면 이번 납치 사건도, 그러니까 두 노인이 중국집에서 만난 이유도 순전히 섹스 스캔들 때문에 일어난 일인데 부인의 내연남을 조사하는 건 너무 당연한 절차지."

"납치 사건이 아니라 실종 사건이에요."

유희의 대답에 미친 모자 장수가 못마땅한 표정을 지었다.

"솔직히 말해서 나는 정상훈 씨가 이해되지 않아요. 부인을 사기와 납치 사건 공범으로 고소하면 부인은 지금 수갑을 찬 채 여기 앉아 있을 거예요. 이렇게 증거도 있고 피의자가 자백도 했는데, 그렇지 않나?"

그는 존댓말과 반말을 묘하게 뒤섞은 화법을 구사했다.

"다니엘은 이 사건과 아무 관련이 없어요."

"그건 부인의 주장일 뿐이고, 말했듯이 부인이 이번 사건에 가담했으면 누구에게 도움을 청하겠어요? 당연히 내연남들 아니겠어."

그는 고삐를 죄듯이 두 번째 사진을 꺼냈다. 황 사장과 지우와 함께 동물원에 갔을 때 찍힌 사진이었다. 검사실에서 이들 부자의 사진을 보자 가슴이 아팠다.

"부인은 잘 모르겠지만 내가 이 바닥에서 꽤 이름 높은 공안 검사예요. 그런 내가 이렇게 비린내 나는 치정 사건을 맡은 이유가 뭐겠어? 이 사건이 이번 선거판을 뒤흔들 만큼 이슈가 되었다는 방증이란 말이지. 그러니까 자꾸 뻥끼 쳐서 빠져나가려 하지 말고 수사에

협조하세요. 자, 이 남자는 뭐, 너무 잘 알고 있죠?"

유희는 기가 막혔다. 그러나 대답하지 않을 수 없었다.

"제가 다니던 회사의 대표님이세요."

그는 처음 만났을 때처럼 칵 하고 소리를 내어 가래침을 종이컵에 뱉었다.

"그런 이야기가 아니고, 내가 묻는 건 이 남자와도 잠을 잤느냐 하는 이야기야."

"말 같잖은 소리는 집어치워요! 이렇게 나오면 모욕죄로 고소하겠어요!"

유희는 조사실에 들어온 이후 처음으로 소리를 질렀다.

"야, 무서워서 뭔 수사를 할 수 있나. 자, 그러지 말고 솔직하게 까놓고 말해요. 우리 조사관한테 이 남자가 뭐라고 했는지 알아요? 당신이 회사 직원인 건 맞는데 두 사람 사이에 좀 야릇한 분위기가 있었다고 말했어요. 요즘 애들 말로 하면 썸 탄다고 하나? 뭐 그런 관계였다고 자백했어요."

그는 봉투에서 여러 장의 사진을 펼쳐 유희에게 내밀었다.

"봐. 이렇게 많은 장소에서 데이트를 했는데, 성인 남녀인 두 사람이 뭔 일이 없었겠어?"

하마터면 화가 나서 눈물을 보일 뻔했다. 대신 유희는 어금니를 앙다물었다.

"이 황 사장이라는 친구도 꽤 좋은 사람이야. 이번 사건으로 사람들 입방아에 오르내리고 있는데도 상관하지 않고 부인을 진심으로 좋아했다고 말했어. 뭐 홀아비 신세니까 눈치 볼 일은 없지만 그래도 쉬운 일은 아니거든."

갑자기 지우의 얼굴이 떠올라 유희는 고개를 숙였다. 진중하고 영리하고 착한 아이였다.

"이 남자랑 잤어요, 안 잤어요?"

대답을 피할 수 없었다. 매드 해터는 말 그대로 미친 사람이었다.

"사장님과는 그런 관계가 아니에요."

검사는 유희를 한참 동안 말없이 쏘아봤다.

"좋습니다. 이거 뭐 불륜 현장을 잡은 것도 아니고 정액 검사를 할 것도 아니니까 넘어가도록 하죠. 부인의 결론은 그러니까 황 사장이란 친구와는 자지 않고 우아한 연애 감정만 가졌다 이 말이죠? 이런 걸 플라토닉한 사랑이라고 하나?"

그렇게 말하고는 사레들린 듯 캑캑거렸다. 남자의 얼굴에는 경멸과 조롱이 담겨 있었다. 그가 배시시 웃으며 말했다.

"이건 난센스 유먼데, 세상에서 제일 나쁜 년이 누군 줄 알아요?"

유희는 엉뚱한 질문에 황당한 표정을 지었으나 그의 의도를 이내 알아차렸다. 수치심에 손끝이 떨렸다.

"남들 다 주고 나한테만 안 주는 년이야. 웃기지 않아요?"

너저분한 농담을 해 놓고 그는 미친 듯이 웃었다. 너무 웃어서 눈물이 날 지경이었다. 그는 안경을 들어 손가락으로 눈물을 닦은 후, 갑자기 싸늘하게 표정을 바꾸며 혼잣말을 했다.

"걸레도 사람을 가린다는 건데……."

그는 고개를 내저으며 다음 사진을 꺼냈다. 민중이었다.

"자, 여기부터가 중요해. 한민중. 이 새끼가 부인의 애첩남이죠?"

유희는 이해할 수 없었다. 겉보기에 완벽한 정상적인 남자가, 가정과 사회에서 존경받는 고위직 공무원이 왜 자신에게 이렇게 노골적인 증오를 드러내 보이는 건지 알 수 없었다. 그는 집으로 돌아가면 상냥하고 친절한 남편과 아버지일 것이다. 아이의 성적을 걱정하고 아내의 시시콜콜한 이야기를 들어주는 다정한 남자일 것이다. 그런데 이 남자는 거리의 불량배처럼 자신을 창녀 취급하고 있었다. 설령 자신이 검사의 지적대로 남편 몰래 수많은 남자와 성관계를 맺었다고 한들 이 문제는 사생활의 영역이지 타인에 불과한 한 남자가 극도의 증오심을 폭발시킬 중대한 사건은 아니었다. 왜 이 남자는 다른 사람의 침실까지 간섭하려는 것일까? 그 행위가 사회적 미풍양속에 저촉되기 때문이라는 설명은 국가 권력이 한 개인을 완벽하게 통제할 수 있다는 신념을 지닌 파시스트에게나 어울릴 법한 주장이었다.

"한민중이 증발한 건 부인도 잘 알고 있죠?"

"네?"

"세 명의 남자 중에서 유일하게 연락이 닿지 않고 있어요. 사건이 일어나고 이틀 후에 종적을 감췄어요. 회사에는 아무 말도 하지 않은 채 무단결근 상태고, 혼자 사는 자취방에도 나타나지 않았어. 부인과는 연락이 닿고 있죠?"

유희는 충격을 받았다. 민중과는 몇 번 전화 통화와 문자 메시지를 주고받았다.

"그럴 리가 없어요. 어제도 통화를 했어요."

검사가 눈을 반짝였다.

"그건 우리도 알고 있어요. 어디라고 하던가요?"

"회사라고 했어요."

기회를 놓치지 않겠다는 듯 검사가 재빨리 맞받았다.

"자, 이래서 우리가 부인을 의심하고 있는 거예요. 납치 사건의 주모자인 신현우 씨, 그리고 갑자기 연락을 끊고 사라진 한민중. 이 두 사람을 이어 주는 중개인이 당연히 신유희 씨 당신인데, 부인은 지금 태연하게 거짓말을 늘어놓고 있죠."

유희는 검사가 무슨 소리를 하는 건지 이해할 수 없었다.

"전화하게 해 주세요."

검사는 싸늘한 표정을 지으며 유희에게 고개를 끄덕였다. 유희는 핸드백에서 휴대 전화를 꺼냈다. 버튼을 누르는 그녀의 손가락이 떨렸다. 민중의 전화기는 꺼져 있었다. 득의만만한 표정으로 검사가 유희를 바라보며 웃었다.

"오늘 아침에 이 친구 수배령이 떨어졌어요. 곧 잡히겠지, 뭐."

유희는 현기증을 느꼈다. 민중은 왜 연락을 끊고 잠적해 버린 것일까? 유일한 힌트는 그가 며칠 전부터 다짐처럼 한 말이었다. '어떻게든 작가 선생님을 찾아볼게요.'

"민중 씨는 이번 사건과 관계없어요. 저와 주고받은 문자 메시지만 봐도 알 수 있어요."

"그건 이미 다 확인했어요. 우리가 손 놓고 멍하니 지내면서 월급 받는 줄 알면 곤란합니다. 명색이 대한민국 검찰인데."

"제 문자 메시지를 허락도 받지 않고 뒤졌다는 말씀이세요?"

검사는 어깨를 으쓱거리며 그녀의 질문을 가볍게 무시했다.

"한민중 이 친구는 질이 안 좋은 친구야. 폭력 전과가 하나 있던데 알고 있었어요? 미성년자 시절에 일어난 일이긴 하지만 이런 친구는 쉽게 변하지 못하지. 개가 제 버릇 못 버린다는 말도 있잖아요. 아무튼 지금 이 친구는 이번 납치 사건 공범으로 수배까지 떨어진 상태예요. 검찰이 용의자의 통화 기록을 뒤지는 건 상식 중의 상식이지. 이제 아시겠어요."

그러고는 씩 웃었다.

"두 사람이 꽤 애틋하게 사랑을 나누는 것 같더군요. 궁금한 게 있는데 이 친구와 박맹호 중에서 누가 더 세던가요? 덩치만 보면 쉽게 답이 나오는데 우리말에 마른 장작이 잘 탄다는 말도 있으니까, 해답은 부인만이 알고 있겠지. 격투기 챔피언에 깡패 출신인데 만만치 않았을 거라고 짐작할 뿐이지, 뭐. 아, 이건 답변하지 않아도 좋아요."

'개새끼.' 하마터면 욕을 내뱉을 뻔했다. 유희는 적개심을 느꼈다. 앞에 앉은 남자는 동화 속의 미친 모자 장수가 아니었다. 그는 국가 권력의 절대성을 맹신하는 광신도였고, 주인의 명령에 꼬리를 흔드는 충실한 사냥개였다. 유희는 검사의 주인에 대해 생각했다. 그에게 무소불위의 힘을 부여하고 비인간적인 행위를 하도록 강요하며 채찍질하는 얼굴 없는 주인은 누구일까? 그는 국가라고 말할 것이다. 공공의 질서와 안녕, 이웃의 평화라고 답할지도 모른다. 정말 그럴까? 자신이 다니엘과 관계를 맺고 민중을 사랑하게 된 행위가 그의 주인에게 위해를 끼치는 일이었을까. 유희의 혼란스러운 마음을 읽었는지 검사는 자진해서 해답의 실마리를 풀어 놓았다.

"이번 선거는 이미 끝난 거나 마찬가지야."

그렇게 말하며 그는 낄낄거렸다.

두 시간 가까이 유희는 검사의 심문을 받았다. 다니엘과 민중, 황사장과 어떻게 만나게 되었고, 어디서 무엇을 하고, 어떤 생각을 한 것인지 순순히 답하라고 강요받았다. 이들 세 남자 모두 납치 사건에 연루되었을 가능성이 커서 자신의 질문은 정당하다고 검사는 말했다. 유희에게는 황당한 논리가 검사에겐 합리적이고 이성적인 것으로 둔갑했다. 그는 다니엘과 민중과 가진 정사 횟수에 신경을 곤두세웠고 필요 이상의 자세한 상황 설명을 요구했다. 유희는 항변했지만 그는 '수사상의 절차'를 내세우며 묵살했다. 유희는 수치심으로 몸을 떨었다. 그리고 대화 말미에 이르러서야 검사의 의도를 이해할 수 있었다. 명목상 납치 사건의 배후와 전모를 수사한다고 내세웠지만, 지금까지 그들은 사건을 해결할 그 어떤 해답도 얻어 내지 못했다. 유희가 답할 수 있는 것은 '어느 날 갑자기 아버지가 사라졌다'는 짧은 한 문장이었다. 검사도 그 점에 대해 이미 알고 있다는 심중을 무의식중에 내비쳤다. 따라서 이번 소환의 목적은 한 개인의 망신 주기에 지나지 않았다.

검사가 탁자에 흩어 놓은 사진을 모두 긁어모아 봉투에 담았다. 어떤 식으로든 재판이 열린다면 이 사진들이 증거물로 채택될 것이었다. 검사는 "10분간 휴식"이라고 선언한 후 사무실을 빠져나갔다. 그가 돌아오자 새로운 3단계 심문이 시작되었다.

"혹시나 해서 조사했는데 신현우 씨가 비행기를 타고 국내를 빠져나갔어요. 부인은 이 사실을 사전에 알고 있었나요?"

"네?"

둔기로 뒤통수를 두들겨 맞은 느낌이었다.

"전혀 몰랐다는 반응이네, 정말 몰랐어요?"

기가 막히고 황당했다. 그러나 검사가 먼저 선수를 쳤다.

"아니, 해외로 나가면서 딸에게도 알리지 않았다는 거야? 이게 말이 돼?"

할 수만 있다면 검사의 따귀를 때리고 싶었다. 그는 이 사실을 알고 있음에도 무려 네 시간이 넘도록 엉뚱한 질문을 하며 자신을 괴롭혔던 것이다.

"자, 천천히 정리해 봅시다. 사건 발생 당일, 신현우 씨는 인천공항으로 가서 암스테르담행 KLM 항공기를 타고 네덜란드로 갔습니다. 수중에는 일주일 전에 환전해 놓은 유로화와 달러가 있었고, 국내에선 자유롭게 신용 카드를 쓴 반면에 유럽에 도착해서는 신용 카드를 전혀 사용하지 않았어요. 결국, 지금 상태로는 신현우 씨가 어디로 간 것인지 추적하기가 좀 어려워졌죠? 국제 수사 공조라는 게 말이 그렇지 쉽지가 않거든. 뭐 꼭 필요하면 해야겠지만. 자 아버지가 어디로 간 것 같아요? 암스테르담에는 왜 갔을까?"

"이 중요한 사실을 왜 지금 알려 주는 거예요!"

유희가 참지 못하고 소리쳤다. 검사는 예의 경멸적인 미소를 지으며 말했다.

"이미 알고 있으리라 짐작한 거지. 명색이 외동딸인데 미리 귀띔해 줬거나 메모를 남겼을 거라 생각했죠. 근데 진짜 몰랐나 봐?"

유희는 울고 싶었다. 그러나 이런 불한당 앞에서 눈물을 보일 수는 없었다.

"탑승 시간이 언제였어요?"

유희가 정신을 차리고 질문했다. 검사의 어눌한 대답에 유희는 아버지와 시어머니가 중식당을 나온 시점부터 비행기를 타는 데 걸린 시간을 계산했다. 불과 세 시간도 걸리지 않았다. 화원시에서 인천공항까지는 한 시간 정도가 소요되니 아버지에게 남은 시간은 두 시간에 불과했다. 발권하고 출국 심사를 받으려면 적어도 두 시간 정도 앞서 공항에 도착해야 하는 것은 상식이다. 아버지에게는 시간이 빠듯했다.

"지금 이 짧은 시간에 아버지가 시어머니를 납치하고 혼자 유럽행 비행기를 탔다고 주장하는 거예요?"

유희는 어이가 없어 그렇게 질문했다. 검사의 얼굴이 묘하게 일그러졌다. 되돌아온 그의 대답은 충격이었다.

"부인이 잘 몰라서 그렇지, 살인범이 사람을 죽이는 데 걸리는 시간은 일반인들 생각보다 매우 짧아. 시신을 유기하는 건 더 쉽지. 1

분도 걸리지 않아."

"당신 미쳤어요! 식당에서 공항까지 가는 동안 수십 대의 카메라에 아버지의 모습이 찍혔을 텐데 그걸 알면서도 지금 이런 헛소리를 하는 거예요."

검사는 빙그레 웃었다.

"여기서 이렇게 큰 소리를 치시면 안 됩니다."

"CCTV를 보여 줘요."

"큰일 날 소리를 하시네. 그건 수사상의 비밀이어서 부인은 볼 수 없는 거예요. 더구나 오늘은 참고인 자격으로 왔지만 언제 피의자가 될지도 모르는 사람한테 우리가 그런 정보를 제공할 거라고 생각해요?"

미친 개소리였다.

"당신 모든 걸 다 알면서 이러는 거죠? 납치가 아니라 두 분이 각자 어디론가 사라진 걸 알면서 이러는 거 맞죠!"

검사가 손바닥으로 탁자를 쾅 내리쳤다. 그는 갑자기 미친 모자 장수에서 하이드로 변신했다. 존경받는 지킬 박사에서 약물을 먹고 살인자로 변신한 괴물 하이드. 어쩌면 시중에 유행하는 지랄 총량의 법칙에 걸려 버린 모범생의 단순한 광기인지도 몰랐다.

"뭘 잘했다고 어디서 큰 소리야! 당신 이러면 공무 집행 방해와 증거 인멸죄로 구속할 거야! 그래도 좋아!"

야수로 변신한 그가 벌떡 일어나 벽을 향해 달려갔다. 그러고는 마치 벽을 향해 화풀이하듯 주먹으로 퍽퍽 내리치며 고함을 질렀다.

"씨발 년! 개좆같은 소리 하고 있네!"

유희는 악몽을 꾸는 것 같았다. 구둣발로 발길질한 남자가 거칠게 자신의 머리를 쥐어뜯으며 유희에게로 돌아왔다. 분을 삼키지 못한 검사의 목에 붉은 핏대가 서 있었다. 그가 손에 쥔 서류 파일로 유희의 머리통을 내리쳤다. 검은 머리카락이 와르르 쏟아져 내리며 유희의 얼굴을 가렸다.

"걸레 같은 년이 어디서 협박을 하고 개지랄이야!"

그는 사무실 문을 거칠게 열고는 쾅 소리를 내고 닫았다. 무자비한 공중 폭격을 경고하는 사이렌 소리처럼 귀에서 이명이 울렸다.

검사가 돌아오기 전까지 유희는 떨리는 가슴을 진정시키며 지금까지 일어난 일들을 정리했다. 아버지가 시어머니를 납치하지 않았다는 사실은 분명해졌다. 시간적 여유가 없었을뿐더러 납치할 이유도 없었다. 그런데 왜 검사는 실종 사건을, 아니 이제는 단순 가출이 되어 버린 사건을 끝까지 납치 사건으로 몰아가려는 것일까. 거기에는 숨은 의도가 있었다. 하지만 그것이 무엇이든 이 어처구니없는 중상모략을 중단시킬 힘은 그녀에게 없었다. 반면 그들은 자신들이 설정한 목표를 끝까지 밀고 나가야 할 분명한 이유가 있었다. 어렴풋이나마 유희는 그 이유를 알 수 있었다. 그들이 원하는 것은 여당 후보로 나온 남편 상훈의 당선이었다. 그뿐만 아니라 이 사건으로 야당과 진보 진영 전체가 도덕적 타격을 입길 원했다. 진실이 감추어지든 밝혀지든 그들에게는 마찬가지였다. 아버지가 지적한 대로 그들이 원하는 것은 시민들의 정치 혐오였다. '그놈이 그놈이야.' 선거철에 이 바이러스가 퍼지면 언제나 그들은 승리했다.

검사는 조사관과 함께 돌아왔다. 미친 모자 장수와 발정 난 3월의 토끼. 그들을 얕봐서는 안 된다. 검사는 세수를 했는지 얼굴이 말끔했다. 그는 이전에는 보이지 않던 친절한 미소를 지으며 자리에 앉았다.

"자, 이제 조사를 마무리하도록 하죠, 부인."

그의 목소리가 지나치게 다정해서 소름이 끼칠 정도였다.

"여기 오면 원래 험한 일을 당하기 마련입니다. 이 정도는 약과인 거죠. 종북 쓰레기나 빨갱이 간첩들이 오면 뼈도 못 추리고 나가는 게 여기 아닙니까. 부인은 그래도 운이 좋은 편입니다. 저 같은 사람을 만나서 편하게 조사를 받았잖아요. 공안 검사들이 얼마나 무서운 사람인지는 부인도 잘 아실 거예요. 제가 좀 흥분해서 심한 말을 했다면 진심으로 사과드립니다. 나가시면 오늘 있었던 일은 깨끗이 잊어버리세요."

그러고는 조사관에게 눈짓을 보냈다. 조사관이 또 다른 서류를 펼쳤다.

"우리가 알고 싶은 건 신현우 작가가 왜 유럽을 갔으며 최종 목적지는 어디일까 하는 겁니다. 부인도 잘 알듯이 이번 납치 사건은 국민들의 관심이 집중되어 있거든요. 진실을 알고 싶어 하는 국민들에게 우리는 우리가 해야 할 소임을 다해야죠."

유희는 검사가 말한 '진실'의 의미를 생각하며 답했다.

"최근에 아버지는 '국경'이라는 제목의 소설을 썼어요. 확인해 보니 며칠 전에 탈고해서 출판사에 넘기셨어요."

"소설?"

"소설의 무대가 중부 유럽의 작은 나라예요. 유럽으로 떠나신 게 틀림없다면 이 나라를 방문하기 위한 목적이 가장 컸을 거예요. 아버지는 독일 유학 시절에 가 보신 적이 있었다고 말했어요. 제가 짐작할 수 있는 건 이 정도예요."

흠, 하는 소리와 함께 검사가 눈빛을 반짝였다.

"그 나라가 어디예요?"

"엠베리 오르삭이라는 이름인데, 작은 도시 국가 같은 나라라고 들었어요. 트란실바니아 지역에 있어요."

"트란실바니아? 알 것도 같은데. 하지만 엠베리 오르삭이라는 나라는 처음 듣는데, 너 알아?"

조사관은 모릅니다, 라고 사무적으로 말했다.

"헝가리와 루마니아의 국경 지대에 있다고 들었어요. 조사해 보시면 알 거예요."

"야, 빨리 검색해 봐."

조사관이 노트북 키보드를 두드렸다.

"그런 이름의 나라는 없습니다."

"뭐?"

검사보다 유희가 더 놀랐다. 그럴 리가 없었다.

"제가 찾아볼게요."

조사관이 노트북을 돌려 유희에게 내밀었다. 유희는 구글 검색창에 엠베리 오르삭을 쳐 넣었다. 조사관의 말대로 검색되지 않았다. 각종 열매(베리)에 대한 정보만 나왔다. 유희는 알파벳을 기억해 내려고 애썼다. 쉬운 철자가 아니었다. 겨우 단어를 조합해 영문 자판으로 검색했다. emberi ország. 암호문 같은 헝가리어로 쓰인 웹 페이지가 쏟아져 나왔다. 그러나 어느 웹 페이지도 국가 정보를 알리는 내용을 담고 있지 않았다. 심장 박동이 빨라졌다. 헝가리어를 읽을 수 없으니 무용지물이었다. 유희는 다시 한글로 검색했다. 하지만 결과는 마찬가지였다. 네이버에서 검색하니 아예 검색 결과가 없다는 경고문이 나왔다. 곁에서 지켜보던 검사가 말했다.

"지금 우리와 장난하자는 겁니까?"

유희는 그의 말이 귀에 들어오지 않았다. 헝가리 출신의 민중 혁명가 이름이 뭐였지? 유희는 구글 검색창에 죄르지 임레라고 썼다. 죄르지 임레라는 이름은 검색되지 않았다. 헝가리 출신 마르크스주의 철학자 죄르지 루카치와 2002년에 노벨 문학상을 받은 소설가 임레 케르테스에 관한 정보만 나올 뿐 죄르지 임레라는 이름의 역사학자는 보이지 않았다.

"그럴 리가 없어요."

유희가 탄식처럼 혼잣말을 내뱉었다.

"야! 외교부에 들어가서 검색해 봐."

검사의 지시에 조사관은 다시 노트북을 가져갔다. 그리고 외교부 홈페이지 검색창에서 엠베리 오르삭을 넣었다. 아무런 정보도 나오지 않았다.

“아이 씨팔, 정말 끝까지 이런 식으로 나올 겁니까? 도대체 있지도 않은 나라에 갔다는 게 지금 말이 돼!”

검사는 유희를 내려다보며 눈을 부라렸다. 그는 책상 위의 서류 파일을 집어 들었다. 쌍욕을 하며 유희의 머리를 내리치던 서류 파일이었다. 유희는 반사적으로 겁을 먹었다.

“죄송해요. 아버지가 소설 속에서 한 이야기를 착각한 것 같아요.”

유희는 검사를 올려다보며 말했다. 검사실에 온 이후 처음으로 눈물이 흘러내렸다. 검사는 그녀의 젖은 눈을 보며 공대 출신 여자 프로그래머의 지리학적 지식이 자신보다 앞서지 않았다는 사실에 안도했고, 소설과 현실을 구분하지 못하는 멍청한 여자라는 것을 확인했다는 점에서 만족했다. 또한 눈앞의 여자가 풍기 문란을 일으킨 천박한 여자라는 자신의 판단이 틀리지 않았다는 사실을 확인해서 은근히 기분이 좋아졌다.

8

화원 검찰청을 나온 시각은 땅거미가 지고 어둠이 내려앉을 때였다. 기자들은 청사 밖에서 꽃샘추위에 떨며 늦은 시간까지 돌팔매질을 당해야 마땅한 부정한 여자를 기다리고 있었다. 시어머니의 안부가 걱정되지 않느냐는 기자의 질문에 유희는 깊고 차가운 우물 속에 빠진 느낌을 받았다. 그녀는 젊은 기자들의 얼어붙은 손과 뺨을 보며 미안함을 느꼈다. 그래서 자신도 모르게 쏟아지는 질문 세례에 “죄송합니다”라고 말했다. 택시에 올라서도 두근거리는 가슴은 좀처럼 가라앉지 않았다. 카메라 플래시 세례와 살점을 도려내는 듯한 날 선 질문, 불륜을 저지른 여자를 향한 본능적인 적대감, 사내들의 호기심과 여자들의 조롱이 뒤섞인 시선들이 원한에 사무친 망령처럼 그녀를 뒤쫓아 왔다. 그녀는 관 속에 몸을 구겨 넣듯 택시에 올랐다. 마침내 익숙한 거리에 이르자 유희는 택시에서 내렸다. 그녀는 사람들이 자신을 알아보지 못하는 곳으로 탈출하고 싶었다. 도시가 제공하는 물질적 풍요와 화려함에 매료된 인파는 아이러니하게도 그녀의 피난처가 되어 주었다. 정치 혐오와 무관심을 훈장이라도 되는 듯 여기는 대중이 점령한 거리는 낯선 나라의 화려한 가면무도회장 같았다. 유희는 이들이 벌이는 파티에 참석해서 모든 것을 잊고 일상으로 돌아가고 싶었다. 그러나 10대 아이들이 줄지어 늘어선 빌딩 앞에서 그녀의 안도감은 공포와 증오로 바뀌었다. 건물 상층에 미니스커트를 입은 아이돌 여자 가수의 대형 광고판이 보이고 그 옆에 보란 듯이 남편 상훈의 선거 포스터 사진이 걸려 있었다. 남편은 날씬한 허벅지와 긴 종아리를 자랑하는 여자아이 옆에서 환하게 웃고 있었다. 사진 하단에는 ‘진실을 위해 싸우겠습니다!’라는 새로운 문구가 새겨져 있었다. 유희는 서둘러 발걸음을 돌려 인파 속에서 빠져나와 택시를 탔다. 상훈의 얼굴이 보이지 않는 곳으로 달아나는 것만이 그녀의 유일한 소망이었다. 유희는 택시 기사에게 기차역으로 가자고 말하며 눈을 감았다.

보일러가 꺼진 아버지의 아파트는 차갑게 식어 있었다. 유희는 전원을 올리고 냉장고를 뒤졌다. 냉동고에 인스턴트 닭 가슴살 볶음밥이 남아 있었다. 간단히 요리한 후 배를 채우고 욕조에 물을 받아 목욕을 했다. 아버지의 아파트에서 아버지가 먹던 밥을 먹고 아버지가 쓰던 욕조에 몸을 담그고 있으니 아버지가 사라졌다는 사실이 실감나지 않았다. 마치 어린 시절 아버지의 가슴에 파묻혀 깊은 잠을 청할 때와 같은 느낌이 들었다. 유희는 거실로 나와 컴퓨터를 켜고 마감 뉴스를 지켜봤다. 자신이 화원시 지방 검찰청을 들어가는 모습과 나오는 모습이 편집된 영상으로 뉴스에 나왔다. 화면으로 나온 자신이 무척 낯선 여자처럼 보였다. 수치스럽고 부정한 죄를 지은 여자, 쏟아지는 비난에 지쳐 희망의 끈을 놓아 버린 한심한 여자. 그녀는 단 한 마디 '죄송하다'는 말을 남기고 사라졌다. 잠시 후 검은 뿔테 안경을 쓴 40대 남자가 기자들 앞에 섰다. 검사였다. 그는 카메라 앞에서 긴장한 듯 연신 헛기침을 했다. 유희는 그의 말에 귀를 기울였다. "차영희 납치 사건에 대한 중간 수사 결과를 발표하겠습니다. 검찰은 선거를 앞두고 일어난 이번 사건이 국민의 지대한 관심을 받고 있음을 인지해서 신속하게 사건 수사를 진행했습니다. 전문가 프로파일러와 과학 수사에 정통한 수사 인력을 대거 배치하여 이번 납치 사건의 용의자로 지목된 신현우 소설가와 피해자인 차영희 화원재단 이사장의 뒤를 쫓고 있습니다. 현재까지 많은 정보와 자료를 수

집했기 때문에 이들의 행방은 곧 밝혀지리라 믿고 있습니다. 수사상의 보안 문제로 구체적인 정황을 공개할 순 없지만, 국민 여러분은 안심하시고 각자의 자리에서…….” 유희는 헛소리를 늘어놓는 미친 모자 장수를 증오했다. 그러나 텔레비전 앞에 모여든 사람들은 불륜을 저지른 유부녀의 말보다 검사의 말을 믿을 것이었다. 화면상에 비친 남자는 성실하고 자신감에 찬 엘리트 공무원으로 보였다. 그는 명문대를 나오고 사법 고시를 통과한 남자였다. 모두 모자 장수의 값비싼 모자, 껍데기를 보고 있었다. “용의자 신현우 작가의 딸 신유희 씨를 참고인으로 조사한 결과, 검찰은 신유희 씨가 이번 납치 사건에 깊이 관여했을 가능성에 대해 심도 깊은 수사를 진행했고 참고인의 비협조적인 태도에도 불구하고 많은 정황 증거 자료를 확보했습니다.”

유희는 클릭해서 웹 브라우저를 꺼 버렸다. 남자는 사라졌다. 유희는 거울 앞으로 다가가 모멸감과 분노로 살인 충동을 느끼는 여자를 응시했다. 아버지가 곁에 있어 이야기를 들어줬으면 좋겠다는 기분이 들었다. 억울함을 호소할 사람은 아버지뿐이었다. 친구와 다투거나 학교에서 안 좋은 일이 있을 때는 늘 아버지에게 화를 냈다. 아버지는 말없이 딸의 하소연을 들어주고 밥을 차려 주었다. 냉장고에 소주 한 병이 있었지만, 그녀는 못 본 척하고 작은 방으로 들어가 침대에 누웠다. 꿈에서 유희는 뷰티풀 엠베리 오르삭, 즉 아름다운 인간의 나라에서 활짝 웃고 있는 아버지를 보았다. 흰머리가 희끗희끗한 아버지는 행복해 보였다. 놀라서 잠이 깬 유희는 몽유병 환자처럼 의식을 잃은 상태에서 전화기 키보드를 두드렸다. '죽이고 싶은 사람이 있어! 제발 연락해 줘!' 유희는 메시지를 꺼져 있는 민중의 전화기로 전송했다. 다시 누웠지만 잠은 오지 않았다. 문득 민중 대신 미친 모자 장수가 방금 보낸 문자 메시지를 먼저 볼 수도 있다는 생각이 들었다.

다음 날 유희는 아버지의 소설 『국경』을 읽었다. 원고지 800매 분량의 장편이었다. 프린터로 출력해 주방과 화장실, 침실을 오가며 읽었다. 짧은 신혼 생활 이후 아내를 잃고 홀로된 남자가 국경을 넘어 젊은 시절 꿈꾸었던 이상이 실현된 나라로 사라진다는 이야기였다. 관념적이고 이지적인 전작들과는 달리 감상적이고 서정적인 문체의 작품이어서 페이지가 쉽게 넘어갔지만, 도입부에선 낯선 사람과 어색한 대화를 나누는 듯한 느낌을 받았다. 아버지의 삶을 사실적으로 그리고 있는데도 오히려 문장 속 생생한 묘사가 독서를 방해했다. 아버지가 이른바 자전적인 소설을 쓴 것은 처음이었다. 아내의 장례식이 끝나고 소설이 중반부에 들어서면서 유희는 사랑하는 사람을 잃은 주인공의 슬픔과 고통을 느꼈다. 명치끝이 저렸다. 왜 나는 여태 아버지에 대해 오해하고 있었을까, 라는 후회가 가져온 통증이었다. 소설 속 아버지는 누구보다 아내의 죽음을 가슴 아파했다. 어린 시절 유희는 장례식에서 돌아온 아버지의 태연한 모습을 보며 아버지가 엄마의 죽음을 당연하게 받아들이는 것으로 생각했다. 여섯 살 연하의 남자와 바람을 피운 아내에 대한 증오가 아버지를 이전과는 다른 사람으로 만들었다고 판단했다. 아버지는 차갑고 건조한 문체로 보통 인간의 감정과는 거리가 먼 비정한 소설을 썼다. 관념적이고 사변적인 냉혈한들이 고독한 형이상학적인 세계에서 죽어 나갔다. 이들 소설에서 작가의 고백은 철저히 제거되어 있었다. 유희는 아버지가 아닌 한 남자의 독백을 마지막 소설『국경』을 통해 처음으로 읽었다. 주인공 남자는 부모를 잃은 어린아이처럼 외로워했고 두려움을 느꼈다. 사랑에 대해서, 삶의 의미에 대해서 그리고 죽음에 대해서. 소설을 덮고 유희는 불 꺼진 아버지의 방으로 들어가 텅 빈 아버지의 낡은 침대를 응시했다. 아버지는 수십 년 동안 혼자서 차가운 침대에 누워 이불을 둘러쓰고 잠을 청했다. 주인이 사라진 침대가 꿈틀거렸다. '무슨 일이냐?' 고개를 돌리고 딸을 바라보는 아버지의 얼굴이 환영으로 나타났다. 가슴이 아팠다. '아무 일도 아니에요.' 유희는 아버지를 안심시켜 주고 싶었다. 그러나 미처 말을 내뱉기도 전에 환영은 사라졌다. 유희는 현실에 존재하지 않는 나라의 국경을 넘어 깊은 숲으로 사라지는 아버지의 뒷모습을 머릿속으로 그리며 문을 닫았다.

민중에게서는 아무런 연락이 오지 않았다. 유희는 불안했다. 그러나 그의 행방을 수소문할 방법이 없었다. 유희는 아버지의 낡은 쏘나타를 타고 자신의 아파트로 갔다. 아버지가 온라인으로 주문해 선물로 준 여행 안내 책자를 찾기 위해서였다. 가이드북에는 분명히 엠베리 오르삭이라는 자치국에 대한 정보가 실려 있었다. 거실과 안방, 작은 방의 책장 모두를 뒤졌다. 신발장을 뒤지고 침대 밑까지 살폈다. 그러나 가이드북은 보이지 않았다. 마치 현실과 픽션의 세계가 뒤섞여 있는 기분이 들었다. 어제 읽은 아버지의 소설 『국경』 탓이라고 유희는 생각했다. 과거에 일어난 일들에 대한 기억이 날조되고 희석되어 있었다. 그 과정에서 무엇이 진실인지 불분명해졌다. 검사가 질문했다. '이 남자랑 잤어요, 안 잤어요?' 그에게 중요한 건 이것이었다. 다니엘과 민중과 잠을 잔 게 검사는 죄라고 말했다. 유희는 억울했다. 다니엘과 민중과의 만남을 통해 그녀는 행복했고 사랑을 느꼈다. 그게 왜 죄가 되는가? 악의적인 신문 기사를 읽은 사람들은 그녀를 창녀와 걸레라고 불렀다. 남자의 사랑을 받던 여자는 사라지고 도덕적으로 타락한 여자가 나타났다.

인터넷으로 다시 엠베리 오르삭에 대한 정보를 찾았다. 사라진 아버지를 찾기 위한 유일한 키워드가 엠베리 오르삭이었다. 아무리 노력해도 결론은 검사실에서 일어난 상황과 마찬가지였다. 엠베리 오르삭은 현실에 존재하는 국가가 아니었다. 영토가 없으므로 국경도 존재하지 않았다. 그런데도 아버지는 엠베리 오르삭으로 가기 위해 네덜란드 국적 비행기를 타고 유럽으로 날아갔다. 아버지는 부다페스트에 도착해서 하룻밤을 자고 에르되엘브로 향하는 버스에 몸을 실었다. 버스에서 젊은 시절의 엄마를 만나는 꿈을 꾼 아버지는 몇 시간 후 소박한 국경 초소에 도착해 입국 심사를 받고 엠베리 오르삭으로 들어갔다. 아니, 이것은 소설 속의 아버지다. 현실의 아버지가 아니다. 국경선이 아닌 벽이 막아섰다. 현실 속의 에르되엘브, 즉 트란실바니아에는 헝가리와 루마니아 국경이 존재할 뿐이다. 그렇다고 엠베리 오르삭을 포기할 수는 없었다. 포기는 곧 아버지의 죽음을 인정하는 것이 된다. 허구의 세계에 갇혀 버린 아버지를 현실로 데려와야 한다. 식사도 거른 채 인터넷을 검색했다. 헝가리와 루마니아, 트란실바니아를 놓고 집중적으로 조사했다. 한나절을 컴퓨터 앞에서 보낸 끝에 유희는 실마리가 될 영어 논문 한 편을 발견했다. 제목은 'Great−Power−Policy and the Transylvanian Question during and after WWⅡ'였다. 제2차 세계 대전 당시와 이후 트란실바니아 영토 문제를 둘러싸고 벌이는 헝가리와 루마니아의 외교 정책과 서구 열강들의 개입에 관한 논문이었다. 흥미로웠다. 웹 페이지에 나온 자료는 미국인 학자의 요약본이었다. 결론만 놓고 보면 현재 트란실바니아를 둘러싼 국경은 구소비에트 연방이 주도한 1947년 파리 평화 조약의 결과물이었다. 이는 루마니아의 기대에 부응하는 것으로, 이 지역에 500만에 이르는 인구를 가졌던 헝가리는 아직도 당시 설정된 국경에 불만을 품고 있고 국경선을 따라 이루어진 좁은 땅(a narrow zone along the border)을 되돌려 받기를 원하고 있었다. 유희는 논문 요약본을 읽으며 시어머니의 이혼 통보를 받았던 날, 호텔에서 아버지를 만나 저녁 식사를 했던 기억을 떠올렸다. '임레는 결국 자신이 원했던 그림을 완성하지 못했지만 절반의 성공을 거두었다. 헝가리와 루마니아의 국경 지대, 즉 트란실바니아 일부 지역에 자치 정부를 만들었다.' 만약 엠베리 오르삭이 존재한다면 논문에서 거론한 'a narrow zone along the border'일 가능성이 컸다. 형용사 '좁은

(narrow)'의 의미가 상당히 추상적으로 느껴졌다. 아마도 논문 안에서 그 정의가 이루어졌을 거라고 짐작할 수 있을 뿐이었다. 아버지를 찾으려면 이 지역의 구체적인 위치부터 파악해야 했다. 요약본을 통해서는 알아낼 수 없는 정보였다. 유희는 요약본 하단에 적힌 논문에 관한 정보를 읽었다. 논문은 1999년 헝가리 엘테(ELTE) 대학교에서 나왔고 저자는 'Kim Jiyoung'이었다. 김지영? 한국인이라는 말인가. 유희는 내심 놀라며 검색창에 김지영이라는 이름과 헝가리를 넣었다. 결과가 나왔다. 그는 한국의 대학에서 강의하고 있으며 동유럽발칸연구소의 연구원이었다. 뜻하지 않은 성과에 가슴이 뛰었다. 오래지 않아 웹 페이지에서 그의 메일 주소를 알아낼 수 있었다. 유희는 곧장 김지영 박사에게 메일을 썼다. 엠베리 오르삭에 대해서는 알리지 않고 선생님의 영어 논문 요약문을 읽었는데 트란실바니아에 관해 좀 더 알고 싶어 연락을 드린다고 정중한 어조로 만나 뵐 수 있겠느냐고 요청했다. 메일을 쓴 다음에는 허기와 피곤으로 지쳐서 침대에 쓰러졌다. 유희는 그대로 잠들어 내리 다섯 시간을 잤다. 일어나서 곧장 메일함을 확인해 보니 김 박사에게서 온 답장 메일이 있었다. 김 박사는 논문에 관심을 보여 줘서 고맙다는 인사말을 하고 자신을 보려거든 언제든 한국 근현대사박물관으로 오면 된다고 썼다. 대학이 아니라 역사 박물관? 사정이 어찌 됐든 그를 만나면 엠베리 오르삭에 대한 정보를 구할 수도 있겠다는 희망이 생겨났다. 지푸라기라도 잡고 싶은 심정이었다. 유희는 정신을 차리고 늦은 밥을 해 먹었다. 서울까지 가려면 힘을 내야 했다. 민중에게서는 여전히 아무

런 연락도 오지 않았다.

유희는 지하철에서 내려 광화문의 대형 서점에 들렀다. 김지영 박사가 번역한『모순의 제국』을 사기 위해서였다. 무턱대고 메일을 보냈는데 방문을 허락해 준 것에 대한 답례였다. 오스트리아·헝가리 이중 제국의 외교사에 관한 책이었다. 다뉴브 강변의 네오고딕 양식으로 지어진 아름다운 국회 의사당 사진이 뒤표지에 실려 있었다. 유희는 약속 시간보다 30분 일찍 도착해 역사 박물관 3층 카페에 앉아『모순의 제국』을 읽었다. 김지영 박사는 점심시간이 시작되고 얼마 되지 않아서 모습을 드러냈다. 40대 후반의 덩치 큰 남자였다. 이름 탓에 여자일 거라고 미루어 짐작했기 때문에 유희는 조금 당황했다. 그는 유희가 탁자에 내려놓은 자신의 책을 발견하고는 환한 미소를 지으며 손을 내밀었다. 어색한 분위기는 김 박사의 화려한 언변에 이내 사라졌다. 그는 젊은 여성을 배려하겠다는 듯 대화를 주도하며 친근한 태도를 보였다. 곧 텅 빈 탁자를 보고 계산대로 가서 2인분의 샌드위치와 커피를 주문했다. 유희가 지갑을 꺼내자 그는 손사래를 쳤다.

"부산에서 서울까지 먼 길을 오셨는데 손님 대접은 제가 해야죠."

그는 조금 지나치다 싶을 만큼 말을 많이 했다. 재킷 단추를 잠그기가 어려워 보일 정도로 나온 아랫배와는 대조적인 빠르고 경쾌한 리듬의 목소리였다. 그는 샌드위치를 한 입 물고 책 표지를 펼치며 어깨를 으쓱했다. 유희는 자신의 이름을 불러 줬다. 그는 빠르게 저자 서명을 한 뒤 유희에게 책을 돌려줬다.

"헝가리에 대해 관심이 많으신 아름다운 여성분을 만나서 굉장히 즐겁습니다."

김 박사가 유쾌하게 웃었다. 유희는 미소로 화답했다. 샌드위치와 커피를 마시며 헝가리와 박물관과 관련된 이런저런 소소한 이야기를 나누었다. 유희는 김 박사가 식사를 마친 걸 확인하고 본론을 꺼냈다.

"솔직히 말씀드리면 헝가리가 아니라 엠베리 오르삭에 대해 알고 싶어서 연락을 드렸습니다."

유희는 그렇게 말하고 김 박사의 반응을 살폈다. 그는 눈썹을 치켜세우고 말했다.

"머저르 오르삭을 잘못 말씀하신 거 아니에요? 헝가리인들은 자신들의 나라를 머저르 오르삭이라고 부릅니다. 흔히 우리가 마자르족이라고 부르는 민족이 헝가리인들의 조상이죠."

"아뇨. 엠베리 오르삭이 맞아요."

유희의 단호한 태도에 김 박사는 이맛살을 찌푸렸다.

"엠베리 오르삭이라, 인간의 나라라는 뜻인데, 흥미롭군요."

유희는 커피로 입술을 적시고 그간의 사정을 설명했다. 여기까지 와서 망설이며 주저할 필요는 없었다. 앞서 다소 산만하게 자신의 이야기를 이어 갈 때와 달리 그는 진중한 태도로 유희의 말을 경청했다. 유희가 말을 마치자 그는 팔짱을 끼고 한참 동안 침묵을 지켰다. 유희는 초조한 마음으로 그의 대답을 기다렸다.

"그러니까 유희 씨는 픽션의 세계에 건설된 나라에 대한 정보를 구하기 위해 저를 찾아온 것이군요."

유희는 고개를 끄덕였다.

"이야기를 듣다 보니 개연성이 있어 보입니다. 실제로 그런 나라가 존재할지 모른다는 생각도 드는군요."

유희는 눈을 반짝이며 그의 말에 귀를 기울였다.

"그러나 죄송하지만 제가 조언할 수 있는 성질의 주제는 아닌 것 같네요. 전 역사학자입니다. 소설 세계에 대해서는 절대적으로 지식이 부족하죠."

"현실적으로 불가능한 이야기죠?"

유희는 실망스러운 목소리로 말했다. 그는 조금 주저하며 말을 이었다.

"보기에 따라서는 가능성이 제로는 아닐 수도 있지 않을까요? 개인적으로 저는 그 대목이 마음에 듭니다. 서구 강대국들의 틈바구니에서 힘의 균형을 유지하려는 각국의 이해관계를 이용해 자치국을 만든다는 아이디어가 무척 참신해요. 당시 트란실바니아는 전후 유럽 영토 분쟁에서 첨예한 갈등을 품고 있었거든요. 또 다른 세계 대전으로 이어질 가능성도 충분했죠. 이런 혼란기에는 무엇이든 일어날 수 있거든요."

"결국, 엠베리 오르삭이라는 나라는 존재하지 않는 거군요."

유희의 말에 김 박사는 아무 말도 하지 않았다. 유희의 실망한 눈빛에 그는 어쩔 줄 몰라 하며 그녀를 위로했다. 유희는 도리어 무안해져서 의식적으로 환하게 웃으며 말했다.

"제가 너무 엉뚱한 이야기를 했습니다. 바쁘실 텐데 시간도 내주시고 어떻게 감사의 표시를 해야 할지 모르겠네요."

"아닙니다. 제게는 매우 소중한 시간이었습니다. 이런 말씀을 드리면 어떨지 모르지만, 저도 한때는 이상적인 국가에 대한 염원 같은 것을 가슴에 품고 산 적이 있었습니다. 유희 씨와 이야기를 나누다 보니 제 연구가 지나치게 객관적인 자료에 의존한 것은 아닐까라는 의심이 드네요. 죄르지 임레라고 하셨죠? 동명의 헝가리 민중 혁명가가 역사서에 기록되어 있지는 않겠지만, 당시를 되돌아보면 그의 이상에 동감하는 많은 헝가리인이 존재했을 가능성은 매우 큽니다. 근대 국가가 시작되면서 사람들은 이상향을 꿈꾸기 시작했죠. 제1인터내셔널에 참여한 아나키스트와 사회주의자, 공산주의자들이 바로 그들입니다. 소비에트가 몰락하고 자본주의 체제가 강화되면서부터 현대인은 꿈을 잃었습니다. 이제 우리는 이 체제의 감옥에서 벗어날 수 없다고 완전히 포기해 버린 것은 아닐까 하는 의심마저 듭니다. 저도 그런 사람 중 하나이고요. 엠베리 오르삭은 그런 의미에서 존재 가치가 있습니다."

유희는 그의 이야기를 들으면서 아버지의 얼굴을 떠올렸다. 여름밤 호텔 스카이라운지에서 이혼 통보를 받은 외동딸을 위로하며 아버지는 '유토피아는 존재한다'고 선언했다. 그렇게 생각하자 아버지가 국경선을 넘어 엠베리 오르삭으로 떠난 사실이 거부할 수 없는 진실처럼 느껴졌다. 유희는 김 박사에게 시간을 내주어 고맙다고 다시 한 번 고개를 숙여 인사했다. 그는 계산대에서와 마찬가지로 손사래를 쳤다. 공무원의 점심시간이 끝나 가고 있었다. 김 박사가 아쉽다는 듯 유희를 바라보며 말했다.

"사람들은 오해를 받으며 살 수밖에 없는 존재입니다. 그런 일이 자기에게 일어나면 세상을 원망하게 되죠. 힘내세요, 유희 씨."

뜻밖의 말에 유희는 얼굴을 붉혔다.

"죄송합니다. 제가 먼저 말씀드렸어야 했는데."

"아닙니다. 이번 선거 이야기가 아니라 제 신세타령을 한 겁니다. 저도 사람들로부터 많은 오해를 받았습니다."

그의 말은 모호했고 어떤 말을 해야 위로가 될지 몰라 유희는 입을 다물었다.

"선거가 이틀밖에 안 남았네요. 선거가 끝나면 이번 소동은 깨끗이 잊힐 겁니다. 그때까지 참고 버티는 거죠."

그가 의식적으로 소리를 내어 웃었다. 코끝이 찡해왔다. 자리에서 일어나 김지영 박사와 악수를 했다. 그와의 만남은 예상치 못한 곳에서 도움이 되었다. 외톨이가 아니라는 느낌은 그녀의 영혼에 박힌 증오와 분노를 잠시나마 잊게 해 주었다.

"소설 속에서 아버지는 '희망이 있다면 노동자층뿐이다'라고 썼어요. 소설 전개와는 상관없는 말이어서 그 문장을 읽으며 조금 놀랐어요."

김 박사는 이맛살을 찌푸리며 유희가 한 말을 되씹었다.

"희망이 있다면 노동자층뿐이다. 혹시 조지 오웰이 『1984년』에서 한 말인가요?"

그의 질문에 유희는 환하게 웃으며 고개를 끄덕였다.

"네. 이야기 흐름과 관계없이 왜 조지 오웰을 인용했는지 궁금해졌어요. 그 문장을 읽을 때는 지금의 이 상황을 풀어 줄 힌트가 될지도 모른다는 직감이 들었는데 여전히 잘 모르겠어요."

김 박사는 도움을 줄 수 없어 미안하다는 표정을 지으며 어깨를 으쓱였다.

"희망이 있다면…… 다음에 지금의 상황에 맞아떨어지는 다른 말을 넣어 보는 건 어떨까요? 예를 들어, 희망이 있다면 어린이들뿐이다 하는 식으로 말이죠."

유희는 그의 제안이 마음에 들었다. 남자의 긍정적인 사고와 유쾌함이 드러나는 대목이라고 그녀는 생각했다. 이제 헤어질 시간이었다. 유희는 김 박사와 헤어진 후 곧장 서울역으로 가서 부산행 KTX를 탔다. 아파트로 돌아오니 피로가 몰려왔다. 비밀번호를 누르고 현관문을 열자 거실에 불이 켜져 있었다. 유희의 가슴에도 환하고 따뜻한 불빛이 스며들었다. 민중이었다. 민중은 거실 소파에 앉아 조용히 책을 읽고 있다가 고개를 들어 유희를 보며 싱긋 미소를 지었다. 기차에서 유희는 근 두 시간 동안 김 박사가 내준 숙제를 풀려고 노력했었다. '노동자'라는 20세기적 단어 대신 넣을 만한 단어가 무엇이 있을까? 민중의 얼굴을 보자 유희는 그 해답을 찾은 듯한 느낌을 받았다. 그녀가 완성한 문장은 단순했다. 미래 지향적이라기보다는 과거로의 회귀에 가까웠기 때문에 유희는 어쩔 수 없다는 듯 가벼운 체념에 젖어 그를 바라보며 미소를 지었다. 희망이 있다면 민중뿐이다.

유희는 덜컥 겁이 났다. '수배령이 떨어졌으니 곧 잡히겠지'라는 검사의 말이 떠올랐던 것이다. 검찰 소환과 관련된 두서없는 설명을 들은 민중은 오히려 유희를 안심시켰다. "그럴 일은 없을 거예요"라고 태연스레 말했다. 괴한의 습격을 받아 피를 흘리면서도 아무렇지 않은 듯 웃었던 것처럼 그는 경찰과 검찰의 수사 자체를 무시했다. 유희는 걱정되면서도 한편으로는 민중의 의연한 태도와 자신감이 어디서 나오는지 궁금했다. "해야 할 일이 있었어요. 불이 났는데 구경만 할 순 없잖아요." 그는 유희를 컴퓨터 앞으로 데려갔다. 그리고 빠르게 신문사 홈페이지를 클릭했다. 아버지가 상훈을 고발하는 기고문을 올린 신문사였다.

"기자를 만나지는 않고 그냥 자료만 메일로 보냈어요. 그랬더니 세 시간도 채 못 되어 기사가 올라왔어요."

유희는 민중 곁에 앉아 눈을 찌푸리며 기사를 읽었다. 제목은 '단독 보도, 납치 피해자의 엉뚱한 휴가, 헛다리 짚은 검찰'이었다. 기사 옆에는 동영상 캡처 사진이 붙어 있었다. 언뜻 보아도 사진 속 주인공은 시어머니였다. 시어머니는 크고 푹신한 소파에 기대어 오렌지 주스를 마시고 있었다.

"이게 뭐야?"

시어머니의 사진을 보니 다시 가슴이 뛰었다. 민중은 말없이 동영상을 클릭했다. 시어머니는 카페로 보이는 장소에서 선글라스를 낀 채 누군가와 대화를 나누고 있었다. 제법 거리가 있는데도 시어머니의 모습이 정확히 보였다. 카페에는 종업원을 제외하곤 다른 손님이 거의 보이지 않았다. 시어머니가 환하게 웃으며 고개까지 흔드는 모습이 정확히 보였다.

“호텔 방에 숨어 있는 게 힘들었는지 사람들이 잠든 시각에 모습을 드러냈어요. 지금 제주도가 비수기여서 평일 낮에도 관광객들이 거의 없어요. 숨어 지내기엔 안성맞춤이더라고요.”

유희는 동영상을 보면서 다시 기사 제목과 강조된 요약 기사를 빠르게 읽었다. 납치당한 것으로 알려진 차영희 재단 이사장이 제주도의 한 특급 호텔에서 투숙객의 카메라에 찍혔다는 기사였다.

“민중 씨가 이걸 찍었어?”

그는 고개를 끄덕였다.

“작가님 행방은 못 찾았어요. 그래서 반대쪽으로 추적했는데, 시간이 좀 걸리긴 했지만 결국 찾아냈죠.”

유희는 놀란 얼굴로 민중을 쳐다봤다. 이게 이렇듯 태연스레 말할 일인가.

“납치라는 게 말이 안 되잖아요. 두 분이 만난 장소에 가서 주변을 탐색했더니 금방 결과가 나오더라고요. 아마 검찰도 알고 있을 거예요. 제주도 호텔 방에 몸을 숨긴 사실까지는 모르겠지만, 어느 정도 짐작하고는 있었을 거예요. 경찰이나 검찰도 이미 납치 사건은 아닌 것으로 결론짓고 수사를 하지 않고 있더라고요. 그래서 이분 뒤를 쫓았죠."

민중은 손가락으로 시어머니를 가리키며 말했다.

"어떻게 했는지는 나중에 알려 줄게요. 조금 복잡한 일이 걸려 있거든요. 하지만 걱정하지 않아도 돼요. 불법적인 일은 아니니까."

유희는 설움에 복받쳐 자신도 모르게 왈칵 눈물을 쏟았다. 검찰 조사에서 이미 납치 사건이 아님을 확신했지만 명백한 증거를 확인하니 그동안 가슴속에 쌓였던 불안과 공포의 감정이 한순간에 터져 나왔다. 민중이 유희의 어깨에 손을 올리며 그녀를 다독였다.

"지금쯤 기자들이 호텔로 달려갔을 거예요."

"왜 그랬어?"

민중이 유희의 눈물을 손바닥으로 닦아 주며 말했다.

"복수하고 싶었어요. 누나가 당한 것만큼 그대로 돌려주고 싶었어요."

기사는 순식간에 인터넷을 달구었다. 실시간 검색 순위 1위를 차지한 것은 물론 전 언론사에서 기사를 쏟아 냈다. 선거를 불과 이틀 앞두고 일어난 핫 이슈인 만큼 엄청난 수의 댓글이 달렸다. 대부분 파렴치한 시어머니의 행동을 비난하는 글이었다. 변명의 여지가 없는 행동이었다. 납치가 아니라고 경찰에 전화 한 통만 하면 되는 일인데도 시어머니는 어처구니없는 납치 소동을 즐기며 제주도의 특급 호텔에서 유유자적 휴가를 즐기고 있었다. 도대체 무엇 때문에? 아들을 국회 의원으로 만들기 위해 이 엄청난 일을 숨긴 것이라는 해명은 받아들일 수 없었다. 유희는 추리 소설 작가 애거사 크리스티의 악명 높은 실종 사건을 떠올렸다. 크리스티는 바람피운 남편과 싸움을 벌인 밤, 비서에게 여행을 떠난다는 한 통의 편지를 남긴 후 사라졌다. 10일 넘게 실종 상태가 이어지자 그녀의 독자들과 언론은 크리스티의 남편이 그녀를 살해했을지 모른다고 의심하기 시작했다. 그러나 정작 크리스티는 남편의 내연녀 성을 딴 가명으로 한 호텔에 투숙하고 있었다. 유희는 크리스티와 시어머니의 황당한 행동을 비교하다가 고개를 저었다. 크리스티의 행동은 많은 사람에게 충격을 주었지만 정치적 목적을 이루기 위한 전략적인 행위는 아니었다. 크리스티는 남편의 불륜에 의한 피해 의식을 갖고 있었다. 그러나 시어머니의 경우는 달랐다. 그녀는 목적의식이 뚜렷했다. 아들이 선거에 이기기 위해서 이번 우발적인 사건을 교묘하게 이용한 것이다. 어쩌면 식당에서 아버지의 출국 소식을 전해 듣고 이번 사건을 써먹어야겠다고 즉흥적으로 결심했는지도 모른다. 아니면 엘리베이터에서 아버지와 실랑이를 하고 정말 충격을 받았을지도 모른다. 진실이 무엇이든 시어머니의 실종은 선거에 유리하게 작용했고 추락했던 상훈의 지지율이 가파르게 올랐다.

민중이 소파로 돌아가 우엘벡의 소설을 읽는 동안 유희는 기사에 달린 댓글을 읽었다. 시어머니에 대한 비난의 강도가 셀수록 추천 수가 많았다. 힐난 댓글을 읽는 유희의 가슴은 이전에 자신에게 쏟아지던 욕설과 비방 댓글을 읽을 때와 마찬가지로 요동쳤다. 시어머니를 향한 사람들의 노골적인 저주와 증오는 통쾌함 대신 그녀의 마음속 깊은 상처를 다시 건드렸다. 속이 메스꺼워서 더는 읽을 수가 없었다. 눈치를 챈 민중이 다가와 그녀를 제지했다.

"이제 그만 읽어요. 다른 사람이 어떻게 생각하는지는 중요하지 않아요."

유희는 자리에서 일어났다. 민중의 말이 맞았다. 타인의 의견은 중요하지 않다. 거기에 휘둘리면 중심을 잡을 수 없다.

"내가 보고 싶지 않았어요?"

민중이 웃으며 말했다. 유희는 대답 대신 그의 목을 감싸 안고 키스했다. 민중의 근사한 몸과 입맞춤을 통해 유희는 깨달았다. 내게 필요한 것은 사랑이라고. 유희는 민중의 품속에서 어린 시절 잃어버린 아름답고 환상적인 동화의 나라에 도착했다. 소박하지만 맵시 있는 드레스를 입은 어린 공주가 된 그녀는 늙고 추악한 마녀의 질투를 피해 달아나 성안의 왕자님을 찾아 먼 여행을 떠났다. 왕자님만 만나면 이 모든 시련과 공포는 말끔히 사라질 것이다. 동화를 읽어 준 사람은 죽은 엄마였다. 엄마는 어린 그녀를 품에 안고 신데렐라와 백설 공주, 인어 공주, 프린세스 소피아, 얼음 공주 등을 읽어 주었다. 고난에 빠진 수많은 공주는 어린 계집아이의 무의식을 지배했다. 유희는 동화를 통해 가난과 고통을 참고 견뎌야 한다는 교훈을 얻었다. 그리고 어느 날 엄마는 스스로 목숨을 끊었다. 아버지는 엄마와 달리 동화를 읽어 주지 않았다. 어린 소녀는 현실에 눈을 떴다. 아버지는 자본주의적 경쟁에서 탈락한 가난한 작가였다. 유희는 살아남기 위해 투쟁해야 한다는 사실을 깨달았다. 그녀는 공대를 선택했고 남자들과 경쟁했다. 20년 넘게 그녀는 잘 버텼다. 그러나 결혼이 그녀의 무의식에 잠들어 있던 동화의 세계를 부활시켰다. 왕자님의 달콤한 속삭임을 그녀는 거부하지 못했다. 그는 부자였고 성안의 사람, 즉 부르주아였다. 잘만 버티면 평생 공주처럼 살 수 있다고 착각한 것인지도 몰랐다. 비로소 유희는 엄마의 죽음을 이해했다. 백마 탄 왕자는 없다. 유희는 민중의 품속에서 그렇게 중얼거렸다. 왕자님은 없다고.

시어머니의 황당한 행동은 선거에 나간 아들의 몰락을 이끈 직격탄이 되었다. 제주도로 날아간 기자들과의 인터뷰에서 시어머니는 거짓 눈물을 흘리며 당시에 자신은 사돈의 폭력에 제정신이 아닌 상태였다고 답했다. 충격으로 아무에게도 알리지 않고 섬으로 피신했다는 말을 했지만, 시어머니의 말을 곧이곧대로 받아들이는 사람은 아무도 없었다. 납치 사건의 피해자로 있는 동안 급상승했던 상훈의 지지율이 하룻밤 사이에 끝도 없이 추락했다. 거짓 납치극을 벌인 시어머니와 이에 동조한 상훈에 대한 시민들의 분노는 극에 달했고, 여론은 이미 상훈의 패배를 기정사실로 받아들였다. 유희는 현우의 기고문을 실은 신문사 기자의 전화를 받았다. 젊은 여기자는 부드러운 목소리로 유희를 위로했다.

"이번 일로 마음고생이 심하셨죠?"

유희는 고마움을 느끼면서도 침묵했다.

"정치라는 게 참 놀라운 것 같아요. 정상훈 후보는 자기가 쳐 놓은 함정에 스스로 빠져들었어요. 지금쯤 후보 사퇴를 하지 못한 걸 후회하고 있을 거예요."

선거 이야기를 하면서 기자의 목소리가 밝아졌다.

"선거가 끝나면 언제 한 번 뵐 수 있을까요? 그동안 우리 신문사에서도 유희 씨를 오해해서 잘못된 기사가 나간 적이 있거든요. 국장님이 무척 미안해하셨어요."

유희는 기회가 되면 그렇게 하겠다고 답했다.

"작가님은 아직 연락이 안 되는 거죠? 너무 걱정하진 마세요. 유럽으로 떠난 기록이 남아 있으니까 곧 소재가 밝혀지겠죠. 지금쯤 어디에선가 유희 씨를 지켜보고 계실 거예요."

전화를 끊고 유희는 외출 준비를 했다. 내일이면 선거가 시작된다는 생각을 하자 가슴이 두근거렸다. 유희는 민중과 함께 사람들의 눈을 피해 휴식을 취했다. 선거가 코앞이라 여론 조사 결과는 발표되지 않았지만, 이번 선거에서 상훈이 당선될 거라고 점치는 언론사는 없었다. 보수 성향의 신문사조차 유권자들의 공분을 산 시어머니의 어처구니없는 행동을 비난했다. 그렇게 또 하루가 흘러 날이 밝았다. 유희는 다른 사람들과 마찬가지로 일찍 투표를 하고 정치권이 시민에게 선물한 휴일을 즐겼다. 정치에 염증을 느낀 많은 사람이 투표장을 찾지 않고 시 외곽으로 나들이를 떠났다. 젊고 나이 어린 유권자들은 투표장에 가는 행위 자체를 유행에 뒤처진 구닥다리 취급했고 요란하게 거리 유세를 하는 후보자들을 경멸적인 시선으로 바라봤다. 유희와 민중도 어쩌면 그들과 같은 생각을 하고 있었는지 모른다. 이번 소동이 일어나기 전까지 민중은 정치에 대해 철저한 무관심으로 일관했고, 유희는 대안도 없이 의회주의 체제 자체를 혐오했다. 하지만 이번 선거는 그들에게 남다른 의미를 지니고 있었다. 정치가 그들 삶에 직접적인 영향을 끼치고 있음을 깨달았기 때문이었다. 두 연인은 바닷가에 인접한 식당에서 늦은 저녁을 먹고 집으로 돌아왔다. 텔레비전에서는 출구 조사를 토대로 한 선거 개표 결과 방송이 한창이었다. 유희와 민중은 편안한 옷으로 갈아입고 휴식을 취했다. 맥주를 마시고 소파에 마주 앉아 책을 읽었다. 유희는 도서관에서 빌려 온 유럽 여행 가이드북을 펼쳤고 민중은 아버지의 소설 『국경』을 읽었다. 휴대 전화 전원을 꺼 놓아 방해하는 사람은 아무도 없었다. 먼 나라의 이국적인 도시와 픽션의 세계에 흐르는 강물과 깊은 숲이 아파트 거실을 채웠다. 어디를 둘러봐도 멈춰진 세상은 존재하지 않았다. 민중은 국경을 넘어 죄르지 임레가 건설한 엠베리 오르삭으로 들어갔다. 그는 소설을 읽으며 어린 시절 비밀스러운 종교에 빠져 산으로 들어간 아버지의 모습을 떠올렸다. 그 아버지는 죽어서 관 속에 누운 채 아들을 찾아왔다. 민중은 아버지의 얼굴을 만졌고 차가운 피부를 통해 아버지가 평화로운 죽음을 맞았다는 사실을 깨달았다.

"엠베리 오르삭이 뭘 의미하는지 알고 있어요?"

민중이 소설에서 눈을 떼고 유희에게 물었다. 유희는 고개를 들어 민중의 얼굴을 바라보며 아무 말도 하지 않았다. 민중이 벽시계로 시선을 돌렸다. 자정이 넘어 있었다.

"이제 볼까요?"

유희가 고개를 끄덕이자 민중이 컴퓨터 앞으로 다가갔다. 선거구 대부분에서 개표 결과가 확정되었다. 꽃다발을 목에 두른 후보자 사진과 함께 당선사례 인터뷰 기사가 곳곳에 올라와 있었다. 유희는 두근거리는 가슴을 진정시키며 민중이 지도에서 화원시를 찾아 클릭하는 모습을 지켜봤다. 선거 개표 결과에 촉각을 곤두세우기는 처음이었다. 상훈의 낙선은 유희에게 단순히 한 정치인 후보자의 정치적 죽음을 의미하는 것이 아니었다. 그의 실패는 그녀를 둘러싼 현실 세계의 모순과 부조리가 제거되고 새로운 세계로 진입할 수 있는 국경선이 열리는 것으로 해석될 수 있었다. 아직은 희망이 있다는 정치적 메시지였다. 사람들이 원하는 것이 진실임을 증명하는 선거.

'51.6퍼센트.'

유희는 모니터에 나타난 숫자를 읽었다. '51.6퍼센트.' 절묘한 득표였다. 민주주의 체제를 정당화하고 작동시키는 과반수의 득표. 대한민국 정치인들의 영원한 꿈의 숫자.

"이게 뭐예요?"

모니터에서 눈을 뗀 민중이 유희를 바라보며 물었다. 유희는 태연하게 화면을 노려보았지만 손끝이 떨리는 것은 숨길 수 없었다. 심호흡을 내쉰 다음 말했다.

"우리가 졌어."

"네?"

믿을 수 없다는 표정으로 자신을 바라보는 민중의 눈을 응시하며 유희는 그가 했던 말을 기억했다. '다른 사람이 어떻게 생각하는지는 중요하지 않아요.' 민중의 말에는 일면의 진실과 일면의 거짓이 존재했다. 선거에서는 다른 사람의 생각이 절대적으로 중요했다. 선거에서 이긴 상훈은 당선사례 성명을 발표하고 선거 운동을 도운 당직자들과 악수하며 기자들의 카메라를 향해 활짝 웃었다. 그의 웃음은 날카로운 칼날이 되어 그녀의 가슴에 박혔다. 민중이 떨리는 유희의 손을 잡았다. 현기증이 났다. 51.6이라는 숫자가 머릿속에서 떠나질 않았다. 그것은 그녀와 함께 숨 쉬고 생활하는 사람들이 그녀에게 내린 경고였다. '너를 우리가 사는 세상에서 추방한다'는 경고의 메시지…….

국경의 봄

1

은행에 남은 돈을 모두 찾아 유로화로 환전했다. 이제 사라진 아버지를 찾아 나설 일만 남았다. 암스테르담 스히폴 공항을 거쳐 부다페스트 공항에 도착하는 항공편으로 비행시간만 11시간 50분이 소요되는 긴 여행이었다. 민중이 기차역까지 나와서 인천공항으로 가는 유희를 배웅했다. 두 사람은 긴 포옹을 하고 입맞춤을 나누었다. 차창 밖에서 손을 흔드는 민중을 향해 유희는 '안녕' 하고 속삭이며 이별을 고했다.

부다페스트는 아름다웠다. 다운타운에서도 가장 번화한 바치 스트리트의 호텔에 여장을 풀고 도시 곳곳을 탐색했다. 영웅 광장과 같은 유명한 관광지를 방문하고 부다 왕궁 내에 위치한 국립 도서관에 들러 헝가리 역사와 정치 외교사에 관한 책들을 읽었다. 영문으로 된 책의 수가 생각보다 많아서 시간이 꽤 걸렸다. 도서관이 문을 닫을 시간에는 시내로 내려와 두너 강변 노천카페에 자리를 잡고 세계 각지에서 몰려든 관광객들 틈에 끼여서 휴식을 취했다. 카페에서는 살라미를 안주 삼아 흑맥주를 마시며 아버지의 소설 『국경』을 슬레이트 PC로 다시 읽었다. 작가의 흔적을 찾을 수 있는 모든 실마리는 소설 속에 숨어 있었다. 헝가리와 국경을 맞댄 나라는 서쪽으로 오스트리아, 북쪽으로는 슬로바키아, 북동쪽으로는 우크라이나, 동쪽과 남동쪽으로는 루마니아, 남쪽으로는 세르비아, 남서쪽으로는 크로아티아, 슬로베니아였다. 유희는 나라 이름을 세다 현기증을 느꼈다. 이들 나라를 모두 방문하는 것은 불가능했다. 포커스를 루마니아, 즉 트란실바니아로 집중했다. 유희는 소설을 읽으며 다시 난관에 봉착했다. 헝가리와 국경을 맞댄 엠베리 오르삭을 아는 헝가리인이 아무도 없었다. 기회 있을 때마다 혹시나 하는 마음으로 헝가리인들에게 '엠베리 오르삭'을 아느냐고 물었다. 그럴 때마다 친절한 헝가리인들은 환한 미소로 "여기가 바로 엠베리 오르삭이야"라고 답했다. 인간들이 모여 사는 곳이니 당연히 엠베리 오르삭이 아니겠냐는 의사 표시였다.

4일간의 부다페스트 체류를 끝내고 유희는 에르되엘브로 향하는 버스에 몸을 실었다. 몇 시간 후 버스는 헝가리와 루마니아의 국경 지대에 도착했다. 유희는 루마니아 국경 수비병에게 대한민국 여권을 보여 줬다. 버스가 루마니아 도로를 질주하는 동안 유희는 눈을 감고 나라와 나라를 구분 짓는 인위적인 국경선에 대해 생각했다. 1989년 헝가리 국경 도시 쇼프론에서 오스트리아 사이에 놓인 국경 펜스가 철거되면서 수많은 동독인이 이 국경선을 통해 서독과 스위스로 탈출을 감행했다. 범유럽 피크닉으로 명명된 이 사건은 동유럽 국가의 철의 장막을 무너뜨리고 베를린 장벽 붕괴라는 거대한 역사적 흐름으로 이어졌다. 아버지는 소설에서 국경의 해체야말로 인간성을 회복하는 시금석이 될 것이라고 주장했다. 소설을 완성한 후 아버지는 추상적인 국경선에 둘러싸인 엠베리 오르삭으로 망명을 떠났다. 소설이 메타포임을 유희도 알고 있었다. 미처 생각을 정리하기도 전에 버스가 최종 목적지에 도착했다. 울트라실바니아, 숲을 넘어서. 트란실바니아였다.

유희는 광장에서 가장 가까운 카페로 들어갔다. 청명한 하늘과 박석 위로 쏟아져 내리는 눈부신 태양과 달리 그녀의 머릿속은 어둡고 혼탁했다. 트란실바니아에 도착하면 어떻게든 추적의 실마리를 찾을 수 있을 거라는 막연한 추측은 이 지역이 그녀의 지리적 상상력의 한계를 뛰어넘으면서부터 어긋났다. 트란실바니아는 남한 전체 영토보다 조금 더 큰 거대한 땅이었다. 정확한 주소를 갖고 있어도 낯선 외국인으로서는 찾아가기 힘든 일인데 유희가 가진 정보라곤 아버지의 소설 한 권이 전부였다. 책에는 구체적인 지명이 쓰여 있지 않았다. 유희는 때마침 울린 공의 도움으로 KO패를 겨우 면한 복서처럼 멍하니 앉아 시간을 보내다가 탄산수를 꿀꺽꿀꺽 마시고 카페를 나왔다.

중세 도시의 아름다움을 원래 모습 그대로 간직한 브라쇼브는 몰다비아와 왈라키아, 트란실바니아 세 지방을 잇는 교통과 상업의 중심지로 유명했다. 브라쇼브는 제1차 세계 대전이 끝나고 트리아농 조약이 체결된 이후 오스트리아·헝가리 이중 제국에서 루마니아로 편입된 도시였다. 유희는 고색창연한 유럽의 작은 도시에서 이방인의 시선으로 광장과 골목을 기웃거렸다. 친절하고 순박한 토착민들은 동양에서 온 젊은 여자 여행객을 신기하게 바라보았다. 역사 박물관에서 트란실바니아 지방 유물을 살펴보고 스파툴루이 광장을 배회하다 보니 어느덧 해가 기울었다. 유희는 광장에서 가까운 작은 호텔에 짐을 풀었다. 중세 유럽식 가구로 실내 장식을 한 아담한 방이었다. 참치 통조림을 따서 샌드위치를 만들어 간단히 요기한 다음 샤워를 하고 곧장 침대로 올라갔다. 긴 여행과 긴장 탓인지 꿈도 꾸지 않고 깊은 잠을 잤다. 다음 날 유희는 도시에서 남서쪽으로 30여 킬로미터 떨어진 브란 마을로 이동했다. 절벽 위에 돌과 벽돌로 지은 작은 성을 보기 위해서였다. 브란 성의 다른 이름은 드라큘라 성이었다. 드라큘라의 실제 모델인 블라드 체페슈 3세가 실제로 브란 성에 머문 기록은 어디에도 남아 있지 않았다. 그런데도 성 특유의 어둡고 음산한 분위기 탓에 이런 별칭이 붙었다. 덕분에 호기심 많은 관광객의 방문이 끊이지 않았다. 유희는 성을 대충 둘러본 후 인근 카페테라스에 앉아 드라큘라 백작에 관한 안내서를 읽었다. 백작은 적국의 포로나 범죄자들을 잔인한 방식으로 처형한 것으로 악명이 높았다. 한 예로 그는 살아 있는 사람에게 뾰족하게 깎은 장대를 입에서 항문까지 관통시키거나 귀와 귀를 통과시키는 가혹한 형벌을 내렸다. 이 잔혹 행위가 세상에 알려지면서 루마니아의 전설적인 영웅은 아일랜드 태생의 소설가에 의해 하루아침에 흡혈귀로 변신했다. 백작의 엽기적인 행동을 읽는 동안 점심으로 먹은, 고기를 다진 크레페가 배 속에서 꿈틀거렸다. 유희는 진한 유럽식 커피를 홀짝이며 니글대는 위장을 진정시켰다. 그때 한 노파가 다가와 말을 붙였다. 손톱 때가 낀 손가락 사이로 바구니가 불안하게 매달려 있었다. 바구니 속에는 루마니아 동전 몇 닢이 들어 있었다. 노파는 탁한 눈동자로 유희를 쏘아보았다. 펑퍼짐하고 화려한 문양이 들어간 노파의 치마는 더럽고 색이 바래 있었다. 길게 땋은 검은 머리에 쓴 붉은 두건과 발톱을 드러낸 슬리퍼 역시 꾀죄죄했다. 구걸하는 태도로 보기엔 노파의 시선이 지나치게 노골적이고 도전적이어서 유희는 집시 노파를 못 본 척하며 시선을 안내문으로 돌렸다. 하지만 노파는 그녀의 곁을 떠나지 않았다.

"남자가 필요해?"

유희는 귀를 의심하며 고개를 들었다. 집시 노파는 유희를 바라보며 의미심장한 미소를 지었다. 웃음과 함께 주름진 얼굴이 일그러져서 땟국 흐르는 얼굴이 더욱 추하게 보였다. 노파의 지저분한 얼굴과 얼토당토않은 이야기에 유희는 묘한 동정을 느꼈다. 집시 여인은 남자를 유혹해서 나쁜 결과를 일으키는 인종으로 문학 작품과 영화에서 종종 묘사되었다. 제2차 세계 대전 당시 나치 정권은 유대인과 함께 집시를 인종 청산의 대상으로 삼았고, 이들 인도아리안계 유랑 민족을 잔인하게 학살했다. 유희는 재킷 주머니에서 2유로짜리 동전을 꺼내 늙은 로미(여자 집시)의 바구니에 넣었다. 노파는 낄낄거리며 유희에게 고맙다고 말했다. 그녀의 엉터리 영어는 독특한 지방 사투리와 섞여 제대로 알아들을 수 없었다. 발작 같은 웃음을 멈춘 노파가 백태 낀 눈동자로 유희를 쏘아보며 말했다.

"천국의 문이 열렸으니 죽음이 널 반가이 맞이할 것이도다."

그녀의 말을 해석한 유희의 몸에 소름이 돋았다. 유희는 진저리를 치며 노파를 응시했다. 집시 여인들이 점을 친다는 말은 익히 알고 있는 사실이었다. 노파가 동전을 받은 대가로 내게 운명을 알려 주려는 것일까. 관광 안내서에는 집시들의 유혹과 접근을 조심하라고 쓰여 있었다. 유희는 냉정함을 되찾고 짧은 한숨을 내쉬었다. 그리고 뜻하지 않은 말을 내뱉었다.

"할머니, 혹시 엠베리 오르삭이라고 아세요?"

무심코 던진 질문에 이번에는 노파의 얼굴이 굳어졌다. 유희는 찰나의 표정 변화를 놓치지 않았다. 뒷걸음치려는 노인을 보며 유희는 급하게 그녀의 팔을 잡았다. 무례한 행동이었지만 어쩔 수 없었다. 노파는 눈을 동그랗게 뜨고 유희를 주시한 다음 주변을 두리번거렸다. 마치 누군가가 이 이야기를 엿듣는 것은 아닐까 싶어 공포심에 떠는 얼굴이었다. 유희는 급히 지갑에서 20유로 지폐를 꺼내 그녀의 바구니에 담았다. 바구니를 든 노파의 손이 미세하게 떨리고 있었다. 유희는 그녀를 안심시키며 자리를 권했다. 노파는 지폐와 카페 내부에서 의심 가득한 얼굴로 그 모습을 지켜보는 독일계 유대인

백인 남자를 번갈아 바라보더니 주저하며 자리에 앉았다. 유희는 주인 남자에게 괜찮다는 표정으로 고개를 끄덕였고, 주인 남자는 제자리로 돌아갔다. 유희가 노파에게 몇 가지 질문했지만, 집시 여인은 영어를 모른다는 표정으로 멀뚱멀뚱 유희를 쳐다보았다. 앞서 엉터리 영어로 어떻게든 문장을 만든 것과는 대조적이었다. 답답했는지 그녀가 알아들을 수 없는 루마니아어를 쏟아냈다. 탁자에 놓인 물을 마신 노파는 다시 이야기를 계속했다. 이번에는 헝가리어였다. 유희는 두 외국어를 몰랐지만, 노파의 변화된 목소리를 통해 두 언어 사이의 음성적 차이는 구별해 낼 수 있었다. 루마니아어가 좀 더 탁하고 강하게 들리는 반면 헝가리어는 상대적으로 부드럽고 리듬감이 있었다. 외계 언어에 가까운 외국어가 끝없이 이어지자 마음이 조급해졌다. 그녀는 노파의 검은 손을 맞잡으며 다시 질문했다. 이번에는 문장을 만들지 않고 '엠베리 오르삭'이라는 단어만 반복해서 말했다. 처음과 마찬가지로 노파의 주름진 얼굴이 굳어지고 이내 창백해졌다. 유희는 이 상황을 어떻게 풀어야 할지 몰랐다. 유럽에 발을 디딘 이후 엠베리 오르삭에 대해 반응하는 사람을 처음 만났는데도 대화가 통하지 않아 더는 진전시킬 수 없었다. 노파가 날카로운 눈으로 유희를 쏘아보며 고개를 가로저었다. 마치 더 이상 비밀을 캐려고 하지 말라는 경고성 엄포 같았다. 유희는 지갑에서 100유로 지폐를 꺼내 노파에게 내보였다. 이번에는 바구니에 넣지 않고 손에 꽉 쥐고 있었다.

"엠베리 오르삭!"

돈을 본 집시 여인의 얼굴이 기묘하게 일그러졌다. 유희가 꺼낸 최후의 카드는 효과가 있었다. 노파가 탁자에 놓인 펜을 집어 들었다. 그러고는 가이드북 여백에 무엇인가를 썼다. 짧은 단어를 완성한 노파는 유희가 손에 쥔 지폐를 낚아채며 자리에서 일어났다. 순식간의 일이었다. 집시 여인은 긴 치마를 질질 끌며 광장의 인파 사이로 사라졌다. 유희는 그녀의 등장이 상상 속에서 일어난 일이 아님을 확인하려는 듯 안내 책자를 내려다봤다.

'Gylkos to.'

유희는 그 단어를 어떻게 발음해야 될지 몰라 한참을 쏘아보기만 했다.

"질코시 토." 헝가리계 호텔 지배인은 가이드북에 쓰인 단어를 그렇게 발음했다.

"무척 아름다운 호수에요. 특히 눈 내린 겨울이 아름답죠."

지배인 남자는 영어를 하는 자신이 자랑스럽다는 표정으로 말했다. 유희가 질코시 토를 방문하고 싶다고 말하자 지배인은 친절하게 교통편을 알아봐 줬다. 유희는 지배인이 메모해 준 종이를 고이 접어 자리에서 일어났다.

"질코시 토의 다른 이름이 뭔지 아세요?"

"네?"

"살인자의 호수."

유희는 놀라서 지배인의 갈색 눈동자를 멍하니 바라보았다. 흥미로운 표정을 지으며 지배인이 말했다.

"너무 아름다워서 그런 별명이 붙었는지도 모르겠네요."

입구 문이 열리고 일본인 관광객 노부부가 쭈뼛거리며 호텔로 들어섰다. 지배인은 유희에게 윙크를 하고는 경쾌한 걸음으로 손님에게 달려갔다. 유희는 쪽지를 들고 방으로 올라갔다. 브란 마을에서 산 루마니아 전통주 추이커를 가방에서 꺼내 컵에 따라 마셨다. 자두를 원료로 만든 증류주는 달콤하면서도 뒷맛이 깔끔했다. 유희는 잠깐 생각한 다음 한 잔을 더 마셨다. 도수가 높아서 이내 술기운이 올라왔다. 옷을 벗고 스탠드를 내리고 침대에 누워 잠을 청했다. 엷은 어둠이 차가워진 몸을 감싸자 냉골 바닥에 누워 진저리를 칠 때처럼 몸이 떨렸다. 낯선 이국땅에서 그녀가 찾는 대상은 불분명했다. 아버지를 찾기 위해 떠나온 여행길이었지만 이제 이 여행은 아버지와는 아무 상관 없는 순례의 길이 되어 가고 있었다. 마치 전쟁영웅이었던 드라큘라 백작이 픽션의 세계에서 뱀파이어로 변질되어 버린 것과 유사하다고 유희는 생각했다. 아버지가 망명한 영토에 가까워질수록 아버지에 대한 그리움과 안타까움이 점점 소멸하는 느낌마저 들었다. 아버지는 그가 평생 원했던 이상적인 나라를 찾아 떠났다. 슬픔은 남겨진 사람의 몫이지 자진해서 떠난 사람이 떠맡아야 할 책임은 아니었다. 다음 날 새벽 눈을 뜬 유희는 짐을 꾸리고 호텔 로비에 준비된 커피를 보온병에 옮겨 담은 뒤 기차역으로 갔다. 역사에는 역무원과 누더기 외투를 걸친 집시 서너 명이 어슬렁거리고 있었다. 그들은 희미한 불빛 아래에서 유희가 새벽안개에 반쯤 몸을 가린 기차에 몸을 싣는 장면을 지켜봤다. 어제 카페에서 만난 늙은 로미는 보이지 않았다. 독재자 차우셰스쿠 치하에서 신음하던 시절에 만들어졌을 법한 낡은 기차는 엄청난 소음을 내며 달콤한 잠에 빠진 중세 마을을 흔들면서 동쪽 울창한 숲을 향해 달려갔다. 객차에는 승객이 한 명도 없었다. 나무로 만든 객실 의자는 딱딱하고 차가웠다. 유희는 무심히 차창 밖 새벽어둠을 지켜보다 깜빡 잠이 들었다. 그사이 기차가 시골 간이역에 멈추고 새로운 승객을 태웠다. 유희는 아낙네들이 큰 소리로 웃고 떠드는 소리에 잠이 깼다. 그들은 한쪽 구석에 낯선 동양인 여자가 웅크리고 있는 모습을 발견하고는 수선을 떨었다. 여자들은 수줍어하면서도 노골적으로 유희를 훔쳐보며 웃고 떠들었다. 시골 아낙네들의 수다는 다음 역에 정차할 때까지 쉼 없이 이어졌다. 침묵이 깨지고 동시에 햇빛이 강해지면서 객실 온도가 높아졌다. 몸이 따뜻해지자 정신도 조금씩 맑아졌다. 기차가 또 다른 시골 역에 정차하자 자리에서 일어난 아낙네 중 한 명이 유희에게 대뜸 루마니아어를 쏟아 내더니 손에 든 검은 종이봉투를 내던졌다. 미처 유희가 묻기도 전에 푸른 눈동자의 젊은 여자는 활짝 미소를 짓고는 기차에서 내렸다. 꽃무늬 스카프를 머리를 두른 가슴 큰 여자가 선로에 서서 유희를 향해 손을 흔들었다. 유희도 소심하게 손을 올려 그들에게 작별 인사를 했다. 그들의 모습이 보이지 않자 유희는 여자가 준 선물을 확인했다. 거친 종이봉투에는 갓 구운 빵이 들어 있었다. 유희는 고마운 마음으로 보온병에 담아 온 커피와 함께 루마니아 전통 빵으로 아침을 먹었다. 차창 밖으로는 여전히 평화롭고 조용한 루마니아 농촌 풍경이 강물처럼 흐르고 있었다. 유희는 식사를 끝내고 슬레이트 PC를 꺼내 아버지의 소실 『국경』을 다시 읽었다. 아버지는 루마니아의 대표적인 농민 작가 리비우 레브레아누의 『봉기』를 언급하며 트란실바니아의 농경 사회를 묘사했다. 이 지역 토착민은 두 부류로, 귀족적인 민족인 헝가리인들과 상대적으로 농경 사회의 전통에서 벗어나지 못한 루마니아인들이 주류를 이루었다. 트란실바니아가 루마니아 영토에 편입된 이후, 루마니아 정부는 비루마니아인 주민을 배제하는 정책을 펼쳤다. 엠베리 오르삭은 루마니아의 배타적 정책에 반발한 헝가리의 민중 지도자 죄르지 임레가 만든 자치국이었다. 임레는 민족적 차별을 극복하고 이 지역의 다양한 민족들이 다투지 않고 평화롭게 살아가는 영토를 원했다. 계급과 민족 차별을 없애고 언어와 문화의 다양성을 인정하는 나라였다. 공상적 사회주의자, 아나키스트, 집산주의자, 예술지상주의자, 수정자본주의자, 니힐리스트 같은 정치적 망명객들과 헝가리인, 루마니아인, 유대인, 슬라브인, 게르만인, 집시 같은 다양한 민족적 배경을 가진 이들이 공통의 목표를 가지고 한 지역으로 모여들어 자치 정부를 구성하고 독립을 선포했다. 유희는 시골 아낙네가 선물한 빵을 먹으면서 어쩌면 이런 나라가 실제로 존재할 수도 있겠다는 생각을 했다. 국적과 민족적 차별 따위의 인위적 경계를 없애면 인간은 어떤 의미에서든 같은 존재였다. 밥을 먹고 사랑하고 죽음을 맞이해야 하는 공통적인 운명을 안은 존재가 인간이었다. 사랑도 없이 영원히 살 수 있는 인간은 지구에 없었다. 유희는 컴퓨터를 가방에 넣고 시선을 창밖으로 돌려 트란실바니아의 풍경을 응시했다. 기차는 점점 더 깊은 숲을 향해 달려가고 있었다. 유희는 기차에 몸을 실은 자신이 현실 세계에서 멀어지고 있다고 생각했다. 반복적인 풍경이 이어지면서 졸음과는 차원이 다른 몽롱한 의식이 그녀의 머릿속을 잠식해 들어왔다. 반면 아버지의 소설 속에서 묘사된 허구의 세계는 서서히 구체화되고 있었다. 직감으로 엠베리 오르삭에 가까워지고 있음을 느꼈다. 얼마나 시간이 흘렀을까? 기차가 종착역에 멈춰 섰다.

지도와 가이드북은 무용지물이었다. 브라쇼브를 떠나오기 전, 그녀가 이 지역에 대해 얻은 유일한 정보는 호수가 구형가리 왕국의 끝자락, 옛 국경 지대에 있다는 사실뿐이었다. 동쪽 깊은 숲을 넘어가면 트란실바니아알프스라고 불리는 카르파티아 산맥이 방문객과 탐험가의 길을 막아선다. 결국, 여기가 아버지의 망명국인 엠베리 오르삭을 찾기 위한 막다른 길이었다. 호수는 아름다웠다. 그리고 생각보다 작았다. 부다페스트를 떠나기 전, 당일치기로 다녀온 벌러톤 호수와의 비교에서 생긴 착시라고 유희는 생각했다. 호수 주변에는 볼품없는 한적한 농가 몇 채가 보이고 가족 단위의 관광객들이 호수와 주변 계곡을 어슬렁거리고 있었다. 도로 곳곳에 헝가리 번호판을 단 차들이 많이 보이는 것이 유일한 특이점이었다. 유희는 멈춰 서서 한 헝가리 남자가 자신의 어린 아들에게 호수 주변의 숲과 산을 가리키며 열심히 무엇인가를 설명하는 장면을 지켜봤다. 헝가리 남자가 잃어버린 영토를 아들에게 어떻게 설명하는지 궁금했다. 유희는 사람들 틈에 섞여 호수 주변을 걷고 계곡으로 이어지는 소로를 걸었다. 속살을 드러낸 돌산이 황량하고 쓸쓸한 그녀의 마음을 더욱 스산하게 만들었다. 고개를 들자 가파른 협곡 사이로 푸른 하늘이 보였다. 처연한 하늘을 올려다보다 유희는 이 여행의 목적이 실패했음을 깨달았다. 집시 여인이 알려 준 호수는 평범한 중부 유럽의 관광지였다. '살인자의 호수'라는 의미심장한 이름에도 불구하고 이곳에서 엠베리 오르삭과 맞닿은 국경선을 발견하는 것은 불가능한 일이었다. 아버지의 발자취가 머문 흔적은 당연히 찾을 수 없었다. 유희는 좁은 길에서 벗어나 인적이 끊긴 숲으로 들어갔다. 마지막 희망이 사라졌다는 절망감이 그녀의 몸을 덮쳤다. 픽션의 세계는 현실에 존재하지 않는다는 마땅한 귀결에 그녀는 알 수 없는 슬픔을 느꼈다. 얼마나 걸었을까? 길이 끊어지고 그녀는 가파른 절벽 앞에 섰다. 족히 수천 년 세월을 견뎠을 낙석들의 무덤인 지상을 내려다보니 현기증이 났다. 낭떠러지는 어서 몸을 던지라며 유혹했고, 검은 날개를 펼친 새 한 마리가 추락을 앞두고 본능적인 두려움에 떠는 그녀를 비웃듯 자유 낙하를 하며 바닥으로 내리꽂혔다. 유희는 눈을 감고 자신이 왜 여기까지 왔는지를 생각했다. 상념을 떨치며 그녀는 주문을 외듯 중얼거렸다. "나는 평범한 여행객이다. 자살은 비범한 인간의 마지막 모험이다." 돌아가야 할 시간이었다.

유희는 토산품을 판매하는 루마니아 상인의 도움으로 호수 주변에 있는 민박집을 찾아갔다. 실용적인 목조 이층집은 스위스나 오스트리아처럼 잘사는 나라의 펜션이나 산장과는 확연히 다른 분위기를 풍겼다. 휴양지나 관광지를 방문한 것이 아니라 평범한 시골집을 찾은 느낌이 들었다. 조그만 나무 간판이 달린 건물 입구에 목줄을 달지 않은 개가 엎드려 잠을 자고 있었다. 곱슬곱슬한 검은색 긴 털이 몸과 얼굴 전체를 덮고 있어 처음에는 강아지가 아니라 검은 털 뭉치처럼 보였다. '걸레 개'라는 별명을 가진 양치기 개 폴리였다. 눈과 코, 입, 귀 모두가 보이지 않아 혀를 내밀지 않으면 말 그대로 털 뭉치처럼 보였다. 주인 내외가 나와서 이방인 손님을 반갑게 맞았다. 그들은 유희에게 2층 다락방 열쇠를 건넸다. 방은 좁고 침대는 딱딱했으나 호수의 전경이 한눈에 보이는 창이 있어 마음에 들었다. 유희는 가방을 내려놓고 한동안 석양이 내려앉기 시작한 호수를 응시했다. 주홍빛에 물든 수면을 바라보자 혼란스럽던 마음이 차분히 가라앉았다. 유희는 침대로 돌아와 아버지의 소설『국경』의 결말 부분을 읽었다. 깊은 숲을 넘은 소설 속 주인공은 오로지 국경선을 향해 앞으로만 걸어갔다. 벌써 서너 번이나 읽은 장면이었다. 유희는 깜빡 잠이 들었고 노크 소리에 눈을 떴다. 문 뒤에는 민박집 주인의 어린 딸이 서 있었다. 머리를 두 갈래로 땋은 여자아이가 함박웃음을 지으며 숟가락으로 음식을 떠먹는 시늉을 했다. 아홉 살 정도의 여자아이는 여행지에서 만난 유럽 여자들 중 가장 예뻐서 질투심이 날 정도였다. 유희는 무심히 고개를 끄덕이고 여자아이를 뒤따라 아래층 식당으로 내려갔다. 1층 식당에는 커다란 통나무 테이블 네 개가 놓여 있었다. 중앙 테이블에 이미 세 명의 젊은 남자들이 자리를 차지하고 맥주를 마시며 음식이 나오길 기다리고 있었다. 유희는 작은 창을 통해 호수를 볼 수 있는 구석진 자리에 앉았다. 젊은 여주인이 다가와 와인과 맥주 중 어느 것이 좋으냐고 물었다. 유희는 맥주를 택했다. 그 소리를 들은 여자아이가 신이 난 듯 주방에서 맥주와 컵을 가지고 돌아왔다. 금발 여자아이는 홀로 여행하는 동양 여자가 신기하다는 듯 자기 자리로 돌아가서도 흘낏흘낏 그녀를 훔쳐봤다. 낯선 여행자를 향한 호감의 표시라는 걸 알았기 때문에 유희는 신경 쓰지 않았다. 입구에서 잠자던 강아지 폴리가 어슬렁어슬렁 걸어와 유희 발치에 엎드렸다. 유희는 강아지의 검은 털에 조금 놀라면서도 머리에 손을 얹고 강아지가 놀라지 않게 조심하며 뻣뻣한 털로 뒤덮인 이마를 쓰다듬었다. 그 모습을 지켜보던 여자아이가 활짝 웃었다. 강아지에 대한 친근한 태도가 주인집 딸을 기쁘게 한 것 같았다. 맥주를 반쯤 비웠을 때 앞치마를 걸친 덩치 큰 주인 남자가 메인 요리를 가지고 주방에서 나왔다. 구야시와 크림을 올린 으깬 감자 접시에서 따뜻한 김이 올라왔다. 분말 같은 붉은 헝가리산 파프리카로 맛을 낸 구야시는 언뜻 보니 육개장과 비슷했다. 모처럼 식욕이 일었다. 쇠고기와 각종 채소를 넣은 수프는 걸쭉한 국물과는 달리 담백했다. 유희가 구야시의 맛에 빠져 있을 때 테이블로 누군가가 다가왔다. 고개를 드니 중앙 테이블에 앉은 청년 중 한 명이 그녀를 내려다보며 서 있었다. 그는 만면에 미소를 띤 채 유희에게 음식이 어떠냐고 영어로 물었다. 자신감 넘치는 표정이나 행동과 달리 목소리가 조금 떨렸다. 그의 등 뒤에서 나머지 두 청년이 저희끼리 키득거리며 청년과 그녀를 지켜보고 있었다. 유희는 대충 상황을 이해했다.

"어디서 왔어요? 일본?"

"아뇨. 한국이에요."

"남쪽 아니면 북쪽?"

유희는 청년의 질문에 웃었다. 여행 중 만난 유럽인들 가운데 몇몇은 자신의 지리적 지식을 자랑하기 위해 가끔 이런 질문을 그녀에게 던졌다.

"우린 부쿠레슈티에서 왔어요. 거기서 대학을 다니죠."

옛 왈라키아 공국의 수도에서 온 대학생 청년의 얼굴에는 자부심이 가득했다. 유희는 어깨를 으쓱였다.

"루마니아 맥주 맛은 어때요?"

유희는 나쁘지 않다고 말했다.

"괜찮으시면 저희와 합석하시죠."

말을 내뱉은 청년의 얼굴이 표나게 붉어졌다. 유희는 갈색 머리 청년을 보고, 또 그의 뒤에서 흥미롭게 이 상황을 지켜보는 두 명의 루마니아 청년을 바라봤다. 제안을 거절하면 용기를 낸 청년은 친구들의 놀림감이 될 것이었다. 유희는 망설였다. 여자만 보면 일단 말부터 붙이고 보는 서유럽의 바람둥이 청년들이었으면 머뭇거리지 않고 자연스럽게 거절했을 것이다. 그러나 유행이 지난 청바지와 평범한 티셔츠 차림의 순박한 루마니아 대학생 청년에게 실망감을 안겨 주는 일은 생각보다 쉽지 않았다.

"We are very nice people(저희는 착한 사람들이에요)."

유희는 그의 말에 웃었다. 그가 친구들에게 들리지 않는 작은 목소리로 "Please(제발요)!"라고 덧붙이며 윙크를 했다. 아마도 친구들과 내기를 했을 가능성이 컸다. 유희는 고개를 끄덕였다. 그녀가 자리에서 일어나자 청년의 등 뒤에서 짧고 굵은 환호성이 터졌다. 테이블로 다가서자 두 청년이 동시에 자리에서 일어났다. 두 청년의 얼굴도 갈색 머리 청년과 마찬가지로 붉어졌다. 반면 긴장이 풀린 갈색 머리 청년의 얼굴은 거만해졌다. 유희는 그들의 순진한 모습에 미소로 화답했다.

그들의 이름은 클라우디우, 도루 그리고 미하이였다. 세 청년 모두 부쿠레슈티 대학 기계공학과 3학년생이었다. 리더 격인 갈색 청년의 이름은 클라우디우였다. 그가 유희에게 질문했다.

"제 이름은 '불쌍한'이라는 뜻인데 유희라는 이름의 뜻은 뭐죠?"

유희는 잠깐 생각한 다음 농담조로 말했다.

"영어로 'pleasure'라는 뜻이에요."

세 청년은 동시에 '플레저(pleasure)'라고 합창하며 웃음을 터뜨렸다. 유희는 어깨를 으쓱였다. 그들과의 대화는 자연스럽게 이어졌다. 여주인이 새 맥주를 가져오면서 분위기가 유쾌해지고 청년들의 볼에도 부끄러워하는 기색이 사라졌다. 그들의 여행 에피소드를 들으면서 유희는 가능한 한 젊은 시절에 여행을 많이 다니는 게 좋을 것 같다고, 그리고 여행 도중에는 언제든 불의의 사고가 일어나니 항상 조심해야 한다고 짐짓 어른처럼 말했다. 그녀의 태도가 조금 거슬린다는 듯 도루가 조심스럽게 말했다.

"마치 우리 엄마처럼 말하네요."

"엄마뻘은 아니지만 이모 정도는 되지 않을까요?"

도루가 무의식적으로 인상을 찌푸렸다.

"내 나이가 서른셋이니 그 정도는 되지 않아요?"

유희의 말에 세 청년은 동시에 과장된 반응을 보이며 놀란 표정을 지었다. 클라우디우가 말했다.

"거짓말. 당신은 아무리 많아도 스물다섯을 넘기지는 않았을 거야."

유희는 스물두 살 청년의 칭찬에 미소를 지은 뒤 정색하며 말했다.

"당신들 유럽인들은 동양에 대해 잘 모르고 있어요."

유희의 설명에도 불구하고 클라우디우는 손가락을 가로저으며 유희에게 거짓말하지 말라는 제스처를 취했다.

"우리의 접근을 막겠다는 의도죠?"

유희는 말이 통하지 않자, 짧게 마음대로 생각하라고 말했다. 조용히 대화를 듣던 미하이가 자신의 빈 맥주병을 확인하고 한 병을 더 주문하기 위해 손을 들었다. 주방 입구에는 헝가리 소녀가 서 있었다. 무심코 고개를 돌린 유희는 소녀의 얼굴을 보고 놀랐다. 그녀의 얼굴은 뿌루퉁하고 화가 나 있었다. 문 입구에서 숟가락으로 음식 먹는 시늉을 하며 보여 준 상냥하고 예쁜 표정과는 대조적인 얼굴이었다. 여자아이는 싸늘한 표정으로 주방으로 들어갔다가 새 맥주병을 들고 나왔다. 테이블 위에 병을 놓을 때도 불쾌한 속마음이 그대로 전달되었다. 돌아갈 때 여자아이는 찬 바람을 일으키며 유희를 날카롭게 쏘아보았다. 청년들은 민박집 주인 소녀의 불친절한 행동이 신경 쓰이지 않는다는 듯 계속 웃고 떠들었다. 그러나 유희는 큰 잘못을 저지른 사람처럼 마음이 불안해졌다. 왜 아이가 내게 화를 내는 걸까. 간간이 청년들의 대화에 참여하면서도 의문은 가시지 않았다. 유희가 고개를 돌렸을 때 여자아이는 창가 테이블에 등을 돌리고 앉아 어둠에 잠긴 호수를 응시하고 있었다. 마치 더 이상 너의 얼굴을 보지 않겠다고 시위하는 듯했다. 유희는 아이의 등을 응시하다 불현듯 자신을 향해 쏟아진 수많은 비난 댓글을 떠올렸다. 유희는 여자아이가 자신에게 던지는 메시지를 해독할 수 있었다. **'제발, 그렇게 헤프게 굴지 마요.'** 유희는 헝가리 소녀의 가녀린 등을 보며 절망감을 느꼈다. 목이 말랐다. 맥주병을 들자 청년들이 동시에 병을 들어 올렸다. 갈색 머리 클라우디우가 큰 소리로 말했다.

"건배! Cheers!"

역사는 반복된다. 한 번은 비극으로, 한 번은 희극으로.

카를 마르크스가 『루이 보나파르트의 브뤼메르 18일』에서 한 말을 인용하며 소설 『국경』은 대단원의 막을 내렸다. 유희는 루마니아 청년들의 얼굴을 바라보며 길지 않은 자신의 삶에서 무엇이 반복되고 있는지 생각했다. 젊고 아름다운 육체를 지닌 청년들이 젊은 여자에게 요구하는 것은 단순하고 본질적인 욕망이었다. 그 욕망은 비극을 낳기도 하고 희극을 낳기도 한다. 한국을 떠나오기 전 유희는 자신이 구체제, 앙시앵 레짐의 희생양이 되었다고 생각했다. 부조리한 마녀사냥으로 육체와 정신이 난도질당했다고 생각했다. 하지만 그것은 잘못된 판단이었다. 유희는 청년들의 들뜬 표정에서 인간의 본질적인 존재 이유를 본 듯한 생각에 사로잡혔다. 다니엘과의 첫날밤, 민중과의 사랑, 그리고 황 사장의 친절과 다정함을 거부할 이유가 그녀에게는 없었다. 삶은 유한하고 죽음은 교차로의 붉은 신호등 불빛처럼 반짝이며 사람들을 기다리고 있었다.

술자리가 끝나고 산장 밖을 나오자 클라우디우가 유희를 따라나섰다. 두 사람은 밤하늘을 수놓은 별을 바라보며 호수 주변을 걸었다. 유희는 젊고 아름다운 청년에게 호기심을 느꼈고, 그가 간절히 바라는 무엇인가를 줘 버리고 싶은 강렬한 유혹을 받았다. 유희가 멈춰 서서 호수의 검은 수면을 바라볼 때 클라우디우가 팔을 벌려 그녀를 감싸 안았다. 유희는 청년의 체온에서 따뜻한 인간의 사랑을 느꼈다. 그것은 많은 사람이 비난하는 동물적인 사랑이었다. 클라우디우는 순진무구한 눈빛으로 그녀를 내려다보다 입술을 맞추었다. 유희는 그를 받아들이며 눈을 감았다. 청년의 심장 박동 소리가 먼 북소리처럼 들려왔다. 역사가 시작되던 첫날에 울리던 북소리라고 유희는 생각했다. 클라우디우의 가늘고 아름다운 손이 그녀의 부드러운 젖가슴에 머물렀다. 살인자의 호수는 밤이슬로 천천히 젖어갔다. 유희는 클라우디우의 청바지 단추를 풀고 발기한 페니스를 움켜쥐었다. 클라우디우가 놀란 듯 입술을 떼고 그녀를 내려다보며 말했다.

"당신 이름이 정말 멋져요."

2

새벽이었다. 속옷 차림으로 침대에서 빠져나온 유희는 블라인드를 제치고 어둠에 잠긴 호수를 바라봤다. 안개가 내려앉아 호수의 수면은 보이지 않았다. 라디에이터가 돌지 않아서 몸에 소름이 돋았다. 유희는 컴퓨터를 켜고 민중에게 편지를 썼다.

민중 씨

내가 있는 곳은 루마니아의 아름다운 호수야. 오늘 밤 호숫가 산장에서 밤을 보내고 내일 새벽에는 엠베리 오르삭을 향해 출발할 예정이야. 호수 건너 숲으로 들어가면 그 나라로 들어가는 국경 지대에 도착할 거라는 희망을 품고 있어. 어쩌면 국경선을 발견할 수 없을지도 모르지만 한번 시도해 볼 생각이야. 낯선 나라를 여행하면서 민중 씨에 대해 많은 생각을 했어. 민중 씨가 들으면 아마 속상해할 수도 있을 것 같은 이야기야. 그래도 솔직하게 말하는 게 좋을 것 같아. 나, 민중 씨를 좋아하지만 지금 이 감정이 사랑인지는 확신하지 못하고 있어. 내가 정말 사랑에 빠진 것일까? 지금까지는 답을 내리지 못했어. 아직 뭐가 뭔지 모르겠어. 다만 지금 내게 필요한 것은 서두르는 것이 아니라 생각을 정리할 시간이야. 그동안 정말 고마웠어. 민중 씨가 옆에 없었으면 아마 지금의 나는 없을지도 몰라. 이 편지가 민중 씨에게 상처를 줄 것 같아서 마음이 아파. 미안해.

국경을 넘으면 민중 씨와 다시 만나기 힘들 거야. 아니, 그런 일은 불가능할 거야. 이게 내가 내린 마지막 결론이야. 이제 두려워 하지 않을 거야. 답장은 하지 않아도 좋아. 그리고 나 같은 여자는 잊도록 해. 안녕.

메일을 보내고 유희는 곧바로 후회했다. 이불을 뒤집어쓰고 눈을 감은 채 민중이 메일을 보지 않기를 기도했다. 그러다 겨우 잠이 들었다. 가방을 정리하고 혹시나 하는 마음에 컴퓨터를 켰다. 민중에게서 온 답장 메일이 있었다. 떨리는 마음으로 메일을 클릭했다. 민중은 그녀보다 짧은 편지를 보냈다. 단 두 줄의 문장이었다. '기다려요. 내가 그곳으로 갈게요.' 유희는 가슴이 아팠다. 만류하는 답장을 보내려다 그만두었다. 어쩌면 벌써 공항을 향해 달려가고 있을지도 모를 일이었다. 유희는 컴퓨터를 가방에 넣고 2층 방을 내려왔다. 민박집 주인 가족은 물론 루마니아 세 청년과 다른 여행객들도 모두 잠에 빠져 있었다. 문을 열자 차가운 새벽 공기가 폐부를 찔렀다. 그녀의 시선이 어둠 속에 도사린 검은 물체에 꽂혔다. 유희는 놀라서 얼어붙었다. 정체불명의 물체가 천천히 그녀를 향해 다가왔다. 유령일까, 아니면 늑대일까. 아니면 살인자의 호수에 사는 밤의 지배자일까. 유희는 가슴을 졸였다. 순식간에 거리가 좁혀지자 공포감은 극도로 커졌다. 순간 예상치 못한 일이 일어났다. 검은 물체가 발치에 엎드려 그녀의 발에 얼굴을 비볐다. 양치기 개 폴리였다. 그녀는 깊은 안도의 한숨을 내쉬었다. 검은 털이 얼굴 전체를 덮고 있어서 일으킨 착각이었다. 유희는 떨리는 가슴을 진정시키며 허리를 숙여 강아지의 머리와 등을 쓰다듬어 주었다. “잠을 깨워서 미안해”라고 말하자 폴리는 혀를 내밀어 유희의 손등을 빨았다. 유희는 자리에서 일어났다. 이제 떠날 일만 남았다. 배낭을 메고 손전등을 켰다. 심호흡을 내쉬고 걸음을 내디뎠다. 걸레 개 폴리가 그녀를 쫓아왔다. 유희는 개에게 “돌아가”라고 말하면서 손짓으로 산장을 가리켰지만, 폴리는 그녀의 말을 듣지 않았다. 제풀에 지칠 것으로 생각한 유희는 숲길을 향해 걸어갔다. 어제 산책을 한 터라 길은 낯설지 않았다. 그녀가 걸어가는 방향은 동쪽이었다. 가슴이 두근거렸다. 동쪽 끝 엠베리 오르삭의 국경선을 발견하기 전까지는 발길을 돌리지 않을 거라고 그녀는 다짐했다. 설령 그 끝이 생과 죽음의 경계일지라도 포기하지 않을 생각이었다.

폴리 덕분에 유희는 외롭지 않았다. 한편으론 자신을 따르는 개가 길을 잃을까 걱정되었는데 이내 그 생각을 버렸다. 길을 잃을 가능성이 큰 쪽은 오히려 자신이었다. 폴리는 새벽 산책이 무척 즐겁다는 듯 유희를 뒤따랐다. 얼마나 걸었을까? 동쪽 숲에서 여명이 밝아 왔다. 어스름이 걷히면서 몸 안의 긴장과 피로도 조금씩 줄어들었다. 유희는 손전등을 끄고 가방에 넣었다. 숲은 깊이 들어갈수록 더욱더 신비스러운 풍경을 연출했다. 아침 이슬에 젖은 풀잎들이 밟히는 소리가 귀를 자극하고, 일찍 잠에서 깬 새들의 날갯짓이 고목들의 무성한 푸른 잎들을 흔들며 눈을 즐겁게 했다. 동화 속의 요정이 사는 비밀의 정원처럼 숲은 아름다웠다. 폴리는 혀를 날름거리며 붉고 푸른 열매들의 냄새를 맡았다. 도중에 샘물을 발견하고 유희와 폴리는 물을 마셨다. 이마에 땀방울이 맺혀 있었다. 차가운 샘물이 혈관의 붉은 피와 섞이자 정신이 맑아졌다. 잠시 후 유희와 폴리는 사나운 물이 흐르는 계곡에 이르렀다. 쏟아져 내리는 물은 바위에 부딪혀 소용돌이를 일으켰다. 유희는 물살이 느린 곳을 찾아 계곡 밑으로 이동했다. 오래지 않아 발목 정도가 잠기는 곳을 찾았다. 유희는 양말과 신발을 벗어 양손에 든 채 폴리를 내려다봤다.

"넌 이제 돌아가."

그러나 강아지는 그녀의 명령을 무시하고 먼저 물을 건너기 시작했다. 어쩔 수 없이 유희가 폴리의 뒤를 좇아 계곡물을 가로질렀다. 물을 건넌 다음에는 가방에서 빵과 사과를 꺼내 폴리와 나누어 먹었다. 이것으로 그녀가 가져온 식량 모두가 소비되었다. 유희는 신발을 신고 다시 길을 걸었다. 시간의 흐름이 정상적으로 작동하지 않고 있음을 그녀는 깨닫지 못하고 오직 동쪽을 향해 나아갔다. 그리고 적의 역습처럼 길이 갑자기 끊어졌다. 아니, 정확히 말하면 길이 끊어진 게 아니라 새로운 길이 나타난 것이다. 동시에 폴리가 멈춰섰다. 유희는 몇 발짝 걸어간 후 폴리가 뒤따르지 않는 걸 깨닫고 뒤돌아섰다. 강아지는 고개를 비스듬히 기울이며 의문 가득한 표정으로 유희를 올려다봤다. 막대 걸레 같은 검은 털이 덮고 있어 눈은 여전히 보이지 않았다.

"왜? 이제 안 따라올 거야?"

폴리는 아무런 반응을 보이지 않다가 발을 굴리며 유희를 향해 컹

컹 짖었다. 유희는 다시 뒤돌아서서 자신이 걸어가는 방향에 펼쳐진 전경을 살폈다. 그제야 어렴풋이 상황을 이해할 수 있었다. 폴리와 그녀는 서로 다른 세계에 서 있었다. 호흡이 다시 가파르게 뛰었다. 유희는 폴리에게 작별 인사를 하고 등을 돌렸다.

사계절의 숲이 펼쳐지고 그녀는 황홀감에 젖어 숲을 지났다. 스크린처럼 떠오른 세계는 진실과 허구가 겹치면서 만들어 낸 이미지의 향연이었다. 오감이 받아들이는 데이터를 그녀는 해석하지 않았다. 뇌에서 이루어지는 분석과 판단은 오류의 미궁 속으로 빠져들 뿐 어떤 가치와 의미도 생산하지 못했다. 좁은 길은 그녀의 시야를 더욱 더 좁혔다. 그녀는 유기물들의 무덤이 된 풀밭 위에서 새로운 생명이 태어나는 소리를 듣고 바람이 실어 온 온갖 냄새를 맡았다. 그리고 숲이 끝났다. 눈앞에 거대한 벌판이 끝도 없이 펼쳐져 있었다. 유희는 손등으로 가리개를 만들어 태양을 올려다보았다. 눈부신 햇살이 거대한 무대와 같은 평원을 비추고 있었다. 지평선 끝자락에 희미한 점처럼 무엇인가가 보였다. 그것의 정체를 유희는 직감으로 알아차렸다. 국경이었다.

국경 초소는 꿈에서 보았던 건물과 유사한 2층 통나무 건물이었다. 바리케이드가 설치되어 있지만 초소 주변에는 펜스가 보이지 않았다. 그 말은 곧 초소에 들르지 않고 옆으로 통과해도 상관없다는 의미처럼 여겨졌다. 유희는 건물 입구에 걸린 작은 청동 종을 흔들고 한 발짝 물러나서 기다렸다. 곧이어 문이 열리고 망토 제복과 모자를 쓴 젊은 군인이 나왔다. 시대에 뒤떨어진 느낌이 나긴 했지만, 제복은 맵시 있고 천의 질감도 좋았다. 군인은 그녀를 보고 환하게 미소를 지으며 말했다.

"요 너포트(Jó napot)!"

유희는 그 말이 헝가리어로 '안녕'이라는 인사말이라는 것을 알았다. 유희는 한국어로 "안녕하세요"라고 답했다.

"웰컴 투 엠베리 오르삭!"

젊은 군인이 다시 영어로 말했다. 유희는 미소를 지으며 고맙다고 답했다. 경비병이 문을 열며 안으로 들어오라고 손짓했다. 유희는 조심스럽게 내부로 들어섰다. 실내를 둘러보던 그녀는 심장이 멎는 듯한 감동을 받았다. 벽지와 탁자, 의자, 장식장, 책장, 캐비닛 등의 실내 장식 가구가 모두 예술품처럼 아름다웠다. 군인들이 근무하는 국경 초소 건물이 아니라 중세 시대 유럽의 아름다운 저택에 들어선 듯한 착각이 들었다. 아니, 그것은 잘못된 표현이었다. 귀족의 저택처럼 지나치게 장식적인 화려함이 아니라 인간적인 소박함이 깃든 절제미가 느껴지는 아름다움이었다. 젊은 군인이 곁에서 그녀를 지켜보며 말했다.

"누구의 작품인지 짐작이 가십니까?"

유희는 천천히 고개를 돌려 국경 수비병의 검은 눈을 응시했다.

"윌리엄 모리스의 작품인가요?"

"정확히 알고 있군요."

유희는 고개를 끄덕였다. 현대 미술계에서 디자인의 왕이라 불리는 윌리엄 모리스. 국가 사회주의를 거부하고 혁명적 사회주의 건설을 지향한 천재 예술가. 모든 것이 아버지의 소설 『국경』에 묘사된 것과 일치했다. 권총을 차지 않은 군인과 모리스가 디자인한 우아한 소품들로 꾸며진 사무실 정경이 마치 아버지의 소설 속에 들어온 착각을 불러일으켰다.

"모든 인간은 아름다움을 누릴 권리를 가지고 있다."

군인은 자부심과 감상에 젖은 목소리로 모리스의 말을 인용했다. 그러고는 유희에게 녹색 천에 종달새 한 쌍을 그려 넣은 의자를 가리켰다. 의자는 서구인의 체격을 생각하면 조금 낮았는데 유희가 앉으니 높이가 딱 맞았다.

"커피와 티, 물이 있습니다. 혹시 식사는 하셨나요?"

"커피로 할게요. 그리고 배는 고프지 않아요."

유희는 그렇게 말하고 얼굴을 붉혔다. 마치 당연한 권리인 듯 말한 것이 부끄러웠다. 군인은 탁자 옆으로 가서 물을 끓이고 커피를 내렸다.

"제 이름은 샨도르입니다."

그가 빅토리아풍 찻잔에 담은 따뜻한 커피를 의자 옆 티 테이블에 내려놓으며 말했다. 유희는 헝가리어로 쾨쇄뇜(köszönöm, 고맙다)이라고 말했다. 샨도르가 그녀의 헝가리어 발음을 칭찬하며 윙크를 보냈다. 유희는 찻잔에 입술을 적셨다. 진하게 내린 헝가리 스타일의 커피는 맛있었다. 맞은편에 앉은 샨도르가 편안한 자세로 등받이에 몸을 기대며 말했다.

"이제 본격적으로 입국 심사를 해 볼까요?"

유희는 입국 심사라는 말에 본능적으로 긴장했다.

"여권을 보여 드려야 하나요?"

유희의 질문에 그는 의미심장한 미소를 지었다.

"그건 당신의 선택에 달려 있습니다. 우리의 의지와는 상관없는 일이죠."

"그건 왜죠?"

"이 나라를 방문한 분은 다름 아닌 당신입니다. 모든 게 당신의 자유 의지에 달려 있죠."

유희는 잠깐 생각한 다음 말했다.

"제 이름은 유희예요."

그는 눈썹을 치켜세우며 예쁜 이름이라고 칭찬했다.

"이곳은 현실 세계에 존재하지 않는 나라인데 여권은 필요하지 않겠죠."

유희는 샤도르의 의중을 떠볼 심사로 그렇게 말했다. 그는 태연한 표정으로 대꾸했다.

"이상한 말이군요. 당신이 지금 이 자리에 있는데 무엇을 부정하는 건지 저는 모르겠습니다."

유희는 기회라고 생각해서 질문을 이었다.

"엠베리 오르삭은 현실에 존재하지 않는 나라잖아요?"

샤도르는 유희의 질문에 처음으로 소리 내어 웃었다.

"그럼 당신은 어떻게 이 나라로 오신 거죠? 당신이 지금 앉아 있는 의자가 존재하지 않는다고 생각하세요?"

그의 질문은 날카로운 창이 되어 가슴을 찔렀다. 샨도르의 말대로 모리스가 만든 아름다운 의자에 자신이 앉아 있었다. 유희의 혼란스러운 표정을 읽은 샨도르가 웃음기를 거두며 말했다.

"이곳에 처음 오시는 분들은 대부분 유희 씨와 같은 반응을 보입니다. 저는 이 나라에서 태어나고 자랐기 때문에 방문객들이 어떤 감정 상태인지는 정확히 모릅니다. 하지만 저는 당신 같은 이방인들에게 매번 같은 이야기를 들려 드립니다."

유희는 아랫입술을 살짝 깨물며 그의 말을 기다렸다.

"이 나라는 현실에 존재합니다."

유희는 샨도르의 말에 대꾸하지 못하고 얼어붙었다.

"당신이 엠베리 오르삭에 온 것은 틀림없는 사실입니다."

"바깥 세계 사람들은 당신의 말을 믿지 않아요. 엠베리 오르삭은 지도에 존재하지도 않고요."

유희의 도전적인 말에 샨도르는 잠깐 당혹스러운 표정을 지었다. 그의 얼굴이 이내 우수에 젖은 표정으로 변했다.

"제 할아버지는 부다페스트의 봄이 끝난 후 엠베리 오르삭으로 망명하셨죠. 저는 할아버지를 통해 다른 나라 사람들의 이야기를 들었습니다. 외부인들 대부분이 우리 나라의 존재를 부정한다고 하더군요. 현실에 존재하고 있는데도 사람들이 의도적으로 존재 자체를 무시한다고 들었습니다."

유희는 마치 이전에 호텔에서 아버지를 만나 처음으로 엠베리 오르삭에 대한 이야기를 들었던 때로 되돌아간 것 같은 느낌을 받았다. 샨도르와 마찬가지로 아버지는 너무나 당연한 듯 엠베리 오르삭의 존재를 인정했다. 샨도르가 말을 이었다.

"그 이유가 엠베리 오르삭이 목표로 하는 이상 때문이라는 것을 알았을 때 저는 충격을 받았습니다. 할아버지는 다른 나라 사람들은 평등한 사회를 꿈꾸지 않는다고 말하더군요. 개인의 이기심에 기초한 자유는 꿈꾸지만, 서로가 평등하게 살아가는 공동체에 대해선 부인하고 심지어 혐오한다고 말씀하시더군요. 처음엔 터무니없는 말이라고 치부했는데 국경 초소에 근무하면서 외국인들을 자주 대하다 보니 할아버지의 말이 진실임을 알게 되었습니다. 소수에 불과하지만, 이곳을 방문한 몇몇 분들은 평등의 가치에 대한 우리의 이야기를 듣고 발길을 돌리기도 했습니다. 그들은 인간이 평등하다는 것은 있을 수 없는 일이라는 말을 마지막으로 남기고 떠났습니다."

설득력 있는 목소리에도 불구하고 유희는 혼란스러웠다. 샨도르가 말을 이었다.

"당신이 사는 나라는 자본가의 이상이 실현된 나라입니다. 산업혁명 이전에는 아무도 부르주아 국가의 존재를 믿지 않았다는 사실을 떠올리면 이해하기 쉬울 겁니다. 사람들은 왕과 귀족의 지배가 영원할 것이라고 믿었죠."

그의 설명은 이전에 아파트에서 황 사장이 들려준 이야기와 똑같았다. 그 역시 우리가 사는 나라가 부르주아의 꿈이 현실이 된 공간이라고 말했다.

"그럼 엠베리 오르삭의 이상은 무엇이죠?"

유희의 질문에 샨도르는 잠시 침묵했다가 느리고 무거운 톤으로 말했다.

"그건 당신이 이 나라에서 스스로 확인해야 하는 일입니다."

"만약 제가 평등을 거부한다면 이 나라에 들어가지 못하나요."

"아마도 당신은 견디지 못할 겁니다."

유희는 샨도르의 검은 눈동자를 응시했다. 물결처럼 부드러운 검은 머리와 조화를 이룬 동공이 밝고 선명한 빛을 내뿜고 있었다. 턱과 볼에 난 잔털이 아니었으면 여자로 착각할 만큼 아름다운 얼굴이었다. 나이를 분간하기 어려운 이중적인 면모가 부드럽고 상냥한 태도와 함께 드러났다. 유희는 국경 수비병 남자에게 솔직하게 모든 사실을 털어놓아야 한다고 생각했다.

"전 아버지를 찾기 위해 이곳을 찾아왔어요."

기대하지 않은 말이라는 듯 샨도르의 눈썹꼬리가 올라갔다.

"그럼 당신은 이상을 좇아 이곳에 온 게 아니군요."

"네. 이 나라는 아버지의 꿈이었어요. 전 단지 아버지를 뒤쫓아 여기까지 왔어요."

샨도르의 검은 눈동자에 깊은 우울의 그림자가 드리워졌다. 유희는 그에게 실망을 안겨 준 것 같아 마음이 불안했다. 그는 아무도 없는 곳에서 방문객을 기다리며 혼자 생활하고 있는 외로운 군인이었다. 유희는 젊고 아름다운 청년에게 사랑하는 연인이 있는지 궁금해졌다.

"아버지의 소재를 확인해 주실 수 있나요?"

유희는 용기를 내서 질문했다. 샨도르는 미동도 하지 않은 채 침묵을 지켰다. 고요와 정적은 암묵적인 부정을 의미했다. 잠시 후 샨도르가 식은 커피를 홀짝인 다음 자리에서 일어나며 말했다.

"당신은 아버지를 무척 사랑하셨군요."

그는 격자창으로 다가서며 넓은 초원을 응시했다. 유희는 샨도르의 단단하고 넓은 등과 어깨를 바라보다 눈시울이 뜨거워지는 것을 느꼈다. 지금껏 살아오면서 아버지에게 사랑한다는 말을 단 한 번도 하지 않았다는 사실이 불현듯 떠올랐던 것이다. 샨도르가 몸을 돌려 유희를 내려다보며 말했다.

"유토피아를 꿈꾼 공상적 사회주의자들에게 가족은 척결의 대상이었습니다. 가족 이기주의가 공동체의 이상과 이념을 훼손한다고 믿었죠. 그 점에서는 시인과 예술가들도 동의했습니다."

유희는 그의 말에 충격을 받았다. 가족에 대한 거부가 이상주의자들 공통의 목표임을 유희도 아버지를 통해 알고 있었다. 그런데도 샨도르를 통해 그 이야기를 듣자 말뜻 내부에 담긴 추상성과 모호성이 제거되고 적나라한 의미가 분명히 드러나면서 애써 숨겨 왔던 불안과 슬픔이 수면 위로 떠올랐다. 그것은 곧 자진해서 망명자가 된 아버지가 딸의 방문을 원하지 않을 수도 있다는 이야기처럼 들렸다.

"하지만 당신에게도 가족이 있다고 말씀하시지 않았나요?"

샨도르는 유희의 질문에 의미가 불분명한 미소를 지었다.

"이 나라에서 가족의 의미와 가치는 당신이 생각하는 것과는 많이 다릅니다. 만약 제가 조금이라도 당신의 입국에 회의적인 태도를 보였다면 아마도 이런 견해 차이에서 비롯되었을 거예요."

그는 이 주제에 대한 이야기는 이제 그만두자는 몸짓을 취하면서 화제를 바꾸었다.

"자유와 평등의 이념적 가치를 추구하는 분들만 이 나라를 방문할 수 있습니다. 이상을 추구하지 않는 분들은 우리가 지금 보고 있는 국경선을 발견하지 못합니다. 그들은 애초에 꿈이 없으므로 우리의 존재를 부정하죠. 이 모든 것이 그들에게는 신기루에 불과합니다. 그런 의미에서 당신은 상당히 예외적인 방문객입니다."

"그럼 저는 엠베리 오르삭을 방문할 수 없나요?"

"그건 제가 답할 수 없는 질문입니다. 모든 것은 당신의 선택에 달려 있습니다."

그의 비현실적인 외모와 태도만큼이나 모호한 대답이었다.

"다만 저는 당신에게 충고해 줄 순 있습니다. 아버지를 만나는 게 당신의 목표라면 당신은 분명히 이 나라에서 실망할 것입니다."

유희는 말의 속뜻을 유추한 다음 말했다.

"저는 정치적인 목표를 갖고 있지 않아요."

"정치적 목표에 대한 이야기가 아닙니다. 우리는 인간의 존재 이유에 대한 이야기를 나누고 있습니다."

"국가는 현실적인 제약과 구속을 사람들에게 요구해요. 정치적 목표가 없는 국가는 존재하지 않아요."

대화가 헛돈다는 생각이 들어서인지 그녀의 목소리가 조금 높아졌다.

“당신이 우리를 발견했다는 사실이 놀랍군요. 저는 충격을 받았습니다.”

유희는 화가 났다. 마치 아버지와 아무 결론도 나지 않는 이야기를 나누는 듯한 착각이 들었다.

“당신은 정치적 목표가 없다고 하면서도 국가의 정치적 제약에 대해서는 순순히 인정하려는 모순적인 태도를 보이고 있습니다. 당신이 사는 나라에선 당신의 이런 약점을 공격해서 자신들의 계급적 이득을 획득하려는 세력이 정치권력을 독점하고 있습니다. 많은 사람이 정치를 부정할수록 그들은 점점 더 큰 권력을 행사할 수 있게 되는 구조인 거죠.”

유희는 답답했다. 어떻게든 결론을 짓고 싶었다.

“결국, 당신은 저의 입국을 거부할 건가요?”

샤도르는 즉각적인 대답을 하지 않고 시간을 보냈다. 그의 얼굴에 다시 미소가 번졌다.

“자유 의지에 대해 당신은 아직 확신하지 못하고 있군요. 좋습니다. 당신에게는 생각할 시간이 필요합니다. 2층에 방문객을 위한 작은 방이 있습니다. 당신은 긴 여행으로 지쳐 있어요. 휴식이 필요할 겁니다.”

유희는 그가 일방적으로 대화를 중단한 것이 아쉬웠지만, 그의 제안을 거부할 수 없었다. 샤도르가 앞장서서 2층으로 향하는 계단을 올라갔다. 그의 동작은 조금 전, 무거운 대화를 나눌 때와는 달리 가볍고 경쾌했다. 그가 나무로 된 문을 열자 예쁘고 소박한 방이 나타났다. 역시 윌리엄 모리스의 벽지와 가구로 장식된 방이었다. 정갈하고 소박한 침대를 보는 순간 갑자기 피로가 몰려왔다. 유희는 불안한 눈빛으로 침대를 응시했다. 샤도르가 다가와 그녀 앞에 섰다. 거리가 가까워지자 그녀의 심장이 다시 뛰었다. 유희는 문득 자신이 무엇 때문에 이곳까지 왔는지 이유를 알 수 없게 되었다. 눈앞에 선 남자는 누구일까?

"당신은 이제 깊은 잠을 잘 겁니다. 영원처럼 긴 꿈을 꾸게 될지도 모릅니다."

샤도르는 천사의 날개를 돋을새김으로 조각한 나무 침대로 그녀를 이끌었다. 매트리스는 부드러우면서도 적당히 딱딱했다. 유희가 눕자 샤도르가 담요를 덮어 주었다. 유희는 눈을 감고 잠을 청했다. 총을 차지 않은 군인이 경쾌한 걸음으로 계단을 내려가는 소리를 들으며 그녀는 서서히 잠에 빠져들었다. 샤도르가 말한 것처럼 영원처럼 깊은 잠이 그녀의 육체와 정신을 둘러쌌다. 고치를 짓는 누에라도 된 듯 그녀는 어둠 속에 가라앉았다. 잠에서 깨어났을 때 어쩌면 나비가 되어 있을지도 모른다는 희망에 가슴이 두근거렸다.

개 짖는 소리에 유희는 눈을 떴다. 유토피아를 꿈꾸었던 몽상가가 만든 아름다운 침대에 그녀는 홀로 누워 있었다. 이상주의자들이 만든 자치국에서 사람들은 노동에 부여된 즐거움의 가치를 처음으로 인식했고 휴식과 쾌락의 의미를 새롭게 정립했다. 그들은 자유로웠고 평등했다. 꿈속에서 유희는 엠베리 오르삭의 거주민들과 어울렸다. 우수에 젖은 검은 눈동자를 한 샨도르도 그중 한 사람이었다. 유희는 그들과 손을 잡고 음악에 맞춰 춤을 췄다. 손뼉을 치며 장단을 맞추는 사람들 무리에서 얼핏 아버지의 얼굴을 본 듯한 느낌도 들었다. 하지만 그녀는 춤을 멈출 수 없었다. 흐르는 시간을 막아설 수 없듯이 그녀는 계속 춤을 췄다. 개 짖는 소리가 먼 북소리처럼 들려왔다. 그녀의 뇌는 아직 꿈속에서 본 영상을 지워 내지 못하고 있었다. 유희는 침대에서 나와 창밖을 내려다봤다. 새벽안개가 물러나며 서쪽 숲의 검은 형태가 어렴풋이 드러나 있었다. 유희는 욕실로 들어가 세수를 하고 머리를 빗은 다음 아래층 사무실로 내려갔다. 진한 커피 향이 느릿느릿 움직이는 그녀의 의식을 자극했다. 샨도르의 모습은 보이지 않았다. 그가 사용하는 넓은 탁자 위에 한 장의 서류가 있는 것을 발견하고 탁자로 다가섰다. 영어와 헝가리어가 뒤섞인 서류에는 그녀의 이름과 국적, 출생 연도가 기록되어 있었다. 아래쪽에 입국을 허락하는 'PASS' 직인과 샨도르의 서명이 보였다. 이제 그녀는 엠베리 오르삭의 일원이 되었다. 유토피아, 아버지가 꿈꾸던 이상향에 도착한 것이다. 유희는 서류를 접어 재킷 주머니에 넣었다. 샨도르가 던진 메시지를 그녀는 이해할 수 있었다. '당신은 이제 어디든 갈 수 있다. 모든 것이 당신의 선택, 자유 의지에 달려 있다.' 유희는 샨도르의 의자에 앉아 아직 식지 않은 커피를 마셨다. 머그잔에 든 커피가 사라지는 동안에도 샨도르는 나타나지 않았다. 유희는 19세기 말 윌리엄 모리스가 설립한 출판사 켈름스코트에서 펴낸『에코토피아 뉴스』를 펼쳤다. 모리스 특유의 우아한 나무와 꽃 장식으로 디자인한 책은 한국에서 '유토피아에서 온 소식'이라는 제목으로 번역되었다. 다시 개 짖는 소리가 들렸다. 이번에는 먼 북소리처럼 아득한 소리가 아니라 고막을 울리는 실제 음향이었다. 유희는 반가운 마음에 책을 덮고 자리에서 일어나 문을 열고 밖으로 나갔다. 걸레 개 폴리가 그녀를 올려다보며 컹컹 짖었다. 유희는 놀라서 폴리에게 다가가 머리를 쓰다듬었다.

"어떻게 된 거야, 여길 어떻게 찾아왔어?"

유희의 목소리가 떨렸다. 폴리의 등장은 그녀를 짓누르고 있던 의혹을 말끔히 씻어 냈다. 샨도르의 말처럼 엠베리 오르삭이 존재하고 있음을 강아지가 증명한 것이다. 손등을 빨던 폴리가 몸을 돌려 서쪽을 향해 짖으며 발을 굴렀다. 유희는 자리에서 일어나 강아지의 시선이 향한 서쪽 숲을 응시했다. 검은 점이 봄날의 아지랑이처럼 어른거리며 점점 형체를 갖추고 있었다. 가슴이 두근거렸다. 유희는 자신을 향해 다가오는 사람이 누구인지 알아차렸다. 그녀는 남자에게 달려갔다. 폴리가 신이 나서 그녀 뒤를 쫓았다. 신선한 바람이 그녀의 머리카락을 날렸다. 가슴이 뜨거워지고 몸에 땀이 배어났지만, 그녀의 몸은 공기처럼 가벼웠다. 그녀는 픽션의 세계에 우뚝 선 이해할 수 없는 진실과 마주 보고 있었다. 민중이 그녀를 바라보며 멈춰 서서 두 팔을 벌렸다. 유희가 달려가 그의 품에 안겼다. 살아 있는 인간의 육체가 그녀를 감싸 안았다.

"왜 이렇게 늦었어?"

유희는 민중을 올려다보며 말했다. 그는 대답 대신 고개를 숙여 그녀의 입을 맞추었다.

3

사무실로 들어선 민중은 유희의 이름으로 온 편지 한 장을 내밀었다. 편지를 보낸 이는 아버지와 오랫동안 출판 계약을 이어 온 출판사였다. 유희는 봉투에서 편지를 꺼내 천천히 읽었다. '신현우 작가님의 소설『국경』과 관련된 인세에 대해 논의하셔야 할 것 같습니다.' 편지의 의도는 단 한 줄로 요약할 수 있었다. 편집장은 작가의 실종 사태에 대한 안타까운 심정을 전하고 편지를 끝맺었다.

"이게 뭐야?"

유희의 질문에 민중은 빙그레 웃었다.

"작가님의 소설이 베스트셀러에 올랐어요. 이번 소설뿐만 아니라 예전 소설들도 다시 서점에 나왔어요."

"정말?"

민중이 고개를 끄덕였다. 유희는 꿈속에서 춘 춤을 계속 추고 있는 듯한 착각이 들었다. 아버지가 군중들 틈에 섞여 그녀가 춤을 추는 모습을 지켜보고 있었다.

"그 말은 곧 누나가 부자가 될 수도 있다는 말이죠. 누나가 작가님의 유일한 상속자니까요."

"믿어지지가 않아."

"사람들은 죽은 이에게 너그러운 법이죠. 그들은 작가님의 죽음을 받아들이고 있어요."

민중의 대답은 그녀의 마음을 아프게 했다. 아버지가 사라지자 사람들이 아버지의 소설을 읽기 시작한 것이다. 유희는 어떻게 반응해야 할지 몰랐다.

"그런데 여긴 어떻게 찾아왔어?"

유희의 질문에 민중은 장난스러운 미소를 지으며 말했다.

"강아지가 길을 알려 주던데요."

"그런 이야기가 아니야. 여긴 아무나 찾아올 수 있는 곳이 아니야."

유희가 정색하며 말했다.

"저도 작가님의 소설을 읽었어요. 그리고 엠베리 오르삭의 존재를 믿었어요."

유희는 샤도르가 한 말을 떠올렸다. 믿음이 없는 자에게 이 나라는 신기루에 불과하다는 사실을. 유희는 민중이 자신을 찾아온 사실이 믿을 수 없을 만큼 기쁘면서도 한편으로는 불안했다. 그는 자신의 뒤를 밟아 온 것일까, 아니면 아버지처럼 순수한 목적으로 국경선을 넘은 것일까.

"아무튼 너무 기뻐. 민중 씨를 여기서 보게 될 줄은 정말 생각지도 못했어."

유희의 감상은 거짓이 아니었다. 이 땅은 전남편 상훈과 시어머니, 미친 모자 장수와 발정 난 토끼는 방문할 수 없는 금단의 땅이었다. 아니, 그들은 존재 자체를 믿지 않기 때문에 시도조차 하지 않는다. 민중이 국경을 찾아온 것은 유희에게 기적과도 같은 일이었다. 민중이 그들과 다른 사람이라는 사실은 분명하지만 엠베리 오르삭을 찾아낼 만큼 확고한 신념을 지니고 있는 것에 대해서는 의심이 들었다. 유희는 그에게 세상 무엇과도 바꿀 수 없는 귀중한 선물을 해 주고 싶었다. 그것이 무엇일까? 사랑 이외에는 아무것도 떠오르지 않았다. 그때 사무실 문이 열리고 제복을 입은 샤도르가 들어섰다. 그는 낯선 손님을 발견하고는 모자를 벗고 환한 웃음을 지으며 말했다.

"이 잘생긴 청년은 숙녀분의 친구이신가요?"

유희는 자랑스러운 마음으로 그를 향해 미소를 지으며 고개를 크게 끄덕였다.

민중이 샤도르와 함께 사무실에서 이야기를 나누는 동안 유희는 폴리와 함께 주변을 산책했다. 샤도르와 민중이 어떤 대화를 이어갈지는 짐작할 수 있었다. 샤도르의 질문과 민중의 대답은 구름 한 점 없는 맑은 하늘만큼이나 그녀에겐 분명하고 명쾌했다. 유희는 결심을 굳혔다. 아버지의 이상을 좇아 국경선까지 왔지만, 다시 돌아온다는 보장도 없이 이 세계의 경계선을 넘을 이유는 없었다. 이상주의자들의 세계는 그들만의 것이어야 한다는 생각이 확고해졌다. 그녀는 젊고 아직 해야 할 일들이 많았다. 산책에서 돌아오니 민중과 샤도르가 발코니 차양 밑 그늘에 앉아 차가운 맥주를 마시며 이야기를 나누고 있었다. 샨도르가 유희에게 미소를 짓고 사무실 안으로 들어갔다. 민중이 자리에서 일어나 그녀에게 다가왔다. 그러고는 재킷 품에서 한 장의 서류를 꺼내더니 'PASS' 직인이 찍힌 서류를 내보이며 환하게 웃었다. 유희는 자신의 품 안에 든 같은 서류를 꺼내 민중에게 내보이며 말했다.

"엠베리 오르삭엔 가지 않을 거야."

"그럴 줄 알았어요."

민중이 웃으며 답했다. 그리고 서류를 다시 소중히 접어 재킷에 넣었다. 유희가 그의 행동을 바라보며 의아한 표정을 지었다.

"호기심이 모든 걸 망쳐 버린 게 아닐까 하는 생각이 들어요."

유희는 민중의 말을 이해하지 못하고 망연히 그의 얼굴을 올려다보았다.

"들어가요. 바람이 차가워졌어요."

유희는 여전히 이해하지 못한 얼굴이었다.

"샨도르가 오늘 밤은 여기서 머물러도 좋다고 했어요."

민중이 다가와 유희의 어깨에 손을 올렸다. 유희는 민중을 알게 된 이후 처음으로 불안감을 느꼈다. 그의 우울하고 가난했던 과거에서 비롯된 험악한 풍문을 듣고도 느끼지 못했던 불안이었다. 유희는 어깨를 움츠리며 그의 가슴에 머리를 기댔다. '그럴 일은 없을 거야'라고 속으로 다짐하며 유희는 민중을 2층 방으로 데려갔다. 민중은 소박하고 아름다운 방에 매료당한 듯 한참 동안 서서 방 안을 둘러보았다. 짐을 내려놓고 두 사람은 다시 아래층으로 내려갔다. 샨도르는 부엌 화덕에 불을 올리고 요리를 하고 있었다. 독특한 파프리카 향이 주방에 가득했다.

"오늘의 메인 요리는 치킨입니다."

샨도르가 눈을 찡긋하며 말했다. 유희와 민중은 소맷자락을 걷어붙이고 그를 도왔다. 잠시 후 푸짐한 저녁상이 차려졌다. 삶은 수제비에 파프리카와 소금, 후추, 요구르트로 맛을 낸 닭 요리 치르케 퍼프리커쉬가 메인 요리로 자리를 잡고 샐러드와 헝가리 전통 디저트인 팔라친타가 탁자 위에 차례로 올라왔다. 두 사람이 식탁을 차리는 동안 샨도르는 지하 계단을 내려가 먼지가 쌓인 와인 한 병을 가져왔다. 적어도 수십 년의 세월을 보내며 살아남은 와인이었다.

"오늘은 특별한 날이니까요."

샨도르는 그렇게 말하며 흥분된 표정으로 와인을 땄다. 음식과 술은 흠잡을 데 없이 맛있었다. 샨도르는 폴리를 위해 닭 가슴살 한 접시를 내주었고 코를 킁킁거리면서도 잘 참고 있던 강아지는 닭고기를 맛있게 먹었다. 폴리는 샨도르가 헝가리어로 자신을 부를 때마다 꼬리를 흔들며 반응했다. 유희는 여행을 떠난 이후 처음으로 긴장을 풀고 환하게 웃었다. 마치 오래된 친구들과 동창회를 하는 듯한 착각마저 들었다. 샨도르는 유머 감각이 뛰어난 남자였다. 그는 느긋하고 자연스럽게 분위기를 이끌었다. 대화는 유희와 샨도르가 주도했고 민중은 두 사람의 이야기에 귀를 기울였다. 와인이 빌 때쯤 샨도르가 말했다.

"호메로스와 소포클레스, 아이스킬로스, 에우리피데스 같은 이들

덕분에 문학이 시작될 수 있었죠. 그들은 인간이 어떤 존재인지를 후대 작가들에게 정확히 알려 주었습니다."

유희는 선뜻 동의하지 못하면서도 고개를 끄덕였다. 위대한 고대 시인들에 대한 샨도르의 칭송이 이어졌다. 유희는 서양 문학의 독점적인 문학관에 불만을 느꼈지만, 그의 말을 제지하지는 않았다. 아버지가 있었으면 그의 생각에 새로운 관점을 보태 줬을 거라는 아쉬움이 남았다. 와인을 홀짝이며 조용히 샨도르의 이야기를 듣던 민중이 대화에 끼어들었다.

"살인과 배신, 근친상간, 부모를 죽이는 살해 행위가 그들 이야기의 핵심 아닌가요?"

나지막하고 부드러운 목소리에도 불구하고 민중의 질문은 공격적으로 들렸다. 느닷없는 질문에 침묵이 흘렀다. 폴리마저 얼굴을 바닥에 밀착시킨 채 꼼짝하지 않았다. 유희는 눈동자를 굴리며 두 남자를 보았다. 샨도르가 마침내 미소를 띠며 말했다.

"맞습니다. 딸을 향한 근친상간적인 욕망 때문에 딸과 결혼하려는 젊은이들을 모두 살해한 남자의 비극적인 삶이 이들 시인이 사랑한 이야기였죠."

"트로이의 전쟁 영웅 아가멤논은 아내의 배신으로 사촌에게 목숨을 잃었고요."

"호메로스를 읽었군요?"

민중은 말없이 고개를 끄덕였다.

"당신은 그 이야기의 결말이 마음에 드나요?"

"아뇨. 그리스 비극은 지나치다고 생각했어요."

민중의 대답에 샤도르는 의미심장한 미소를 지었다.

"맞습니다. 그들은 과했었죠. 그러나 한편으로는 그들의 과도한 욕망이 위대한 비극을 낳았다는 사실은 부정할 수 없어요. 어떻게 생각하세요?"

샤도르의 질문에 민중은 생각에 잠겼다. 그러고는 묵묵히 고개를 끄덕이며 말했다.

"배신이 없으면 사랑의 가치가 낮아지겠죠."

샤도르는 민중의 대답에 환하게 웃으며 그가 한 말을 반복해서 읊조렸다. 그가 자리에서 일어나 창으로 가더니 어둠이 내려앉은 벌판을 응시했다. 그리고 등을 보인 채 말했다.

"맞아요. 이 초소를 아름답게 설계한 모리스 역시 사랑하는 아내와 평생의 동업자가 저지른 불륜으로 고통받았고, 죽을 때까지 그들을 증오했습니다. 사랑은 이처럼 이해 불가능한 것입니다."

그것으로 저녁 식사는 끝났다. 유희와 민중이 탁자를 치우고 설거지를 하는 동안 샤도르는 폴리와 함께 산책하러 나갔다. 뒷정리를 끝내고 샤도르가 돌아오길 기다리며 유희와 민중은 커피 테이블을 사이에 두고 마주 앉아 책을 읽었다. 책장에는 아름답게 장식한 책이 빼곡히 꽂혀 있었다. 유희는 단테의 『신곡』을 읽었고 민중은 초서의 작품집을 읽었다. 민중이 고른 책은 세상에서 가장 아름다운 3대 인쇄본 중 하나였다. 유희는 고개를 들어 책 속에 빠진 민중을 바라봤다. 책을 읽고 있는 청년의 모습은 신비로운 세계를 묘사한 그림

속에서 가장 극적인 장면을 연출하고 있었다. 그들이 있어 유토피아를 향한 인간의 희망은 꺾이지 않고 불사조처럼 되살아났다. 시대가 바뀌어도, 역사가 역진逆進되어도, 미래를 꿈꾸고 상상력을 포기하지 않는 청년들은 어디서든 생겨났다. 어떤 마약도 책만큼 인류에게 강력한 판타지를 보여 주지는 못했다. 중독성에서도 책은 마약을 압도했다. 세대와 세대를 이어 청년들은 책을 읽었고 책 속에 건설된 가상 세계에 매료되었다. 유희는 이제 막 기나긴 항해를 시작하려는 청년을 바라보았다. 그녀는 불안했다. 카뮈를 진지하게 읽는 아들을 지켜보는 엄마의 마음처럼 조마조마했다. 유희는 책장을 덮고 자리에서 일어나 민중에게 다가갔다. 유희의 그림자가 책장 위에 드리워지자 민중은 고개를 들었다. 유희가 손을 내밀자 민중이 무심코 그녀의 손을 잡았다. 유희는 웃으며 그를 계단으로 데려갔다. 유희는 자신의 육체와 영혼이 실재하고 있음을 민중에게 보여 주고 싶었다. 습한 지하 세계의 냄새를 풍기는 오래된 책에 묘사된 환상의 세계가 아닌, 젊고 아름다운 여자의 몸이 눈앞에 있음을 증명하고 싶었다. 방문을 잠그고 유희는 옷을 벗었다. 민중이 그녀를 지켜봤다. 폴리와 샨도르는 깊은 마을로 여행을 떠났다. 두 사람을 방해할 사람은 아무도 없었다. 이곳은 유토피아로 향하는 전진 기지였다. 황홀경에 빠진 눈빛의 청년이 그녀에게 다가와 그녀를 힘주어 끌어안았다. 유희는 승리의 여신이 그녀를 향해 미소를 짓고 있다고 생각했다. 샨도르와 폴리는 그녀의 예감대로 그날 밤 돌아오지 않았다.

눈을 떴을 때 그녀는 홀로 침대에 누워 있었다. 민중의 모습은 보이지 않았다. 그가 누워 있어야 할 자리에는 자신의 속옷과 겉옷이 깨끗하게 정리되어 놓여 있었다. 유희는 옷을 입고 맨발로 계단을 내려갔다. 벽난로에서 새어 나오는 불빛에 눈이 부셔서 유희는 미간을 찌푸렸다. 민중은 벽난로 옆 흔들의자에 앉아 책을 읽고 있었다. 인기척을 느낀 민중이 고개를 들었다.

"잠이 오지 않아서 내려왔어요."

민중은 잠을 깨워 미안하다는 표정을 지으며 말했다.

"샤도르와 보드리는 아직 돌아오지 않았어요."

보드리는 샤도르가 폴리에게 지어 준 이름이었다.

"마을로 갔을 거야. 여긴 그들의 땅이잖아."

유희는 '그들의 땅'이라는 단어를 강조해서 말했다. 민중이 고개를 끄덕였다. 그가 나무 의자를 끌어다 자기 의자 곁에 놓자 유희는 의자에 앉아 무릎을 올려 가슴에 대며 몸을 움츠렸다. 벽난로의 따뜻한 온기가 그녀의 몸을 감싸 주었다. 유희는 머리를 비스듬히 돌려 민중이 읽고 있는 책의 삽화를 보았다. 천사 미카엘이 금단의 열매를 먹은 아담과 이브를 에덴동산에서 추방하는 그림이었다. Paradise Lost, 밀턴의 『실낙원』이었다.

"재밌어?"

"네."

민중은 멋쩍은 표정을 지으며 답했다.

"어떤 부분이?"

예상치 못한 질문이라는 듯 민중의 얼굴에 곤혹스러운 표정이 어렸다. 그러나 이내 호기심 가득한 눈빛으로 답했다.

“기브리엘과 미카엘이 이끄는 천사 군대와 사탄의 군대가 격전을 벌이는 장면이 흥미로워요. 그리고 선악과를 먹은 아담과 이브가 벌거벗은 자신들의 몸을 부끄러워하며 정욕을 느끼는 장면도 재미있고요.”

유희는 민중의 사뭇 진지한 태도에 웃음이 나왔다.

“민중 씨라면 어떻게 했을까?”

“네?”

“이브의 청을 받아들여 계율을 어기고 선악과를 먹을 거야?”

민중이 잠깐 멈칫한 다음 말했다.

“아마도 그랬겠죠. 이브를 사랑했으니까.”

“고마워. 그렇게 말해 줘서.”

유희는 민중을 바라보며 함박웃음을 지었다. 그러고는 민중의 팔에 손을 올리며 말했다.

“내가 여기까지 와서 돌아가기로 마음먹은 이유는 단순해. 민중 씨에게 정확히 설명하지는 못하지만, 이곳은 내가 찾는 이상향이 아니야. 그것만큼은 부인하지 못해. 나도 민중 씨만큼이나 이곳에서 사는 사람들의 실제 모습이 궁금해. 하지만 나는 선악과를 먹은 이브처럼 호기심을 이기지 못하겠어. 내 앞에 새로운 세상이 펼쳐져 있고, 앞으로 무슨 일이 일어날지 확인해 보고 싶어. 이 나라에선 결코 알아낼 수 없는 일들이야.”

민중은 묵묵히 고개를 끄덕였다.

"이혼했고 이제 겨우 혼자가 되었어. 결혼하기 전에는 혼자서 잘 해 나갈 수 있다고 믿었어. 누구보다 성실하게 일하며 남들에게 손가락질을 받지 않으려고 노력했는데 결과가 좋지 않았어. 결혼이 모든 걸 망쳐 버렸다는 변명은 하고 싶지 않아. 그런데도 아쉬움이 남아. 내가 무엇을 놓치고 실수한 것인지 알고 싶어. 그래서 돌아가려고 하는 거야."

민중이 그녀의 손을 잡으며 말했다.

"이젠 혼자가 아니에요."

"맞아. 내겐 민중 씨가 있어. 그래서 행복해."

유희는 진심으로 기뻐하며 말했다.

"잃은 것도 많지만, 이번 일로 얻은 것도 많아. 우린 어떻게든 잘 해 나갈 거야."

"맞아요. 누나는 잘해 나갈 거예요."

유희는 그의 말에 웃음을 짓다가 멈칫했다. 그것은 말로 표현할 수 없는 직감이었다. 손아귀에 든 물이 흘러내리듯 그녀의 마음속에서 무엇인가가 흘러내리다가 끝내 비워졌다.

"작가님이 남기신 유산도 도움이 될 거예요."

유희는 민중의 말에 어정쩡한 미소를 지었다. 그의 목소리는 여전히 다정하고 따뜻했다. 비난과 의심의 응어리는 어디에도 없었다.

"그래. 그것도 도움이 될 거야. 인세가 불어나서 언젠가는 부자가 될지도 모르지."

유희는 농담처럼 말하며 웃었다. 그러나 민중은 웃지 않았다. 그는 벽난로에서 타들어 가는 푸른 불꽃을 바라보고 있었다. 유희는 그의 얼굴에서 불현듯 아버지의 얼굴을 보았다. 상훈과의 결혼을 알렸을 때와, 시어머니가 상가 건물을 위자료로 주기로 했다고 통보했을 때 아버지가 보여 준 얼굴이었다. 대화에 집중하지 못하고 상념에 빠진 아버지의 얼굴. 다른 생각에 빠진 고독한 인간의 차가운 표정. 유희는 충격을 받았다.

"누나를 처음 보았을 때 사랑에 빠졌어요. 그리고 곧바로 후회했어요. 사랑하는 사람에게 해 줄 수 있는 게 아무것도 없다는 사실을 깨달았기 때문이었어요. 나는 좋은 대학을 나오지도 않았고 돈도 없고 가족도 없어요. 더 안 좋은 것은 내겐 사람들이 꿈꾸는 미래라는 게 없었어요. 처음부터 장래에 대한 계획 따위는 없었어요. 그저 하루하루 보내며 살아갈 뿐이었죠. 이런 내가 사랑에 빠진다면 상대에게 짐이 될 게 틀림없다고 생각했어요."

유희의 얼굴이 굳어졌다. 민중이 고개를 돌려 유희를 바라봤다.

"그런데도 누나를 사랑했어요."

말문이 막히면서 현기증이 났다. 유희는 그가 남겨 놓은 말이 무엇인지 두려웠다. '이제 그 짐을 내려놓아도 좋아요'라고 그가 말할까 무서웠다. 유희는 그가 샨도르가 건넨 입국 허가서를 고이 접어서 재킷 주머니에 넣는 장면을 떠올렸다. 민중의 속마음은 무엇일까? 호기심이 모든 것을 망쳐 버릴지도 모른다는 말의 숨은 의미는 무엇일까. 혼란스러웠다.

"가요. 밤이 깊었어요. 내일 돌아가려면 충분히 자 둬야 해요."

민중이 자리에서 일어났다. 그가 유희의 팔을 붙잡고 그녀를 일으켜 세웠다. 유희는 미소 짓는 청년의 얼굴을 바라보았다. 외동딸을 키우며 홀로 수십 년을 버틴 아버지가 그녀를 향해 보여 준 웃음이었다. 유희는 이해했다. 민중이 자신을 따라 집으로 돌아갈 것이라는 사실은 굳이 말로 확인할 필요가 없었다. 그는 그녀의 요구에 응할 것이었다. 유희는 그의 손을 잡고 계단을 올랐다. 침대에서 두 사람은 마주 보고 누워서 서로의 눈동자를 응시했다. 검은 망막 속에 서로의 모습이 비쳤다. 유희는 눈을 감고 그의 가슴에 얼굴을 묻었다. 민중도 눈을 감고 잠을 청했다.

유희는 민중이 깊이 잠든 것을 확인하고 방을 나왔다. 살인자의 호수 산장에서 국경을 찾아올 때와 똑같은 복장이었다. 샤도르는 벽에 걸린 거울을 보며 은빛 구식 칼로 면도를 하고 있었다. 상의를 벗은 그의 몸은 국경 초소의 젊은 군인답게 날렵하고 단단했다. 발치에 누워 있던 폴리가 꼬리를 흔들며 유희에게 다가왔다.

"굿모닝, 유희."

유희는 허리를 굽혀 폴리를 쓰다듬었다. 막대 걸레처럼 꼬인 검은 털에 아침 이슬이 묻어 있었다. 이마에 난 털을 젖히자 폴리의 동그랗고 예쁜 눈동자가 드러났다. 강아지의 눈 속에 비친 낯선 나라는 어떤 모습이었을까, 궁금해졌다.

"해가 중천에 뜰 때쯤 일어날 줄 알았는데 생각보다 일찍 일어났군요."

샨도르는 면도 거품이 묻은 얼굴을 말끔히 씻고 군복 상의를 입으며 말했다. 자신감에 찬 그의 얼굴을 보자 숲을 통과하기 전에 만난 클라우디우의 얼굴이 오버랩되어 나타났다. 부쿠레슈티 공과 대학에서 기계 공학을 전공하는 청년은 자신만만했다. 그는 동양에서 온 낯선 여자를 안고 달콤한 말을 속삭였다. 루마니아로 오면 신세계를 보여 주겠다는 제안이었다. 유희는 그의 말을 믿지 않았지만, 그가 그렇게 말해 줘서 기뻤다. 헤어지기 전, 유희는 엠베리 오르삭에 관한 비밀 한 토막을 털어놓았다. 클라우디우는 환하게 웃으며 유희에게 거짓말로 날 놀리지 마요, 라고 답했다. 루마니아 청년은 트란실바니아가 루마니아의 영토라는 확고부동한 믿음을 갖고 있었다. 이상주의자니 유토피아니 하는 말은 탐욕스러운 헝가리 부르주아와 정치인이 만든 거짓 음모에 불과했다. 뒤늦게 유희의 옷차림을 알아차린 샨도르가 말했다.

"길을 떠나기엔 이른 시간이군요."

유희는 말없이 웃었다. 그리고 재킷 주머니에서 샨도르가 준 입국 허가서 서류를 내밀었다.

"나는 자격이 없는 사람이에요."

샨도르는 묵묵히 유희가 건넨 서류를 받았다.

"자격은 필요 없습니다. 오직 당신의 의지만이 중요하죠."

"전 두려워요. 내가 속한 세계에서 나는 어떻게 살아갈지 예측할 수 있어요. 하지만 이 나라는 아니에요. 나는 아무것도 상상할 수가 없어요."

그것은 솔직한 고백이었다.

"그런데 왜 혼자죠?"

샨도르는 난감한 표정을 지었다.

"이곳에 온 이유는 아버지를 찾기 위해서였어요. 그런데 막상 도착해 보니 내가 부질없는 일을 했다는 걸 깨달았어요. 아버지는 자신이 원한 일을 선택했고, 내게는 그것을 거부할 권리가 없어요. 아버지는 내가 이해할 때까지 참고 기다렸던 거예요."

"그게 그를 남겨 두고 당신 혼자 떠나는 이유 전부입니까?"

"네. 그에게 같은 짐을 떠넘기고 싶지 않아요."

유희는 그렇게 말하고 현기증을 느꼈다. 말을 내뱉자 이별이 눈앞에 닥쳤음을 알 수 있었다. 유희가 휘청거리자 샨도르가 팔을 뻗어 그녀를 잡았다. 유희는 심호흡을 길게 내뱉으며 샨도르를 올려다봤다.

"내가 잘못된 걸까요?"

샨도르는 말없이 유희를 내려다보다 고개를 저었다.

"당신은 지극히 정상입니다. 잠에서 깬 청년이 당신을 뒤쫓아가지 않을까요?"

유희는 그의 검은 눈동자를 응시했다. 그것은 달콤한 거짓말이었다. 떠나는 자에게 건네는 마지막 위로의 선물이고, 현실에 안주하려는 평범한 사람에게 보여 주는 다정한 동정이었다. 샨도르는 유희의 배낭에 샌드위치와 따뜻한 커피를 담은 보온병과 사과를 넣어 주었다. 그런 다음 모자를 쓰고 건물 밖까지 나와 그녀를 배웅했다. 출발을 알아챈 폴리는 신이 나서 발을 굴렀다. 유희는 폴리의 동행이 고마웠다. 폴리가 없었다면 그녀는 눈물을 흘렸을 것이다. 유희와 샨도르는 마지막으로 포옹하며 서로의 등을 두드려 주었다. 그녀는 국경 수비대 군인을 껴안고 신선한 초원의 바람을 맞았다. 자신보다 늦게 도착한 민중은 아직 깊은 잠에 빠져 있었다. '유토피아는 그리스어로 없다(ou)와 장소(topos)라는 단어를 조합해 만든 말이에요'라고 말하며 환하게 웃던 청년은 영원처럼 깊은 잠에 빠져 있었다.

"안녕, 내 사랑. 안녕, 엠베리 오르삭!"

유희는 휘파람을 불듯 바람 속으로 속삭였다. '유희야'라고 부르는 아버지의 낮고 굵은 목소리가 들려 그녀는 주위를 둘러보았다. 그러나 드넓은 초원에는 아무도 보이지 않았다. 그녀는 어디에도 없는 세계의 끝자락에 서서 슬픔을 억눌렀다. 때마침 아름다운 봄비가 흩날리며 풀밭으로 내려앉았다. 그녀는 이슬비를 맞으며 앞으로 걸어갔다. 등 뒤로 유희의 국경이 점점 멀어져 갔다. 작가는 소설『국경』에서 "희망이 있다면 노동자뿐이다"라고 썼다. 그것을 유희는 유토피아의 국경에 도착한 뒤 '희망이 있다면 민중뿐이다'라는 새로운 문장으로 해석할 수 있었다. 이제 유희는 꽃잎처럼 날리는 이른 아침의 봄비를 맞으며 국경 너머에 존재하는 신세계와 이별을 고했다. 그리고 삶의 유희를 위한 마지막 문장을 완성했다.

희망이 있다면 사랑뿐이다.

유희의 국경

초판 1쇄 인쇄일 • 2015년 12월 15일
초판 1쇄 발행일 • 2015년 12월 21일

지은이 • 신경진
펴낸이 • 임성규
펴낸곳 • 문이당

등록 • 1988. 11. 5. 제 1-832호
주소 • 서울시 성북구 동소문로 65-2 삼송빌딩 5층
전화 • 928-8741~3(영) 927-4990~2(편)
팩스 • 925-5406

전자우편 munidang88@naver.com

ISBN 978-89-7456-489-6 03810

값은 뒤표지에 표시되어 있습니다.